Knaur.

Über die Autorin:

Isabelle Laflèche hat zehn Jahre lang als Anwältin für große Firmen und an der Wall Street gearbeitet. 2005 war sie für die geschäftlichen Angelegenheiten eines Designers in Quebec zuständig, wo sie eine Vorliebe für Haute Couture entwickelt hat. Sie lebt in Montreal.

Isabelle
Laflèche

Aus dem Amerikanischen
von Christiane Winkler

Eine charmante Komödie um verrückte Anwälte, liebenswerte Freunde und den ganz besonderen Mann

Knaur
Taschenbuch
Verlag

Die kanadische Originalausgabe erschien 2010
unter dem Titel »J'adore New York« bei HarperCollins, Toronto

Besuchen Sie uns im Internet:
www.knaur.de

FSC
www.fsc.org
MIX
Papier aus verantwortungsvollen Quellen
FSC® C014496

Deutsche Erstausgabe Januar 2011

Redaktion: Mareike Fallwickl
Umschlaggestaltung: ZERO Werbeagentur, München
Umschlagabbildung: FinePic®, München
Satz: Adobe InDesign im Verlag
Druck und Bindung: GGP Media GmbH, Pößneck
Printed in Germany
ISBN 978-3-426-50264-8

2 4 5 3 1

Für meine Eltern und Patrice

Das Parfüm einer Frau sagt mehr über sie aus
als ihre Handschrift.

Christian Dior

Edwards & White ist eine der führenden Anwaltssozietäten mit weltweit 45 Niederlassungen in Asien, Australien, Europa und Amerika.

Unser New Yorker Büro ist das größte und die Zentrale unserer internationalen Aktivitäten. Wir beschäftigen über 500 Anwälte.

Wir suchen talentierte, ehrgeizige Mitarbeiter, die gerne in unsere stetig wachsende Zentrale in New York wechseln möchten. Diese Position verschafft Ihnen die Möglichkeit, weltweit an hochkarätigen Geschäftsabschlüssen mit führenden Aktiengesellschaften, Kreditinstituten und Regierungen mitzuwirken. Unser New Yorker Büro bietet ein kollegial von den Partnern geleitetes, aber nicht von den Partnern allein beherrschtes Umfeld und hervorragende Aufstiegsmöglichkeiten. Das Honorar ist konkurrenzfähig, ein großzügiger Umzugszuschuss wird gewährt.

1. Kapitel

»Massachusetts! Wo sind die verdammten Massachusetts-Unterlagen?« Ein großer Mann hält mit beiden Händen seine Hosenträger fest, geht mit ausladenden Schritten durch den Flur und unterstreicht jeden davon mit dem Namen eines Bundesstaates. »New Hampshire!« Er bleibt vor einem Konferenzsaal stehen, in dem Mitarbeiter hektisch Briefumschläge mit Papierstapeln füllen. »Maine! Verdammt noch mal, alles klar in Maine?« Er geht weiter, wischt sich mit einem Taschentuch über die Stirn und steckt seinen Kopf in ein anderes Konferenzzimmer, in dem weitere Mitarbeiter kurz davor sind, vor Stress tot umzufallen.

Ich spähe in einen Sitzungssaal und sehe mir das Chaos an, während ich auf die Büroleiterin warte. Sechs junge Anwälte sitzen um einen großen Mahagonitisch, der mit Styroporbechern übersät ist. Die Männer haben die Hemdsärmel hochgekrempelt und die Krawatten gelockert, die Frauen haben die Kostümjacken ausgezogen. Sie sehen aus, als hätten sie seit Wochen nicht geschlafen.

Der Mann in Hosenträgern taucht in der Tür auf. »Verdammt noch mal, wo zum Teufel sind die Umschläge für North Carolina?«

Die Mitarbeiter füllen unter seinem wachsamen Blick die Briefumschläge.

»Was ist denn hier los?«, frage ich einen blonden Mann, der

neben der Tür sitzt, während Mr. Hosenträger zu seinen nächsten Opfern eilt.

»Größere Ermittlungen. Wir stellen Anträge an die Aufsichtsbehörden aller 50 Staaten. Einer unserer größten Mandanten steht kurz vor einer Gefängnisstrafe.«

»Und wer ist der Typ mit Hosenträgern?«

»Harry Traum, Prozessbevollmächtigter und spezialisiert auf Wirtschaftskriminalität.«

»Oh.«

»Er war früher General in der Armee, man kann es ihm nie recht machen. Ich bin übrigens Alfred. Und Sie?«

»Catherine. Ich bin gerade vom Pariser Büro hierher versetzt worden.«

»Großartig, willkommen an Bord«, sagt er.

»Danke.« Ich freue mich darüber, dass man mich in den Hauptsitz der Firma versetzt hat. Ich gehe zurück in den Empfangsbereich, wo eine perfekt frisierte Dame mittleren Alters mit feuerrotem Haar, gleichfarbigen Nägeln und einer Schachtel Visitenkarten auf mich wartet.

»Sie sind bestimmt Catherine, willkommen in New York. Ich heiße Mimi, ich leite die Abteilung. Ihr Büro ist da drüben in der Ecke«, sagt sie und zeigt mit einem goldbehangenen Arm in die angegebene Richtung.

»Ein Eckbüro?«

»Nur vorübergehend, Liebes.« Sie klopft mir auf die Schulter. »Bis der neue Partner einzieht und Ihr Büro fertig ist. Niemand kriegt hier ein Eckbüro, außer er feiert sein zehnjähriges Firmenjubiläum. Aber keine Sorge, Sie bekommen bald Ihr richtiges Büro«, fügt sie in belustigtem Ton hinzu.

Ich könnte mich ohrfeigen, eine so naive Frage gestellt zu haben. In einer großen Anwaltssozietät symbolisiert ein Eckbüro größten Erfolg und ist sozusagen die Karotte, die man ehrgeizigen Mitarbeitern vor die Nase hängt, damit sie glauben, jahrelange Knochenarbeit sei einen super Ausblick wert. Doch in Wirklichkeit ist das auch nur ein weiteres Plätzchen, an dem man Stunden abrechnet. Ob das lächerlich ist? Natürlich. Ob ich das möchte? Unbedingt.

Wir gehen nebeneinanderher, niemand sagt ein Wort. Nur Harry Traums Stimme ist im Hintergrund zu hören. Die minimalistische Einrichtung, Marmorböden und zeitgenössische Kunst verleihen dem Büro eine kalte, unpersönliche Atmosphäre.

»Sie bekommen alles, was Sie brauchen«, teilt Mimi mir mit und führt mich durch die Räumlichkeiten. »Wir belegen jedes Jahr bei anwalt.com den ersten Platz für die besten Arbeitsbedingungen«, verkündet sie mit der weichen Stimme einer Radiosprecherin. »Jeden Morgen gibt es ein ausgiebiges Frühstück, und wir stellen rund um die Uhr einen Limousinenservice zur Verfügung, unsere Anwälte fliegen ausschließlich Business Class.«

Sie sieht mich an, um sich zu vergewissern, dass ich beeindruckt bin.

Ich nicke und lächle, in Paris habe ich ähnliche Nebenleistungen genossen.

»Ach, das hätte ich beinahe vergessen, wir haben kürzlich noch ein paar Kleinigkeiten hinzugefügt: Hausmeisterservice und Haustierversicherung.«

Haustierversicherung? Welcher Anwalt dieser Firma hat denn Zeit für ein Haustier? Das wäre doch in etwa so, als würde man Mönchen Kinderbetreuung anbieten.

»Und wir haben ein Freundschaftsprogramm ins Leben gerufen, das Partner und Seniorpartner ermutigen soll, ihre Juniorpartner zu grüßen, sich bei ihnen zu bedanken oder ihnen eine gute Nacht zu wünschen. Ist das nicht süß?«, ruft sie mit leuchtenden Augen, als handle es sich dabei um außergewöhnliche Gesten.

Ich muss mich offensichtlich auf neue Umgangsregeln einstellen.

»Das ist Ihr Büro. Sagen Sie mir Bescheid, wenn Sie etwas brauchen. Übrigens, ich liebe Ihren französischen Akzent – ganz bezaubernd.« Sie schüttelt mir freundlich die Hand.

Kaum habe ich meine Handtasche abgestellt, klopft es an der Tür.

»Catherine, Schätzchen, willkommen in New York!« In der Tür steht ein äußerst aparter Inder im schmalen schwarzen Anzug. Sein Gesicht strahlt goldbraun, er ist groß und schlank und hat einen sinnlichen englischen Akzent. Ich erkenne Rikash auf Anhieb. Wir haben ein paarmal telefoniert, als ich für das New Yorker Büro einen Auftrag bearbeitet habe. Wegen seiner Vorliebe für französische Couture haben wir gleich einen Draht zueinander gefunden, und ich war entzückt, als man mir sagte, dass er in New York mein Assistent sein würde.

»Rikash! Ich kann es noch gar nicht fassen, dass wir zusammenarbeiten! Ich hatte noch nie einen männlichen Assistenten, vor allem keinen mit einem so tollen Teint!«

»Ich weiß, ist das nicht großartig? Ich kann es kaum erwarten, dich durch die Stadt zu führen. Du bist jetzt in meinem Shoppingrevier.«

»Ich freue mich schon sehr. Du hast einen hervorragenden Geschmack.«

»Da widerspreche ich dir nicht.«

»Erinnerst du dich noch an die Goyard-Koffer, von denen nur eine beschränkte Stückzahl produziert wurde? Von denen ich dir vor ein paar Jahren einen besorgt habe, als er auf den Markt kam? Um den beneide ich dich immer noch.«

»Das alte Ding? Den kannst du haben, Liebling. Er ist total aus der Mode. Ab jetzt gehören meine Sachen dir, bis auf die Männer natürlich.«

»Danke, ich werde es mir merken. Wie läuft es mit deinem Dokumentarfilm?«
»Welchem? Ich arbeite gerade an mehreren.« Er strahlt über das ganze Gesicht, offensichtlich freut er sich, dass ich mich daran erinnere. Ich bin froh über unseren guten Einstieg. Ich brauche ihn an meiner Seite, um hier zu überleben.
»Der über Kinderarbeit in Indien.«
»Ich hoffe, dass ein unabhängiges Filmfestival in Mumbai ihn auswählt.«
»Bei deinem Talent bestimmt.«
»Ich drücke mir die Daumen. Wie dem auch sei, sag Bescheid, wenn du etwas brauchst, egal, was es ist. Ich helfe gerne. Bis später!« Er dreht sich auf dem Absatz um und schwebt zurück in den Empfangsbereich.
Die Begeisterung, hier zu sein, hat meinen ganzen Körper gepackt. Ich hatte den perfekten Augenblick abgewartet, um eine Versetzung nach New York zu beantragen – und dann war sie endlich gekommen. Aus 30 Bewerbern der internationalen Büros wurden drei ausgewählt, und ich war die Einzige, die an den Hauptsitz versetzt wurde. Ich bin wild entschlossen, niemanden zu enttäuschen.
Eine attraktive Frau Ende vierzig, die Autorität ausstrahlt, marschiert in mein Büro. Ihre kastanienbraune Mähne fällt auf ihre Schultern, sie trägt ein umwerfendes, pinkfarbenes Kostüm aus Wollbouclé. Der tadellose Schnitt ihrer Jacke folgt ihrer schlanken Figur, und der Saum ihres Rocks sitzt 25 Zentimeter höher als meiner. Sie trägt schwarze Lacklederschuhe von Christian Louboutin mit acht Zentimeter hohen Goldabsätzen – vor meiner Abreise in Paris habe ich diesen Schuhen in der Auslage noch nachgegeifert.
»Hallo, Catherine«, sagt sie und mustert mich von Kopf bis Fuß. Sie geht auf meinen Schreibtisch zu, schüttelt mir die Hand und bricht mir dabei fast den kleinen Finger. »Willkom-

men an Bord. Ich bin Bonnie Clarke, Abteilung Fusionen und Übernahmen. Die echte juristische Arbeit mache ich hier. Sie waren in unserer Pariser Niederlassung beschäftigt?«
»Richtig«, antworte ich, meine Hand schmerzt immer noch.
»Und was haben Sie da gemacht?«
»Ganz unterschiedliche Dinge, Kapitalmarktrecht, Unternehmens-«
»Ich hoffe, Sie kennen sich mit Fusionen und Übernahmen ein wenig aus«, schneidet sie mir das Wort ab. »Ich brauche Sie sofort für einen Abschluss.«
»Ja, natürlich.«
»Gut, Sie müssen das gleich in Angriff nehmen.«
Dann verlässt sie grußlos mein Büro. Der Duft ihres süßen Parfüms Joy de Patou hängt in der Luft.

* * *

»Wie schnell können Sie am Flughafen sein?«
»Wohin soll es denn gehen?«
»Catherine, fragen Sie nicht, ich stelle hier die Fragen«, brüllt Bonnie zwei Minuten später durch die Sprechanlage. »Ich brauche Sie für ein Prüfverfahren.«
»Kein Problem. Ich fahre nur kurz nach Hause, packe meine Sachen und mache mich auf den Weg zum Flughafen.«
»Dafür ist jetzt keine Zeit«, unterbricht sie mich ungeduldig. »Unten wartet bereits eine Limousine.«
Ich schaue auf mein graues Tweedkostüm von Tara Jarmon und meine lackledernen Roger-Vivier-Pumps, und mir wird klar, dass ich in den nächsten 48 Stunden genau dieses Outfit tragen werde. Na schön, so etwas habe ich auch vorher schon einmal geschafft.
Sie legt auf, ohne mir weitere Details zu nennen.
»Übrigens ist das mein bester Kunde, also versauen Sie es nicht,

okay?«, ertönt kurz darauf erneut ihre Stimme aus der Sprechanlage.
Rikash stürmt bewaffnet mit einem Reiseplan, einem BlackBerry und einem verzweifelten Blick in den Augen in mein Büro.
»Du fährst nach Booneville, Liebes. Nutron ist der größte Stahlproduzent des Landes und einer unserer besten Kunden. Sie haben vor, die Red River Steel Mills zu übernehmen. Hier sind alle Einzelheiten.« Er lässt eine dicke schwarze Mappe auf meinen Schreibtisch fallen.
Ich blättere schnell die Karteireiter durch, die Herausforderung reizt mich. Mein Adrenalinspiegel steigt, wenn ich an Übernahmen von Unternehmen mitwirke, die in der Öffentlichkeit stehen. Das klingt nach einem Geschäft, an dem ich mich festbeißen kann. Ich hatte mir meinen ersten Tag in New York zwar anders vorgestellt, aber das ist die richtige Gelegenheit, um mich zu beweisen.
»Schatz, du musst dich be-ei-len, sonst verpasst du den Flieger. Der geht in knapp zwei Stunden, und jetzt ist Berufsverkehr. Du musst los!«, befiehlt Rikash, schiebt mich aus dem Büro und reicht mir eine schwarze Leinenkulturtasche.
»Die Last-Minute-Ausstattung der Firma.«
Ich sehe hinein: Deodorant und Creme von Kiehl's in Reisegröße, Biozahnpasta und Mundwasser von Tom's of Maine, Duschgel und Shampoo von Bulgari und Eau de Cologne Grapefruit von Jo Malone.
»Ich habe keine frische Unterwäsche dabei.«
Ich erschaudere bei dem Gedanken, in einem Ort namens Booneville Unterwäsche zu kaufen. Ich kaufe nie Unterwäsche in einem Geschäft, in dem es auch WC-Steine, Hundefutter oder Thunfischkonserven gibt.
»Dann gehst du eben ohne. Du wirst bestimmt die berühmteste Frau der Stadt«, ruft Rikash, als sich die Aufzugtüren schließen.

Ich sause hinunter in die 42. Straße und sehe keine Limousine, daher entscheide ich mich für ein Taxi. Ich nehme das erste, das vorfährt, eine Frau steigt von der anderen Seite zu.

Wir starren einander an.

»Was zum Teufel tun Sie hier? Verschwinden Sie gefälligst aus meinem Taxi!«, schreit sie und rückt mit ihrem Gesicht bedrohlich an meines.

Schlechter Stil. Einfach empörend. Ich wische mir ihre Spucke von der Wange und hüpfe auf den Gehsteig zurück.

Ein schwarzer Lincoln bleibt vor mir stehen. Der Fahrer nickt zur Begrüßung und steigt aus, sagt aber kein Wort. Er öffnet schnell die Wagentür und lässt mich einsteigen. Klassische Musik ertönt aus dem Radio. Ich seufze erleichtert und vertiefe mich in die Mappe auf meinem Schoß.

Ich kann gerade noch das Schild erkennen, das den Holland Tunnel ankündigt, als der Wagen ruckartig zum Stehen kommt.

»Entschuldigen Sie, aber ich glaube, wir haben eine Reifenpanne.«

»Was? Das ist nicht Ihr Ernst«, rufe ich panisch. Nervös sehe ich auf die Uhr und liebäugle bereits mit dem Gedanken, das Flugzeug zu verpassen. Mein Herz rast, dann atme ich ein paarmal tief durch, um mich zu beruhigen. *Und versauen Sie es nicht,* wiederhole ich Bonnies Worte in Gedanken. Ich möchte keinen hysterischen Anfall auslösen. Obwohl ich mir ständig vorsage, dass ich Ruhe bewahren muss, spüre ich, wie der Schweiß durch die einzige Bluse sickert, die ich in nächster Zukunft tragen werde.

»Lady, ich meine es ernst.«

Er öffnet die Tür, geht auf Zehenspitzen am Bordstein entlang und prüft die Lage.

»Der ist völlig platt. Tut mir leid. Können Sie nicht den nächsten Flieger nehmen?«

»Es gibt nur diesen einen.«
Ich schnappe die überquellende Aktentasche, die Laptoptasche und stürze mich auf High Heels in den entgegenkommenden Verkehr.
»Sind Sie verrückt? Sie werden sich noch umbringen!«
Lieber sterbe ich unter einem Auto als vor Scham.
Ich hebe meinen Arm und winke ein Taxi auf der vierten Spur heran. Der Fahrer winkt zurück und verhindert mit knapper Not eine Karambolage mit sieben Autos, um dahin zu kommen, wo ich stehe. Dabei verursacht er ein Hupkonzert, dass mein Chauffeur sich mit beiden Händen die Ohren zuhält.
»Newark Airport, aber schnell, ich bin sehr spät dran.«
»Kein Problem, halten Sie sich fest.«
Er steigt aufs Gas, und ich kralle mich an den Haltegriff über dem Beifahrersitz neben dem Fenster. Aggressiv schlängelt er sich durch den Verkehr, schneidet jedes Auto auf der rechten Spur und verursacht noch mehr Hupkonzerte. Ich schließe meine Augen und versuche, meine Angst in den Griff zu bekommen. Lohnt es sich, für einen Flug nach Booneville sein Leben zu lassen? Im Moment fühlt es sich an, als würde es das. Panik und Übelkeit überwältigen mich, ich öffne das Fenster, schnappe ein wenig nach Luft und stülpe meine freie Hand über den Mund, um die Übelkeit in Schach zu halten.
Mein Herz hämmert, ich erreiche den Check-in-Schalter 30 Minuten vor dem Abflug und bekomme gesagt, dass der Flug bereits geschlossen ist.
»Kennen Sie die Reisebedingungen? Sie müssen mindestens zwei Stunden vorher da sein.«
»Das weiß ich, aber mein Taxi hatte eine Panne auf dem Highway. Ich muss unbedingt diesen Flug kriegen, bitte.«
»Tut mir leid, Sie wurden auf morgen umgebucht.«
Fünf Minuten lang bettle, flehe und mime ich – aber nur fast – einen Nervenzusammenbruch. Ich werde eigentlich nie aggres-

siv, aber während dieser 300 langen Sekunden sehe ich mich bereits mit meiner zwei Tonnen schweren Prozessanwaltsaktentasche auf die Angestellte einschlagen und schreien: »Dann lassen Sie uns doch mal sehen, wer hier wen umbucht!«
Nach einer halben Ewigkeit theatralischer Gesten händigt sie mir eine Bordkarte aus.
Ich renne zum Sicherheitscheck, wo gleich der erste Beamte meinen neuen Flakon J'adore-Dior-Parfüm konfisziert, den mir meine Mutter vor meiner Abreise geschenkt hat. Obwohl ich mich in Parfümerien tendenziell sehr ungeschickt anstelle, habe ich noch nie gehört, dass jemand zu Tode gesprüht worden wäre. Wütend händige ich dem Beamten das Fläschchen aus.
Der zweite Sicherheitsbeamte wirft einen Blick auf meinen französischen Pass und beäugt mich misstrauisch. Ich ignoriere ihn, lege meinen Laptop auf das Sicherheitsband und kämpfe mit meinem Aktenkoffer in der einen und meinem Jederzeit-erreichbar-Teil in der anderen Hand. Ich sehe bestimmt wie eine wandelnde Katastrophe aus.
Ich jongliere noch immer mit meinem Aktenkoffer, als mein BlackBerry klingelt.
»Catherine, wo sind Sie?«
»Hi, Bonnie, ich gehe gerade durch die Sicherheitskontrolle. Kann ich Sie zurückrufen?«
»Nein, können Sie nicht. Ich habe den Kunden auf der anderen Leitung und muss sicher sein, dass alles planmäßig verläuft.«
Der Sicherheitsbeamte schenkt mir einen bösen Blick. »Bitte geben Sie mir Ihr Handy, Miss.«
»Bonnie, ich muss jetzt los.«
»Sagen Sie dem blöden Sicherheitstypen, dass das hier wichtiger ist.«
Ich hole tief Luft und verkneife mir eine karriereschädigende Antwort.

»Alles verläuft nach Plan, wir liegen in der Zeit.«
»Dann sorgen Sie dafür, dass das so bleibt.«
Ich überreiche dem Sicherheitsbeamten mein Handy, er stöhnt, verdreht die Augen und legt es in das Plastikkörbchen.
Nach dem Start vertiefe ich mich schnell wieder in meine Mappe.
Ein Prüfverfahren ist etwas, bei dem Juristen anderen Juristen überwältigend viele Informationen und Unterlagen zuspielen, ohne sich bewusst zu sein, in welches Chaos sie sich damit befördern. Praktisch gesehen gehört außerdem dazu, dass man ein paar Tage Rechtsurkunden in verstaubten Archiven wälzt, die sich irgendwo in der Pampa mitten in einem Industriegebiet befinden, ohne Fenster, ohne Luftzufuhr und offenbar auch ohne saubere Unterwäsche. In den vergangenen sechs Jahren habe ich eine erstaunliche Fähigkeit darin entwickelt, riesige Stapel Unterlagen in Rekordzeit durchzusehen und den Inhalt in wenigen Zeilen zusammenzufassen. Dieser Auftrag unterscheidet sich also nicht von all den Prüfverfahren, die ich in Paris durchgeführt habe, und wird Bonnie hoffentlich zeigen, was ich so draufhabe.
Ich überfliege ein paar Seiten und werde dann von einer Frau abgelenkt, die sich mit ihrem – *quelle horreur!* – rotgelben Frotteetrainingsanzug und weißen Turnschuhen an mir vorbeidrängt. Die Jogginghose ist mindestens zwei Nummern zu klein und unterstreicht die Orangenhaut an ihren Oberschenkeln. Warum tun manche amerikanischen Frauen sich das bloß an? Ich würde ihr am liebsten eine Flasche Elancyl-Slimming-Gel in die Hand drücken, um ihren Stoffwechsel anzukurbeln. Aber leider habe ich nur das Necessaire der Firma dabei, das keine Creme zum Sprengen von Orangenhaut enthält. Wenn ich zurück bin, muss ich Rikash unbedingt sagen, dass er dem Kulturbeutel ein paar wichtige Kosmetika hinzufügen soll.

Ich wende meinen Blick von der Frotteehorrorshow ab und lese weiter, immerhin habe ich nur noch drei Stunden Zeit, um die 30 Zentimeter dicke Heftmappe durchzugehen. Ich stecke mir die Kopfhörer meines iPods in die Ohren, um die Geräusche um mich herum auszublenden, und versuche, mich ganz auf den Inhalt zu konzentrieren – den Red-River-Geschäftsbericht, die kürzlich entrichteten öffentlichen Abgaben sowie einen Fragebogen zur Unternehmensbewertung. Dieser ist 15 Seiten lang und listet jedes Dokument auf, das ich im Archiv aufstöbern soll. Ich mache mir Notizen am Rand und ordne sie nach Wichtigkeit.

Ich spähe durch das kleine Flugzeugfenster, blicke auf Manhattans langsam entschwindende Skyline und überlege, wer in diesen luxuriösen Wolkenkratzern wohnen könnte: erfolgreiche Unternehmer und Freiberufler, die irgendwann einmal viel gearbeitet haben.

Der Gedanke, in einen kleinen, muffigen Raum voller Kisten mit Dokumenten gesperrt zu werden und 13 Stunden täglich Post-it-Zettel auf Ordner zu kleben, ist nicht gerade glamourös, aber ich halte die Ohren steif. Vielleicht werde auch ich eines Tages Partnerin und wohne in einem dieser Wolkenkratzer. Der Gedanke macht mich schwindelig vor Aufregung.

* * *

Ein Cadillac Escalade wartet am Flughafen auf mich. Ich habe noch nie in einem so großen Gefährt gesessen, man könnte es als Zweitwohnung benutzen. Neben dem Auto steht eine kleine Frau in grauen Flanellhosen und pinkfarbenem Twinset und hält ein Schild hoch, auf dem in Großbuchstaben mein Name steht. Ihre Haare sind wasserstoffblond und turmhoch aufgesteckt, sie hat malvenfarbige Fingernägel. Der Kulturschock ist heftiger als erwartet.

»Catherine, sind Sie's?«, ruft sie freudig mit Südstaatenakzent.
Ich nicke. Sie stürzt sich auf mich.
»Wieee nett, Sie zu treffen, Liebes! Mein Name ist Jacqueline. Ich bin die Sekretärin des Chefsyndikus.«
»Freut mich, Sie kennenzulernen, schön, dass ich hier bin.«
Ich versuche, mit meinem engen Bleistiftrock und den Stöckelschuhen ins Auto zu klettern, wobei Jacqueline mir freundlicherweise einen Klaps auf den Hintern versetzt, so dass ich es auf den Rücksitz schaffe. Der Chauffeur legt mit einer Hand den Gang ein und hält in der anderen einen riesigen Becher Kaffee.
Wir fädeln uns in den Verkehr auf dem Highway ein, er steuert mit seinem Ellbogen, trinkt dabei aus seinem Becher und beschleunigt rasant. Ich versuche, ein wenig die Landschaft der Südstaaten zu betrachten, doch die unberechenbaren Fahrmanöver des Chauffeurs schütteln mich von einer Seite auf die andere. Das Fahrzeug stinkt nach Rauch, und während unserer zweistündigen Fahrt in extremer Hitze habe ich das Gefühl, mich gleich übergeben zu müssen, was durch Jacquelines billiges Parfüm und ihre unaufhörliche Quasselei nur noch verstärkt wird.
Im Hauptsitz von Red River führt Jacqueline mich gleich zum Sicherheitsdienst, damit ich einen Ausweis bekomme. Eine unangenehme Prozedur, weil man ein Foto von mir machen muss.
Ich bin nicht in der Stimmung für ein Foto, gebe aber mein Bestes und lächle in die Kamera. Das Ergebnis schrammt nur knapp an einem Verbrecherfoto vorbei.
Wir fahren mit dem Aufzug in den Keller und gehen durch einen dunklen Flur in einen grauen, düsteren Raum. Überall stapeln sich Dutzende von Kisten bis unter die Decke. Jetzt geht's los.
»Hi, ich bin Rob«, schallt eine tiefe Stimme aus dem Keller.

»Chefsyndikus der Red River Steel Mills.« Ein untersetzter dunkelhaariger Mann steht am Eingang des kerkerartigen Raums. Er trägt einen moosgrünen Anzug, ein lilafarbenes Hemd, eine breite Krawatte und hat einen Ausdruck auf dem Gesicht, als ginge die Welt unter.

»Hi, Rob. Ich bin Catherine.«

»Ja, ich weiß.« Er sieht aus wie Hannibal Lecter bei seinem ersten Treffen mit Clarice. »Sie wollen uns also ausspionieren?«

Irgendwas sagt mir, dass dieser charmante Jurist mir die nächsten Tage zur Hölle machen wird.

»Ich würde es nicht gerade als Spionage bezeichnen. Das ist doch nur eine faire Vorgehensweise, wenn man vorhat, übernommen zu werden.«

»Ich misstraue jedem, der in unser Unternehmen kommt und unsere höchst vertraulichen Dokumente durchsieht. Sie enthalten wichtige Betriebsgeheimnisse.«

»Das ist doch gerade der Spaß an der Sache«, versuche ich, ihn aus der Reserve zu locken. »Außerdem bin ich bald wieder weg. Zeigen Sie mir, wo die Unterlagen lagern, dann kann Jacqueline mir beim Kopieren helfen, das müsste schnell gehen.«

Sein Gesichtsausdruck wechselt innerhalb Sekunden von unglücklich zu stinksauer.

»Zunächst einmal habe ich überhaupt keine Zeit, Ihnen bei der Durchsicht der Unterlagen zu helfen, und zweitens ist das Kopieren nicht erlaubt. Jacqueline wird bei Ihnen bleiben, ich möchte, dass sie ein Auge auf Sie hat, damit Sie nichts mitnehmen. Nichts darf das Firmengelände verlassen.« Sein Tonfall wird teuflisch freundlich. »Sie kann Ihnen aber gerne Kaffee servieren, der ist bei Red River gratis.«

Ich starre die beiden an, bin sprachlos und sauer. Selbst wenn ich die Klauseln eines Vertrags in 15 Minuten grob zusammenfassen kann, ist das hier doch zu viel des Guten. Wie soll ich es ohne Kopierer schaffen? Ich atme tief durch und überlege, dass das hier meine Eintrittskarte zu Bonnies Respekt ist.

»Dann fange ich am besten gleich an.«

Mein Telefon klingelt. Bonnie.

»Catherine, wie weit sind Sie?«

»Ich habe noch nicht einmal angefangen.«

»Worauf warten Sie noch?«

»Ich bin gerade erst angekommen. Wussten Sie, dass ich nicht kopieren darf?«

»Tssss, natürlich, das ist die übliche Vorgehensweise. Haben Sie so etwas denn noch nie gemacht?«

»Natürlich, aber in Frankreich darf man nach üblicher Vorgehensweise Kopien machen. Schicken Sie mir lieber ein paar Leute. Ich brauche sonst eine Ewigkeit, bis ich alles durchgesehen habe.«

»Das kommt überhaupt nicht in Frage, Catherine. Warum, glauben Sie, zahlen wir Ihnen solche Unsummen? Sie sind nicht mehr in Frankreich.«

Das stimmt, das bin ich nicht mehr, ich bin im Land der Cowboys. »Okay, ich tue mein Bestes und versuche, alles so schnell wie möglich über die Bühne zu kriegen.«

Sie legt auf.

Nach sechs langen Stunden und mühseligen Notizen aus verschiedensten Vereinbarungen auf einem gelben Notizblock kommt Jacqueline an meinen Tisch.

»Möchten Sie Kaffee? Der kostet bei Red River nichts.«

Mein kurzer Blick in die Porzellantasse fällt auf ein wässriges braunes Gesöff.

»Nein danke.«

»Werden Sie noch lange bleiben, Catherine?« Jacquelines Make-up beginnt zu schmelzen, und ihre Frisur fällt bereits zusammen.

»Vermutlich noch fünf oder sechs Stunden. Sie können aber gerne nach Hause gehen, wenn Sie wollen.«
»Oh, nein, ich habe strikte Anweisungen, Sie nicht aus den Augen zu lassen.«
Ich weiß nicht, ob ich mich oder Jacqueline mehr bedauern soll, und mache mir weiter Notizen. Nachdem Jacqueline alle möglichen Klamotten online gekauft und ein paar Dutzend Mal Solitär am Computer gespielt hat, platzt es plötzlich aus ihr heraus: »Okay, ich sollte Feierabend machen.«
»Sind Sie sicher? Sollten Sie nicht hierbleiben und auf mich aufpassen?«
»Nein, ist schon in Ordnung, ich glaube, Sie sind ein anständiges Mädchen. Außerdem sind hier überall Überwachungskameras«, sagt sie und lächelt mich mit dem unverkennbar diabolischen Red-River-Lächeln an. »Und vergessen Sie den Kaffee nicht. Ich habe gerade eine frische Kanne gemacht.«
Als sie gegangen ist, tripple ich zum Münzautomaten und suche nach etwas, das mich die nächsten Stunden wach hält und nicht nach wässrigem Kaffee schmeckt. Ich entscheide mich für eine Dose Coca-Cola, damit ich nicht in ein tiefes Koma falle. Mit Koffein abgefüllt, bin ich für die kommenden Stunden im Kerker gerüstet.
Ich mache mich über eine Kiste in einer Ecke des Raums her, die ich zuvor nicht gesehen hatte. Ich wühle mich durch alte Korrespondenz und stoße auf einen dunkelgrünen, nicht beschrifteten Ordner. Darin finde ich einen vergilbten, 20 Jahre alten Briefwechsel zwischen Führungsstab und Firmengewerkschaft. Ich sehe alles schnell durch, bis mein Blick auf ein Blatt Papier fällt. Was ist das? *Très curieux.*
Ich ziehe die Seite aus dem Ordner, und meine Entdeckung schockiert mich: Es handelt sich um einen etwa einen Monat alten Brief von der Börsenaufsicht, in dem die Führungsetage der Red River des Betrugs bezüglich der Rückdatierung von

Aktienoptionen beschuldigt wird. Oha! Das ist ein dickes Ei. Ich lese den Brief durch, er enthält weitere Betrugsvorwürfe gegen die Geschäftsführung und den obersten Controller wegen versuchter Verschleierung der Aktienoptionspläne.
Ich mache mir Notizen und stecke dann den Brief in den Ordner zurück. In New York ist es fast fünf Uhr morgens, aber Bonnie ist bestimmt schon wach. Was soll ich tun? Ich starre ein paar Minuten lang mein Telefon an und rufe sie dann an, sie hebt sofort ab.
»Ich hoffe, dass es wichtig ist.« Im Hintergrund höre ich das Surren eines Laufbands.
»Ich habe ein kürzlich verfasstes Schreiben der Börsenaufsicht gefunden, in dem sowohl Geschäftsführung als auch der oberste Controller des Betrugs beschuldigt werden.«
»O mein Gott.« Die Leitung wird unterbrochen.
Ich gehe zurück ins Archiv, werde immer nervöser und erwarte unruhig weitere Anweisungen von Bonnie, die aber nicht kommen. Meine Bluse ist durchgeschwitzt, ich fühle mich wie ein verschimmelter Camembert. Also gehe ich mit meinem Necessaire auf die Toilette, spüle mir den Mund aus und werfe ein paar Aspirin gegen meine hämmernden Kopfschmerzen ein. Dann setze ich mich auf die Waschtischplatte und betupfe meine Bluse mit Deodorant, um die Flecken zu überdecken, als eine verweinte und erschöpfte Jacqueline hereinstürmt. Sie packt mich am Arm und zerrt mich in die Lobby im Erdgeschoss. Dort wartet bereits ein Sicherheitsbeamter auf mich, der mich wie eine Kriminelle aus dem Gebäude führt.
Ein Taxi erwartet mich. Ich nehme an, der Escalade ist gestorben.
Ich bedanke mich bei Jacqueline, dann schwirre ich ab.
Im Flugzeug bestelle ich zur Feier des Tages ein Glas Champagner. Ich bin total erledigt, strahle aber vor Stolz. Ich habe

gleich an meinem ersten Arbeitstag für unseren größten Kunden Millionen Dollar gerettet. Aber was noch besser ist, ich kann jede einzelne der vergangenen vierundzwanzig Stunden in Rechnung stellen. In New York wird Bonnie mir voraussichtlich für meine hervorragende Arbeit danken. Vielleicht wird sie sogar eine Partnerschaft ansprechen.

Aber das passiert nicht.

Willkommen in New York.

2. Kapitel

Warum sind Sie nicht beim wöchentlichen M&A-Meeting?«, brüllt Bonnies Stimme aus meiner Freisprechanlage. Es ist mein zweiter Tag in der Arbeit, mein erster im Büro.

»Wo, bitte?«

»Sie sind spät dran. Kommen Sie sofort hier runter!«, kreischt sie, dann hängt sie auf.

Ich suche fünf Minuten lang verzweifelt in dem riesigen Labyrinth aus Zellen und Büros nach dem Konferenzraum und finde ihn schließlich völlig außer Atem. Ich quetsche mich leise durch die Tür, schaue an mir hinunter und entdecke zu meinem Entsetzen eine lange Laufmasche in meiner Seidenstrumpfhose, die sich über die gesamte Länge meines linken Beins zieht. Mist. Im Sitzungssaal lauschen ein paar aggressiv wirkende Anwälte aufmerksam Bonnies Worten, die Diagramme auf eine weiße Tafel malt. Sie sieht mich böse an, als ich mich seitwärts an allen vorbeischiebe, um zu vermeiden, dass die Gruppe die Laufmasche in meiner Strumpfhose entdeckt.

»ABC Acquisition Corp., eine Tochtergesellschaft der Pear Partners, will Anteile der Bella Inc. und China Enterprises Inc. kaufen, wir beraten ABC.«

Sie zeichnet für jede juristische Person ein blaues Viereck und verbindet diese mit roten Linien, um ihre Angliederungen zu verdeutlichen. »Bella ist im Besitz von 45 Prozent der Bingo

Industries, und China ist eine Beteiligungsgesellschaft, der wiederum 55 Prozent der Bella gehören.« Sie zeigt auf die Tafel und wirft dabei wie ein Model aus der Shampoowerbung ihr Haar zurück. Ich stelle mir vor, wie sie verführerisch flüstert: »Hasst mich nicht, ich bin wunderschön.« Dann beugt sie sich leicht nach vorne, liest ihre Notizen durch und entblößt dabei bewusst ein beeindruckendes Dekolleté, das von einem etwas zu kleinen Spitzen-BH noch hervorgehoben wird. Ich bin sprachlos, aber die Räubertypen im Saal wirken entzückt.

Zehn blaue Vierecke und 45 rote Linien später wird mir klar, dass ich in der Eile nichts mitgenommen habe, um mir Notizen zu machen. Ich ziehe eine alte Kreditkartenabrechnung aus meiner Handtasche und zeichne mit meinem Lipliner ähnliche Vierecke und Dreiecke wie auf der Tafel. Verdammter Mist! Ich krame so leise wie möglich in meiner Tasche und finde einen zerknüllten Drogeriekassenbon. Ich zeichne weiter und versuche dabei, mit meinem linken Arm meine schäbigen Notizen zu verbergen. Am Ende des Meetings warte ich, bis alle den Raum verlassen haben, haste dann auf die Toilette und ziehe meine kaputte Strumpfhose aus.

Plötzlich habe ich Angst. Ich wollte immer an großen Übernahmen beteiligt sein, deshalb kam ich nach New York, aber mit Bonnie an solchen Übernahmen zu arbeiten, könnte zu einer Herausforderung werden. Ich muss mehr tun, als mir Lippenstift-Notizen zu machen.

Als ich wieder an meinem Schreibtisch sitze, stürmt ein nervös wirkender Mann mit dunklen Augen und schwarzen Locken in halsbrecherischem Tempo in mein Büro. Er trägt ein lavendelfarbenes Hemd mit Manschettenknöpfen und ist mit Heftmappen und Unterlagen bewaffnet.

»Sie müssen Catherine sein. Diese Unterlagen hier sollen Sie sofort bearbeiten.«

Unsere Blicke treffen sich, als er näher kommt. Die Intensität seines Blicks steht in krassem Gegensatz zu seinem jungenhaften Gesicht und trifft mich wie der Blitz.

Oh, là, là ... Ich könnte ihm stundenlang nur in die Augen sehen. Ich schürze meine geglossten Lippen und werfe ihm einen rehäugigen Blick à la Amélie Poulain zu. Höre dann aber gleich wieder auf damit. Konzentration, Catherine, Konzentration!

Das muss Antoine sein. Während meines Vorstellungsgesprächs mit Scott, dem Chef des Unternehmens, erwähnte er, dass ich die Unterlagen eines Anwalts übernehmen würde, der nach Paris versetzt würde. Einen Augenblick wünsche ich mir, ich wäre in Frankreich geblieben.

»Das ist für Sie.« Er zeigt auf einen dicken Ordner. »Eine Sammlung Präzedenzfälle, die ich geschaffen habe. Die Mappe enthält alle Unterlagen, die Mandanten anfordern könnten, ich habe sie außerdem nach Mandantennamen, Art und Datum sortiert.«

Ein rascher Blick auf seinen Ordner zeigt, dass es ein großes juristisches Kunstwerk sein muss. Perfekt umrissene Zusammenfassungen eines jeden Dokuments und Präzedenzfalls sind peinlich genau zwischen farbigen Reitern plaziert. Ich muss in große Fußstapfen treten.

»Hier ist außerdem eine Kopie des Wertpapiergesetzes. Sie sollten es so schnell wie möglich durchlesen. Das wird Ihr täglich Brot.«

Das ganze Wertpapiergesetz durchlesen? Der bloße Gedanke, mehr als tausend Seiten juristischer Details zu lesen, beschert mir ein flaues Gefühl im Magen. Ich bin ja schon im Rückstand mit meinen eigenen Aufgaben.

Als er mir den dicken Schinken überreicht hat, dringt auch schon eine Frauenstimme durch die Sprechanlage.

»Antoine, ein Anruf der Börsenaufsicht für Sie auf Leitung eins. Der Leiter der Beurkundungsabteilung möchte Sie dringend sprechen.«

»Setzen Sie ihn in die Warteschleife, ich komme sofort.« Er flitzt aus meinem Büro. Er hat wohl das Memo zum Freundschaftsprogramm mit Hallo- und Auf-Wiedersehen-Sagen nicht erhalten.

Ich denke gerade über Antoines Besuch nach, als Mimi anruft.

»Haben Sie noch Fragen zu den Gebühren?«

Ich arbeite seit sechs Jahren für die Firma und bin äußerst versiert in der Abrechnung der horrenden Stundenhonorare der Firma. Wirtschaftlich funktioniert eine große Anwaltssozietät folgendermaßen: Als Mitarbeiter werden einem etwa ein Drittel der berechneten Stunden honoriert, ein weiteres Drittel dient zur Deckung der Betriebsauslagen, das letzte Drittel verschwindet in den Taschen der Partner. Die Partner einer großen Sozietät machen viel Geld auf dem Rücken ihrer Mitarbeiter, was erklärt, weshalb sie so viele anstellen und warum es nur so wenige an die Spitze schaffen. Das ist wie ein riesiges Pyramidenschema, nur dass Pyramidenschemen eigentlich illegal sind und das Vorgehen der Sozietäten nicht.

Im New Yorker Büro wird die höchste Stundenanzahl verrechnet, und um dahin zu kommen, wo ich hinkommen will, muss ich jährlich mindestens 2200 Stunden verrechnen. Was heißt, dass ich sofort damit anfangen sollte.

Auf meinem Schreibtisch häufen sich Hefter und Unterlagen.

Maria, Antoines Assistentin, ruft an. »Antwan möchte wissen, ob Sie Chinesisch oder Italienisch bevorzugen. Er will heute Abend um neun bei einem Essen im Sitzungssaal ein paar Unterlagen mit Ihnen durchgehen.«

In diesem Augenblick trifft mich die harte New Yorker Realität.

Ich nehme die Herausforderung an.

3. Kapitel

»Den Cappuccino überspringen wir einfach, würde ich sagen.«

Rikash steht in einer perfekt geschnittenen Leinenjacke und mit einer Kuriertasche von Prada über der Brust strahlend in der Tür meines Büros.

»Willst du einen Espresso? Ich gehe auf einen Kaffee und eine Zigarette hinunter. Die Kackbrühe von dem Frühstück hier kann ich nicht ausstehen.«

»Das wäre großartig. Für einen guten Kaffee würde ich alles tun.«

Rikash setzt sich, während ich in meinem Geldbeutel nach Kleingeld krame.

»Wie kommst du zurecht? Hast du schon eine Wohnung gefunden?«

»Nein, noch nicht. Ich wohne vorübergehend in einer Firmenwohnung, ich werde mich am Wochenende aber darum kümmern.«

»Gut. Und wie sieht es mit deinen Sommerplänen aus?«

»Sommer? Es ist doch gerade erst Mai.«

Er verdreht die Augen. »Schätzchen, ich muss dir etwas erklären. Die Hitze in dieser Stadt ist im August unerträglich. Du musst unbedingt etwas haben, wohin du flüchten kannst. Wenn du nicht so schnell wie möglich eine Sommerunterkunft suchst, wirst du nichts mehr finden und einsam in der Hitze braten.

Ich mache ein paar Anrufe, vielleicht kann ich dich noch irgendwo in einer WG in Quogue unterbringen.« Die Verachtung in seiner Stimme zeigt mir, dass er mir ebenso gut einen Platz in der Hölle hätte besorgen können.

»Danke, Rikash, ich weiß das wirklich zu schätzen.«

Als er verschwunden ist, mache ich mich an die Korrespondenz in meinem Posteingangskorb. Ich gehe ein paar Ausgaben des *New York Law Journal* durch und Einladungen zu den verschiedensten Juristenworkshops, von denen es so viele in der Stadt gibt, dass einem schwindelig wird. Mittlerweile glaube ich, dass sie für die Juristen eine seltene Gelegenheit bieten, auf Firmenkosten ein wenig zu schlafen.

Unter dem dicken Stapel von Einladungen zu Workshops und juristischen Bulletins liegt ein Katalog, auf dem in Großbuchstaben *J. Crew* steht.

O mein Gott.

Ich bin so begeistert, dass es fast an einen Orgasmus grenzt. Ich blättere die Seiten durch und würde am liebsten in die Bilder eintauchen. Unbekümmert lächelnde Frauen in bonbonfarbenen Shorts und T-Shirts, die Fahrrad fahren und mit Surfern am Strand herumspringen. Das ist Amerika von seiner besten Seite. Und diese tollen Outfits sind nur einen Mausklick von mir entfernt! Die Franzosen bestellen ungern online, sie stellen sich lieber persönlich stundenlang für mittelmäßigen Service an. Ich bevorzuge da den anonymen Mausklick. Das allein klingt schon anzüglich.

Ein Klopfen an meiner Tür lässt mich zusammenzucken. Schnell verstecke ich den Katalog unter einer Ausgabe des *Law Review.*

»Guten Morgen, ich bin Nathan. Ich wollte Sie nicht erschrecken.«

Er ist blond und offenbar Mitte dreißig und trägt den Standardanzug eines Kanzleiangestellten: blauer Anzug, weißes Hemd, blau-rot gestreifte Krawatte und Schildpattbrille.

»Nein, nein, ich habe gerade die News gelesen. Man sollte über die Pläne unserer Mandanten ja auf dem Laufenden bleiben.«

»Richtig.«

Er kommt zu meinem Schreibtisch, verpasst mir einen weiteren lähmenden New Yorker Händedruck, zieht seine Hand aber schnell wieder zurück, als müsse er sie gleich desinfizieren.

»Sie sind wohl neu, was?«

»Hier schon, man hat mich versetzt.«

»Aus Paris?«

Ich nicke.

»Dann haben Sie also vor, Ihre Ferien zu beenden?«

»Wie bitte?«

»Nun kommen Sie, ihr da drüben kriegt doch nie etwas gebacken. Wir wissen genau, was in den Niederlassungen abgeht.«

Ich könnte ihm jetzt erklären, dass ich mir in Paris bis auf die langen Mittagspausen den Hintern aufgerissen habe, für die amerikanischen Mandanten ständig auf Abruf war und aufgrund der Zeitverschiebung bis spät in die Nacht zu Konferenzgesprächen zur Verfügung stehen musste. Doch statt so einen Wortschwall abzulassen, bleibe ich ihm die Antwort schuldig, die später vielleicht gegen mich hätte verwendet werden können, bin mir aber bewusst, dass ich dringend der allgemeinen Auffassung entgegenwirken muss, dass ich die meiste Zeit beim Mittagessen verbracht habe.

»Haben Sie in Frankreich Jura studiert?«

»Ja, aber ich habe auch an einem Austauschprogramm hier in den Staaten teilgenommen.«

»Welchem?«

»Pepperdine.«

Er verdreht die Augen. »Wieder Urlaub.«

Ich möchte ihm eine reinhauen.

»Hm«, ich beiße mir auf die Lippen.

»Das Eckbüro. Wie kommt das?«
»Das ist nur vorübergehend. Bis ein neuer Partner kommt.«
»Oh, alles klar.« Er wirkt plötzlich erleichtert. Und während er sich entspannt, beobachte ich ihn dabei, wie er mit dem Blick meinen Schreibtisch und meinen Computerbildschirm nach etwas Interessantem absucht.
»Womit beschäftigen Sie sich schwerpunktmäßig, Nathan?«
»Ich bin an den wichtigsten Fällen der Firma beteiligt. Letztes Jahr habe ich mehr als 2500 Stunden verrechnet. Ich soll dieses Jahr Partner werden, darum arbeite ich wie verrückt.«
Oh, das ist also meine erste Begegnung mit der Konkurrenz. Vor mir steht eine übereifrige, potenziell hinterhältige und sadistische Maschine: der New Yorker Mitarbeiter auf Beteiligungskurs. Ich atme tief durch, lächle und schlage einen freundlicheren Ton an.
»Schicker Anzug.«
»Danke. Wenn das eine Pariserin sagt, ist das wohl als Kompliment zu werten. Haben Sie mit Mode zu tun?«
»Schuldig im Sinne der Anklage. Ich liebe Schaufensterbummel.«
»Das sehe ich.« Er nickt in Richtung des schlecht versteckten J.-Crew-Katalogs.
»Hm. Der gehört mir nicht.«
»Vielleicht sollten Sie den Vorteil nutzen. Ich weiß nicht, ob Sie hier Zeit fürs Shoppen haben werden.« Er wirft mir ein herablassendes Grinsen zu.
Ich werfe ein halbes Lächeln zurück und nicke: Die Botschaft ist angekommen. Ich werfe einen verärgerten Blick zur Tür und lege ihm damit nahe, seine ach so wichtigen Aktivitäten doch besser wieder aufzunehmen. Er hat es jetzt mit noch mehr Konkurrenz zu tun.

* * *

Ich wende mich einen Augenblick von Bonnies ABC-Akte ab, trinke einen Schluck von dem Kaffee, den Rikash mir geholt hat, und schaue auf die Straße. Von meinem Schreibtisch aus kann ich die Grand Central Station und unzählige Menschen sehen, die eilig zur Arbeit laufen.

Meine Tagträumerei wird von Antoines Stimme aus der Sprechanlage unterbrochen.

»Ich hoffe, Sie haben heute Mittag noch nichts vor. Wir treffen uns mit ein paar Mandanten in der Brasserie.«

Ah, Treffen mit wichtigen Kunden. Mein Herz schlägt höher.

»Perfekt. Mit wem treffen wir uns?«

»Mit zwei Hedgefonds-Managern der PLC Investment. Dicke Fische.«

»Klingt gut.«

»Bonnie kommt auch mit«, fügt er in merklich lustlosem Ton hinzu, was mich vermuten lässt, dass die beiden nicht gerade auf gutem Fuß miteinander stehen.

»Wann?«

»Unsere Reservierung ist in einer halben Stunde, aber ich gehe schon jetzt los. Ich brauche frische Luft. Bonnie stößt dort zu uns.«

Als wir die Straße entlanglaufen, überlege ich, wie ich diese angesehenen Fondsmanager der PLC am besten beeindrucken könnte. Vielleicht erwähne ich die Transaktion, die ich letztes Jahr fachmännisch für die Swiss Bank abgewickelt habe. Oder, um das Eis zu brechen, vielleicht doch lieber die Picasso-Ausstellung im Grand Palais, die ich gesehen habe? Antoine hängt ununterbrochen am Handy, gleichzeitig an seinem BlackBerry. Ich frage mich, ob er die Zeit abrechnen kann, die er an den beiden Geräten verbringt.

Ich lasse die Einrichtung des Restaurants auf mich wirken, während der Maître uns zu unserem Tisch führt. Atemberaubend modernes Design umgibt ein nicht allzu modernes Geschäftspublikum. Bonnie sitzt mit zwei Männern in einer hinteren Ecke, der eine hat eine Wampe und trägt offensichtlich ein Toupet, der andere ist groß, hat eine dicke Goldkette auf der kuschelig behaarten Brust und einen passenden Ring. Beide tragen schlechtsitzende Anzüge. Der Dicke steht auf und begrüßt uns. »Schön, Sie kennenzulernen, Counselor. Ich bin Mel Johnson, das ist mein Kollege Jack Stone.«

»Freut mich auch, Sie kennenzulernen, meine Herren«, ich lächle, schüttle ihre Hände und versuche, meine Enttäuschung über ihren mangelnden Stil zu verbergen.

Mel wirft Bonnie und mir einen lüsternen Blick zu und fragt mit glitzernden Augen: »Sie sind Partnerinnen?«, wobei er sein zweideutiges Wortspielchen mit einer Geste unterstreicht. Dann blinzelt er Antoine schelmisch zu und wendet sich mit einem breiten Lächeln zu seinem Kollegen.

In Gedanken verdrehe ich die Augen über dieses geschmacklose Wortspiel und stelle mir vor, wie ich ihm mit meinem spitzen Absatz einen Tritt zwischen die Beine verpasse, lächle aber höflich zurück.

Unser Mittagessen zieht sich viel zu lange hin, Mel und Jack unternehmen vergebliche Versuche, ihre Französischkenntnisse unter Beweis zu stellen und jeden einzelnen Aufenthalt in Paris zu beschreiben, einschließlich der verschiedenen Junggesellenpartys, bei denen sie halbnackte Tänzerinnen des Crazy Horse bewundert haben. Mel ist nicht gerade die richtige Eintrittskarte für eine Partnerschaft, wie ich sie mir erhofft hatte.

Antoine unterbricht Mels Geschichten und streicht meine juristische Erfahrung heraus. »Catherine hat in Europa viele internationale Mandate bearbeitet. Sie dürfte für Ihre internationalen Expansionspläne also genau die Richtige sein.«

»Phan-tastisch«, antwortet Mel und spielt mit seinem Zahnstocher.

Ich blicke zu Bonnie, die hörbar stöhnt. Sie mag es gar nicht, wenn man ihr die Show stiehlt, schaut in meine Richtung und steht dann auf, um zu gehen. Sie zieht Visitenkarten aus einem golddurchwirkten Etui und wirft sie beiläufig auf den Tisch.

»Meine Herren, es war mir ein Vergnügen. Ich wäre Ihnen gerne behilflich, allerdings ist mein Stundenhonorar erheblich höher als das von Catherine oder Antoine. Andererseits bin ich es auch wert.«

Fassungslos sitze ich wie versteinert auf meinem Stuhl. Warum hat sie uns vor einem Großkunden bloß so runtergemacht?

Mel beobachtet aufmerksam ihr Hinterteil, als sie zum Ausgang geht.

»Die Tussi ist eine echte Spaßbremse. Wie schade. Sie sieht heiß aus. Mit so einem Verhalten hätten wir sie aber ungern in unserem Büro, nicht wahr, Jack? Catherine nehmen wir jederzeit gerne.«

Catherine nehmen? Mein Ekelgefühl ist ebenso stark wie meine Entschlossenheit, Eindruck zu machen.

Antoine wirft Bonnie einen bösen Blick hinterher und versucht, ihren plötzlichen Abgang zu rechtfertigen. »Es tut mir wirklich leid, dass Bonnie so früh gehen musste, aber sie hat ziemlich viel Arbeit auf dem Tisch.«

»Antwuan, Sie brauchen Miss Hochnäsig nicht zu verteidigen, wir würden sowieso lieber mit Catherine zusammenarbeiten.«

Nach einem gefühlt 18 Stunden langen Mittagessen spricht Mel auf dem Weg zum Ausgang endlich die Arbeit an. Er erwähnt begeistert, dass er an der Expansion seiner Firma in Europa arbeitet und in den kommenden Wochen Hilfe bei der Zulassung durch die europäische Aufsichtsbehörde für Wertpapiere braucht.

»Wir hören bald voneinander, Counselor.« Er beendet den Satz mit einem Augenzwinkern und einem Händedruck, der zu anzüglich ist, um noch als höflich zu gelten.

»Wunderbar. Ich freue mich«, antworte ich und bemühe mich, meine wahren Gefühle zu verbergen.

4. Kapitel

Guter Geschmack ist Glückssache, und die meisten der Büros meiner Kollegen beweisen das. Sie sind mit Golfturnier-Trophäen, teuren Briefbeschwerern aus Plexiglas, leeren Champagnerflaschen, die an das Dinner nach wichtigen Abschlüssen erinnern sollen, und hässlichen Souvenirs aus Kurzurlauben dekoriert. Aber in Antoines Büro herrscht eine andere Atmosphäre, es erinnert an ein Atelier für Innenarchitektur. Tulpen stehen auf einem Fensterbrett in einer schönen roten Murano-Vase, hinter seinem Mahagonischreibtisch hängt moderne Kunst. Silberbecher mit gespitzten Stiften und ein in Leder gebundener Kalender stehen ordentlich neben einem Stapel schwarzer und brauner Faltmappen.

Er übergibt mir verschiedene neue Unterlagen, dabei erhasche ich einen Blick auf das Seidenfutter seines Paul-Smith-Jacketts und einen Hauch von Vetiver. Endlich ein Mann mit erlesenem Geschmack, eine willkommene Abwechslung zu den Brooks-Brothers-Anzügen, schlampigen Büros und allzu penetrantem Eau de Cologne.

»Bei diesen Fällen läuft demnächst die Frist ab. Tun Sie mir den Gefallen und sehen Sie sie so schnell wie möglich durch.«

Ich weiß genau, dass er mich testet, weil er sehen will, was ich so draufhabe, und ich bin wild entschlossen, ihn nicht zu enttäuschen. Ich klappe die oberste Mappe auf und werfe einen Blick auf das Deckblatt. »Der Allen-&-Partners-Fall, im *Jour-*

nal stand heute Morgen etwas darüber, stimmt's?« Meine Antwort überrascht ihn, er lächelt mir zu und bietet mir ein Bonbon aus einer Glasschale an.

»Nehmen Sie ein paar mit, sie helfen bei der Durchsicht der Unterlagen.«

Ich gehe auf sein Vergleichsangebot ein und greife nach den Köstlichkeiten.

»Danke.«

»Ich bin froh, dass Sie Erfahrung haben. Ich hatte schon befürchtet, man würde einen totalen Neuling hierher versetzen«, sagt er freundlich und in verschwörerischem Ton.

»Ich habe mir mit solchen Transaktionen schon ein paarmal die Nächte um die Ohren geschlagen.«

Auch er greift nach einem Bonbon und wechselt dann das Thema.

»Catherine, haben Sie sich in Paris mit Urheberrecht befasst?«

»Ja. Ich habe ein paar Verträge für französische Software-Firmen ausgehandelt.«

»Dann kennen Sie sich mit internationalen Urheberrechtsgesetzen aus?«

»Natürlich.«

»Gut. Ich möchte Sie gerne in einen wichtigen Fall für einen französischen Kunden einführen, der hier Geschäftsinteressen hat.«

Ich nicke zustimmend und erwarte einen Auftrag für die France Telecom oder eine große französische Bank.

»Kein Problem, das mache ich gerne.«

»Es ist Christian Dior.«

Ich falle beinahe vom Stuhl. Schon immer war es mein Traum, meinen Lieblingsdesigner in Rechtsfragen zu beraten, doch man sagte mir stets, das Unternehmen werde ausschließlich von einer der renommiertesten französischen Kanzleien vertreten. Ich hätte niemals gedacht, dass mir die Versetzung nach New York diese neue Möglichkeit eröffnen würde.

»Wickelt nicht Pineau La Rochelle die rechtlichen Dinge für Dior ab?«

»In Europa schon, aber man hat uns ein Mandat für eine besondere Angelegenheit hier in New York erteilt.«

»Oh?«

»Man hat uns beauftragt, in Manhattan hart gegen die Fälschung der Luxusartikel von Dior vorzugehen.«

Ich starre ihn an. Dann stelle ich mir vor, wie ich erfolgreich einen internationalen Verbrecherring zu Fall bringe, der an den Straßenecken gefakte Diortaschen zum Schleuderpreis verkauft. Mein Lohn? Dass man mich zum Mitglied der *Légion d'honneur* macht, ich trage zu diesem Anlass wie Carla Bruni ein maßgeschneidertes Kleid von John Galliano. Und Sarkozy betrachtet mich voller Stolz.

»Natürlich, mache ich sehr gerne!«

»Großartig, ich wollte es schon jemandem in der Urheberrechtsabteilung übergeben, aber Sie sprechen Französisch und können besser mit Pierre Le Furet, dem IP-Direktor bei Dior, der das Ganze leitet, kommunizieren.«

»Wann soll es losgehen?«

»Sie fangen am besten gleich zu recherchieren an. Dabei sollten Sie vom neuen PRO-IP-Gesetz ausgehen, das vor kurzem verabschiedet wurde. Dieses Gesetz hält die Gerichte offenbar dazu an, bei Verstößen gegen das Urheberrecht zivil- und strafrechtlich härtere Strafen zu verhängen. Ich würde mir außerdem den Bericht der Vereinigung der Fälschungsgegner durchlesen und die Markenverletzungsbehörde des New Yorker Police Departments anrufen. Ich kann Ihnen den Namen des zuständigen Beamten geben, er kann Ihnen bestimmt weiterhelfen.«

Ich mache mir eilig Notizen und stelle mir vor, wie ich Hand in Hand mit der New Yorker Polizei bei einer Razzia in Chinatown ein Warenlager voller gefälschter Waren hochgehen lasse. Ich hatte geahnt, dass meine Versetzung nach New York spannend werden würde, doch dass sie zu einer Folge aus der Serie *Law & Order* werden würde, hätte ich mir niemals träumen lassen.

»Okay.«

»Das könnte in viel Arbeit ausarten, dazu kommt noch alles, womit Bonnie Sie eindeckt«, sagt er, verschränkt die Arme und sieht verärgert drein. »Lassen Sie es mich wissen, falls es zu viel werden sollte. Dieser Fall ist für die Firma ungemein wichtig.«

»Natürlich.«

Er starrt mich zögernd an, steht dann auf und schließt die Tür. »Catherine, wenn Sie hier überleben wollen, müssen Sie ein paar Regeln kennen.«

»Okay«, antworte ich erwartungsvoll und hoffe, ein paar Tipps zu bekommen, die für mich von Nutzen sind.

»Ich weiß, dass Sie schon ein paar Jahre für die Kanzlei arbeiten, aber in New York ist das etwas völlig anderes. Sie müssen das hier wie ein mittelalterliches Feudalsystem sehen.«

»Okay.« Ich nicke, habe aber keine Ahnung, wovon er redet.

»Sie müssen wissen, dass die Seniorpartner gewissermaßen die Feudalherren sind. Sie führen ihre Anhänger – also ihre Abteilungen – in den Kampf um mehr Territorium: Mandanten, Fälle und Stunden. Der Lohn dafür ist eine Bonuszahlung am Ende des Jahres.«

Feudalherren? Kämpfe um mehr Territorium? In Paris war es schon ein harter Konkurrenzkampf, aber das hier klingt völlig bescheuert! Ich starre Antoine an und frage mich, ob er abends sein Paul-Smith-Jackett ablegt und *World of Warcraft* spielt. Ich kichere, weil ich das alles für einen Scherz halte, doch er bleibt ernst.

»Sie müssen sich unbedingt mit einem Feudalherrn verbünden, der Ihnen ständig Arbeit rüberschiebt, wenn die Zeiten schlechter werden. Kein Feudalherr, keine Zukunft bei Edwards & White.«

Er ist immer noch todernst. Aber was bedeutet das für mich?
»In der Kanzlei ist einiges am Kochen. Sie brauchen Schutz.«
Schutz? Das klingt mehr nach einem Mafiaring als nach einem Feudalsystem.
»Und wer ist Ihr Feudalherr?«, frage ich.
»Scott.«
»Und wer sollte meiner sein?«
»Bonnie, denke ich.«
Bonnie? Er hasst sie doch. Versucht er, mich reinzulegen?
»Ich glaube nicht, dass sie meine Feudalherrin sein wird, sie ist viel zu beschäftigt« – und viel zu gehässig, aber das sage ich nicht.
»Catherine, kommen Sie auf den Boden zurück«, sagt er gereizt. »Hier haben alle viel zu tun. Sie brauchen Bonnie, weil sie Ihnen Arbeit zuschieben kann. Ständige Arbeit ist der Weg zur Partnerschaft.«
»Verstehe.« Denke ich.
»Gut. Und noch was. Hat Scott mit Ihnen über ehrenamtliche Tätigkeit gesprochen?«
»Nein.«
»Wir sind alle angehalten, ab und zu kostenlos zu beraten, Catherine. Das ist aber kein Ersatz für die Verpflichtung, genügend Arbeitsstunden zu absolvieren.«
»Haben Sie so etwas schon einmal gemacht?«, frage ich ihn, weil ich wissen will, ob erfolgreiche Mitarbeiter das tatsächlich tun oder ob es nur ein Lippenbekenntnis ist.
»Ja, für eine Förderschule in Harlem. Die wollen in ein neues Gebäude ziehen, weil sie mehr Platz für ihre Kunstprojekte brauchen, und ich handle die Mietverträge aus.« Seine Stimme ist weicher geworden. »Das ist sehr bereichernd.«
Ich bin überrascht, dass ein Workaholic wie Antoine sich bei seinem vollen Terminkalender die Zeit nimmt, Schulkindern in Harlem zu helfen.

»Das ist toll! So etwas würde ich auch gerne machen. Aber mal ehrlich, wann finden Sie die Zeit dazu?«

»Ich nehme sie mir einfach – meistens am Wochenende.«

Meine Wochenenden in Paris sahen folgendermaßen aus: Wenn ich nicht im Büro war, verbrachte ich die Zeit damit, im Le Bon Marché zu stöbern, Galerien ausfindig zu machen oder im Bett zu liegen und mich von einem Abend mit meinen Freundinnen und zu viel Rotwein zu erholen. Mein Mangel an Nächstenliebe ist mir peinlich.

Diese unerwartete Eröffnung macht mich neugierig, ich will mehr über Antoine und sein Privatleben erfahren.

»Darf ich neugierig sein? Warum gehen Sie nach Paris?«

»Aus persönlichen Gründen.« Doch bevor er das ausspricht, wendet er sich ab.

Seine kurz angebundene Antwort verunsichert mich. Ich mache einen Rückzieher, indem ich ihm schmeichle. »Die Niederlassung in Paris kann Zuwachs gut gebrauchen. Niemand dort hat Ihr Format.«

Er antwortet mit einem dankbaren Lächeln.

Als ich sein Büro verlasse, frage ich mich, was Antoine zu diesem Schritt bewegt haben könnte. Er ist mir ein Rätsel.

Ich nehme den längeren Weg über die Rezeption und werfe dabei einen flüchtigen Blick in Bonnies Büro. Im Gegensatz zu den anderen, düster eingerichteten Büros ist ihres sehr hell und modern. Vor dem Fenster steht eine lange weiße Ledercouch, Barcelona-Sessel sind direkt vor ihrem Schreibtisch aus Edelstahl und Glas plaziert. Die Optik ist frostig und passt, soweit ich das beurteilen kann, zu ihrem Charakter.

Zurück in meinem Büro, werfe ich einen Blick in meinen Terminkalender, der mitten auf dem Tisch liegt, und sehe mit heutigem Datum in dicken roten Buchstaben Rikashs Geburtstag vermerkt. Verdammt. Ich muss *tout de suite* etwas unternehmen. Jeder Anwalt weiß, wie entscheidend ein gutes Verhältnis zum eigenen Assistenten ist. Wie beim Verhältnis zwischen einer Schauspielerin und ihrer Maskenbildnerin.

Ich eile zu Mimi, sie ist die Meisterin der Bürogepflogenheiten.

»Mimi, darf ich Sie einen Augenblick stören? Ich bräuchte Ihre Hilfe.«

»Natürlich, Schätzchen, was kann ich für Sie tun?«

»Rikash hat heute Geburtstag, ich würde ihn gerne zum Mittagessen einladen. Wissen Sie, wo er gerne hingeht?«

»Tut mir leid, keine Ahnung. Aber es ist sowieso Restaurantwoche«, und dann kramt sie in ihrer Schreibtischschublade. »Hier, eine Ausgabe der *Zagat,* sehen Sie sich die fettgedruckten Namen an.«

»Danke, ich schulde Ihnen was.«

Ich eile zurück zu meinem Schreibtisch und fange an, die Nummern zu wählen. Das Four Seasons, voll. Le Cirque, ausgebucht. Aureole, nichts vor 15.30 Uhr. Ich versuche es noch bei ein paar anderen Restaurants und stolpere dann über die Nummer des 21 Club. »Ja, wir haben noch einen Tisch für zwei um 13 Uhr.«

»Großartig, den nehme ich.«

* * *

»Das hier ist ja ein richtiger Männerclub. Ich würde lieber im Café de Flore sitzen und Leute beobachten.«

Offenbar ist meine Wahl nicht der Renner, wie ich gehofft hatte. »Okay, das mag vielleicht nicht unbedingt der angesagteste Laden sein, ich habe aber gelesen, dass er während der Prohibition eine Flüsterkneipe war. Ist doch irgendwie aufregend, findest du nicht?«

»Pah, die Prohibition ist zum Glück lange vorbei. Ohne meinen Gin Tonic nach der Arbeit würde ich sterben.« Er nimmt seine Sonnenbrille ab.

»Gin Tonic? Ich hätte dich eher für einen Martini-Typ gehalten.«
»Lass dich von meinem entzückenden Äußeren nicht täuschen, ich bevorzuge harte Drinks ohne Eis und künstliche Aromastoffe.«
Ich sehe mir die Speisekarte an und entscheide mich für das klassische Mittagsmenü. »Ich nehme den Burger auf Nummer 21, dazu Pommes und ein Glas Rotwein. Was nimmst du?«
»Wie kannst du nur all das fettige Zeug essen und so schlank bleiben?«
»Ich bin Französin, schon vergessen?«
»Oh, na klar, und weil ich das nicht bin, nehme ich den Salat des Hauses. Die Badesaison steht vor der Tür.«
»Möchtest du Wein?«
»Nein danke. Ich halte mich streng an die Regel, vor 17 Uhr keinen Alkohol zu trinken.«
»Das sollte ich vermutlich auch, aber ein Glas Wein zum Essen ist eine Gewohnheit, auf die ich nicht verzichten kann.«
»Vermutlich bist du damit groß geworden. Ich habe als Kind in Indien verseuchtes Wasser zu trinken bekommen. Zum Glück kann ich darauf sehr wohl verzichten.«
»Stattdessen hast du dich für Gin Tonic entschieden?«
»Ja, er wirkt anregend auf Gaumen und Geist.«
»Wein regt auch den Geist an. Baudelaire hat einmal sinngemäß gesagt, ohne Wein herrsche Leere im Kopf.«
»Diese Leere herrscht auch in unserer Kanzlei, falls du das noch nicht bemerkt haben solltest. Und wenn ich mich recht entsinne, hat Baudelaire Jura studiert, eine Vorliebe für Alkohol und Haschisch entwickelt und sich mit Syphilis angesteckt, woran er dann auch starb. Ich weiß nicht, ob ich in seine Fußstapfen treten möchte.«
Ich lache, sein trockener Humor gefällt mir. Ich höre aber sogleich wieder auf, weil er sich mir nicht anschließt.

»Warum machst du so ein langes Gesicht, Rikash? Heute ist doch dein Geburtstag. Komm schon, entspann dich.«

»Tut mir leid, Schätzchen, aber ich bin ziemlich sauer. Eiskönigin Bonnie hat gestern dafür gesorgt, dass ich etwas sehr Wichtiges verpasst habe.«

»Was denn?«

»Den halbjährlichen Sonderverkauf von Dolce & Gabbana«, sagt er schmollend und ehrfürchtig zugleich.

»Warum hast du dich nicht vertreten lassen?«

»Als ob ich das nicht versucht hätte! Ich habe alles getan, um aus dem Büro zu kommen, ich habe sogar in der Rezeption geschrien und mit den Füßen getrampelt, aber Bonnie hat sich nicht erweichen lassen. Ich musste eine ihrer Unterlagen fertigstellen, weil Maria und Roxanne bei Daffy's shoppen waren.« Verachtung steht ihm förmlich auf die Stirn geschrieben.

»Rikash, das war doch nur einer dieser Sonderverkäufe.«

Doch kaum habe ich die Worte ausgesprochen, merke ich auch schon, wie dumm das von mir war. Er wirft mir einen Blick zu, der mir zu verstehen gibt, dass ich in ein riesiges Fettnäpfchen getreten bin.

»Nur einer dieser Sonderverkäufe? Das ist doch nicht dein Ernst? Auf diesem Verkauf beruht meine gesamte Garderobe. Herrgott, ich schlafe sogar in Dolce.«

»Okay, tut mir leid. Ich wäre vermutlich auch außer mir, wenn ich einen Dior-Verkauf verpasst hätte.«

Ich zeige Mitgefühl, und sein Gesichtsausdruck wird milder. Ich kann es kaum erwarten, ihm von meinem Dior-Mandat zu erzählen, beschließe aber, damit zu warten, bis wir wieder im Büro sind. Schließlich möchte ich vermeiden, dass unseren Tischnachbarn vertrauliche Informationen zu Ohren kommen.

»Wie dem auch sei, ich habe mich gerächt. Gestern Nachmittag sollte ich für Bonnie eine Limousine bestellen, weil sie ein wichtiges Meeting in Downtown hatte. Und das habe ich einfach vergessen.«

»Nein!«

»Und weil sich aufgrund des Berufsverkehrs kein anderer Wagen auftreiben ließ, musste sie die U-Bahn nehmen. Ich wäre zu gerne eine Fliege an der Wand gewesen, um zu sehen, wie sie in ihren Jimmy Choos die Treppen hinunterwackelte, um den F-Zug zu kriegen.«

Seine Beichte überrascht mich, doch ich bewundere seinen Mumm. Und ich schreibe mir auf meine gedankliche Liste, ihn niemals daran zu hindern, zu einem Sonderverkauf zu gehen.

»Hat sie etwas gesagt?«

»Du machst wohl Witze? Sie spricht nie mit Assistenten. Sie hat Roxanne vorgeschickt, die hat mich dann in ihrem Auftrag angeschrien.«

»Du warst echt mutig.«

»Es geht ums Überleben. Man muss für sich selbst eintreten.«

Er steckt die Serviette über seine Designerkrawatte. »Wie auch immer, genug von mir. Du brauchst eine Wohnung, oder willst du noch länger in diesem trostlosen Firmenapartment wohnen? Wo wirst du dich umsehen?«

»Das wird dir nicht gefallen, aber ich habe da an die Upper East Side gedacht.«

Er schüttelt den Kopf.

»Dann trägst du auch bald Collegeschuhe und Steppjacke.«

»Für dich mag das spießig sein, aber ich hab mir überlegt, dass ich dann zu Fuß ins Büro laufen und ein bisschen länger schlafen kann.«

»Wer zieht schon zum Schlafen nach New York?« Er nimmt einen Happen von seinem Salat. »Und da wir gerade von Schlafmangel reden, hast du schon irgendwelche Verabredungen?«, fragt er verschmitzt.

Ich nehme einen Schluck von meinem Beaujolais und murmle: »Rikash, das hat momentan gerade keine Priorität.«
»Aha, das gute alte Keine-Priorität-Syndrom.«
Da ich mir noch nie überlegt habe, dass auch ich unter diesem Syndrom leiden könnte, bohre ich neugierig nach.
»Wie meinst du das?«
»Mir sind schon viele Frauen in deinem Alter über den Weg gelaufen, die sich nur auf ihre Karriere konzentriert haben und von Ehrgeiz zerfressen waren. Sie tingelten von einer Bar zur nächsten, schwammen im Geld und verschwendeten keinen Gedanken an einen festen Partner, bis eines Tages …!« Er schnipst mit den Fingern. »Dann sind sie vierzig und flippen aus.«
Seine plötzliche Geste überrascht mich, und ich wäre beinahe aufgesprungen vor Schreck.
»Dann loggen sie sich auf Internet-Dating-Seiten ein, kaufen Ratgeber, wie man einen Mann findet, und werden zu aggressiven Jägerinnen. Du darfst nicht zulassen, dass dir das auch passiert, Liebes. Begib dich auf den Markt, solange du noch konkurrenzfähig bist und nicht zu Botox greifen musst.«
Ich greife nach meinem Glas, lasse nachdenklich den Wein darin kreisen und leere es in einem Zug. Ich weiß, dass es stimmt, was er sagt, trotzdem bin ich noch nicht bereit für die Realität, die er beschreibt: Sie erscheint mir weit entfernt. Ich bin erst Anfang dreißig und habe keine Zeit für eine feste Partnerschaft.
»Wahrscheinlich hast du recht, aber momentan hat meine Arbeit oberste Priorität und nicht die Suche nach der wahren Liebe.«
Er verschluckt sich beinahe an seinem Salat.
»Die wahre Liebe? Wer redet denn von wahrer Liebe? Ich dachte eher daran, dass du rausgehen und herumvögeln solltest. Sieh dir Bonnie an.« Er legt die Hand über den Mund, und

ich ahne, dass er mir nun ein paar pikante Details verraten wird.
»Was ist mit Bonnie?«
»Eigentlich sollte ich nicht darüber reden.«
»Ach, komm schon, Rikash, das kannst du mir nicht antun.«
Bevor er antwortet, sieht er sich unauffällig im Raum um.
»Okay, aber nur so viel. Sie schläft mit jemandem in der Firma und verteidigt ihre Position mit Zähnen und Klauen.«
»Mit wem?«
»Das sage ich nicht.«
»Wie soll ich denn vermeiden, ihr in die Quere zu kommen, wenn ich nicht einmal weiß, wer es ist?«
»Sperr einfach Augen und Ohren auf, dann wirst du es schon herausfinden. Wie gesagt, pass bloß auf, sonst macht sie dir das Leben zur Hölle. Und das kannst du momentan wirklich nicht gebrauchen. Es gibt im Büro schon genug Revierkämpfe.«
»Woher weißt du das alles?«
»Tratsch spricht sich schnell herum. Gerüchten zufolge soll Bonnie ein paar Jahre mit einem Seniorpartner in London verlobt gewesen sein, der hat sie aber eine Woche vor der Hochzeit sitzenlassen. Offenbar ist sie nie darüber hinweggekommen und fischt seitdem nach Kollegen.«
Ich lehne mich verblüfft zurück. Dann mache ich mir über meine Reaktion Gedanken: Wäre ich genauso schockiert gewesen, wenn Bonnie ein Mann wäre? Natürlich nicht. Aber wusste sie nicht, dass eine Frau sich ihren Ruf am Arbeitsplatz viel schneller ruiniert, als sie *déshabillé* sagen kann?
»Okay, erzähl mir was über die Revierkämpfe.«
»Ich wünschte, das könnte ich, Liebes, aber darüber weiß ich nur wenig. Ich habe gehört, wie jemand im Aufzug gesagt hat, dass ein Seniorpartner geht, aber wer das ist, weiß ich nicht. Allerdings hat es in letzter Zeit einige Meetings hinter verschlossenen Türen gegeben, und alle sind ziemlich nervös.«

»Das wundert mich nicht. Irgendwas ist doch immer im Busch. Übrigens, was ist eigentlich mit Antoine los?« Da Rikash ohnehin schon am Tratschen ist, kann ich gleich danach fragen.

»Er ist ein hervorragender Anwalt. Ich habe lange gebraucht, um schlau aus ihm zu werden. Er ist ziemlich reserviert. Ich fand ihn schon immer sexy und hatte gehofft, er hätte andere Neigungen, dann musste ich aber zur Kenntnis nehmen, dass uns außerhalb der Kanzlei niemals etwas verbinden wird.«

»Ich weiß. Ich werde auch nicht aus ihm schlau. Er wirkt ziemlich unberechenbar. Einmal schreit er, ein andermal gibt er mir wirklich gute Ratschläge. Aber sexy ist er schon, da hast du recht.«

»Er sollte sich endlich mal locker machen.«

Ich muss kichern. »Und was ist mit dir? Du hast doch immer was am Laufen.«

Rikash erzählt von seinen jüngsten Liebesabenteuern: »Männer sind wie Fische, je länger deine Angel, umso besser der Fang«; von seiner bevorstehenden Dokumentation über indische Transsexuelle, »sie wird *Mahotmama*« heißen; von der indischen Modewoche, »schon mal was von *Nipplegate* gehört?«; von Bollywood-Filmen, »mit tausend Hüftschwenkern in der Minute sind sie definitiv ihr Geld wert«; dann landen wir wieder beim Bürotratsch.

»Halte dich bloß von Harry Traum fern«, warnt er mich. »Er steckt mitten in einer dreckigen Scheidung, er ist ein Alptraum. Und hüte dich vor den Sekretärinnen, das sind alles Miststücke: Roxanne spinnt, und Maria steht kurz vor einem Nervenzusammenbruch. Du wirst sehen, früher oder später wird sie zusammenkrachen. Antoine und Bonnie setzen sie rund um die Uhr ein.«

Als Rikash Antoine und Bonnie erwähnt, sehe ich nervös auf die Uhr. Unser Mittagessen zieht sich bereits eineinhalb Stun-

den hin, jetzt bin ich mit meiner Arbeit wirklich in Verzug und werde am Abend wieder länger im Büro bleiben müssen.
»Tut mir leid, aber ich muss unser Mittagessen abbrechen, wir sind hier nicht in Paris. Ich muss ins Büro zurück und ein paar Arbeitsstunden zusammenkratzen.«
»Danke für die Aufheiterung, Liebes. Unser Lunch hat meine Laune verbessert. Jetzt werde ich den Nachmittag ohne irgendwelche kleinen Muntermacher überstehen.«

* * *

»Du musst einen neuen Kundenakt für mich anlegen.« Ich stehe strahlend vor Rikashs Bürozelle. »Christian Dior.«
»Du willst mich wohl verarschen? Darüber macht man keine Witze. Mein Herz könnte das nicht überstehen.«
»Das ist kein Witz. Er ist ein neuer Mandant. Aufregend, stimmt's?«
Er hüpft von seinem Stuhl und streckt die Hände über den Kopf. »Yeah! Endlich etwas richtig Interessantes, das nicht unter dem Namen irgendeines barbarischen Kriegs- oder Militärprogramms läuft!«
Ich muss über Rikashs Reaktion lächeln. Stimmt, viele Abschlussakten haben geheime Codenamen wie Operation Golfkrieg, Kandahar II oder Minuteman-Raketenprojekt. Ich nehme an, sie passen zu den aktuellen internen Intrigen bei Edwards & White.
Antoine kommt auf dem Weg zum Empfangsbereich vorbei.
»Ich gehe zum Mittagessen, Catherine. Vergessen Sie nicht, die Akten für morgen früh fertigzumachen.«
Ich nicke, schließe meine Bürotür und widme mich der Arbeit.
Um halb sieben, nachdem ich mir die PRO-IP-Akte ausgedruckt und das White-Paper gelesen habe, das der Verband ge-

gen Produktpiraterie verfasst hat, tauche ich wieder aus dem Büro auf. Rikash ist schon weg, Maria und Roxanne tuscheln miteinander, hören aber sofort damit auf und machen ein unschuldiges Gesicht. Ich bin offensichtlich mitten in ein heißes Gerücht geplatzt.

»Noch so spät bei der Arbeit?«

»Ja. Wir müssen bis morgen vier Akten für Antoine fertigmachen«, antwortet Maria und scheint verärgert, dass ich in ihre Enthüllungssitzung geplatzt bin. Maria ist Ende dreißig und hat eine Vorliebe für langärmelige T-Shirts mit Glitzeraufschriften über ihrer üppigen Brust, etwa *Ärger im Anmarsch* oder *Bitte keine weiteren Probleme, ich versuche zu kündigen.* Heute steht auf ihrem T-Shirt *Ruhig bleiben und weitermachen.*

Ich folge dem Rat ihres T-Shirts, gehe zurück und lese das White-Paper über Fälschungen noch einmal. Der Inhalt ist faszinierend. Unfassbar, was in Amerika alles gefälscht wird – von Hubschrauberteilen bis zu Viagra. In dem Dokument steht außerdem, dass Fälschungen mit Terrorismus, Menschenhandel und Kinderarbeit in Verbindung gebracht werden. Der Kauf gefälschter Ware ist keinesfalls so harmlos, wie ich immer dachte. Ich nehme mir vor, meine Freunde darauf aufmerksam zu machen, wenn sie eine dieser tollen Taschen auf der Straße kaufen wollen. Um halb zehn öffne ich erneut meine Tür. Maria tippt immer noch und knabbert zeitweise an ihrem General-Tao-Hühnchen und knusprigen Grand-Marnier-Garnelen.

»Möchten Sie eine Garnele?«, fragt Maria. »Die sind echt lecker.«

»Nein danke.«

Bis halb elf widme ich mich Dior. Dann meldet sich mein leerer Magen zu Wort, weckt mich aus meiner Trance und zwingt mich, die Besprechungszimmer nach Essensresten von Meetings zu durchforsten. Trotz des großzügigen Angebots der

Firma gelingt es mir nie, rechtzeitig etwas zu bestellen, darum knabbere ich meist an übriggebliebenen Schinkensandwiches, garniert mit verwelktem Salat.

Um halb zwölf, nachdem ich eine Mappe mit den Unterlagen für einen Abschluss für Allen & Partners erstellt habe, beschließe ich, meinen Computer auszumachen. Nicht zum ersten Mal ertappe ich mich bei der Frage, wie andere Profis es bloß schaffen, zu einer menschlichen Zeit ihr Büro zu verlassen, während man von Juristen erwartet, dass sie die nächtlichen Putzkolonnen persönlich begrüßen.

»Soll ich Sie mitnehmen?«, fragt Maria und zieht ihren Mantel an. »Ein Wagen wartet unten auf mich. Wir können Sie absetzen.«

»Nein danke, ich brauche ein wenig frische Luft. Aber ich bringe Sie noch zum Aufzug.«

Auf unserem Weg kommen wir an Bonnies Büro vorbei. Sie hat beide Füße auf den Schreibtisch gelegt, der unter einem Berg von Papier und leeren Cola-light-Dosen mit roten Lippenabdrücken förmlich verschwindet. Sie hat ihre Haare mit einem Montblancstift hochgesteckt und ein Hermèstuch um den Hals gewunden.

Ich frage mich, welcher Jurist heute Nacht mit ihrem Tuch à la *Basic Instinct* gefesselt wird. Alfred vielleicht? Womöglich ist Alfred ja gut im Bett.

Antoine holt Maria und mich ein und zieht dabei seine Anzugjacke an. Als er an Bonnies Büro vorbeikommt, schaut er absichtlich in eine andere Richtung, sie grüßen einander nicht. Langsam habe ich den Verdacht, dass die Mitteilung über das Freundschaftsprogramm in der Hauspost verlorengegangen ist.

»Auch Schluss für heute?«

»Nein, ich gehe kurz mit jemandem essen und komme später wieder zurück.«

Später wieder zurück? Es ist fast Mitternacht. Wen trifft er um diese Zeit noch?
Als er das Gebäude verlassen hat, sieht Maria mich an und verdreht die Augen. »Das macht er immer. Er schläft nie.«

Ich beschließe, auf meinem Rückweg zum Firmenapartment zwischen 74. und 50. Straße zur Madison Avenue zu schlendern. Ich möchte mir die Schaufenster ansehen. In Paris habe ich das immer gemacht, um mich zu entspannen. Ich habe ganze Sonntagnachmittage auf der Rue du Faubourg Saint-Honoré verbracht, an einem Latte genuckelt, schnell bei Colette reingeschaut und bin dann zur Place Vendôme weitergegangen. Lebhafte Farben und die pure Schönheit der Haute Couture sind der perfekte Kontrast zu hohem Arbeitsdruck und Ordnerstapeln, mit denen ich die meiste Zeit meines Tages verbringe.
Ich bleibe vor dem stattlichen Dior-Palast in der 57. Straße stehen und sauge jede Kleinigkeit in mich auf. Dort liegen perlenbesetzte, hochhackige Pumps und raffiniert geraffte Lederhandtaschen, mir bleibt der Mund offen stehen. Ich kann immer noch nicht glauben, dass ich Dior vertrete. Ich atme tief durch und bin von dem Gedanken ganz berauscht. Ich schlendere zur Madison weiter und schaue bei Barneys ins Schaufenster. Ich sehe mir gerne Schnitte und Stoffe an und liebe es, wie die Designer mit den Proportionen spielen. Alle Geschäfte, über die ich in der amerikanischen *Vogue* gelesen habe, habe ich hier vor mir. Ich lasse die Welt der Broschüren, Notizen und Schriftsätze für heute zurück. Ich widme mich Träumen aus Taft, Organza und Musselin.

5. Kapitel

Was zum Teufel ist das hier?« Antoine marschiert in mein Büro und wedelt mit dem Ordner, den ich am Abend zuvor zusammengestellt habe. Sein Gesichtsausdruck lässt nichts Gutes erahnen.

»Äh, das ist der Ordner, den ich gestern für den Abschluss von Allen & Partners nächste Woche vorbereitet habe.« Gedanklich gehe ich noch einmal die vergangene Nacht durch. Warum sieht er so wütend aus? Was könnte ich falsch gemacht haben?

»Ach ja?« Er blättert wütend die Ordnerseiten durch, und seine Manschettenknöpfe klappern dabei im Takt auf dem Tisch. Ich schweige, als ich seinen bitterernsten Gesichtsausdruck sehe.

»Das ist totaler Müll, Catherine. Haben Sie sich das angesehen, bevor Sie es in den Ordner gesteckt haben?« Er zeigt auf eine Seite, die mit gelbem Markierstift und Stichpunkten versaut ist.

Merde. In Panik prüfe ich nervös meine E-Mails und sehe nach, welche Datei ich Maria geschickt habe, bevor ich gestern Nacht das Büro verlassen habe.

»Sie haben recht, das sind die Entwürfe, nicht die Unterlagen, die Maria für mich ausdrucken sollte.«

»Maria?«, fragt er, und dabei wird er noch lauter und aggressiver. »Sie wollen mir doch nicht etwa sagen, dass Sie meine Se-

kretärin beauftragt haben, Ihre Arbeit zu überprüfen?« Sein Gesicht wird so dunkelrot wie seine Krawatte.
»Nein – äh. Ich dachte, dass ich mich auf sie verlassen kann und sie mir das fertige Dokument richtig ausdruckt.«
Mein Magen zieht sich zu einem engen Knoten zusammen, der die Segel eines großen Schiffes auf der Fahrt durch das Bermudadreieck zusammengehalten hätte.
»Ich kann das verdammt noch mal nicht glauben! Catherine, Sie sind die Anwältin und nicht Maria. Zum Glück ist es mir in die Hände gefallen. Können Sie sich vorstellen, wie ich ausgesehen hätte, wenn das an Allen & Partners rausgegangen wäre?«
Beschämt sitze ich auf meinem Stuhl. Ich bin mir sicher, dass ich Maria das richtige Dokument geschickt habe, hätte aber das Ergebnis trotzdem überprüfen müssen. Mein Versehen beschämt mich, ich stehe mit zitternden Händen auf und entschuldige mich.
»Tut mir wirklich leid, Antoine. Ich werde es nächstes Mal genau nachprüfen.«
Er atmet tief durch und starrt mich mit kühlen Augen an. »Ein nächstes Mal sollte es besser nicht geben, Catherine.« Dann stürmt er aus dem Büro.
Merde. Merde. Merde. Was soll ich bloß tun? Einerseits würde ich ihm am liebsten nachlaufen, auf die Knie fallen, ihn um Verzeihung bitten und seine Boss-Schuhe küssen. Aber mein Verstand sagt mir, dass ich damit die Grenze zwischen »etwas versaut haben« und »jemandem in den Arsch kriechen« entschieden überschreiten würde.
Wie konnte ich nur so unvorsichtig sein? Das könnte mich etwas Lebenswichtiges gekostet haben: seinen Respekt. Ich stürze mich auf Bonnies ABC-Akte, brauche aber eine Stunde, um mich richtig darauf konzentrieren zu können. Ich habe sechs lange, schmerzliche Jahre damit verbracht, die Karriereleiter hochzuklettern und Partnerin zu werden, eine Leistung, die

nur wenigen Frauen in großen Anwaltskanzleien vergönnt ist. Und jetzt könnte sich meine Chance, es an die Spitze zu schaffen, wegen eines leichtsinnigen Versehens in Luft auflösen.

Ich versuche, am Dior-Fall zu arbeiten und mich abzulenken, aber das gelingt mir nur zeitweise. Dann spürt Mel Johnson mich auf.

»Counselaaar! Sind Sie für unsere Konferenzschaltung bereit?«

»Hi, Mel, ja, ja. Können wir gleich damit anfangen? Ich habe am Nachmittag noch ein anderes Telefonat mit einem brasilianischen Mandanten.«

»Ach, Sie sind so eine geheimnisvolle Frau, wie ich das liebe.«

Ich bin über eine Stunde lang mit Mel und seinen Kollegen im Gespräch, gehe mit ihnen ihre internationalen Expansionspläne durch und starre dabei aus dem Fenster. Ich will nicht unprofessionell wirken und versuche, klar auf die Fragen nach den Regeln der europäischen Wertpapieraufsicht zu antworten, obwohl ich insgeheim wegen des Vorfalls mit Antoine immer noch hyperventiliere.

»Können wir das nach der Arbeit bei einem Drink weiter besprechen?«, fragt Mel, als die Konferenzschaltung vorbei ist.

»Tut mir leid, Mel, ich stecke heute Abend mit einem Projekt fest.«

»Sie stecken heute Nacht fest? Wow, ich wünschte, ich wäre das Projekt.«

Ich bin nicht in der Stimmung für Doppeldeutigkeiten und breche die Unterhaltung ab.

* * *

»Ich hatte gestern so viel zu tun, dass ich nur ein halbes Joghurt essen konnte«, verkündet eine große Blondine ihrem begeisterten Publikum.

Gegen Mittag schlendere ich zum Pausenraum der Mitarbeiter, um mir eine Flasche Wasser zu holen, und werde zufällig Zeugin einer Unterhaltung zwischen drei jungen Prozessanwältinnen. Eine kleine Brünette antwortet eifrig: »Mein Gott, ich war fast den ganzen Tag bei Gericht, ich konnte in der Pause bloß eine Karottenstange knabbern.«
»Wow«, antwortet die Blondine sichtlich beeindruckt.
Die Dritte im Bunde stemmt ihre Hände in die Hüften und prustet dann heraus: »Mensch, ihr Süßen, wenn ihr denkt, dass das wenig ist – ich steckte bis zwei Uhr morgens wegen einer Recherche für Harry Traum in der Bibliothek fest. Dabei hatte ich den ganzen Tag davor nichts gegessen!«
Zu meiner Bestürzung huscht ein Ausdruck der Bewunderung über die Gesichter der beiden anderen Frauen.
Sind sie wirklich stolz, wenn sie vor lauter Arbeit nicht zum Essen kommen? Oder herrscht unter uns Juristen ein derart erbitterter Konkurrenzkampf, dass wir alles sofort zu einem Wettbewerb machen, inklusive das »Bin ja so beschäftigt, dass ich gar keine Zeit habe zu essen«? Man könnte sagen, dass die meisten Juristen über eine Typ-A-Persönlichkeit verfügen. Die Juristen hier in New York gehören offenbar einer Kategorie AAA an. Deren Energie, Konkurrenzdenken und Ehrgeiz kennen keine Grenzen. Sie brauchen ihre Batterien nicht aufzuladen, sie werden angetrieben von der Gier nach Geld, Macht, Sex, Anerkennung und Streicheleinheiten für das Ego.
Es überrascht mich also nicht, dass sich die Gespräche bei den sprichwörtlichen Wasserlöchern in der Firma typischerweise um bevorstehende Triathlons (wann trainieren sie, im Schlaf?), exotische oder körperlich anspruchsvolle Reisen (den Kilimandscharo besteigen? Was für ein Spaß!) und zeitaufwendige kulturelle und künstlerische Aktivitäten wie eine vierte Sprache erlernen oder ein Musikinstrument spielen (während ausgedehnter Toilettengänge?) drehen.

Ich habe in der *Psychology Today* einen Artikel über die Haupteigenschaften der Typ-A-Persönlichkeit gelesen, in dem es zusammenfassend heißt:

1. Unsicherheit über den eigenen Stellenwert, was sich in übertriebenem Konkurrenzdenken äußert;
2. Zeitdruck und Ungeduld, was Gereiztheit und Verbitterung zur Folge hat, und
3. unterschwellige Feindseligkeit, die durch kleinste Vorfälle ausgelöst werden kann.

Ich scheine irgendwo zwischen Typ A und Typ B zu liegen. Ich bin ganz sicher ehrgeizig, das steht außer Frage. An der juristischen Fakultät war ich die Beste meines Jahrgangs, bin in einem Team Skirennen gefahren und habe meinen Anteil an der Büropolitik geleistet, aber ich halte mich für unkompliziert und ausgeglichen, und selbst wenn ich frustriert bin, schreie ich nie. Ich bin auch niemandem in der Firma feindselig gesinnt. Zumindest bis jetzt nicht.

* * *

»Maria, laufen Sie doch mal schnell hinunter und bringen Sie mein Jackett in die Reinigung. Ich habe mir Cola drübergeschüttet, und heute Nachmittag ist ein Meeting mit einem Mandanten«, befiehlt Bonnie. Sie schwenkt die Jacke mitten im Flur in der Luft. Die Seide ihrer Rüschenbluse ist so dünn und ihr Ausschnitt so tief, dass sie praktisch im BH dasteht. Vielleicht weiß sie nicht, dass ein durchsichtiges Seidenfähnchen, das nur knapp ihre Unterwäsche bedeckt, nicht wirklich als Bluse gelten kann. Ich muss unwillkürlich grinsen. Warum macht sie sich die Mühe, ihr Jackett schnell reinigen zu lassen, wo sie doch sowieso ihre übliche Femme-fatale-Show abziehen wird? Sie wird ein paar Bemerkungen über die Raumtemperatur fallenlassen, um sich dann bewusst langsam ihre Jacke aufzuknöpfen, damit jeder echte Mann im Raum den Gesprächsfaden verliert. Sie könnte danach genauso gut ihr Lieblingsrezept für Kürbiskuchen aufsagen, niemand würde mit der Wimper zucken.

Soviel ich mitbekommen habe, weiß Bonnie genau, wie man Verhandlungen führt, und beim Abschluss sieht man sie nur selten in einem Jackett.

»Catherine, ich habe mir überlegt«, ruft sie mir nach, als ich vergeblich versuche, unbemerkt in mein Büro zu schleichen, »dass ich gerne wüsste, wo in der Nähe des Büros die besten Reinigungen sind. Könnten Sie das für mich herausfinden? Und zwar heute noch.«

Reinigungen? Wie bitte? Habe ich etwa die juristische Fakultät besucht und mir in den vergangenen sechs Jahren meinen *derrière* aufgerissen, um Reinigungen zu suchen?

»Kann man die Stunden irgendwie abrechnen?«, murmle ich leise.

»Nein, kann man nicht. Außerdem mache ich darauf aufmerksam, dass ich die Rechercheergebnisse in Form einer Aktennotiz vorgelegt haben möchte«, ruft sie, bevor sie wieder in ihrem Büro verschwindet. Absolut Punkt drei des A-Typs.

Ich knalle meine Bürotür so fest zu, dass man es bis Brooklyn gehört haben muss. Rikash ruft mich über die Sprechanlage an, aber ich gehe nicht dran.

»Salope!« Meine Wut sitzt tief, sie als blöde Schlampe zu beschreiben, ist in meinen Augen noch viel zu schmeichelhaft.

Am liebsten würde ich Scott anrufen und ihm sagen, womit ich die nächsten Stunden meiner Arbeitszeit verbringen muss, aber dann atme ich tief durch, schlucke meinen Stolz hinunter und fange mit der Recherche an. Wenn das die Eiskönigin will, dann soll sie es haben.

EDWARDS & WHITE
Aktennotiz
An: Bonnie Clark
Von: Catherine Lambert
Betreff: Reinigungen in der Upper East Side

I Gegenstand

Gegenstand dieser Aktennotiz sowie der beigefügten Anlage ist die Ermittlung der besten Reinigungen in Büronähe. Etwa zehn Reinigungen gibt es an jeder Straßenecke Manhattans, sie unterscheiden sich jedoch erheblich hinsichtlich Qualität und Service. Nachfolgend die Reinigungen, die ich persönlich empfehlen würde.

II Madame Paulette Dry Cleaners

Bei der Wahl einer Reinigung steht Madame Paulette Dry Cleaners an erster Stelle. Die Liste ihrer Stammkunden ist lang, zu ihnen gehören herausragende Designer wie Dior, Chanel, Givenchy, Gucci, Prada und Hugo Boss[1]. Sie liegt sehr günstig in der Second Avenue zwischen 65. und 66. Straße, und auf ihrer Website sind ausgezeichnete Kritiken von prominenten zufriedenen Kunden zu finden: »Unglaublich, wie diese Reinigung einer empfindlichen, vergilbten Seidenbluse wieder ein strahlendes Weiß zurückgegeben hat.«[2] Madame Paulette ist die Reinigung der Wahl für Perfektionisten.[3] Die Kundschaft wird zwar herablassend behandelt, dieses hinzunehmen lohnt sich

1 New York Magazine, *Mai 2009*
2 *Nora Ephron,* New York Times, *31. Oktober 2009*
3 New York Times, *7. Januar 2010*

allerdings, weil viele Kleidungsstücke vor der Vernichtung gerettet werden können.[4]
Bleibt noch zu erwähnen, dass die Reinigung sich auf die Pflege und Aufbewahrung von alten und neuen Brautkleidern spezialisiert hat. »Nur Madame Paulette vertraue ich die Pflege und Aufbewahrung meiner Brautkollektion an.«[5] Als Beleg für den hohen Qualitätsstandard finden Sie in Anlage 1 ein Jackett, das heute Nachmittag bei Madame Paulette Dry Cleaners gereinigt wurde.

III Alpian's Garment Care of New York
Diese Reinigung liegt nur einen Katzensprung vom Büro entfernt, Ecke 325/48. Straße.
»Alpian's kennt sich mit Kleiderpflege aus« ist das Motto des Betriebs. Auf dessen Website sind die Serviceleistungen genau angeführt. Sie sind von beeindruckender Präzision: Die Belegschaft ist auf die Fahndung nach losen Knöpfen, offenen Nähten, Fusseln und hartnäckigen Flecken gedrillt. Zudem wird eine Reihe von Hilfsmitteln eingesetzt, die gewährleisten, dass Ihre Kleidungsstücke sowohl im Schrank, im Koffer und vor allem an Ihnen eine gute Figur machen.
Zur Vervollständigung der auf der Website erwähnten Serviceleistungen und zur Untermauerung des oben dargestellten Sachverhaltes wurden heute Nachmittag ein paar Kunden von Alpian's von einer jungen Mitarbeiterin unserer Kanzlei befragt. Die meisten für diese Aktennotiz befragten Kunden haben ausgesagt, mit Alpian's Dienstleistungen überaus zufrieden zu sein.

---

4 Lucky Magazine, *Januar 2009*
5 *Vera Wang,* In-Style Magazine, *November 2009*

IV Anel French Cleaners

Die Reinigung liegt in der Columbus Avenue zwischen 69. und 70. Straße.

Obwohl nur wenige schriftliche Angaben über das Angebot der Dienstleistungen vorliegen, hat mich der Name sofort angezogen. Nur ein findiger Betrieb kommt auf die Idee, einen Firmennamen zu wählen, der sich auf Chanel reimt, und den Eiffelturm ins Logo zu nehmen. Zudem verspricht ein Schild in der Auslage »Zufriedenstellung garantiert«.

Beachtenswert ist allerdings ein kürzlich erfolgtes Gerichtsurteil im Prozess *Roy Pearson gegen Reinigungsunternehmen,* in dem eine entsprechende Gewährleistungspflicht neu interpretiert wurde und man zu dem Schluss kam, dass der Kunde lediglich aufgrund eines solchen Schildes keinerlei entsprechende Dienstleistung voraussetzen kann. Die Schadensersatzforderung eines Richters in Washington D.C. über 65 Millionen Dollar gegen den Reinigungsbetrieb wegen des Verlustes einer Hose wurde abgewiesen.

Anel zeichnet sich vor allem durch seinen schnellen und zuverlässigen Lieferservice aus, was Ihnen mehr Zeit für Ihre Arbeit wie auch für Ihre Freizeitaktivitäten verschafft.

V Schlussfolgerung

Hieraus kann man schließen, dass Sie Ihre Kleindung in unmittelbarer Büronähe schnell, sicher und zuverlässig reinigen lassen können. Ich hoffe, Ihnen mit obengenannten Informationen geholfen zu haben, damit Sie Ihre hohen Ansprüche an eine Reinigung in Zukunft erfüllen können. Bei weiteren Fragen (oder überschüssigen Fusseln) wenden Sie sich bitte vertrauensvoll an mich.

Ich drücke auf Senden, starre an die kahle Wand und frage mich, warum ich ihrer dämlichen Aktennotizanweisung gefolgt bin. Warum habe ich sie nicht einfach zum Teufel geschickt? Immerhin arbeite ich seit sechs Jahren für die Firma und habe in Paris zu ein paar Seniorpartnern einen guten Draht. Ich richte mich auf und gestehe mir ein, dass das wohl ein Spielchen ist, um zu sehen, wie ich mit so etwas umgehe. Wenn ich protestiere, mich beklage, jammere, vielleicht ein paar Tränen vergieße oder drohe zu gehen, hat sie gewonnen und ich verloren. Und ich habe zu hart gearbeitet, um ausgerechnet jetzt auszusteigen. Will ich den Kampf um eine Partnerschaft aufgeben?

Non, ich bin zur nächsten Runde bereit.

6. Kapitel

Freut mich, dass es Ihnen gefällt, aber glauben Sie ja nicht, dass Sie deswegen schon einen Mietvertrag bekommen«, sagt mein Immobilienmakler Brian, als wir ein helles, gepflegtes Einzimmerapartment aus der Vorkriegszeit an der Ecke 68./First Avenue verlassen. Brian und ich sind bereits seit Stunden unterwegs und haben uns mehr als zwei Dutzend Apartments angesehen, von denen die meisten eine umfassende Renovierung und eine Reinigung dringend nötig gehabt hätten. Ich bin völlig am Ende und nicht in der Stimmung für weitere Wohnungsbesichtigungen, außer, ich könnte die Zeit dafür irgendeinem Mandanten in Rechnung stellen. Ich werde alles tun, um diese Wohnung zu bekommen.

Sie ist eigentlich kaum groß genug für die antike Kommode und das Bett, die ich von meiner Großmutter geerbt und von Paris aus habe verschiffen lassen. Dafür liegt mein neues Zuhause in einer recht ruhigen Gegend, nur ein paar Gehminuten vom Büro entfernt. Es hat Fenster, die auf einen kleinen Hinterhof hinausgehen, der mich an meine alte Wohnung in Saint Germain erinnert. Dieses kleine Juwel ist genau das, wonach ich gesucht habe.

»Erst muss Elad sein Einverständnis geben«, sagt Brian mit bedrohlichem Blick und zieht wie in einem altmodischen Horrorfilm theatralisch eine Augenbraue hoch. »Und der ist äußerst wählerisch.«

»Wer ist Elad?«
»Der Manager des Gebäudes. Er hat in allem das letzte Wort. Sie müssen mit mir in sein Büro kommen, persönlich mit ihm sprechen und einen Antrag ausfüllen.«
Brian begleitet mich in ein dunkles, schaurig aussehendes Wartezimmer in einem trostlosen Bürogebäude und schüttelt mir die Hand. »Gleich kommt jemand. Viel Glück.«
Ich stelle mir vor, wie Brian beim Rausgehen ein Lachen wie Vincent Price in Michael Jacksons »Thriller«-Video ausstößt.
»Kommen Sie«, kreischt eine Frauenstimme aus einer geheimnisvollen Sprechanlage. Als ich durch das schäbige Wartezimmer zur anderen Seite des Büros gehe, kommen mir die Worte *Must stand and face the hounds of hell* aus dem Song »Thriller« in den Sinn. Hinter einem Berg aus Papier sitzt auf einem niedrigen Drehstuhl Elad. Bis auf sein schütteres Haar ist kaum etwas von ihm zu sehen. Schön ist er nicht gerade.
»Wer zum Teufel sind Sie?«
»Äh … Catherine, ich würde mich gerne für die Wohnung in der 68. Straße bewerben.«
»Welche? Ich habe Hunderte von Wohnungen in der 68. Straße. Wer ist die Tussi in meinem Büro?«, schreit er in sein Telefon.
»Die französische Anwältin«, antwortet die geheimnisvolle Stimme.
Er murmelt irgendwas Unverständliches.
»Okay, setzen Sie sich.«
Ich nähere mich und bemerke, dass seine dunklen Augen direkt durch mich hindurchschauen.
»Lassen Sie uns erst über Geld reden: Ich will drei Monatsmieten im Voraus plus Kaution. Irgendwelche Schäden in der Wohnung, und Sie sehen das Geld nie wieder, kapiert?«, sagt er im Schnellfeuer-New-York-Akzent.
»Elad, die Frau aus Washington ist da wegen der Unterschrift

des Mietvertrages für ihre Tochter«, wirft die geheimnisvolle Frau durch die Sprechanlage ein.

»Sag ihr, sie ist zu spät dran. Wenn ich mit der Anwältin hier fertig bin, gehe ich nach Hause ... Sag ihr, sie soll nächste Woche wiederkommen.«

»Aber Elad, sie ist extra eingeflogen von –«

»Das ist nicht mein verdammtes Problem«, schreit er durch das Telefon.

»Mit ihrer Tochter ...«

»WIE GESAGT: DAS IST NICHT MEIN VERDAMMTES PROBLEM.«

Mein Tageshoroskop hat mir Erfolg in Immobiliensachen bescheinigt, von einem teuflischen Verwalter stand nichts drin.

»Also, wo waren wir stehengeblieben? Richtig, Maklergebühren. Die Maklergebühr beträgt 15 Prozent der ersten Jahresmiete, wir erheben zudem 300 Dollar Bearbeitungsgebühr.«

Ich rutsche nervös auf meinem Stuhl herum und versuche auszurechnen, wie viel mich das alles kosten wird. Frankreichs mieterfreundliche Gesetze haben mich verwöhnt, ich habe nicht erwartet, mehr als zwei Monatsmieten im Voraus zahlen zu müssen. Ich nehme an, die Gesetze in New York sind anders. Ich überlege einen Augenblick, das Thema anzuschneiden, besinne mich dann aber eines Besseren. Ich blicke ihm in die Augen und sehe mich im Obdachlosenheim.

»Okay.«

»Haben Sie eine Bonitätsgeschichte in diesem Land?«

»Nein, noch nicht.«

»Sie brauchen einen Bürgen mit New Yorker Adresse, der ein paar hundert Riesen verdient und für die Miete bürgt.«

Merde. Jetzt bin ich aufgeschmissen. Wen kenne ich in New York, der für meine Miete bürgen könnte? Ein paar Verwandte meines Vaters haben in New York gelebt, aber mit denen habe ich seit 15 Jahren keinen Kontakt mehr. Ich kann sie doch nicht einfach anrufen und bitten, für meine maßlos überzogene Miete zu bürgen. Dann wäre da noch meine Freundin Lisa, die ich an der juristischen Fakultät kennengelernt habe und die jetzt in New York lebt, aber sie will ich auch nicht fragen. Ob die Kanzlei bürgen würde? Immerhin bin ich nicht der erste Ausländer, der in die Stadt versetzt wurde.

»Kein Problem«, antworte ich und versuche, gelassen zu bleiben.

»Ich will Ihnen mal was sagen«, sagt er, führt Zeigefinger und Daumen zusammen und flüstert, um dem Ganzen Nachdruck zu verleihen. »Es gibt zwei Sorten Mieter, die ich auf keinen Fall in meinen Wohnungen haben will: Models und Anwälte. Models zahlen meistens ihre Miete nicht und verschwinden dann einfach aus der Stadt, und Anwälte sind verdammte Unruhestifter. Ständig halten sie mir irgendwelche Absätze aus diesem oder jenem Paragraphen unter die Nase, damit sie keine Miete zahlen müssen. Ich will keine Probleme, haben Sie mich verstanden? Ich habe keinerlei Skrupel, jemanden auf die Straße zu setzen.« Er schnippt theatralisch mit den Fingern.

Ich nicke, beiße die Zähne zusammen und amüsiere mich innerlich darüber, dass ich in einem Atemzug mit Models genannt werde. Außerdem bin ich froh, dass ich meine große Klappe gehalten und nicht über irgendwelche französischen Gesetze losgelabert habe. Wenn ich das französische Mietrecht auch nur angeschnitten hätte, hätte mich dieser Typ blitzschnell rausgeschmissen.

»Und da wäre noch etwas.«

Okay, jetzt bekomme ich es wirklich mit der Angst zu tun. Womit wird dieser Typ noch aufwarten?

»Der Hausmeister Ihres Gebäudes versucht gerade, mich über den Tisch zu ziehen.« Er führt mitten in der Luft Daumen und Zeigefinger zusammen und ahmt ein Seil nach. »Ich möchte also, dass Sie mir haarklein berichten, wenn da irgendwas läuft, alles klar?«, sagt er, immer noch mit erhobenem Zeigefinger. »Also, wann ziehen Sie ein?«

»Nächstes Wochenende?«

Er wählt eine Nummer. »Da ist eine französische Mieze in meinem Büro. Sie wird den Mietvertrag für 7A unterschreiben. Sie kommt rüber, holt die Schlüssel ab und zieht nächstes Wochenende ein. Diesmal keine verdammte Verarschung!«

Ich brauche einen Augenblick, bis ich begreife, dass er eine recht einseitige Unterhaltung mit dem Hausmeister meines Gebäudes führt, für den ich ganz plötzlich ungemeine Sympathie empfinde.

Nachdem ich ungefähr 50 Formulare ausgefüllt und ihm einen lächerlichen Geldbetrag überreicht habe, stehe ich auf und verlasse *très fatiguée* sein Büro.

»Miss, bitte schicken Sie mir die unterschriebene Bürgschaft bis Ende der Woche zu, sonst kriegt die Wohnung jemand anderes, *capito?*« Er lächelt stolz, als habe er etwas auf Französisch gesagt.

* * *

»Ich will das postkoitale Rouge.«

»Das ist mein Mädchen«, sagt Rikash und klopft mir auf den Rücken.

»Ich kann es noch gar nicht fassen, dass ich genau das gerade zu einer Verkäuferin bei Sephora gesagt habe.«

Nach einer anstrengenden ersten Woche in New York und dem traumatischen Treffen mit meinem neuen Vermieter belohne ich mich mit einem entspannten Sonntagnachmittag in Soho in Begleitung meines Vertrauten und persönlichen Shopping- und Schönheitsassistenten.

»Ich liebe die Super-Orgasmus-Kollektion von NARS«, gurrt

Rikash und tupft sich ein wenig Puder auf die Wange. »Mit diesem Rouge siehst du aus, als kämest du direkt aus dem Bett.«

»Auf jeden Fall bekomme ich ein wenig Farbe. Ich sehe ja halb tot aus.«

»Du siehst besser aus als so mancher Anwalt im Büro. Die wirken, als seien sie seit Jahrzehnten tot.«

Ich trage das Rouge auf meine Wangen auf, und der Pinkton mit Goldglitzer lässt meine triste Haut sofort erstrahlen.

»Ich finde, du solltest auch den passenden Lidschatten und Lippenstift dazunehmen«, kommentiert Rikash, nachdem der Verkäufer mir die Schachtel mit dem sexy Gesichtspuder überreicht hat. »In der Anzeige in deiner Zeitschrift steht, warum nur einen Orgasmus anstreben, wenn Sie vier haben können?«

Ich habe am Morgen eine Ausgabe der französischen *Vogue* auf unserem Weg zum Brunch im West Village gekauft, wir haben darin geblättert und die neuesten Trends angesehen und über die zweideutigen Anzeigen gekichert.

»Gute Idee. Ich habe noch nie einen vorgetäuscht, aber jetzt ziehe ich das volle Programm durch. Rikash, du hast einen schlechten Einfluss auf mich.«

»Ich weiß, und ich liebe das!«, sagt er und kräuselt die Nase.

Dann nimmt er mich zur Ausstellung eines Freundes in einer West-Broadway-Galerie mit, wo wir über zeitgenössische Kunst diskutieren, bevor wir ins *Moss* gehen und ein Paar atemberaubende Plexiglaslampen für meine neue Wohnung kaufen. Dann eilen wir zu *Balthazar,* trinken Kaffee und essen französisches Gebäck.

»Ich kann immer noch nicht glauben, dass du in die Upper East Side ziehen willst. In Downtown ist es doch viel lustiger. Da kannst du jeden Tag shoppen.«

»Ich will mich von allen Ablenkungen und Versuchungen fernhalten, schließlich bin ich zum Arbeiten hier.« Er verdreht die Augen.

»Vergiss nicht, mal aus dem Fenster zu schauen, Liebes. Diese Firma wird dich fertigmachen, wenn du es zulässt. Ich habe schon viele begeisterte junge Mitarbeiter durchlaufen sehen, die erst übereifrig dabei waren und dann nach ein paar Jahren völlig ausgebrannt wieder verschwanden.«

Ich versuche, sein Untergangsszenario auszublenden.

»Und denk ja nicht, dass das besser wird, sobald du Partnerin geworden bist. Das ist wie bei einem riesigen Apfelkuchen-Fresswettbewerb. Du kannst bestenfalls etwas mehr von der Kruste abbekommen.«

»Bei einem Schokocroissant-Fresswettbewerb wäre ich sofort dabei«, sage ich und zeige zum Spaß auf unsere Tüte mit Süßem.

»Oh, ja!«, seufzt er. Seine Lippen sind weiß vom Staubzucker auf seinem Mandelcroissant. »Ich auch.«

»Mach dir keine Sorgen um mich, Rikash, ich bin hart im Nehmen und werde mich von der Arbeitsbelastung nicht unterkriegen lassen, nicht jetzt.«

»Ich rede auch nicht von der Arbeitsbelastung, sondern von den miesen Sklaventreibern, die den Laden schmeißen. Die können dich verrückt machen.«

»Bis jetzt habe ich meinen Verstand noch nicht verloren.«

»Das denkst du!«

»Ha! Sehr witzig!«

»He, Galeerensklaven, Tempo halten!«, schreit er auf die Straße hinaus und macht dabei rudernde Bewegungen. »Rudern! Rudern! 14, 16 Stunden am Tag, bis du aus den Latschen kippst und sie deinen ausgemergelten Körper den Haien zum Fraß vorwerfen!«

»Psssst. Nicht so laut!«

»Ist dir mein Benehmen peinlich? Dann gewöhne dich lieber daran, Schätzchen, das war noch gar nichts.«

»*Mon dieu*, ich weiß nicht, ob ich das ertragen werde.«
»Also bitte, sei keine Spielverderberin.«
»Ich sollte nach Hause gehen, schließlich brauche ich meinen Schönheitsschlaf. Mr. NARS allein kann meinen Teint nicht retten.«
»Na, dann lass uns ein Taxi für dich rufen, Liebes. Du brauchst auf jeden Fall etwas Ruhe vor deiner zweiten Woche im La-La-Land.«

7. Kapitel

»Das brauche ich bis gestern«, verkündet Antoine.

Ich mag es nicht, wenn jemand sagt, dass er etwas bis gestern oder vor zwei Wochen gebraucht hätte. Warum nicht gleich ganz tief in die Geschichte eintauchen und sagen, dass man etwas 1895 gebraucht hätte? (A-Typ, zweiter Punkt.)

»Was ist es denn?« Ich spüre, wie sich meine Schultern verkrampfen. Egal, was es ist, ich muss den *Fauxpas* von letzter Woche ausmerzen.

»Haben Sie schon einmal vom Grundsatz der Prospektverständlichkeit gehört?«

»Natürlich, der wurde von der Börsenaufsicht in Verordnungen zur Prospektgestaltung aufgenommen, damit Anleger sie begreifen können.«

Seine Gesichtszüge entspannen sich. Auch wenn er das nach dem Vorfall von letzter Woche gedacht hat, bin ich eben doch kein Volltrottel.

»Sie müssten für mich ein paar Formulierungen aus einem alten Prospekt in verständliches Englisch übersetzen, damit die Norm erfüllt ist.«

»Kein Problem.«

»Hätten Sie vielleicht eine Minute Zeit?«

»Natürlich.«

Er schließt die Tür, tritt näher an meinen Schreibtisch heran, und sein Eau de Cologne berauscht mich für einen Augenblick.

Es erwischt mich unvorbereitet. Finde ich etwa einen Mann anziehend, der mich noch vor ein paar Tagen wie ein Schulmädchen behandelt hat? Nein, vermutlich spielen nur meine Hormone ein wenig verrückt – ich reagiere auf jeden Funken Testosteron im Umkreis von eineinhalb Metern.
Er sieht kurz aus meinem Fenster und setzt sich dann auf einen Stuhl.
»Sie haben wirklich Schwein gehabt. Der Blick ist großartig.«
»Ich werde ihn nicht mehr lange genießen können. Alle erinnern mich ständig daran, dass das Büro nur vorübergehend ist.«
»Die sind doch nur neidisch.« Er fährt mit seinem Finger über das Blütenblatt einer rosafarbenen Lilie, die ich mir gekauft habe, um die herbe männliche Umgebung ein wenig zu verschönern. »Catherine, es tut mir leid, dass ich das letzte Mal ein wenig schroff zu Ihnen war. Ich stehe mächtig unter Druck.« Sein Blick ruht weiter auf den Blumen.
Seine Entschuldigung überrascht mich, langsam fange ich an, mich zu entspannen.
»Ist schon in Ordnung, ich verstehe das. Außerdem hatten Sie ja recht. Ich hätte mir die Unterlagen sorgfältiger ansehen sollen.«
»Da stimme ich mit Ihnen überein, aber ich hätte Sie nicht so anblaffen müssen.«
»Entschuldigung angenommen.«
Er macht eine Pause und wirft mir ein schüchternes Lächeln zu.
»Ich habe gehört, dass Bonnie eine Aktennotiz über Reinigungen von Ihnen wollte.«
»Wie haben Sie das erfahren?«
»Rikash hat sie allen Assistenten weitergeschickt, meine Sekretärin hat mir eine Kopie gemacht. Bonnie ist manchmal ein wenig fordernd.«

Ein wenig fordernd? Wie wäre es mit diktatorisch? Aber das behalte ich für mich.

»Was will sie Ihrer Meinung nach mit diesem Unsinn beweisen?«

»Dass sie der Boss ist. Sie hat hart dafür gearbeitet, um dahin zu kommen, wo sie jetzt ist, sie will vermutlich dieselben Hiebe austeilen.«

»Das macht sie sehr gut.«

»Mich hat sie früher auch so behandelt. Aber irgendwann wird sie weich«, sagt er nicht gerade überzeugend.

»Ich wette, mir gegenüber wird sie nicht so schnell weichwerden.«

Er kichert und lockert seine Krawatte. Ich sehe ihn zum ersten Mal lächeln.

»Catherine, ich würde gerne weiter an der Dior-Sache mit Ihnen arbeiten, auch wenn ich in Paris bin.«

»Natürlich«, antworte ich und verziehe keine Miene.

»Das wäre eine gute Gelegenheit für mich, nicht ganz den Anschluss ans New Yorker Büro zu verlieren. Ich fühle mich, als würde man mich von der Basis trennen.«

Ich spüre, dass er sich öffnen will, und warte, dass er weiterredet.

»Ich fürchte, dass meine Versetzung nach Paris einen Rückschritt für meine Karriere bedeuten wird.«

»Nicht unbedingt. In dem Büro werden bedeutende Fälle behandelt, die Partner sind außergewöhnlich tüchtig.«

»Wie war es bei Ihnen? Hatten Sie ein gutes Verhältnis zu ihnen?«

»Kann man so sagen. Ich hatte zwar ab und an Auseinandersetzungen mit Kollegen, die sind aber alle talentiert und haben meinen vollen Respekt.«

Er starrt zu Boden, während einen Moment lang ein nicht unangenehmes Schweigen zwischen uns herrscht. Sein Gesichtsausdruck wirft bei mir die Frage auf, ob die Versetzung seine Entscheidung war.

»Ich bin mir außerdem sicher, dass Sie jederzeit nach New York zurückkommen können, wenn Sie das wollen.«

»Nicht, wenn ich einmal aus dem Kreis draußen bin. Ich hoffe, dass das nicht meine Chancen zunichtemacht, Partner zu werden. Ich wäre dieses Jahr an der Reihe.«

»Bestimmt nicht. Sie sind doch einer der Besten, die wir haben.«

Er lächelt freundlich und steht auf.

»Danke, Catherine, ich weiß das wirklich zu schätzen.«

»Kein Problem. Ganz meinerseits.«

»Ich meine das wirklich so, danke.« Er dreht sich um und sieht noch einmal in meine Richtung, bevor er geht. »Ach, ich wollte Ihnen noch sagen, dass mir sehr gefällt, was Sie heute tragen. Das Kleid steht Ihnen phantastisch.«

Sein Kompliment überrascht mich, ich brauche einen Augenblick, um mich wieder zu fangen. Ich würde gerne antworten, dass er in seinem perfekt geschnittenen Nadelstreifenanzug auch nicht gerade heruntergekommen aussieht, verkneife es mir aber.

»Danke.«

Er geht mit beiden Händen in den Hosentaschen in den Flur hinaus, immer noch mit bedrücktem Gesicht, und bei dem Gedanken, dass ich ihn nicht mehr täglich sehen werde, rutscht mir das Herz in die Hose.

* * *

Jetzt, da ich mit Antoine eine persönliche Ebene gefunden habe, ist es an der Zeit, ihn auch juristisch vom Hocker zu hauen. Ich mache mich an mein neues Prospektverständlichkeitsprojekt, das viel interessanter ist, als es klingt. Ich bin dafür, dass man so viel juristisches Kauderwelsch wie möglich vermeidet, und liebe die Herausforderung, Juristensprache einfacher zu formulieren. Ich beginne mit dem Vorwort auf der Rückseite der Titelseite.

> NIEMAND IST BEFUGT, INFORMATIONEN WEITERZUGEBEN ODER ANGABEN ZU MACHEN, DIE NICHT IN DIESER BROSCHÜRE ENTHALTEN SIND. ANDERE ANGABEN WURDEN WEDER AUTORISIERT, NOCH SIND SIE ALS ZUVERLÄSSIG ANZUSEHEN.

Hm, und das würde ich schreiben:
Lesen Sie nur dieses Dokument. Falls Sie doch andere lesen, haben Sie offensichtlich zu viel Zeit.

Aber mein professionelles Selbst lässt mich Folgendes hinkritzeln:

> BITTE STÜTZEN SIE SICH NUR AUF DEN INHALT DIESER BROSCHÜRE. ANDERE INFORMATIONEN WURDEN VON DEM UNTERNEHMEN NICHT AUTORISIERT.

Dann wende ich mich dem Abschnitt »Verwendung der Erlöse« zu, der angibt, was das Unternehmen mit dem Geld vorhat, das mit diesem Angebot erwirtschaftet werden soll.

> WIR WERDEN DEN NETTOERLÖS DIESES ANGEBOTS FÜR ALLGEMEINE FIRMENZWECKE SOWIE DEN AUSBAU UNSERER INFRASTRUKTUR, UNSERER PRODUKTE UND DIENSTLEISTUNGEN NUTZEN, DIE NOCH ZU BESTIMMEN SIND.

Meine vereinfachte Version:
Wir bieten noch keine Produkte oder Dienstleistungen an, die irgendwelchen Wert haben könnten. Wir wissen auch nicht, was

wir mit Ihrem hartverdienten Geld anstellen werden. Kurz gesagt, wer in unser Unternehmen investiert, ist der lebende Beweis dafür, dass jede Minute ein Volltrottel geboren wird.

Die rechtlich korrekte und verständliche Version:

WIR BESTIMMEN GERADE DIE VERWENDUNG DES KAPITALS, DAS DURCH DIESES ANGEBOT ERWIRTSCHAFTET WERDEN SOLL.

Ich gehe weiter zu den »Risikofaktoren«, einer Liste, in der der Käufer über die potenziellen Risiken beim Kauf von Unternehmensanteilen aufgeklärt wird. Das erregt meine Aufmerksamkeit:

ES BESTEHT DIE MÖGLICHKEIT, DASS WIR UNSERE LANGFRISTIGEN ZIELE NICHT ERREICHEN; UNSER MANAGEMENT HAT NOCH KEINE UMFASSENDEN ERFAHRUNGEN IM UMGANG MIT EINEM BÖRSENGANG.

Meine vereinfachte Version:
Wir haben keine Ahnung, was wir hier tun, Sie vielleicht?

Die korrekte, vereinfachte Version:

DAS MANAGEMENT BRAUCHT MÖGLICHERWEISE UNTERSTÜTZUNG VON AUSSEN BEI DER FÜHRUNG EINES SCHNELL WACHSENDEN UNTERNEHMENS.

Ich arbeite mich behutsam, aber zügig durch die fünfundfünfzigseitige Broschüre. Ich bin zufrieden mit meiner Arbeit, drücke auf Senden und widme mich dann wieder meinem Lieblingsfall: dem Kampf gegen gefakte Ware.
Wie Antoine mir aufgetragen hat, gehe ich die Aktennotiz durch, die Pierre Le Furet, Direktor der Urheberrechtsabtei-

lung bei Dior, vorbereitet hat. Darin steht, welche negativen Folgen die Fälschungen für das Geschäft in Amerika haben. Dann fange ich an, eine detaillierte Zusammenfassung der PRO-Urheberrechtsfrage zu entwerfen. Schließlich gehe ich auf die Website von *Harper's Bazaar fakesareneverinfashion.com* und lese hilfreiche Tipps, wie man eine gefakte Tasche erkennen kann, als Rikashs Stimme aus der Sprechanlage tönt.
»Entschuldige, wenn ich deine Shoppingtour unterbreche, aber Mel ist am Telefon.«
»Ich shoppe nicht, ich recherchiere! Stell ihn durch.«
»Guten Morgen. Wie geht es meiner Zuckerschnecke?«
»Großartig, danke.« Ich stelle mich innerlich auf seine Annäherungsversuche ein.
»Ich habe eine dringende Frage bezüglich unserer Pariser Filiale.«
»Ja?«
»Wir wollen einen Geschäftsführer einstellen und brauchen ein bisschen Unterstützung für den Registrierungsantrag bei der Börsenaufsicht.«
»Kein Problem. Ich habe unzählige solcher Anträge ausgefüllt.«
»Perfekt, wusste ich's doch, dass meine kleine Lieblingsanwältin sich darum kümmern würde.«
Ich beiße mir auf die Zunge, als er das Adjektiv klein verwendet. Geht's noch ein wenig gönnerhafter?
»Ich maile Ihnen gleich einen Fragebogen zu. Wären Sie so freundlich, den Geschäftsführer zu bitten, ihn auszufüllen und mir zur Durchsicht zurückzuschicken?«
Er macht eine Pause, bei der mir klar wird, dass er noch nie einen Fragebogen erstellt hat. »Was für Fragen sind das?«
»Die üblichen Fragen zur Integrität; ob Betrug oder Finanzkriminalität vorliegt.«
Dem folgt ein weiteres langes Schweigen.

»Nun ja … unser Kandidat ist für etwas an sich Lächerliches gerügt worden: Geldwäsche. Wir hatten gehofft, dass Sie die Börsenaufsicht bitten könnten, ein Auge zuzudrücken, Madame. Verstehen Sie, was ich meine?«

Ist das etwa sein Ernst? Was glaubt der Kerl eigentlich? Ich starre einen Augenblick lang aus dem Fenster und versuche, mich zu fangen. Wenn ich irgendeinen der Mitarbeiter bei der Börsenaufsicht um so etwas bäte, würde er mich am Telefon auslachen. Wie kann einer wie Mel Hunderte Millionen Dollar anderer Leute managen?

»Nein, Mel. Da kann ich gar nichts machen.«

»Ach, kommen Sie, Counselaaar, eine solche Kleinigkeit sollte uns doch nicht davon abhalten, einen guten Mann einzustellen, oder?«

»Mel, wir reden hier von Finanzkriminalität. Die Börsenaufsicht wird das niemals zulassen. Die Antwort ist Nein«, wiederhole ich entschlossen und hoffe, damit die Angelegenheit ein für alle Mal geklärt zu haben.

Als ich nicht lockerlasse, lenkt Mel ein und verspricht, einen neuen Kandidaten zu suchen, und ich kehre wieder zur Verteidigung der Interessen von Dior zurück.

8. Kapitel

»Ich weiß, was du da machst, Süße, und das kann man nicht in Rechnung stellen.«

Erwischt. Mir ist klar, dass das nicht ganz zu meiner zur Schau getragenen Gesetzestreue passt, aber ich lese nun einmal gerne mein Horoskop. Allen Skeptikern zum Trotz treffen erstaunlicherweise ein paar Vorhersagen zu. Ein enger Freund hat mir in Paris ein Horoskop zum Geburtstag geschenkt, das mir jede enttäuschende Beziehung und alle Tiefschläge in meiner Karriere vorausgesagt hat, ja, sogar den Zeitpunkt, zu dem ich bei einer Kundenpräsentation auf die Nase gefallen bin, weil ich versucht habe, auf zehn Zentimeter hohen Absätzen komplexe Bankregulierungssachverhalte zu erklären. Meine Freunde seufzten stets ungläubig, wenn ich ihnen zu erklären versuchte, dass verlorenes Gepäck oder verlegte Schlüssel auf einen rückläufigen Merkur zurückzuführen und inkompatible chinesische Sternzeichen der wahre Grund für das Nimmerwiedersehen mit einem Date seien. Tief in meinem Inneren weiß ich, dass die Astrologie die meisten Antworten auf die wesentlichen Fragen des Lebens bereithält.

»Ich lese nur ganz kurz mein Horoskop. Worum geht's?«

»Herrgott, du klingst schon wie meine Mutter. Sie hat bei meiner Geburt mein Horoskop machen lassen, ist aber vermutlich ohnmächtig geworden, als sie gelesen hat, dass ihr Ältester schwul werden würde.«

»Hast du noch eine Kopie davon?«
»Nein, die habe ich geraucht.«
»Jetzt mach dich nicht lustig, Rikash. Ich glaube daran.«
»Okay, welches Sternzeichen habe ich?«
»Du bist Stier und Affe.«
»Das ergibt Sinn. Ist sowieso alles Affentheater.«
»Außerdem sind Affen mutig und liebenswert.«
»Vielen Dank, ich nehme das als Kompliment. Erstaunlicherweise habe ich heute noch keins bekommen, das genügt mir also völlig. Und was bist du im Sternzeichen?«
»Jungfrau und Hund. Der engagierte Perfektionist.«
»Ja, aber vergiss nicht, dass Hunde unsicher sind und normalerweise ihre Nase in anderer Leute Hintern stecken.«
»Danke, dass du das erwähnst. Ich frage mich, was Bonnie für ein Sternzeichen ist. Vermutlich Drache oder Schlange.«
»Nein, für mich ist sie ein Hase.« Und dabei zwinkert er mir anzüglich zu.

* * *

Nach dem letzten Schluck Espresso nehme ich allen Mut zusammen und mache mich auf den Weg zu Scott, um ihn zu bitten, für meine Miete zu bürgen.
Als ich zu seinem Büro komme, höre ich ihn mit Antoine sprechen.
»Wie läuft's mit Catherine?«
»So weit ganz gut«, bemerkt Antoine. »Aber ob sie ihr Stundensoll erfüllt, da bin ich mir nicht so sicher.«
So weit ganz gut? Stundensoll erfüllen? *Merde!* Und das ist der Lohn dafür, dass ich letzte Woche jede wache Minute in meinem Büro an meinen Schreibtisch gekettet verbracht, tagealte Sandwiches gegessen und Aktennotizen über Trockenreinigungen für Bonnie den Vampirkiller gemacht habe? Und dass

ich eklige Mandanten und ihre lächerlichen Sprüche hingenommen habe und dabei in meiner ersten Woche in New York immerhin noch 50 Stunden geschrieben habe?
Ich versuche mich zu beruhigen, bin aber wütend. Wie kann Antoine mir derart in den Rücken fallen, wo er doch so freundlich zu mir war? Offenbar ist in dieser verrückten Schlangengrube jeder Anwalt auf sich allein gestellt. Ich gehe auf Zehenspitzen näher zu Scotts Büro und will gerade wutentbrannt hineinstürmen und meine Ehre verteidigen, da fährt Antoine ein wenig sanfter fort: »Wie dem auch sei, Mel scheint sie sehr zu mögen, und sie macht hervorragende Arbeit. Außerdem ist die Tatsache, dass sie Französisch spricht, für den Dior-Fall hilfreich. Ich habe ihr heute ein paar neue Fälle übergeben, um zu sehen, wie sie mit Druck umgehen kann.«
Antoine steht auf, um zu gehen, sieht mich in der Tür und ist sichtlich verblüfft.
»Guten Morgen.«
»Oh, tatsächlich?«, frage ich, bevor ich Scotts Büro betrete.
Er wirft mir einen verwirrten Blick zu und geht.
»Hey, Catherine, setzen Sie sich. Wie läuft es? Ich habe gehört, dass Mel das Treffen mit Ihnen letzte Woche genossen hat.«
»Er schien … interessiert.«
Scott lacht. »So könnte man das auch nennen. Ich hätte da vielleicht noch interessantere Projekte für Sie. Wir sind an einem Schönheitswettbewerb beteiligt – wir bemühen uns um die Finanzierung einer großen Technologiefirma. Sollten wir die bekommen, wäre das ein toller Fall für Sie.«
»Klingt aufregend«, höre ich eine Stimme aufschreien, die wie meine klingt. Herrgott, kann ich mir noch eine weitere Aufgabe aufladen? Wie soll ich dann am Dior-Fall dranbleiben? Ich werde das Schlafen aufgeben müssen.
»Antoine hat mir gesagt, was für ein Glück wir mit Ihnen haben. Er ist begeistert von Ihrer Arbeit.«

»Wirklich? Ich dachte –«
Er schneidet mir das Wort ab.
»Antoine ist ebenso hart zu sich selbst wie zu anderen. Er ist ein Perfektionist.«
»Das habe ich bemerkt, aber das ist ja nicht schlimm.« Ich bin erleichtert, dass ich nicht in die Unterhaltung geplatzt bin, und lehne mich entspannt im Ledersessel zurück.
»Und, wie läuft die Wohnungssuche? Hatten Sie Glück?«
»Nun ja, ich wollte Sie, äh, gerade fragen, wie das so abläuft. Ich habe gehört, dass manche Vermieter eine Bürgschaft wollen.«
»Rufen Sie Mimi an, jemand in der Buchhaltung kümmert sich darum. Das machen wir laufend.«
Mein Horoskop stimmt also. Es hat mir für heute vorausgesagt, dass dies ein guter Tag sei, um meinen Chef um einen Gefallen zu bitten. Jetzt kann ich Elad die Bürgschaft schicken und anfangen, ihm das Leben zur Hölle zu machen.
»Wenn Sie nach der Arbeit noch nichts vorhaben, hätte ich für die Party der American Bar Association im Gramercy Park Hotel zwei Karten. Sie sollten unbedingt hingehen. Das ist eine tolle Möglichkeit, neue Leute in der Stadt kennenzulernen.«
Angesichts der soeben vorausgegangenen Unterhaltung mit Antoine über die Abrechnung meiner Stunden, die nicht das Soll erfüllen, kommt das ein wenig unerwartet. Aber wenn der Chef schon fragt, *pourquoi pas?*

* * *

»Rikash, willst du mit mir in die Rose Bar zu einer Party der American Bar Association gehen?«
»Du meinst, ich soll nach meiner Schicht hier Kontakte mit Anwälten knüpfen? Nein danke, lieber hacke ich mir den rechten Arm ab.«

»Komm schon, Rikash, bitte.«
»Nix da, tut mir leid, Liebes, ich habe schon was vor. Ich schaue mir nämlich ein paar heiße Tabledancer an. Das ist viel lustiger. Hast du denn sonst keine Freunde in der Stadt?«
Es ist wohl an der Zeit, Lisa anzurufen. Sie war während meiner Zeit an der Pepperdine meine beste Freundin, und wir sind über sporadische Geburtstags- und Weihnachtsgrüße per E-Mail in Kontakt geblieben.
Allerdings habe ich sie seit Jahren nicht mehr gesehen. Sie arbeitet wie ich für eine führende Anwaltskanzlei, einem internationalen Unternehmen mit Sitz in London, das zur höchsten Liga gehört.
»Hallo, *ma chérie,* rate, wer dran ist? Lange nichts mehr von einander gehört, *non?*«
»O mein Gott, o mein Gott, o mein Gott, Cathereeeen!!! Wie geht's dir?«
»Großartig! Du errätst nie, wo ich hingezogen bin.«
»Lass mich raten. Auf irgendeine exotische französische Insel. Martinique? St. Barts?«
»*Bien sûr que non,* meine Pensionierung ist noch weit weg. Nein, ich bin in New York!«
»Ah! Das ist ja großartig! Wann bist du hergezogen? Und warum hast du mir das nicht früher gesagt?«
»Es ist alles so schnell gegangen. Die Kanzlei hat vor ein paar Monaten eine Stelle ausgeschrieben, weil sie Mitarbeiter in New York gesucht haben; alles, was ich noch weiß, ist, dass ich mich kurz darauf in der Upper East Side auf Wohnungssuche gemacht habe.«
»Du bist in die Upper East Side gezogen?«
»Ja.«
»O mein Gott, dann sind wir ja Nachbarn. Lass uns das feiern!«
Manche Dinge ändern sich nie …

An der Uni war Lisa das ultimative Partygirl, jeder auf dem Campus kannte sie, sie war auch die Rechnungsprüferin der Studentenschaft. Das hat ihr nicht nur den Weg ins internationale Bankwesen geebnet, sie wurde auch auf jede Party eingeladen, was beinahe noch wichtiger ist.

»Genau das habe ich mir auch gedacht. Wollen wir uns nach der Arbeit in der Rose Bar treffen? Da ist heute Abend eine Party der American Bar Association.«

»Ich komme um sieben. Ich kann es kaum erwarten.«

9. Kapitel

Ich bin aufgeregt vor meinem ersten großen Abend in der Stadt, die niemals schläft. Ich sitze auf dem Rücksitz eines Taxis, rase die Park Avenue entlang und fühle mich wie eine New Yorkerin in Ausgehstimmung. Ich sehe das Chrysler Building mit seiner Spitze, die wie eine leuchtende Krone aussieht, und ein Schauder läuft mir den Rücken hinunter. Was mich in dieser Nacht wohl erwartet? Die Spannung macht die Taxifahrt noch aufregender.

Ich erreiche die Rose Bar, einen mit Kunstgegenständen gefüllten Raum im Gramercy Park Hotel, und kann in der Menge sofort Lisa entdecken. Sie ist wie immer sehr feminin gekleidet, trägt ein schwarzes Etuikleid und eine rosarote Strickjacke, eine dreireihige Perlenkette, Spitzenstrümpfe und Schuhe mit verrückt hohen Absätzen. Das Haar hat sie in einem eleganten Pferdeschwanz zurückgebunden. Sie plaudert mit dem jungen Barmann, der von ihren großen grünen Augen und ihrem offenen Wesen ganz hypnotisiert zu sein scheint. Ich freue mich so auf unser Treffen, dass ich mich mit meinem (äh, neuen) J.-Crew-Satintäschchen durch die Menge boxe.

»Bonsoir, ma chérie.«

Sie wirft sich mir in die Arme und küsst mich dreimal auf die Wangen.

»Catherine, ich freue mich so, dass du hier bist!«

»Ich mich auch, ich bin total aufgeregt.«

»Du siehst wie immer toll aus.« Sie begutachtet mein Outfit. »Wie ich sehe, hat dich dein französisches Flair trotz Umzug nicht ganz verlassen. Warte mal. Ist das etwa ein J.-Crew-Täschchen? Sag bloß, du trägst amerikanische Accessoires!«

»Um genau zu sein, ja!«

»Willkommen in Amerika! Dem Land des Onlineshoppings!« Sie reicht mir ein Glas Champagner. »Da, ich habe deine Lieblingsmarke Taittinger rosé bestellt. Lass uns auf deinen Umzug nach Manhattan anstoßen!«

Sie dreht sich zum Barmann.

»Jamie, schenken Sie sich doch auch ein Glas ein und stoßen Sie auf meine Freundin Catherine an – sie ist gerade von Paris hierhergezogen!«

Der Barmann folgt bereitwillig ihrem Befehl, und wir stoßen in perfekt prickelndem Einklang an.

»Hier ist man Single, trinkt doppelt und schläft dreifach!« Wir prosten uns zu.

»Wie ich sehe, hast du dich kein bisschen verändert. Ich meine das positiv.«

Sie kichert.

»Das ist eine tolle Party, bis auf die ganzen Anwälte!«

Ich sehe mich im Raum um. Der Champagner fließt in Strömen, eine junge Frau in einem knappen Silberbikini, die aussieht, als käme sie direkt aus einer Skyy-Vodka-Werbung, steht oben auf der Bar und schenkt eisgekühlten Wodka in die Martinigläser geifernder Juristen. Eine andere Frau in einem engen, schulterfreien Kleid steht hinter einem Tisch und serviert Austern, geräucherten Lachs und Kaviar.

»Ich kann es noch gar nicht fassen, dass du endlich hergezogen bist, Cat!«

»Ich kann es selbst noch nicht glauben, obwohl ich bereits fast 100 Stunden geschrieben, einen Vertrag mit Robespierre unter-

zeichnet und die Hälfte aller Reinigungen in Manhattan aufgesucht habe.«
Sie kräuselt die Nase. »Warum denn die ganzen Reinigungen? Hast du etwas verloren?«
»Glaub mir, das willst du gar nicht wissen.« Ich wechsle lieber das Thema. »Du errätst nie, wen ich vertrete: Christian Dior! Ich bin so aufgeregt, Lisa. Das hat meine Entscheidung, herzukommen, noch bestätigt.«
»O mein Gott, das ist ja großartig, Catherine! Ich fand den Modebereich schon immer ideal für dich. Was machst du für Dior?«
»Das darf ich nicht sagen. Ich erzähle es dir, sobald es geht.«
Sie schenkt mir ein wissendes Lächeln, weil ihr klar ist, dass wir Anwälte der Schweigepflicht unterliegen und nichts über unsere Mandanten verlauten lassen dürfen.
»Genug von meiner Arbeit. Wie laufen die Dinge in der ersten Liga?«
»Du meinst wohl den Zauberberg?«
Ich lache. »Ich freue mich, dass dich die Firma noch nicht um deinen Humor gebracht hat.«
»Das kannst du laut sagen. Mach dir mal keine Sorgen, ich werde dir die angenehmen Seiten der Stadt zeigen.«
»Da bin ich mir sicher. Erinnerst du dich noch an unsere verrückten Mädchenabende, die Stretch-Limousinen, mit denen wir zu den Partys gefahren sind, und den Wine Cooler, wie viel wir getrunken haben, bis wir auf der Tanzfläche umgekippt sind? Wir haben wirklich nicht wie zukünftige Verteidiger von Recht und Ordnung ausgesehen.«
»Wir hatten schon damals Stil, nicht wahr? Und ob du es glaubst oder nicht, ich mache das heute noch! Ich habe ein paar lustige Freundinnen, mit denen ich ausgehe. Manchmal ist es gut, Dampf abzulassen.«
»Ich habe das schon lange nicht mehr getan. Ich war viel zu

beschäftigt damit, meinen Umzug zu organisieren. Eine Mädels-Nacht könnte ich gut gebrauchen.«

»Du musst unbedingt am Mittwochabend mit uns kommen, und keine Ausreden.« Sie tippt mich mit ihrem perfekt gepflegten Finger an.

»Jawohl, Madame.«

Wir albern ein wenig herum, dann wird sie ernst. »Ich habe morgen ein wichtiges Meeting mit meinem Boss.«

»Worum geht es?«

»Um meine Zukunft in der Firma.«

»Oh?«

»Ich denke, ich bin für die Partnerschaft vorgesehen.«

Mein Magen schnürt sich zusammen. Aufgrund ihres dichten Partykalenders hatte ich an der juristischen Fakultät bessere Noten als sie. Inzwischen hat sie einen gewaltigen Schritt nach vorne im Wettlauf um den heiligen Gral der Juristen gemacht. Aber ich freue mich für sie.

»Und wann?«

»Das erfahre ich morgen. Da findet das große Gespräch statt.«

»Wow. Bei mir werden wohl noch zehn Jahre vergehen, bis das große Gespräch kommt.«

»Hör auf, Cat, hab Geduld, du bist die schärfste Juristin, die ich kenne.«

»Das solltest du mal meinem Feudalherrn sagen.«

»Wem?«

»Ach, vergiss es. Lass uns nicht mehr über die Arbeit reden, ja?«

Wir bestellen ein zweites Glas Champagner, und Lisa wechselt zu ihrem Lieblingsthema: Männer.

»Ich nehme mal an, du bist immer noch Single, wenn du allein nach New York gekommen bist, oder?«

»*Oui, ma chérie.*«

»Das wird nicht lange so bleiben. Französinnen kommen hier

gut an. Man wird dich als exotisch betrachten, und dein Akzent wird Wunder wirken.«
»Ach? Exotisch wie einen seltenen Vogel?«
»Genau.«
»Ich bin nicht hergekommen, um einen Mann zu finden, Lisa, sondern wegen meiner Karriere.«
»Wie langweilig.«
»Und was ist mit dir? Triffst du dich mit jemandem?« Ich frage das, weil ich genau weiß, dass Lisa nicht länger als eine Biene in der Paarungszeit Single sein kann.
»Mmm, er heißt Charles und ist Seniorpartner in meiner Firma.«
»Und, wie läuft es?«
Sie sieht einen Augenblick weg und sagt dann:
»Irgendwie habe ich das Gefühl, dass nur ich mich bemühe. Das nervt.«
Ich blicke einen Moment in ihre grünen Augen, und mir wird klar, wie froh ich bin, dass wir uns wiedergefunden haben.
»Und warum bemühst du dich dann? Sollten Partnerschaften nicht ein ausgeglichenes Geben und Nehmen sein?«
»Ich weiß, er mag mich ja, nur hat er wahrscheinlich eine etwas seltsame Art, es mir zu zeigen.«
Das kommt mir bekannt vor. Ich verkneife es mir, ihr denselben Ratschlag zu geben, den ich ihr bereits vor Jahren gegeben habe. Sie hat eine Schwäche für ungesunde Beziehungen und ist schon während des Studiums mit jedem bösen Buben, Narziss oder selbstgefälligen Drecksack auf dem Campus ausgegangen. Die Schuld an ihrem komplizierten Verhältnis zu Männern schreibt sie ihrem Vater, einem exzentrischen, untreuen Ölmagnaten, zu. Aus meiner Sicht liegt es eher am Alkohol.
»Wann hast du ihn zuletzt gesehen?«
»Vor zwei Wochen.«

»Vor zwei Wochen? Das ist aber lange her, ihr arbeitet doch im selben Büro.«
»Er hat irre viel zu tun und war die ganze Woche mit Kunden unterwegs. Mein Terminkalender sah auch nicht besser aus … du weißt ja, wie das ist.«
»Und was habt ihr bei eurem letzten Treffen gemacht?«
Sie entwickelt plötzlich ein besonderes Interesse für den Stiel ihres Martiniglases und weicht meinem Blick aus.
Ich habe diese traurigen Geschichten schon früher gehört: Lisa sitzt neben dem Telefon und wartet auf den Anruf ihres Freundes, der irgendwo in einer Bar das zehnte Bier mit seinen Jungs trinkt. Sobald er endlich anruft, springt sie ins Taxi und fährt wie der chinesische Zustellservice gleich zu ihm nach Hause. Ein Verhaltensmuster, das Männer unweigerlich veranlasst, schneller das Interesse an ihr zu verlieren, als man Frühlingsrolle sagen kann.
»Und?«
»Na ja, eigentlich haben wir nicht wirklich was gemacht. Ich bin zu ihm gefahren und habe ihn besucht.«
Ich bin immer wieder überrascht, wenn hochintelligente und gebildete Frauen wie Lisa (und ich auch, muss ich zugeben) in nervenaufreibende Beziehungen mit fragwürdigen, gefühllosen Typen schlittern, die sich vor jeder Verantwortung drücken. Vielleicht tötet die Überbeanspruchung unserer linken Gehirnhälfte zu viele Zellen in der rechten ab. Vielleicht sehnen wir uns aber einfach nur nach ein wenig Ablenkung nach einem harten Arbeitstag.
»Er hat mich nach einem Abendessen mit Mandanten in Downtown angerufen, wir haben uns auf einen Drink in seiner Wohnung getroffen.«
»Lisa, das ist kein richtiges Rendezvous.«
»Geh nicht so hart mit mir ins Gericht. Wir sollten Versäumtes nachholen und uns nicht streiten.«

»Ich mag es nicht, wenn dich irgendein Trottel ausnutzt.«
Sie wirft mir einen beleidigten Blick zu. »Charles ist kein Trottel.«
Ich sehe, wie ihr die Tränen in die Augen steigen, entschuldige mich, wechsle schnell das Thema und gehe zu Shopping über.
»Kannst du mich zu einem dieser großen Sonderverkäufe mitnehmen, von denen mein Assistent so schwärmt?«
Ihre Laune steigt sofort.
»Natürlich. Meine Freunde und ich werden zu allen großen Sonderverkäufen eingeladen. Ich kann dich überallhin mitnehmen – Dior steht vermutlich ganz oben auf deiner Liste, nicht wahr?«
»*Bien sûr!*«
»*Vous êtes française?*« Ein junger Mann im Anzug bemerkt meinen Akzent und arbeitet sich zu uns vor. Lisa hebt eine Augenbraue, dreht sich um und spricht mit Jamie.
»Ich bin Patrick und komme aus Lyon.« Sein Atem stinkt so sehr nach Tabak, dass es mich fast umwirft.
»*Enchantée.* Was tun Sie in Manhattan?«, frage ich.
»Ich bin im Finanzwesen tätig, ich arbeite für die Swiss Bank.«
»Und was machen Sie auf einer Party der American Bar Association?«
»Das ist eine tolle Gelegenheit, um junge Anwältinnen aufzureißen. Was ist mit Ihnen?«
»Ich arbeite bei Edwards & White«, antworte ich zögerlich und versuche, seiner geschmacklosen Anmache auszuweichen.
»Hey, ich kenne einen Typen, der für Ihr Büro arbeitet, Antoine heißt er.«
»Ach so?«, frage ich überrascht. »Wie haben Sie ihn kennengelernt?«
»Er geht mit einer Freundin von mir aus, sie sieht ihn aber kaum, weil er ständig arbeitet.«

Sehr interessant. Wann findet er die Zeit, jemanden zu treffen, angesichts der Arbeitszeiten im Büro und seiner ehrenamtlichen Arbeit am Wochenende? Nun ja, offensichtlich nie.
Ich verabschiede mich von Patrick und gehe noch einmal an die Bar.
»Lass uns gehen«, sagt Lisa plötzlich und hält ihr Jackett in der Hand. »Ich kenne nicht allzu weit von hier einen tollen Marokkaner, wo am Montag immer Livebands spielen. Das wird dir gefallen, ist sehr französisch.«
Wir kommen keinen Augenblick zu früh ins L'Orange Bleue in der Broom Street: Ich bin total betrunken. Der Raum leuchtet in den verschiedensten Farben, eine Bauchtänzerin bewegt sich zum Trommelwirbel nordafrikanischer Musiker.
»Lisa, heißt das Lokal denn nach dem Gedicht von Paul Éluard?«, schreie ich mir die Lunge aus dem Leib.
»Welcher Paul? Bin ich mit dem an der Uni ausgegangen?«
»Vergiss es.«
»Hier, trink das.« Sie reicht mir ein Martiniglas mit einer mir unbekannten, sicherlich giftigen Substanz. Ich trinke ein paar Schlucke und versuche, mich an der Bauchtänzerin vorbeizudrängeln, da packt mich ein dunkelhaariger Mann am Arm und zerrt mich auf die kleine Tanzfläche. Lisa klatscht vor Begeisterung in die Hände.
»Los, Cat, komm schon!«
Nach ein paar Hüftschwüngen stehe ich plötzlich auf einem Stuhl und veranstalte meinen ganz persönlichen heißen Tanz. Die Menge heizt mich für weitere zehn Minuten an, dann kippe ich plötzlich vor und schlage auf dem harten Restaurantboden auf.
»Mein Gott, was ist denn los?«
»Lisa, ich muss ganz schnell etwas essen.« An meinem Gesichtsausdruck erkennt sie, dass es mir ernst ist, und eilt in den Speisesaal, um etwas zu bestellen.

Unterdessen laufe ich auf die Toilette und schiebe mich schwankend in eine Kabine.
Ein Klopfen an der Tür und Lisas Stimme wecken mich aus meinem Koma.
»Catherine, alles in Ordnung?«
»Es geht mir gut. Ich komme gleich.«
Ich öffne die Tür und schaue in den Spiegel. Was ich sehe, ist eine Mischung aus Courtney Love und Amy Winehouse. Ich kann mich nicht erinnern, gekotzt zu haben, aber der große nasse Fleck auf meiner Jacke zeigt, dass ich vor ein paar Sekunden den komischen Drink erbrochen haben muss. Verlegen greife ich nach einem Papiertuch und versuche, den Dreck zu beseitigen. Plötzlich fällt mir ein, dass ich am nächsten Morgen ein paar Meetings und Konferenzschaltungen habe, und mir wird klar, dass ich nach Hause gehen muss.

* * *

Ich wache mit hämmernden Kopfschmerzen auf, deren Ursache in einer Mischung aus afrikanischen Trommeln, Champagner und Martinis liegt. Die hässliche Realität des gestrigen Abends springt mich an: Mein Hosenanzug liegt auf dem Wohnzimmerteppich, die Perlenkette meiner Großmutter baumelt an meiner Nachttischlampe, und ein Stöckelschuh liegt zuoberst auf dem Bücherregal. Der andere ist nirgends zu sehen.
Gegen halb elf tauche ich verkatert im Büro auf. Sobald ich meinen Fuß in der Tür habe, flüstert Mimi mir auch schon zu: »Hi, Schatz, hör mal, Antoine hat nach dir gefragt. Ich glaube, er ist sauer.«
Als Rikash bemerkt, dass ich angekommen bin, saust er sofort in mein Büro und schließt die Tür.
»Liebling, du hast ein Problem. Antoine fragt seit einer Stunde

ständig nach dir.« Er kommt auf mich zu, weicht dann aber schnell einen Schritt zurück, als er meine Fahne riecht.
»Uh, du warst ein böses Mädchen!«
»Wie kommst du darauf?«
»Verschmierte Mascara ist immer ein verräterisches Zeichen.«
»Ich fühle mich nicht besonders gut. Keine Ahnung, wie ich den Tag überstehen soll.«
»Keine Sorge, ich mache das laufend. Ich bin sogar schon einmal direkt aus einem Club zur Arbeit gekommen, und niemand hat etwas bemerkt, ich habe da einen kleinen Trick. Gatorade und Dosai-Pfannkuchen. Ich hol dir was, das wirkt wahre Wunder. Atme tief durch und rühr dich nicht vom Fleck.«
»Danke, Rikash, du bist meine Rettung.«
Als er die Tür öffnet, steht Antoine schon davor und marschiert mit den Händen in die Hüften gestemmt auf und ab. Sein Gesichtsausdruck gleicht einer dunklen Gewitterwolke.
Verdammter Mist.
»Catherine, ich hatte für die Konferenzschaltung im PLC-Fall heute Morgen eigentlich mit Ihnen gerechnet. Ich musste die Sache alleine abwickeln, bin jetzt mit meiner Arbeit im Verzug und habe heute noch sechs Fristen, die ablaufen.«
Ich fühle mich schrecklich, nicht nur physisch, Schamesröte steigt mir ins Gesicht.
»Und? Wie war die Party der American Bar Association? Hat es etwas gebracht?«, fragt Scott im Vorbeigehen.
Antoines Gesicht wird dunkelrot. Ich vermute, dass er bis in die frühen Morgenstunden gearbeitet hat, während ich Champagner hinuntergeschüttet und zu nordafrikanischen Rhythmen einen Bauchtanz veranstaltet habe.
Ich bin erledigt.
Wenn alle Stricke reißen, muss man es mit Sex versuchen.
»Antoine, ich habe übrigens gestern jemanden getroffen, der Ihre Freundin kennt.«

»Ach?«, antwortet er und wirkt peinlich berührt, dass er vor Scott zugeben soll, auch ein Privatleben zu haben.
»Ja, einen Banker namens Patrick.«
»Patrick? Ich kenne keinen Patrick.«
»Nun, jedenfalls kennt er Sie.«
»Oh, Patrick, ja, ja, jetzt erinnere ich mich«, fügt er hinzu, als Scott außer Hörweite ist. »Hören Sie, ich habe keine Freundin, okay? Wir sind alte Bekannte.« Doch sein Gesicht wirkt rot vor Scham. »Könnten Sie Mel wegen des PLC-Falls zurückrufen? Ich wäre Ihnen sehr dankbar.«
Sobald ich das mit Mel erledigt habe, rufe ich Lisa an und frage sie, was genau am Abend zuvor passiert ist.
»Ganz schön aufregende Nacht, was? Du warst sturzbesoffen.«
»Ich weiß. Wie bin ich nach Hause gekommen?«
»Ich habe dich in ein Taxi gesetzt und dem Fahrer ein dickes Trinkgeld gegeben, damit er dich sicher nach Hause bringt.«
»Ich kann mich an gar nichts erinnern. Wie ist das Gespräch mit deinem Boss gelaufen?«
»Großartig! Ich werde innerhalb der nächsten zwei Jahre Partnerin werden.«
Blanker Neid kommt in mir hoch. Eigentlich sollte ich mich ja für Lisa freuen, aber ich kann einfach nichts dagegen tun. Ich bemühe mich, ehrlich zu klingen.
»Glückwunsch! Das müssen wir feiern! Aber nicht heute Abend, ich bin total fertig.«
»Macht nichts. Ich treffe mich heute Abend nach der Arbeit mit Charles. Er führt mich zum Abendessen in die Gramercy Tavern aus.«
Ich bereue, dass ich so schlecht von Charles gedacht habe – wie aufmerksam von ihm. Einen Augenblick tue ich mir selbst leid.
»Wie süß von ihm.«

»Ich habe dir doch gesagt, dass er mich verwöhnt«, betont sie. »Wie dem auch sei, wir müssen unbedingt an deiner Trinkfestigkeit arbeiten.«

Lautes Geschrei im Flur unterbricht unser Gespräch. Ich lege auf und laufe zum Kopierer. Vor Antoines Büro herrscht Chaos.

»Das ist doch einfach nur ein beschissenes Dokument!«, schreit Antoine aus seinem Büro.

»Sie und Ihre verdammt einfachen Dokumente. Die können Sie sich sonst wo hinschieben«, schreit Maria von ihrem Schreibtisch aus. »Bitten Sie doch jemand anderen, Ihre Schriftsätze 25-mal zu ändern, ich habe die Schnauze voll. Ich gehe jetzt nach Hause und bleibe da erst einmal. Vielleicht komme ich nie wieder.«

Sie zieht ihren Mantel an und geht mit wippenden Brüsten unter ihrem *Ich-scheiß-drauf*-T-Shirt den Flur runter.

Rikash beobachtet die Szene und schlägt die gepflegten Hände vor den Mund, Mimi schüttelt ungläubig den Kopf, und Roxanne läuft Maria zum Aufzug nach. Es herrscht bleiernes Schweigen, die anderen Anwälte unserer Abteilung sitzen sprachlos da.

Ein paar Minuten später kommt Antoine auf den Flur, er wirkt sichtlich verzweifelt. »Ich verstehe sie nicht, das ist doch völlig inakzeptabel.« Er geht in Scotts Büro und knallt die Tür hinter sich zu. Nach ungefähr einer Stunde kommt er wieder heraus, nimmt seinen Mantel und macht zur Verblüffung der ganzen Abteilung Feierabend.

* * *

Das ist auch meine Chance, nach Hause zu gehen und mich auszuschlafen.

10. Kapitel

Mein Vater hat immer gesagt, es sei besser zu schweigen und für dumm gehalten zu werden, als zu sprechen und diese Meinung zu bestätigen.
Ich versuche, mich daran zu halten, als Nathan mir einen Besuch abstattet.
»Wann zieht denn der neue Partner in dieses Büro? Sollte das nicht eine Übergangslösung sein?«
»Keine Ahnung. Soviel ich weiß, soll es mit seinem Arbeitsbeginn Verzögerungen geben.«
Er sieht mich nur finster an und schließt die Tür hinter sich.
»Haben Sie in der heutigen Ausgabe des *Wall Street Journal* den Artikel über die Firma gelesen?«
»Nein, ich hatte bis jetzt noch keine Möglichkeit, einen Blick in die Zeitung zu werfen.«
»Nun, dann haben Sie eine wichtige Information verpasst.« Er lehnt sich gegen einen meiner Besucherstühle und verschränkt die Arme vor der Brust.
»Ach?«
»Sie haben wohl davon gehört, dass alle großen New Yorker Anwaltskanzleien in den vergangenen Jahren die Gehälter ihrer Anwälte erhöht haben?«
»Oh, natürlich.«
»Offensichtlich sind die Partner aber sauer, denn jetzt ist die Rede davon, dass die Quoten für die Mindestanzahl von verre-

chenbaren Stunden erhöht werden sollen. Haben Sie irgendwas darüber gehört?«, fragt er.
»Nein.«
Erhöhung der Stundenanzahl? Ist das möglich? Ich werde in meinem Büro eine Duschkabine installieren und ein Zelt aufschlagen. Ich finde Nathans Unsicherheit befremdlich (verweist auf Typ-A-Persönlichkeit, Punkt eins), er kann unmöglich mehr Stunden schreiben, außer die Firma verabreicht ihm sein Essen intravenös.
»Wussten Sie, dass uns ein paar Seniorpartner verlassen werden, weil sie ihre eigene Firma gründen wollen?«
Rikash hat das beim Mittagessen erwähnt, ich will aber nicht verraten, dass ich schon davon gehört habe.
»Ach, ja? Das ist mir neu.«
Er blinzelt ungläubig. Aus irgendeinem Grund denkt er, dass ich mehr über die Firmenpolitik weiß als er. Seltsamerweise schmeichelt mir das.
»Würden Sie mich informieren, falls Sie etwas darüber erfahren?«, fragt er, offensichtlich verzweifelt, dass ich so wenig Insiderwissen habe. »Falls der Großteil der Seniorpartner tatsächlich gehen sollte, wird es hier ein Hauen und Stechen geben.« Er wirft mir einen überheblichen Blick zu, als wollte er sagen:

a. dass ich definitiv nicht zu den Besten gehöre;
b. dass meine Überlebenschancen in einer Phase der Umstrukturierung gleich null sind;
c. dass er die neue Weltordnung vorschreiben wird,

woraufhin ich ihm einen bösen Blick zuwerfe, der ihm nahelegt, dass er

d. vielleicht ein wenig vorsichtiger sein sollte, bis er genau weiß, wo er steht.

Nachdem Nathan mein Büro verlassen hat, klopft Maria an die Tür. Sie trägt ein für sie untypisches dunkelblaues, sehr konservatives Kostüm und dazu eine Rüschenbluse, die an altmodische Bibliothekarinnen erinnert.

»Ich möchte mich für mein Verhalten gestern ausdrücklich entschuldigen. Das war völlig inakzeptabel, so etwas wird nicht mehr vorkommen, das verspreche ich.«

Ich versuche, mir meine Überraschung nicht anmerken zu lassen. »Kein Grund zur Entschuldigung. Hören Sie, Sie haben in den letzten Wochen viel gearbeitet, da darf man ruhig mal müde sein. Das hätte jedem passieren können.«

Mein Verständnis überrascht sie, sie strahlt mich an.

»Ich bin total fertig, Antoine und Bonnie haben mich rund um die Uhr mit Arbeit eingedeckt. Ich hatte in neun Monaten nicht einen einzigen freien Tag und war die meiste Zeit bis Mitternacht hier.«

»Ich weiß.«

»Ich brauche eineinhalb Stunden, bis ich zu Hause bin, dann muss ich noch die Wäsche machen und, wenn es nicht schon zu spät ist, das Abendessen vorbereiten und den Kindern bei den Hausaufgaben helfen. Ich weiß nicht, ob ich das noch lange durchhalte.«

Ihr Tagesablauf erschreckt mich. Ich habe keinerlei Vorstellung davon, wie sie all diese Aufgaben überhaupt bewältigen kann, denn ich lande normalerweise nach dem zehnminütigen Spaziergang vom Büro nach Hause erschöpft auf meinem Wohnzimmersofa.

»Ich verstehe. Wissen Sie was, wenn Sie jemanden zum Reden brauchen, meine Tür steht Ihnen jederzeit offen, okay?«

»Danke, das ist sehr nett. Den meisten Anwälten hier ist das Personal völlig egal.«

»Manchmal geht es hier ein wenig unterkühlt zu.«

»Ein wenig unterkühlt? Wie wär's mit eiskalt …« Sie blickt zu

Boden und zögert, fährt dann aber fort, als sie merkt, dass ich ihr bereitwillig zuhöre. »Es wird hier zunehmend enger … Ich weiß auch nicht genau, was los ist.« Sie macht eine Pause und hofft, dass ich etwas sage, doch ich schweige. »Alle tun so, als sei nichts, aber ich bin doch nicht blöd … ich sehe doch, was los ist … ich mache Ihnen nichts vor. Ich sage einfach, wie es ist.«

Mir dämmert, dass die ganze Abteilung wegen des vergifteten Arbeitsklimas beunruhigt ist. Vielleicht sollte ich mir auch Gedanken machen.

»Das stimmt. Offenheit ist immer der beste Weg.«

Sie geht zur Tür und sagt mit gequältem Gesichtsausdruck: »Nicht immer.«

Es muss schwer sein, die kindischen Machtspielchen und Hochnäsigkeiten verwöhnter Anwälte zu ertragen. Ich schwöre mir, Rikash niemals respektlos zu behandeln.

Kurz nachdem Maria mein Büro verlassen hat, klingelt das Telefon.

»Counselaaaar, wo ist die Aktennotiz, die Sie versprochen hatten? Wir warten schon sehnsüchtig darauf.«

»Hi, Mel, Sie haben sie um zehn Uhr auf dem Tisch.«

Um vier nach zehn klingelt das Telefon erneut.

»Counselaaar, ich habe noch immer keine Aktennotiz in meinem Posteingang.«

»Ist unterwegs, Mel. Nur noch 20 Minuten. Ich muss sie noch einmal durchlesen, bevor ich sie Ihnen schicke.«

»Ihr kleiner Sekretär sollte vielleicht aufhören, seine Fingernägel zu feilen, und ein wenig schneller tippen. Er arbeitet schließlich nicht in einem Wellnesscenter.«

»Hören Sie, das ist nicht seine Schuld. Ich brauche einfach noch ein wenig Zeit, um letzte Korrekturen vorzunehmen, okay?«

Um zehn nach zehn ruft Mimi an und erinnert mich an ein bevorstehendes Meeting zum neuen Mitarbeiterförderprogramm.

Um dreizehn nach zehn will Antoine wissen, ob ich schon einmal etwas von Hart-Scott-Rodino gehört habe. Kurz bevor ich zugebe, dass ich dieses Gesetz nicht kenne, überlege ich schnell, ob er

a. von einem zweitklassigen Schauspieler redet, der von unserer Medienagentur vertreten wird,
b. oder einer neuen Form von Geburtsvorbereitungskursen
c. oder dem Chef eines örtlichen Mafiarings.

Um zehn Uhr fünfzehn ruft mich der Inspektor der Abteilung für Urheberrechtsverletzungen des New Yorker Police Departments zurück.
Um zehn Uhr neunzehn will die Börsenaufsicht etwas über einen von Antoines Mandanten wissen.
Um zehn Uhr zweiundzwanzig ruft der Bote des Delikatessenladens an der Ecke aus der Lobby an und bringt mir mein Frühstück herauf. (Ich habe schon wieder das Firmenfrühstück verpasst. Inzwischen bin ich fast süchtig nach amerikanischen Eiersandwiches. Ich muss mir unbedingt das Buch über nie dicker werdende Französinnen besorgen, sonst werde ich bald die Ausnahme sein.)
Um zehn Uhr dreiundzwanzig ruft mich mein neuer Betreuer bei der Citibank an und fragt, ob ich in Anlagenfonds investieren will.
Um zehn Uhr fünfundzwanzig soll ich Bonnie einen Präzedenzfall raussuchen, den sie für einen ihrer Abschlüsse benötigt. (Und sie versteht nicht, warum zum Teufel ich so lange dafür brauche.) »Sie sollten verdammt noch mal lieber dafür sorgen, dass ich diese Unterlagen morgen für das Meeting auf dem Tisch habe. Die sind reiner Sprengstoff. Wenn Sie den verdammten Job nicht hinkriegen, werde ich jemand anderen dransetzen.«

Sprengstoff? Den würde ich am liebsten unter ihrem Schreibtisch zünden.

Um zehn Uhr siebenundzwanzig will Nathan wissen, wie viele Stunden ich diese Woche schon aufgeschrieben habe. (Ich lüge und gebe das Doppelte der tatsächlichen Stunden an.)

Um zehn Uhr achtundzwanzig ruft Bonnie erneut an und sagt mir, dass ich mich erst mit ihr besprechen müsse, bevor ich neue Aufträge von Scott oder Antoine annähme, weil sie vorrangig Anspruch auf meine Zeit und mein Arbeitspensum habe.

Um zehn Uhr neunundzwanzig will Lisa wissen, ob ich mit ihr vor unserem Abendessen am nächsten Tag zur Maniküre und Pediküre in die Rescue Beauty Lounge gehe. (Aber das kommt gar nicht in Frage.)

Um zehn Uhr fünfunddreißig klingelt erneut das Telefon.

»Catherine, Mel ist dran, er ist ziemlich unhöflich«, beschwert Rikash sich.

Ich nehme den Anruf an. »Hören Sie, Mel, ich tue mein Bestes. Die Aktennotiz kommt gleich.«

Um zehn Uhr fünfundfünfzig tippt Rikash die endgültige Fassung der Aktennotiz ein, ich schicke sie los. Ich bin am Verhungern, habe aber keine Zeit für mein Frühstück, weil ich in wenigen Minuten für eine Konferenzschaltung in Scotts Büro sein muss.

Um zehn Uhr siebenundfünfzig dröhnt Scotts begeisterte Stimme durch meine Sprechanlage. »Hey, Catherine, großartige Neuigkeiten! Erinnern Sie sich an den Schönheitswettbewerb? Wir haben den Fall bekommen. Browser hat uns beauftragt, wir werden das Unternehmen während der ersten Finanzierungsrunde beraten. Ich möchte, dass Sie bei dieser Transaktion die erste Ansprechpartnerin sind. Können Sie morgen Nachmittag zu einem Meeting in das Büro der Swiss Bank gehen? Ich schaffe es leider nicht, ich habe selbst ein Meeting.«

»Klar.«
Um zehn Uhr achtundfünfzig starre ich einen kurzen Moment aus meinem Bürofenster, dann meldet sich Rikash über die Sprechanlage.
»Falls es Mel sein sollte, schalte ihn auf Mailbox.«
»Nein, es ist deine Mutter. Sie sagt, dass sie gute Neuigkeiten für dich hat.«
»Bonjour, ma chérie, du wirst es nicht glauben. Deine Cousine Françoise hat gerade einen tollen Job in Paris gefunden. Sie wird als Chefeinkäuferin bei Chanel ganz Europa bereisen, bekommt ein unbegrenztes Spesenkonto und einen Garderobezuschuss.«
»Wow, das ist ja toll.« Ich sehe im Geist meine hübsche Cousine, wie sie in einem taillierten Bouclejäckchen, mit riesiger CC-Sonnenbrille, feiner Perlenkette um den Hals und einer großen gesteppten Ledertasche zu Modenschauen düst, während ich mich auf meinen Geschäftsreisen an aggressiven Sicherheitsbeamten in müffelnden Anzügen vorbeikämpfen muss.
Um elf Uhr dreißig ruft Roxanne mich über die Sprechanlage an. »Catherine, Scott erwartet Sie für die Konferenzschaltung in seinem Büro. Sie sind spät dran.«
Ich lasse meinen Kopf auf den Schreibtisch fallen und würde am liebsten losheulen.

11. Kapitel

»Diesen Klassiker von Louis Féraud hab ich bei Les Puces gekauft.«

Lisa holt mich am Donnerstagabend um sieben mit dem Taxi beim Büro ab. Schon als ich den Fuß in den Wagen setze, macht sie mir ein Kompliment für mein Kleid.

»Oh, ja, Les Puces! Ich weiß noch, wie neidisch ich zu Unizeiten auf das Zeug aus diesem Laden war.«

»Du musst unbedingt hingehen, ich habe dort die unglaublichsten Sachen aufgestöbert.«

»Ich wünschte, ich hätte die Geduld, mich durch Secondhandzeug zu wühlen. Ich trage lieber Klamotten frisch von der Stange.«

Lisa hatte schon immer ein Faible für Marken und aktuelle Trends. Für mich zählt hingegen nicht das Etikett, sondern die Art, wie man die Sachen miteinander kombiniert. Ich beschließe, das Thema zu wechseln.

»Was treibt denn Charles heute Abend?«

»Er ist gestern geschäftlich nach Hongkong geflogen.«

»Und wie war euer Dinner?«

»Großartig«, antwortet sie verliebt und mit verträumtem Blick.

»Tut mir leid, dass ich ihn runtergemacht habe.«

»Ist schon vergessen. Du willst eben nicht, dass ich leide.«

»Das stimmt. Und ich freue ich mich riesig, dass du befördert worden bist. Die erste Runde übernehme ich.«

»Danke, Cat. Ich hoffe, du bekommst keine Probleme, weil du früher gegangen bist.«

»Nein. Ich hab Rikash mit einem dreifachen Marble Mocha Macchiato und einem Schokoladen-Éclair bestochen, für mich die Stellung zu halten.«

Wir kommen beim Blue Owl an, einer schicken Lounge im East Village, voll mit Männern in Anzügen und Modeltypen, die Martinis schlürfen.

»Cat, darf ich dir meine Freundinnen Amanda, Leanne und Beverly vorstellen.« Lisa winkt drei Frauen Anfang dreißig zu, die jeweils von Kopf bis Fuß in Prada, Gucci und Chanel gekleidet sind.

Ich reiche perfekt gepflegten und geschmückten Händen die Hand.

»Hallo, freut mich.«

»Catherine, Lisa hat erzählt, dass Sie gerade erst von Paris hergezogen sind. Wir lieben Paris, nicht wahr, Ladys?«, sagt Beverly (in Chanel) und hebt ihr Martiniglas.

»O ja, das war die größte Shoppingtour aller Zeiten!«, wirft Leanne (in Gucci) eifrig ein.

»Die größte? Es war die phantastischste! Ich habe fast den ganzen YSL-Laden ausgeräumt«, ruft Amanda (in Prada).

»Lisa hat erzählt, Sie seien Anwältin. Was ist Ihr Spezialgebiet?«, fragt Leanne mich.

»Wo haben Sie Jura studiert? Haben Sie die Anwaltsprüfung in New York abgelegt?«, fragt Beverly, bevor ich auf Leannes Frage antworten kann.

»Ich habe in Frankreich studiert und während eines Austauschprogramms an der Pepperdine Lisa kennengelernt. Und, nein, ich habe die New Yorker Anwaltsprüfung noch nicht abgelegt.«

»Mein Bruder hat die Prüfung letzten Sommer gemacht. Er sagt, sie sei ein Kinderspiel gewesen«, wirft Beverly mit wichtiger Miene ein.

Ich habe schon so einiges über die Anwaltsprüfung gehört, aber noch nie, dass sie ein Kinderspiel sei.
»Arbeiten Sie für Skadden oder für Sullivan? In letzter Zeit werden ja unmenschliche Stunden von einem verlangt«, wirft Amanda ein.
Ich stehe offensichtlich im ernsthaften Kreuzverhör der Bling-Brigade.
»Nein, ich arbeite weder für Skadden noch für Arps oder Sullivan & Cromwell, sondern für Edwards & White, und, ja, ich schufte mich gerade halb tot. Und was ist mit Ihnen, was machen Sie?«, frage ich meine Befragerinnen, bevor sie mit der nächsten Frage aufwarten können.
»Amanda ist bei einem Hedgefonds, Leanne ist Maklerin, ich bin Ärztin«, antwortet Beverly wie einstudiert.
»Dann müssten Sie ja wissen, was es heißt, viel zu arbeiten.«
»Ja, ein wahrer Teufelsritt«, antwortet Amanda. »Ich wohne zurzeit praktisch im Flugzeug. Immerhin werden wir bezahlt. Ihr Anwälte verdient ja wenig, wenn man überlegt, wie viel Arbeit ihr zu bewältigen habt.«
Autsch. Jetzt brauche ich einen Drink. Nach eingehendem Studium der farbenprächtigen Cocktailkarte entscheide ich mich für einen Comtesse. Ich lasse mich von meiner angeborenen französischen Noblesse leiten, damit ich mich unter den Prinzessinnen nicht so minderwertig fühle, und bestelle zwei Drinks, einen für Lisa, einen für *moi.* Den Barkeeper bitte ich, sie stark zu machen.
»Es stört Sie hoffentlich nicht, dass wir einen Tisch im Daniel's reserviert haben. Das ist unser absolutes Lieblingslokal. Die Käseplatte ist einfach exquisit.«
»Oh, keineswegs«, sage ich und tue, als mache es mir nichts aus, für ein Abendessen den Betrag auszugeben, für den ich mir einen ganzen Wellnesstag oder einen neuen Sessel für meine Wohnung leisten könnte.

»Geht doch schon einmal vor. Cat und ich nehmen uns auch ein Taxi und kommen nach«, schlägt Lisa vor, während sich die drei ihre teuer aussehenden Trenchcoats überziehen.
»Okay, wir treffen uns dort«, ruft Beverly und winkt mit ihrem Burberry-Schal.
»Wo hast du denn diese Frauen kennengelernt?«, frage ich Lisa, sobald sie außer Hörweite sind. »Die sind unausstehlich, findest du nicht?«
»Ich bin ihnen letzten Sommer bei einer Gartenparty in den Hamptons begegnet. Sie sind im Grunde harmlos.«
»Harmlos? Mir kommen sie eher wie Piranhas in Designerklamotten vor. Hast du gehört, was Amanda über die Unterbezahlung von Anwälten gesagt hat? Das war ziemlich unhöflich.«
»Hör zu, daran musst du dich hierzulande gewöhnen. So sind die Leute in New York. Wir sind auf Wettbewerb ausgerichtet.« Ihr Ton gibt mir zu verstehen, dass ich dieses Thema besser fallenlassen sollte.
»Tut mir leid, ich bin es gewohnt, dass die Leute ein wenig zurückhaltender sind. In Frankreich redet man nicht über das Einkommen.« Ich greife nach meiner Tasche und reiche ihr ihren Schal, der neben mir auf der Bank liegt.
»Hier ist das anders. Man trägt seinen Verdienst wie eine Medaille vor sich her. Jeden Tag musst du da raus und dafür kämpfen.«
»Ich glaube, ich möchte die Einzelheiten über meine finanzielle Situation trotzdem lieber für mich behalten«, murmle ich, als wir uns an der Empfangsdame vorbei durch die Tür schieben und ich ein Taxi heranwinke.
»Komm schon, Cat, jetzt lach doch mal! Das macht das Leben in New York doch so spannend!«, meint Lisa, während wir in das muffige Taxi steigen. »Geld verdienen und es wieder ausgeben. Mit diesen Mädchen kann man sich hervorragend amüsieren, du wirst sehen.«

Obwohl Lisa und ich uns gut verstehen, sind unsere Geschmäcker meilenweit voneinander entfernt, wenn es um Freunde und Bekanntschaften geht. Ich ertrage sinnloses Geplauder nicht und bleibe lieber zu Hause, schaue mir einen Film an oder lese ein gutes Buch. Lisa hingegen ist ein geselliges Wesen, das ständig Gesellschaft braucht, auch wenn das Umfeld wie eine Luxusausgabe von Alvin und die Chipmunks klingt.
»Okay, wenn du meinst.«
Um unserer Freundschaft willen schweige ich für den Rest der Fahrt. Ich bereite mich geistig auf das großspurige Geplauder beim Abendessen vor, während wir zur Upper East Side fahren.

* * *

Mir bleibt der Mund offen stehen, als ich das Daniel's betrete: hohe Decken, glitzerndes Kristall, Porzellan von Bernardaud und sorgfältig im Raum verteilte Rosensträuße. Wir nehmen Platz, und die abendliche Unterhaltung beginnt.
»Ich kann den Memorial Day kaum erwarten«, fängt Amanda an. »Mein Freund hat in East Hampton ein Haus für uns gemietet. Wir fahren wahnsinnig gerne mit unserem neuen Porsche dahin.«
Und schon legen sie los!
»Leider kann ich dieses Jahr nicht dort sein. Ich brauche wirklich mal Abstand von der Stadt. Ich fliege auf eine Privatinsel«, Leanne rückt vor auf den ersten Platz.
»Und, Catherine, was machen Sie am Memorial-Day-Wochenende?«, fragt Beverly munter.
Ich werfe Lisa einen verzweifelten Blick zu. Das Planen von verlängerten Wochenenden gilt nicht als Arbeitszeit, also ist es das Letzte, woran ich denke. Plötzlich wünschte ich, ich hätte Rikash für meine Sommerpläne eingespannt.

»Äh, das weiß ich noch nicht so genau. Ehrlich gesagt kann ich aufgrund meines momentanen Arbeitspensums kaum was planen.«
Alle drei starren mich schweigend und enttäuscht an. Wir werden ganz offensichtlich keine engen Freundinnen. Abgesehen davon, dass ich keinerlei Interesse habe, zu diesen Frauen zu gehören, fühle ich mich plötzlich total uninteressant und langweilig.
»Jetzt lasst doch Catherine etwas Luft, sie ist gerade erst hergezogen!«, versucht Lisa mein erbärmliches Gesellschaftsleben zu rechtfertigen.
»Ich kann es kaum erwarten. Ich lasse mir nächste Woche bei John Frieda die Haare machen.« Lisa greift das Thema sündhaft teurer Schönheitsbehandlungen auf. Ich hoffe, sie hat ihre Bodenhaftung nicht verloren und mit ihren Freundinnen gleichgezogen.
»Oohh«, gurren alle gleichzeitig.
»Ich lasse nächste Woche bei Elizabeth Arden ein Peeling machen. Meine Haut wirkt einfach matt, ich sehe wie Ende dreißig aus – das ist gruselig.«
Endlich erscheint der Kellner, nimmt unsere Bestellungen auf und rettet mich aus der Wellnesshölle.
»Mademoiselle«, spricht er zuerst mich an. Seine durchdringenden blauen Augen sehen direkt durch mich hindurch, was mir einen Schauder versetzt.
»Bonsoir, monsieur, je prendrai les raviolis en entrée ainsi que le filet de sole, merci.«
Die drei starren mich an. Ein Punkt für Catherine, nun macht schon, Mädels, versucht das doch auch mal. Ich beobachte vergnügt, wie die drei unbeholfen ihre Bestellungen aufgeben und es dabei tunlichst vermeiden, irgendetwas auf Französisch zu sagen. Ich verbringe die kommenden 15 Minuten damit, die Weinkarte zu lesen. Als unser Essen kommt, stürzen Lisa und

ich uns auf unsere Ravioli, während die anderen in ihrem Rucolasalat ohne Dressing herumstochern.
Der Genuss meiner Pasta wird vom Klingeln meines BlackBerrys unterbrochen. Ich habe eine E-Mail von Antoine bekommen.
»Ich muss dringend etwas mit dir besprechen. Hättest du eine Minute?«
Ich entschuldige mich, springe auf und eile auf die Damentoilette. Ich muss unbedingt auf diese Nachricht antworten, ohne dass er merkt, dass ich in der Stadt unterwegs bin und ein paar Comtesse-Cocktails und Gläser Wein intus habe. Locker bleiben, Catherine, halte dich bedeckt.
Und so antworte ich:
»Natürlich. Worum geht es? Ich arbeite heute Abend nicht vom Büro aus.«
Ich schätze, der Begriff »nicht vom Büro aus« ist vage genug, ich könnte ja in der Gerichtsbibliothek in Stapeln von Satzungen und Rechtsprechungen wühlen. Ich hocke in der mit Marmor gefliesten Toilettenkabine, halte den Atem an und drücke nervös auf Senden.
»Ich gehe gerade den Prospekt der American Bank durch und brauche bei den Eigenkapitalanforderungen deine Hilfe. Da kennst du dich viel besser aus als ich.«
»Kein Problem, schick mir den Entwurf, ich schaue ihn mir gerne an, sobald ich fertig habe, was hier anliegt.«
Ich bin stolz auf meine geschmeidige Retourkutsche, entspanne mich und stemme die Füße gegen die Kabinentür. Sehr gut, Catherine, weiter so!
»Du scheinst ja bis über beide Ohren eingedeckt zu sein, was auch immer du gerade machst.«
»Ja, bis über beide Ohren.«
»Brauchst du Hilfe?«
Herrgott, ja, und wie! Bitte rette mich vor diesem unerträglich

angeberischen Trio. Ich versuche, den Mailaustausch zu beenden, bevor Lisa den Kellner nach mir schickt und meine Deckung platzenlässt.
»Ich kriege das schon hin, danke für das Angebot. Ich komme morgen früh in dein Büro, dann gehen wir die Anforderungen durch.«
»Wenn es nicht schon so spät wäre, würde ich dir ja vorschlagen, sie bei einem Glas Wein durchzugehen.«
Der liebenswürdige Ton seiner Antwort überrascht mich. Säße ich nicht hier fest, um höfliche Gespräche mit einem Haufen wichtigtuerischer Diven zu führen, würde ich seine Einladung gerne annehmen.
»Das wäre unheimlich nett, aber der Versuchung muss ich leider widerstehen. Ich habe momentan Wichtigeres zu tun. Bonsoir, Antoine. X«
Ich kann es nicht glauben, dass ich meine Mail mit einem virtuellen Kuss enden lasse! Was, wenn er mich für vollkommen verblödet hält? Hoffentlich glaubt er, das sei eine französische Angewohnheit. Kurz darauf vibriert das BlackBerry wieder. Ich halte die Luft an.
»Bonsoir, Catherine. X auch an dich!«
Hmm. Nicht schlecht. Offenbar ist er doch nicht so spießig. Ich bin stolz, ihn ein wenig zum Flirten gebracht und von einem möglichen Ausbruch über den Abend mit den Mädels abgelenkt zu haben, und kehre zur letzten Runde des Wettbewerbs Wer-ist-wem-eine-Nasenlänge-voraus an den Tisch zurück.
Meine Tischgenossinnen werfen mir seltsame Blicke zu, als ich mich setze.
»Tut mir leid, Arbeit.«
»Cat, schau mal, was der Kellner nur für dich gebracht hat!«, ruft Lisa.
Ein Teller mit erlesenen Schokoladentrüffeln steht an meinem Platz.

Und jetzt verstehe ich auch den Blick in ihren Augen: purer Neid.

»Ich glaube, der ist in dich verknallt!«, platzt es aus Lisa heraus. »Wie süß.«

Wenn das tatsächlich stimmen sollte, wären das hervorragende Neuigkeiten für mein Ego. Ich werfe dem Kellner ein dankbares Lächeln zu. Trotz Lisas fragwürdiger Auswahl an Freundinnen ist es am Ende doch kein so schlechter Abend: Ich habe zu einer einigermaßen anständigen Zeit mein Büro verlassen, habe einen königlichen Cocktail getrunken und ein hervorragendes Abendessen in einem der besten Restaurants der Stadt genossen. Ich habe wie ein wild geflirtet, und das nicht nur mit einem, sondern gleich mit zwei Männern. Nicht schlecht, *n'est-ce pas?*

»Ihr müsst mich entschuldigen. Ich muss morgen früh übers Wochenende zu einem Meeting nach San Fran«, sagt Amanda und greift nach Prada-Handy, Schlüsselbund und Handtasche. »Tschüs, wir treffen uns nächste Woche beim Indoorcycling.« Amanda verlässt den Tisch, ohne ihren Teil der Rechnung zu begleichen.

»Ach, vermutlich hat sie es einfach nur vergessen, wir übernehmen das. Sie hat in letzter Zeit viel um die Ohren«, sagt Beverly und starrt auf die Rechnung.

Viel um die Ohren? Eine nette Entschuldigung. Ich bin nicht gerade in der Stimmung, einer widerlichen Fremden das teure Abendessen zu bezahlen. Vor allem nicht einer, die mich erst knapp zwei Stunden vorher beleidigt hat. 300 Dollar pro Person sind nicht gerade ein kleiner Snack an einem Mittwochabend mit den Mädchen.

Ich drücke unserem Kellner ein Luftküsschen auf die Wange, danke ihm für seine Großzügigkeit, und er flüstert mir ins Ohr: »Machen Sie sich nichts draus, Mademoiselle, ich fahre am Memorial Day nur nach Staten Island.«

12. Kapitel

Am Morgen danach erscheint mir die Kombination aus BlackBerry, zu viel Alkohol und Flirtversuchen mit einem Kollegen – egal, wie dezent – tödlich. Ich wünschte, ich könnte wie Edith Piaf summen, dass ich nichts bereue: *»Non, je ne regrette rien«*, aber dem ist leider nicht so. Ich hätte meine letzte Mail an Antoine nicht abschicken sollen – das wusste ich, sobald ich auf Senden gedrückt hatte; und heute morgen, als ich gleich nach dem Aufwachen vor Scham errötet bin. Doch richtig klar wurde es mir erst, als ich ihm im Kopierraum in die Arme gelaufen bin und er mich völlig ignorierte.

Ich starre auf den Bildschirm und frage mich, was das für unser zukünftiges Verhältnis, vor allem aber für meine Karriere bedeuten wird. Warum zeigt er mir die kalte Schulter? Glaubt er vielleicht, dass ich in ihn verknallt bin? Schließlich hat er doch den Vorschlag gemacht, etwas trinken zu gehen!

Rikash kommt mit einem Stapel Quittungen in mein Büro.

»Was ist denn? Du siehst besorgt aus.«

»Liebling, ich brauche dringend deine Hilfe. Ich stehe furchtbar unter Druck.«

»Warum das?«

»Bonnie hat mich gerade wieder einmal angefaucht, weil ich immer noch nicht die Abrechnung für ihre letzte Europareise fertig habe. Ich arbeite schon seit drei Tagen daran, kriege die Quittungen aber irgendwie nicht auf die Reihe.«

»Warum?«
»Ich habe hier eine, die ich nicht einordnen kann … Sie stammt aus einem Dessousladen in London und lautet auf Strapse und einen BH.«
»Was? Du machst wohl Witze?«
»Klingt ein C-Körbchen Größe 34 von Agent Provocateur für dich etwa nach einer Restaurantrechnung?«
»Das will sie als Spesen abrechnen? Sie verdient doch genug, um die gesamte Dessousfirma zu kaufen. Andererseits ist ihre Unterwäsche genau wie ihr scharfer juristischer Verstand der Schlüssel zu einem Geschäftsabschluss, also Teil ihrer Arbeitsutensilien.«
»Und was soll ich jetzt machen?«
»Ich habe eine Idee. Viele Restaurants haben doch Nummern in ihren Namen, wie Eleven Madison Park, Candle Seventy-nine oder Five Napkin Burger. Warum also nicht Thirty-Four C Regent Street?«
»Phantastisch. Absolut phantastisch, danke, Liebes. Ach übrigens, alles klar bei dir? Du wirkst ein wenig niedergeschlagen.«
»Mir geht es gut, ich habe nur viel zu tun.«

* * *

Obwohl immer mehr Frauen Jura studieren und die Gesetzgeber die Gleichberechtigung fördern, sind weibliche Großverdiener in der Hochfinanz immer noch in der Minderheit. Zum Meeting, das Scott in den Büros der Swiss Bank arrangiert hat, kommen lediglich zwei Frauen: jene, die den Kaffee serviert, und ich. Der große Sitzungssaal ist voller junger Männer, die sich in rasendem Tempo im Finanzjargon unterhalten und sich dabei auf dicken Prospektentwürfen Notizen machen. Ich komme mir in diesem Meer von hellblauen Hemden ein wenig verloren vor. Einen Moment wünsche ich mir, ich säße im

Sitzungssaal bei Dior und diskutierte über gefälschte Lady-Dior-Taschen. Doch das blende ich gleich wieder aus. Diese testosterongeladene, hochkarätige Angelegenheit ist genau das, was ich brauche, um Antoines Schweigen zu vergessen. Ich bereue den blödsinnigen Mailwechsel mit ihm. Wie konnte ich trotz des Machtkampfs in der Kanzlei so leichtfertig aus der Deckung gehen? Ein taktischer Fehler und eine harte Lektion zudem. Catherine, ziehe niemals ohne Rüstung in den Kampf!
Ich werde von einer tiefen Männerstimme aus meinen Gedanken gerissen.
»Guten Tag, meine Damen und Herren, danke, dass Sie so kurzfristig zu unserem Meeting erschienen sind. Mein Name ist Jeffrey Richardson, ich bin Finanzvorstand bei Browser.«
Ein umwerfend attraktiver Mann mit dunklen Haaren und breiten Schultern steht vorne im Sitzungssaal, er trägt ein helles, rosafarbenes Hemd zu einem maßgeschneiderten Nadelstreifanzug und ähnelt Nacho Figueras, dem argentinischen Polospieler und Model für Ralph Lauren. Jeder Gedanke an Antoine verfliegt sogleich.
»Zur allgemeinen Information, wir haben Edwards & White als Kanzlei gewählt. Ist vielleicht jemand von Edwards hier?«
Mein Puls beginnt zu rasen.
»Ja, mein Name ist Catherine Lambert.«
»Schön, dass Sie heute bei uns sind, Catherine.« Jeffrey begrüßt mich mit einem breiten Lächeln. Meine Handflächen werden feucht, bestimmt werde ich gleich in idiotisches Stottern verfallen. Reiß dich zusammen, Catherine! Denk an die Lektion, die du erst heute Morgen gelernt hast!
»Sie sind die Ansprechpartnerin bei Edwards für diesen Abschluss, nehme ich an?«
»Scott Johnson, unser Abteilungsleiter, ist der zuständige Jurist in dieser Sache, aber ich bin Ihre unmittelbare Ansprechpartnerin, wenn Sie so wollen.«

Die anderen am Tisch stellen sich vor, doch es fällt mir schwer, ihnen Aufmerksamkeit zu schenken. Ich bin von Jeffreys sportlich gutem Aussehen und seinem warmen Lächeln fasziniert.

»Wie lange braucht Ihre Firma für das Prüfverfahren?«

Mein Nachbar tippt mir auf die Schulter. »Entschuldigen Sie, Miss, ich fürchte, die Frage gilt Ihnen.«

»Oh, tut mir leid, könnten Sie das bitte wiederholen?« Ich erwache aus meiner Trance.

»Sicher. Hallo, Catherine, ich heiße Howard Greenblatt. Wir vertreten die Rückversicherung. Wie lange wird Ihre Kanzlei brauchen, um die Unterlagen für das Prüfverfahren vorzubereiten? Wir hätten gerne einen Zeitplan, anhand dessen wir auch die vom Gesetzgeber vorgegebenen Fristen ersehen können.«

»Natürlich. Zu Ihrer Frage: Ich kann keine Verzögerungen absehen, außerdem versichere ich Ihnen, dass dieser Fall oberste Priorität für mich hat, ich meine für Edwards & White.« Nicht gerade die redegewandteste Antwort, Howard scheint sie jedoch zu genügen. Komm schon, Lambert, du wirst dich doch nicht etwa von einem heißen Typen aus dem Konzept bringen lassen, oder?

»Wunderbar. Danke.«

Nach der allgemeinen Begrüßung werden Fragen gestellt.

»Wie groß sind derzeit die Fixkosten des Unternehmens?«, fragt ein Banker.

»Welches Ergebnis erzielt das Unternehmen vor Zinsen, Steuern und Abschreibungen auf Sachanlagen und immaterielle Vermögensgegenstände? Und wie viele Finanzierungsphasen wurden bereits durchlaufen?«, fragt ein anderer.

Ich versuche, mit den schnellen Fragen Schritt zu halten, und tippe alle Informationen wie eine Irre in meinen Laptop. Nach anstrengenden zweieinhalb Stunden bedankt Jeffrey sich bei der Runde und verabschiedet sich bis zum nächsten Meeting.

Als ich meine Sachen zusammenpacke, kommt Jeffrey zu mir.

»Ich freue mich, dass dieser Abschluss für Sie Priorität hat. Das bedeutet, nehme ich an, dass wir beide regelmäßig miteinander zu tun haben werden, oder?«

»Ich denke schon.« Ich gebe ihm meine Visitenkarte.

»Großartig. Ich werde meiner Sekretärin sagen, Ihren Namen zur Arbeitsgruppe hinzuzufügen.«

»Perfekt.«

Ich ertappe ihn dabei, wie er mein Outfit begutachtet. »Sehr elegant.«

»Danke.« Ich schaue auf, unsere Blicke treffen sich, und ich erröte, obwohl ich versuche, genau das zu verhindern.

»Genau wie die Frau, die es trägt.«

Ich suche krampfhaft nach Worten. Reiß dich am Riemen!

»Ich muss zurück ins Büro. Äh, ich melde mich so bald wie möglich wieder bei Ihnen«, stammle ich, meine Wangen glühen.

Er zwinkert mir zu. Ich möchte am liebsten im Boden versinken.

Ich gehe durch die Glastüren zum Ausgang, er bleibt in der Lobby stehen und sieht mir nach, dann winkt er zum Abschied.

Mon dieu, es wird mir schwerfallen, nicht mit ihm zu flirten.

Auf dem Rückweg zum Büro schlendere ich durch den Park und denke dabei an Jeffrey. Im Geist wiederhole ich unsere kurze Unterhaltung. Ganz offensichtlich fühlen wir uns beide voneinander angezogen. Aber ich will mich nicht aufs Glatteis begeben und mit einem wichtigen Mandanten privat ausgehen. Nein danke.

* * *

»Rikash, bitte leg eine Akte für die Browser Inc. an.«
»Browser? Ich habe am Wochenende in der *Herald Tribune* etwas über sie gelesen.«
»Du liest die *Herald Tribune?*«
Rikash überrascht mich immer wieder. Ich weiß zwar, dass er kultiviert und belesen ist, aber dass er die *Herald Tribune* liest, hätte ich nicht gedacht.
»Natürlich. Ich bin gerne gut informiert. Außerdem hoffe ich, dass du direkten Kontakt zum Seniormanagement hast.«
»Warum das denn?«
»Der Finanzvorstand ist ein attraktiver Mann.«
Er erwischt mich völlig unvorbereitet.
»Woher weißt du das?«
»Neben dem Artikel war ein Bild von ihm. Mit dem würde ich gern eine neue Variante des Spiels mit Zahlen in Angriff nehmen.«
Hm, ich auch, wäre er kein Mandant der Kanzlei … Aber über sein gutes Aussehen kann ich mit Rikash reden, das ist nicht verboten.
»Als er mir die Hand geschüttelt hat, wäre ich beinahe in Ohnmacht gefallen. Er ist nicht attraktiv, Rikash, er ist einfach umwerfend. Er heißt übrigens Jeffrey.«
»Und wie ist er gepolt? Weißt du das?«
»Ich fürchte, nicht wie du.«
»Dann musst du ihn dir unter den Nagel reißen. Wenn ich ihn schon nicht kriegen kann, soll es wenigstens jemand sein, den ich kenne.«
Halt dich fest, Catherine. Rikash will dich ins Schleudern bringen.
»Er ist ein Mandant, und das soll auch so bleiben.«
»Vergiss nicht, Liebling, gute Mädchen kommen in den Himmel, böse überallhin.«
In diesem Moment kommt Scott in mein Büro.

»Wie war das Meeting?«
»Sehr gut.«
»Großartig, das freut mich. Ich bin nächste Woche zu einer Veranstaltung von Browser in die Carnegie Hall eingeladen, schaffe es aber nicht. Da Sie jetzt auch an dem Fall beteiligt sind, würde ich Sie bitten, für mich hinzugehen.«
»Carnegie Hall?« Ich zögere. Scott hatte mich bereits gebeten, auf eine Benefizveranstaltung zu gehen, die Mels Frau nächste Woche in der St.-Mathews-Gesellschaft veranstaltet, ich muss auf meine Stunden kommen. Wenn ich die Stunden in Rechnung stellen dürfte, die ich auf diesen Veranstaltungen verbringe, würde es sich wenigstens lohnen.
Er spürt mein Zögern. »Ich weiß, dass ich Sie in letzter Zeit oft bitte, auf Veranstaltungen von Mandanten zu gehen, aber das bringt der Job mit sich, fürchte ich. Man muss die Beziehung zu Mandanten einfach pflegen.«
»Natürlich, ich verstehe. Ich gehe gerne hin.«
»Großartig, ich werde Jeffreys Assistentin bitten, Sie über die Details zu informieren.«
Kurz darauf betritt Nathan mein Büro.
»Ich habe gehört, Sie arbeiten am Börsengang von Browser.«
»Richtig.«
»Hält Sie das nicht von Ihrer Arbeit an den anderen Fällen ab? Sie haben schon fast alle Fälle von Antoine auf dem Tisch.«
»Das schaffe ich schon.«
»An Ihrer Stelle würde ich delegieren. Sie wollen doch nicht, dass man Ihnen irgendwelche Fehler vorwirft. Das kann bei dieser Arbeitslast durchaus vorkommen, wissen Sie.«
Ein schwacher Versuch, mir weiszumachen, er mache sich Sorgen um mich. Er hat zwar recht, dass ich mir viel Arbeit auferlegt habe und mit meiner Recherche zu Dior ein wenig im Rückstand bin, aber ich werde auf keinen Fall zulassen, dass er Browsers Börsengang in seine schmutzigen Finger bekommt.

Das könnte mir die Tür zur Partnerschaft öffnen. Es heißt doch, dass man, um voranzukommen, sich mehr aufladen soll, als man erledigen kann, und es dann auch erledigen muss.
»Ich schätze Ihre Sorge um mein berufliches Fortkommen sehr, aber ich komme zurecht.«
Nathan verlässt frustriert und mit leeren Händen mein Büro.
»Mel ist dran. Willst du das Gespräch annehmen?«, fragt Rikash durch die Sprechanlage.
»Klar, stell ihn durch.« Ich stecke mir den Finger in den Mund, als müsste ich kotzen.
»Hallo, Counselaaar, ich freue mich, Sie am Montag beim Benefizball in St. Mathews zu sehen.«
»Ich auch, und ich freue mich, endlich Ihre Frau kennenzulernen.« Ich frage mich, ob meine Nase schon länger geworden ist.
»Sie, äh, freut sich auch … darauf. Haben Sie Zeit, das Memo mit mir durchzugehen?«
»Klar, warten Sie, ich hole die Akte.«
Eine Viertelstunde und viele Fragen später klingelt es auf der anderen Leitung, »Browser« poppt auf meinem Bildschirm auf. Ich schaue zu Rikash und vergewissere mich, dass er drangeht. Er hebt ab und gestikuliert wild in meine Richtung.
»Mel, tut mir leid, dürfte ich Sie kurz in die Warteschleife setzen?«
»Catherine, Jeffrey ist auf der anderen Leitung.«
»Großartig, stell ihn durch.«
»Herrgott, sogar am Telefon klingt er hinreißend.«
»Rikash, stell ihn durch.«
»Ich kann ihn bitten, dir eine Nachricht zu hinterlassen, wenn du gerade viel zu tun hast.«
»Rikash, stell den Anruf durch!«
»Gönn mir doch ein bisschen Spaß.«
»Stell ihn sofort durch!«

»Okay, okay, sei doch nicht gleich so eine Spielverderberin!«

»Hallo, Catherine, hier spricht Jeffrey. Scott hat gesagt, dass Sie sich uns nächsten Mittwochabend anschließen.«

»Ja, ich freue mich schon.«

»Könnten wir uns davor zum Abendessen treffen und noch ein paar Details besprechen? Ich möchte sichergehen, dass der Börsengang so glatt wie möglich über die Bühne geht.«

»Äh, natürlich.« Er spürt, dass ich zögere.

»Rein geschäftlich natürlich, ich brauche ein paar juristische Tipps – Sie können das abrechnen.«

Musik in meinen Ohren. »Ja, natürlich.«

»Perfekt. Ich bestelle einen Tisch und melde mich wieder.«

Ich schalte nur ungern auf die andere Leitung zurück.

»Mel, tut mir leid, wo waren wir stehengeblieben?«

»Counselaaar, das war aber mehr als eine Minute. Ich hoffe, Sie haben die Zeit gestoppt, während Sie auf der anderen Leitung waren. Keine doppelten Abrechnungen, bitte!«

»Keine Sorge, Mel, die Wartezeit berechne ich Ihnen natürlich nicht.«

»Ein kostenloses Telefonat? Wow, das wäre ganz was Neues. Können wir weitermachen?«

»Natürlich, jetzt läuft die Zeit aber wieder.«

Nach einer halben Stunde Rechtsberatung beendet Mel die Besprechung.

»Ich muss los, wir sehen uns im Waldorf. Vergessen Sie nicht, Abendgarderobe ist erwünscht, die Cocktails werden um sieben serviert.«

»Ich werde pünktlich sein, das will ich mir doch nicht entgehen lassen«, sage ich, lege auf und bin über meine Fähigkeit, diese Lüge glaubwürdig klingen zu lassen, selbst erstaunt.

13. Kapitel

Françoise Sagan hat einmal gesagt, eine Frau solle ein Kleid nicht anziehen, um damit andere Frauen zu beeindrucken, sondern um sich von dem Mann entkleiden zu lassen, den sie liebt. Schade nur, dass ich soeben in ein rotes, bodenlanges und mit Pailletten besetztes Kleid schlüpfe, um mich mit so uninteressanten Menschen wie Mel und seiner Frau zu treffen.

Als ich mir gerade ein wenig J'adore von Dior auf die Handgelenke spritze, kommen Roxanne und Maria in mein Büro.

»Was sehen wir wieder glamourös aus«, bemerkt Maria und starrt mich von Kopf bis Fuß an. »O mein Gott, diese Schuhe sind ja toll.«

Roxanne wirft mir wie so oft einen bösen Blick zu.

»Heiße Verabredung?«

»Nein, Scott hat mich gebeten, mit Mel Johnson und seiner Frau auf eine Benefizveranstaltung zu gehen. Offenbar ist Mrs. Johnson Vorstandsmitglied der St.-Mathews-Gesellschaft.«

»Ach ja?«

Maria und Roxanne sehen sich an.

»Viel Spaß.«

Meine Güte, die beiden sind echt merkwürdig.

* * *

»Counselaaaar, Sie sehen hinreißend aus.« Ich laufe Mel am Eingang direkt in die Arme.
»Danke, Sie sehen auch nicht schlecht aus.« Ich erwidere das Kompliment, obwohl er in seinem zu engen Smoking wie ein Michelin-Männchen wirkt, das man in einen Azzedine Alaïa gezwängt hat.
Wir gehen zwei breite Freitreppen hinauf und durch eine große Halle, die direkt zu eleganten Lobbyräumen in den Ballsaal führt. Ich verrenke mir den Hals und sehe mir die herrliche Deckenmalerei an.
»Möchten Sie ein Glas Champagner?«
»Gerne. Wo ist denn Mrs. Johnson?«
»Sie steckt noch in einem Meeting und kommt etwas später. Wollen wir uns ein wenig umsehen? Ich stelle Sie ein paar Kollegen und Freunden vor.«
Wir steuern auf einen großen Mann zu, der an der Bar steht und an einer dicken Zigarre zieht.
»Frank, darf ich dir Catherine, unsere entzückende französische Anwältin, vorstellen? Sie erledigt unseren Papierkram mit den Regulierungsbehörden.«
»Catherine, freut mich. Ich liebe die französische Sprache, die Sprache der Liiiebe«, sagt er und formt dabei mit seinen Lippen einen kleinen Kreis.
»Oh, ja, die Sprache de l'amuuur«, fügt Mel hinzu, ein Versuch, mit seinen Fremdsprachenkenntnissen zu protzen.
Nach einer quälenden halben Stunde ähnlich anregender Gespräche mit Mel und Frank freue ich mich, als man uns zu Tisch bittet. Seltsamerweise ist Mrs. Johnson immer noch nirgends zu sehen.
»Was ist denn mit Ihrer Frau, Mel? Sollten wir nicht lieber auf sie warten, bevor wir Platz nehmen?«
»Ich weiß nicht, ob sie heute Abend überhaupt noch kommt. Als ich heute Morgen das Haus verließ, fühlte sie sich nicht besonders.«

Ist sie nun krank oder bei einem Meeting? Irgendwas läuft da, denn Frank zwinkert Mel zu und hebt den Daumen. *Oh mon dieu, quelle horreur!*
»Wie lange ist Ihre Frau denn schon Vorsitzende der St.-Mathews-Gesellschaft?«
»Solange ich denken kann. Sie managt das Ganze«, antwortet er gleichgültig.
»Meine Damen und Herren.« Nachdem das Hauptgericht serviert wurde, greift ein Mann zum Mikrophon und bedankt sich bei den Organisatoren. Wie erwartet keine Spur von Mrs. Johnson.
Kurz nach dem Dessert fängt die Band zu spielen an, ein paar Pärchen bewegen sich auf der Tanzfläche.
»Counselaaaar, würden Sie mir die Ehre erweisen?«
»Natürlich«, antworte ich widerwillig.
Er greift nach meiner Hand und führt mich durch einen schlechtgetanzten Foxtrott.
»Ich hoffe, Sie genießen den Abend. Meine Kollegen freuen sich sehr, Sie kennenzulernen.«
»Ja, Mel, ich amüsiere mich. Danke, dass Sie mich eingeladen haben. Ich werde aber bald gehen müssen, morgen habe ich schon sehr früh eine Besprechung.«
»Blödsinn, die Nacht ist noch jung. Wir haben doch gerade erst angefangen«, antwortet er und dreht mich unbeholfen auf der Tanzfläche, so dass ich beinahe auf mein Kleid trete.
»Counselaaaar, Ihr Kleid ist phantastisch. Direkt elektrisierend, das heizt mir richtig ein.«
O mein Gott, könnte bitte jemand die Feuerwehr rufen.
»Sie sind die eine für mich!«, flüstert er mir ins Ohr. Ich wende mein Gesicht ab, doch er beugt sich zu meinem anderen Ohr. Bitte, holt mich hier raus!
»Und Sie sind so waaahnsinnig begehrenswert!«
Er drängt sich enger an mich und versucht mich zu küssen,

doch ich drehe meine Wange zur anderen Seite, um seinem strengen Mundgeruch aus Scotch und Zigarre zu entgehen.

»Hören Sie, Mel, bitte missverstehen Sie mich nicht, aber ich möchte, dass unsere Beziehung rein beruflicher Natur bleibt.«

»Oh, Counselaaar, ich liebe es, wenn Frauen sich zieren.« Er wirbelt mich erneut herum, sodass ich mit dem Stiftungsvorstand zusammenstoße.

»Und was ist mit Mrs. Johnson? Sie sind doch verheiratet, haben Sie das vergessen?«

»Nun ja, da habe ich wohl die Fakten ein wenig falsch dargestellt, wie ihr Anwälte es formulieren würdet.«

»Wie das?« Ich halte augenblicklich an und beende damit unseren bizarren Auftritt auf der Tanzfläche.

»Na ja, es gibt gar keine Mrs. Johnson, nur einige Ex-Mrs.-Johnsons.«

Catherine, reagiere schockiert, das ist dein Ausstieg.

»Was? Sie haben mich also belogen?«

»Haben Sie denn noch nie eine harmlose Lüge gebraucht, um jemanden zu verführen? Sie amüsieren sich doch prächtig! Nun seien Sie doch keine Spielverderberin.«

»Eine Spielverderberin? Ich habe Ihre Einladung nur angenommen, weil Sie ein Mandant sind.«

»Wulewu kuscheee aweck moi se soir?«, flüstert er mit lächerlichem Akzent und gierigem Blick, der einer Kreuzung aus Pepe das Stinktier und Rodney Dangerfield alle Ehre machen würde. Dann legt er seine Hand auf meinen Hintern.

Okay, das war's, die Party ist vorbei.

»Hören Sie, Mel, falls Sie es noch nicht verstanden haben sollten, ich bin nicht interessiert.«

Ich reiße mich los, laufe zur Damentoilette und wähle dabei Lisas Handynummer.

»Lisa? Ich bin's.«

»Wo bist du?«

»Ich sitze im Waldorf auf der Damentoilette. Hörst du mich?«
»Ja, was ist los?«
»Ich brauche deinen Rat«, sage ich und stelle mich unbeholfen auf acht Zentimeter hohen Stilettos auf die Klobrille, um einen besseren Empfang für mein Handy zu haben. »Ich bin bei einem Wohltätigkeitsball mit einem Mandanten, der gerade versucht hat, mich zu küssen und meinen Hintern zu betatschen. Er widert mich total an. Was soll ich machen?«, frage ich und falle beinahe auf die Nase, als eine Frau hereinkommt und auf die Toilette nebenan geht.
»Sag einfach, dass man dich ins Büro gerufen hat, sonst nichts. Er wird dich in Ruhe lassen, lass dich nicht herumschubsen, bleib professionell.«
»Du hast recht. Danke, Lisa, du bist die Beste«, flüstere ich und hebe mein Kleid, um von der wackeligen Toilettenbrille herunterzukommen.
Mel wartet im Empfangsbereich auf mich.
»Ich habe gerade einen Anruf aus dem Büro erhalten, ich muss jetzt gehen.«
»Ich wäre an Ihrer Stelle vorsichtig, Counselaaar, und würde mir den nächsten Schritt genauestens überlegen.« Er droht mir, nicht zu glauben. Ich muss an Lisas Worte denken: Bleib professionell.
»Gute Nacht, Mel.«
Ich greife nach meiner Abendtasche und eile zum Ausgang, mein mit Pailletten besetzter roter Rock flattert nach allen Seiten, als ich versuche, so schnell wie möglich auf meinen mit Blasen übersäten Füßen hinauszulaufen.
Vor dem Hotel winke ich ein Taxi heran und sehe Frank mit einer Gruppe Männern am Eingang Zigarren rauchen. »Bon suar, Catherine«, ruft er mir zu.
In meinem Kopf dreht sich alles, ich lasse mich auf den Rücksitz des Taxis fallen. Schon schlimm genug, dass ich ständig

Mels schlüpfrige Witze ertragen und mich verniedlichend als seine »bevorzugte kleine Anwältin« bezeichnen lassen musste. Nein, diesmal ist er wirklich zu weit gegangen.

»Halten Sie bitte kurz in der 42. Straße, ich muss etwas aus meinem Büro holen.«

Die Kombination aus einem eng anliegenden Kleid und stechenden Schmerzen in den Zehen macht das Aussteigen aus dem Taxi zu einer Herausforderung. Als sich die Aufzugtüren im 28. Stock öffnen, hätte es dem Klicken der Tastaturen und Surren der Kopierer nach auch vier Uhr nachmittags sein können. Ich sehe ein paar Mitarbeiter von der Nachtschicht, die bestimmt seit Mitternacht arbeiten und dafür sorgen, dass Schriftsätze ins Reine getippt werden und gleich am nächsten Tag auf den Tischen der Anwälte landen.

Ich habe keine Lust auf belangloses Geschwätz und schlüpfe an den Arbeitsplätzen der Assistenten vorbei in mein Büro. Zur Freude meiner geschundenen Füße schlüpfe ich in meine ausgetretenen Pumps, dann werfe ich mir einen Blazer über die nackten Schultern.

Ich setze mich für einen Augenblick in meinen Drehstuhl und rekapituliere die Ereignisse des Abends. Wie kann Mel heutzutage so etwas nur wagen? Und wie können wir nach dieser Anmache weiterhin zusammenarbeiten?

Ich muss zugeben, dass mich sein Verhalten nicht sonderlich überrascht hat. Ich habe es während meiner beruflichen Laufbahn schon oft erlebt, dass männliche Mandanten während eines Vortrags meine Beine anstarrten. Und habe ich das zu meinem Vorteil genutzt? Natürlich. Wenn Seidenstrümpfe helfen können, die gläserne Decke zu durchstoßen, warum nicht?

Aber war das gleich ein Freibrief, Sex von mir zu verlangen oder mich einfach zu betatschen? Nein!

Während ich noch meinen Gedanken an Mels Hände auf mei-

nem Körper nachhänge, schleiche ich an Bonnies Bürotür vorbei und sehe, dass sie nur angelehnt ist. Mein Blick fällt auf den Boden, auf dem ein Rock liegt und vier ineinander verknotete Füße zu sehen sind. Überrascht schleiche ich auf Zehenspitzen zum Aufzug und höre Bonnies belegte Stimme stöhnen, woraufhin ich wie angewurzelt stehen bleibe:
»Oh, Harry.«

14. Kapitel

Und, Liebling, wie war dein gestriger Abend?«, fragt Rikash feixend von meiner Bürotür aus. »Hast du jemand Interessantes kennengelernt?«

»Klar, falls Bierbäuche und derbes Verhalten interessant sind. Wenn du's genau wissen willst, ich hatte eine fiese Nacht, möchte aber nicht, dass das ganze Büro davon erfährt. Kannst du den Mund halten?«

»Jaaa, kann ich«, mault er wie ein Vierjähriger. »Jetzt komm schon, erzähl.«

»Es war einfach furchtbar. Mel hat mich den ganzen Abend mit seinen dicken, fettigen Fingern begrapscht.«

»O nein.«

»O ja. Und das war bestimmt noch nicht alles. Du wirst sehen.«

Ich schalte meinen Computer ein, denn ich bin mir sicher, dass ich nicht nur eine, sondern zwei Mails von Mel Johnson in meinem Posteingang mit meinem Namen in der Betreffzeile finden werde. Die erste Mail ist an Scott und Antoine gerichtet.

Sehr geehrte Damen und Herren,

zu meinem äußersten Bedauern muss ich Ihnen von einem unangenehmen Zwischenfall berichten, der sich gestern Abend ereignet hat.

Catherine Lambert, eine Ihrer Anwältinnen, hat sich in meiner Anwesenheit sehr unpassend benommen. Sie hat mich auf den alljährlichen Benefizball der St.-Mathews-Gesellschaft begleitet und sich so betrunken, dass sie mich vor meinen Kollegen und ihren Frauen blamiert hat. Ich sehe mich also gezwungen, mich eventuell nach einer anderen Kanzlei umzusehen.
Das Verhalten Ihrer Anwältin hat den Ruf meiner Firma nachhaltig geschädigt, ich hoffe also, dass Sie die nötigen Schritte einleiten werden, um dem in Zukunft entgegenzuwirken.

Mit freundlichen Grüßen
Mel S. Johnson
Geschäftsführer
PLC Partners

Die zweite Mail ist an mich gerichtet:

Liebe Catherine,

schade, aber Sie haben gestern nicht Ihren gesunden Menschenverstand walten lassen …

Das soll wohl ein Witz sein, was für ein Alptraum! Der widerliche Gestank sexueller Nötigung steigt mir in die Nase wie Aftershave von Azzaro. Ich marschiere den Gang zu Scotts Büro entlang und bin wild entschlossen, meinen guten Ruf wiederherzustellen.
»Es ist schon jemand bei ihm drin«, sagt Roxanne, als ich näher komme.
»Ich warte.«
»Er mag es aber nicht, wenn Leute vor seinem Büro herumstehen.«
Ich höre Antoines Stimme durch die Tür.

»Ich kann nicht glauben, dass sie so etwas tun würde. Das entspricht nicht ihrem Charakter.«
Mir wird bang ums Herz.
Ich klopfe an, trete ein und schließe die Tür hinter mir.
»Scott, Mels E-Mail ist eine glatte Lüge.«
»Das ist eine ziemlich gewagte Aussage, Catherine. Was ist vorgefallen?«
Mein Gesicht läuft rot an, meine Hände zittern, Antoine sieht mich durchdringend an.
»Er hat mich gestern Abend angebaggert und war schwer beleidigt, weil ich ihn abgewiesen habe.«
Es folgt ein langes Schweigen, die beiden Männer sehen sich an.
»Das sind ernsthafte Anschuldigungen, Catherine. Sind Sie sicher? Normalerweise gehören doch immer zwei dazu«, wirft Antoine ein.
Ich kämpfe die Tränen zurück. Und ich dachte, wir wären Freunde und würden uns nicht gegenseitig vor den Bus stoßen.
»Ich schwöre, genau so ist es gewesen. Ich dachte, wir wären hier ein Team.« Einer der längsten Momente meines Lebens vergeht in Schweigen. Dann versuche ich, Mels zweite Mail zu erwähnen, doch Antoine schneidet mir das Wort ab.
»Mel hat den Ruf, ein Schürzenjäger zu sein.«
Ich sehe ihn dankbar an.
»Aber er ist auch einer unserer besten Kunden, wir werden also eine Menge Stunden verlieren.« Wie kann er sich nur auf Mels Seite schlagen? »Ich weiß nicht, ob wir es uns leisten können, auf diese Geschäftsverbindung zu verzichten. Ich muss darüber nachdenken.«
Merde! Ich laufe aus Scotts Büro und suche Zuflucht in meinem. Ich könnte mich für meine Naivität ohrfeigen – habe ich wirklich geglaubt, die Kanzlei würde sich hinter mich stellen? Geld geht vor Respekt gegenüber den Mitarbeitern. Ist der

Kampf um mehr Mandanten Scott etwa so wichtig, dass er jeden Anstand ignoriert?

Nach ein paar Minuten öffne ich meine Tür wieder und versuche, Haltung anzunehmen. Ich bin stinksauer, schließlich hätte ich es kommen sehen müssen, aber ich werde nicht zulassen, dass diese E-Mail meine Karriere versaut. Die Frage ist nur, wie ich vorgehe. Ich beschließe, nichts von Mels zweiter E-Mail zu verraten und erst einmal mit Lisa zu sprechen. Ich will von ihr wissen, welche rechtlichen Möglichkeiten ich habe, falls ich mich zu einer Klage wegen sexueller Belästigung durchringen sollte. Herrgott, ich hoffe, es kommt nicht so weit. Aber wer kann das bei Scotts Reaktion schon sagen?

»Schreckliche Nacht gestern, was?«, fragt Maria, als sie an meinem Büro vorbeigeht.

»Wie kommen Sie darauf?«

»Haben Sie mir nicht erzählt, dass Sie mit Mel Johnson verabredet sind? Jeder weiß doch, dass er ein Lustmolch ist.«

»Wie meinen Sie das?«

»Schätzchen, das hat er mit anderen Anwältinnen dieser Kanzlei auch schon gemacht. Sie wären nicht die Erste, die er mit seinen dreckigen kleinen Pranken betatscht hätte.«

Einen Augenblick wird mir schwindlig. Ich dachte, ich hätte mir Marias Anerkennung gesichert, als sie nach ihrem Ausraster in mein Büro kam und sich bei mir entschuldigte.

»Warum haben Sie mir das nicht vor dem Abendessen gesagt?«

»Es steht mir nicht zu, mich über Mandanten der Kanzlei auszulassen.«

»Sie hätten mich warnen können, Maria.«

»Sie sind doch erwachsen. Ich dachte, Sie könnten solche Typen schon in den Griff kriegen.« Sie wendet sich abrupt ab und verlässt mein Büro.

Ungläubig starre ich aus dem Fenster. Hat sich denn jeder gegen mich verschworen?

»Rikash, bitte komm in mein Büro.«
Er eilt herein.
»Mach die Tür zu.«
»Was ist denn los?«
»Mel hat Scott eine E-Mail geschickt, in der steht, dass ich mich betrunken und ihn letzte Nacht total blamiert habe und dass er sich eine andere Kanzlei suchen will.«
»So ein Arschloch.«
»Mir hat er auch eine E-Mail geschickt, in der steht, dass ich eine schlechte Menschenkenntnis habe, weil ich mich gegen seine Annäherungsversuche gewehrt habe. Was für ein Idiot!«
»Was immer du vorhast – lösch bloß diese E-Mail nicht.«
»Das tue ich nicht. Mir ist nur noch nicht klar, was ich damit tun soll.«
»Ich hätte da eine Idee.«
»Ich weiß nicht, ob die mir gefallen wird, ich habe schon genug Schwierigkeiten.«
»Keine Angst, Rikash hat alles unter Kontrolle.«
»Da wäre noch was. Ich glaube, Maria und Roxanne haben sich gegen mich verschworen. Reden die etwa hinter meinem Rücken?«
»Liebling, jetzt tu doch nicht so überrascht. Das sind Schlampen, hatte ich dir doch gesagt.«
»Okay. Ab jetzt herrscht Krieg.«

15. Kapitel

Auf Regen folgt Sonnenschein. Als ich gerade ernsthaft darüber nachdenke, den nächsten Flug nach Paris zu nehmen, meine Karriere als Anwältin an den Nagel zu hängen und als Bedienung im Bistro meines Stiefvaters zu arbeiten, ruft Lisa an und macht mir ein aufregendes Angebot.

»Warum stiehlst du dich nicht fort und kommst zum Musterverkauf deines Mandanten?«

»Mandanten?«

»Ja, Dior. Das ist doch so etwas wie Recherche.«

»Wo? Wann?«

»Im Festsaal des St. Regis. Jetzt gleich!«

»Das nenne ich perfektes Timing, ich muss sowieso mit dir reden. Ich bin gleich da.«

Ich springe vom Stuhl und laufe zum Ausgang. Dior mit 85 Prozent Preisnachlass wird meine Stimmung nachhaltig verbessern. Ich komme an Rikashs Arbeitsplatz vorbei und sehe, dass er einen Anruf für mich entgegennimmt. »Antoine ist dran, er muss dich unbedingt sprechen.«

»Sag ihm, ich rufe ihn später zurück. Ich bin auf dem Weg zu einem Meeting mit einem Mandanten.«

»Was für ein Meeting?«

»Topsecret. Deck mich einfach.«

»Und was soll ich sagen, wenn Scott oder Bonnie nach dir fragen?«

»Sag ihnen einfach, dass ich in einer Stunde wieder zurück bin. Und schalte auf meine Mailbox um. Im Notfall habe ich mein BlackBerry. Das hier ist dringend …«

Ich nehme den Umweg über die Aufzüge nach draußen, damit ich nicht an Bonnies Büro vorbeimuss. Niemand wird mich vom Shopping abhalten!

Völlig außer Atem komme ich an. Das letzte Mal bin ich so schnell gerannt, als ich bei der Abschlussprüfung an der juristischen Fakultät spät dran war. Schon mehrere Häuserblocks vor dem betreffenden Gebäude beginnt eine lange Schlange tadellos gekleideter Frauen. Lisa trägt einen schwarzen Hosenanzug und winkt mir vom Eingang aus zu. »Komm her, du brauchst dich nicht in die Schlange zu stellen.«

Sie umarmt mich herzlich zur Begrüßung. »Ich bin so froh, dass du es geschafft hast. Die verkaufen traumhafte Sachen hier, außerdem ist alles günstig!«

Ich sehe mich um und spüre, wie mein Puls in die Höhe schießt. Überall im Raum stehen Ständer, an denen fein säuberlich hervorragend geschnittene Kostüme hängen, in halbgeöffneten Kartons liegen umwerfende Schuhe, in Glasvitrinen glitzern mir fein säuberlich ausgelegt Hüte und Modeschmuck entgegen. Hier sind ganz offensichtlich keine billigen Kopien zu finden. Als wir uns auf die reduzierte Ware stürzen, muss ich an Rikashs Shoppingstrategie bei Sonderverkäufen denken: Wenn jemand etwas anprobiert, was du unbedingt haben möchtest, sagst du: Schade, dass es das nicht mehr in Ihrer Größe gibt!

»Eigentlich brauche ich nichts«, sage ich und versuche ehrlich zu klingen. Aber das bin ich natürlich nicht. Ich hatte einmal eine Freundin in Paris, die immer zu diesen Sonderverkäufen ging. Ich wurde nie eingeladen und habe sie immer wahnsinnig beneidet.

»Was wolltest du mir erzählen?«, fragt Lisa und sieht sich den

Schmuck an. »Ich nehme an, es geht um gestern Abend? Wie ist es mit dem Mandanten gelaufen?«

»Schrecklich. Ich habe ihn abblitzen lassen, da hat er meinem Boss eine fiese E-Mail geschickt und mich beschuldigt, ich hätte mich betrunken und ihn bloßgestellt.«

»Du machst wohl Witze.« Sie fischt eine schwarze Glasbrosche aus der Vitrine.

»Ich weiß, unglaublich, was? In einer zweiten E-Mail hat er mir sogar mangelnde Menschenkenntnis vorgeworfen, weil ich ihn abgewiesen habe. Als ich Scott meine Sicht der Dinge erklären wollte, hat er sich auf die Seite des Mandanten gestellt.«

»Bingo, das ist doch ein klarer Fall; falls es eng werden sollte, kannst du mit jemandem aus meiner Kanzlei darüber reden. In unserer Abteilung für Zivilrecht arbeitet eine Frau, die sich auf Fälle sexueller Belästigung spezialisiert hat.«

»Danke, Lisa, vielleicht komme ich darauf zurück. Ich hoffe, Scott kommt zur Besinnung.«

»Viel Glück.«

»Wenigstens Antoine schien auf meiner Seite zu sein.«

»Ist er nett?« Sie läuft zu dem Bereich, in dem das Prêt-à-porter steht.

»Ja, aber unberechenbar. Einmal schreit er mich an, dann wieder albert er herum und bittet mich, weiter sein Hauptkontakt in New York zu sein, wenn er wieder in Paris ist. Ich verstehe ihn nicht.«

»Vielleicht mag er dich.«

Ich überlege kurz und verwerfe das aus zweierlei Gründen: Erstens ist es unwichtig – er zieht nach Paris. Zweitens, warum ignoriert er mich nach unserem kleinen E-Mail-Flirt, wenn das tatsächlich stimmen sollte?

»Das glaube ich nicht. Er hat eine Freundin.« Eine zartrosa Chiffonbluse erregt meine Aufmerksamkeit.

»Männer haben immer eine Freundin, Cat. Das heißt noch lange nicht, dass es was Ernstes ist.«
»Er zieht in ein paar Wochen nach Paris, da wird bestimmt nichts draus. Außerdem ist er mir viel zu aufbrausend. Du hättest sehen sollen, was für ein Wortgefecht er sich mit unserer Sekretärin geliefert hat. Das war beängstigend.«
»Er steht unter enormem Druck. Du weißt ja, wie das ist.«
»Lass uns das Thema wechseln und lieber über Bonnie reden, die gestern Nacht mit dem Leiter unserer Zivilprozessabteilung Sex im Büro hatte. *Quel scandale!*«
»Was?«
»Jep, ich habe sie auf frischer Tat ertappt. Sie haben mich nicht bemerkt, aber ich habe sie gehört.«
»Wow.«
»Rikash hatte bereits angedeutet, dass sie sich mit jemandem aus dem Büro trifft, ich hätte aber nie gedacht, dass es Harry Traum ist.«
»Macht ist ein starkes Aphrodisiakum. Außerdem passiert so etwas ständig. Hier, probier den mal. Der würde dir super stehen.« Sie fügt meiner Ladung Kleidung einen türkisfarbenen Kaschmirpulli hinzu. Ich folge ihr in den hinteren Teil des Raumes, in dem zahlreiche Frauen Seite an Seite und halb nackt vor großen Spiegeln stehen.
»Ich frage mich, ob sie der Grund für Harrys Scheidung ist. Wie dem auch sei, je weniger ich darüber weiß, desto besser. Genug von mir. Wie läuft es mit Charles?« Ich schlüpfe in ein Tweedkostüm.
»Großartig. Wir fliegen übers Wochenende auf die Bahamas. Er hat das arrangiert«, sagt sie und bewundert den Schnitt einer Hose im Spiegel. »Toll, die nehme ich.«
»Wie findest du das?«, frage ich und lege zum Tweedkostüm einen schwarzen Nietengürtel an.
»Wow! Du siehst wie Marion Cotillard aus der Lady-Dior-

Werbung aus! Du hast einfach einen Blick dafür. Du solltest in der Modebranche und nicht in einer Kanzlei arbeiten!«

Ich kehre zur Unterhaltung über ihr Liebesleben zurück. »Ich habe ihn falsch eingeschätzt. Er scheint dich wie eine Prinzessin zu behandeln, und das bist du, *ma chérie.* Ich kann es kaum erwarten, ihn kennenzulernen.«

»Keine Sorge, das wirst du auch. Ich hoffe, ich vergeude nicht meine Zeit mit ihm. Ich möchte eine feste Beziehung.«

»Dann musst du unbedingt etwas Geheimnisvolles beibehalten. Die Deneuve hat das einmal wunderbar formuliert: Ich liebe das Geheimnisvolle, das ist das Schöne daran, wenn man eine Frau ist.«

»Danke für den Tipp, dann werde ich versuchen, auf unserer Reise geheimnisvoll zu sein«, sagt sie scherzhaft.

»Glaub mir, der beste Weg, um einen Mann zu halten, ist, ihn ständig im Unklaren zu lassen.«

Ich probiere einen leichten Wollmantel in Pink. Ich stehe vor dem Spiegel und höre, dass einige Frauen anerkennend murmeln. »Oh, der sieht umwerfend an Ihnen aus, den müssen Sie unbedingt nehmen.«

Ein kurzer Blick auf das Preisschild verrät den ursprünglichen Preis: 2500 $. Aber hey, er ist um 85 Prozent reduziert.

»Der ist ja fast geschenkt«, sagt eine Frau neben mir.

»Ein echter Klassiker, den du ewig tragen kannst«, schwärmt Lisa.

»Genau das ist ja das Problem. Ich habe kein monogames Verhältnis zu Mänteln.«

Sie ignoriert meine Aussage. »Probier mal den marineblauen Hosenanzug hier, so einen sollte jede Frau besitzen.«

»Ich habe bereits einen marineblauen Hosenanzug. Einen zweiten brauche ich nicht.«

»Hast du einen von Dior?«

»Äh, nein.« Ich habe schon immer davon geträumt, mir einen

zu kaufen, konnte mich aber nie überwinden, den vollen Preis dafür zu zahlen.

»Okay, eigentlich hast du also keinen. Probier ihn doch einfach! Und vergiss das Abendkleid und diese schwarzen Lacklederpumps nicht. Du kannst auf keinen Fall ohne sie gehen. Das ist das letzte Paar in deiner Größe.«

»Lisa, ich sollte das nicht alles kaufen. Ich muss doch noch meine Wohnung einrichten.«

Sie starrt mich ungläubig an.

»Hör mal, das sind absolute Schnäppchenpreise. Außerdem gibt es keinen falschen Zeitpunkt, etwas zu kaufen, das du für den Rest deines Lebens tragen kannst. Und mal ehrlich, wann bist du schon in deiner Wohnung?«

Ich reiche der Kassiererin meine Kreditkarte. Sie zieht sie durch, und ich zucke zusammen bei dem Gedanken, welche Lücke die Summe in mein Budget reißen wird.

»Bist du nicht glücklich, dass du so tolle Sachen gefunden hast?«

»Und wie! Dieser Verkauf war genau die richtige Therapie. Ich bin es einfach nur nicht gewohnt, so viel Geld für Klamotten auszugeben – die Secondhand-Käufe haben mich verdorben! Ich brauche Zeit, um das zu verdauen.«

»Mach dir nicht so viele Gedanken! Ich muss zurück ins Büro zu einem Meeting. Ich rufe dich später an.« Sie haucht mir einen Kuss auf jede Wange und verschwindet mit drei großen Tüten im Gewühl.

Auf meinem Weg zurück ins Büro werde ich von den typischen Zweifeln befallen, die einen überkommen, wenn man ausgiebig eingekauft hat. Habe ich Antoine versetzt, um einkaufen zu gehen? Aber da mein BlackBerry nicht geklingelt hat, kann es nicht so wichtig gewesen sein. Lambert, setz endlich Prioritäten! Jetzt muss ich ins Büro zurückkehren, ohne erwischt zu werden. Mit zwei großen weißen Einkaufstüten in der Hand schleiche ich mich durch die Hintertür, in der Hoffnung, dass mich niemand sieht. Glücklicherweise hat Nathan seine Tür geschlossen, und Rikash ist nirgends zu sehen. Ich eile den Gang entlang und stehe plötzlich vor Roxanne.

»Ach, waren wir shoppen?«, bemerkt sie und starrt missbilligend auf meine Tüten.

»Ja, äh, meine Mutter hat Geburtstag. Ein Meilenstein sozusagen, sie wird sechzig. Sie wissen ja, wie das ist.«

»Nein, weiß ich nicht«, spottet sie.

Oh merde.

Ich verstecke die Tüten hinter meiner Bürotür, gehe zu meinem Schreibtisch und checke die Mailbox. Ich habe sieben neue Nachrichten. *Double merde.* Voller Panik prüfe ich mein BlackBerry – die Batterie ist leer. *Triple merde.*

»Hier ist Phil Purcell von der American Bank in San Francisco, es ist dringend. Bitte rufen Sie mich umgehend zurück.«

»Catherine, hier ist Antoine, wenn du einen Moment Zeit hast, komm bitte in mein Büro. Ich muss mir dir über einen Fall sprechen, bevor ich gehe.«

»Hier ist noch mal Antoine, wo bist du?«

»*Bonjour,* Catherine, *c'est Maman,* wollte nur mal hallo sagen.«

»Catherine, hier ist noch einmal Phil. Ich erwarte umgehend einen Rückruf von Ihnen, okay. Schließlich bezahlen wir keine horrenden Honorare fürs Nichtstun. Ich hoffe, Sie berechnen uns nicht die Zeit, die Sie zum Abhören der Nachrichten brauchen.«

»Catherine, hier ist Scott. Phil Purcell hat mich angerufen und mir gesagt, dass er schon den ganzen Morgen versucht, Sie zu erreichen. Kennen Sie die Regel nicht, dass ein Mandant innerhalb von 15 Minuten zurückgerufen werden muss? Übrigens, vergessen Sie nicht, sich die Zeit zu notieren, während Sie die Nachrichten abhören.«

»Catherine, hier ist Rikash. Wo bist du? Ich habe es auf deinem Handy versucht, aber es ist ausgeschaltet. Scott sucht dich, die Ausrede mit der Besprechung bei einem Mandanten scheint er nicht zu schlucken, ich weiß nicht, was ich ihm noch sagen soll. Bitte ruf mich an, wenn du diese Nachricht abhörst.«

Oha! Jetzt sitze ich in der Tinte. Ich nehme das Telefon und will meine Rückrufe starten, da reißt Rikash die Tür auf. »Wo warst du? Alle suchen nach dir, sogar deine Mutter.«

»Ich habe mir eine therapeutische Maßnahme gegönnt und bin zu einem Sonderverkauf gegangen. Ich war wegen der Sache mit Mel ein wenig deprimiert.«

Er wirft einen Blick hinter meine Bürotür, hinter der die zwei riesigen Tüten mit Schuhschachteln, Kleiderbügeln und Luxusklamotten stehen.

»Ich fürchte, das war mehr als nur eine therapeutische Maßnahme. Das sieht eher nach einer vollen Psychoanalyse aus. Mein Gott, Christian Dior? Sieh dir nur all die Sachen an. Hast du im Lotto gewonnen?«

»Rikash, mach die Tür zu. Ich habe eine Einladung zu einem Sonderverkauf erhalten, die Sachen waren alle reduziert.«

»Warum hast du mir nichts davon gesagt?«, schmollt er. »Gab es auch Männersachen?«

Ich kreuze meine Finger hinterm Rücken, weil ich nur ungern Zielscheibe von Rikashs fiesen Sonderverkaufsvergeltungsattacken wäre, und sage dann:

»Nein, ich habe mich umgesehen.«

»Das ist ja wunderschön«, sagt er und zieht ein schwarzes, mit kleinen schwarzen Perlen eingefasstes Spitzencocktailkleid heraus. »Zieh es an, ich will es an dir sehen.«

»Rikash, ich zieh mich doch nicht vor deinen Augen in meinem Büro um.«

»Warum nicht, ich bin doch schwul, oder?«

»Und was ist, wenn jemand reinkommt?«

»Die sind alle beim Mittagessen.«

»Ich muss Phil Purcell anrufen, bevor er jemanden rüberschickt.«

»Komm schon, zieh es an. Das dauert doch nur eine Minute.«

Ich verschwinde hinter der Tür und schlüpfe in das Kleid.

»Okay. Wie findest du es?«

»Schätzchen, es ist absolut hinreißend.«

Ich stolziere vor ihm auf und ab, als ginge ich auf dem Catwalk.

»Wann ziehst du es an?«

»Keine Ahnung. Ich habe bald eine wichtige Veranstaltung mit einem Mandanten.«

»Mit wem? Mr. Browser?«

Ich nicke.

»Dann musst du es unbedingt tragen! Lass mal den Stoff fühlen.«

Ich stehe mit nackten Füßen auf einem Stapel Ordner, während Rikash auf meinem Schreibtisch sitzt und den Saum meines Kleides befühlt, da öffnet Scott meine Bürotür. Er starrt uns einen Augenblick lang an und schüttelt dann verzweifelt den Kopf.

Das war's, endgültig. Ich werde niemals Partnerin.

»Tut mir leid, dass ich die Modenschau stören muss. Catherine, Phil will Sie sprechen, haben Sie ihn zurückgerufen? Würden Sie bitte in mein Büro kommen?«

»Natürlich, ich komme gleich.«

Was habe ich nur angestellt? Ich fühle mich wie eine Vollidiotin. Ich hätte doch lieber in meinem Büro bleiben und mich auf den Browser-Fall stürzen sollen. Nach dem Vorfall mit Mel hat mir das jetzt gerade noch gefehlt. Ich hoffe bloß, dass ich nach unserer Besprechung noch einen Job habe. Ich werfe mir einen Blazer über die Schultern und folge Scott in den Gang.

»Hören Sie, Catherine, es ist mir egal, was Sie in Ihrer Freizeit machen, aber dass Sie shoppen gehen, während ein Mandant vergeblich versucht, Sie zu erreichen, ist doch ein wenig zu viel des Guten, finden Sie nicht? Wir ersticken in Arbeit und bezahlen Sie nicht dafür, dass Sie mit der Madison Avenue flirten.«

Ich bin verlegen, winde mich beschämt auf meinem Stuhl, verfluche mich und versuche gleichzeitig, meine Schenkel zu bedecken. Dieser Einkaufsausflug könnte mich meine Zukunft in der Firma kosten. Ich würde Roxanne am liebsten umbringen, weil sie mich so in die Pfanne gehauen hat.

»Nehmen Sie wenigstens Ihr Handy mit, damit wir Sie erreichen können.«

»Es tut mir furchtbar leid«, antworte ich mit zitternder Stimme.

Er wechselt das Thema. »Ich habe eben einen Anruf von Jeff Richardson erhalten. Er möchte sich nächste Woche, wenn er wieder in der Stadt ist, mit uns treffen und den Börsenprospekt besprechen.«

»Natürlich. Kein Problem.«

»Soweit ich weiß, hat er Sie angerufen, um Ihnen die Einzelheiten zu der Veranstaltung in der Carnegie Hall durchzugeben?«

»Ja, hat er.«

»Gut, das ist im Moment alles.« Er kehrt zu seinem Computer zurück.

Erleichtert verlasse ich Scotts Büro. Roxanne sitzt am Computer, tippt und grinst.

Rikash hatte recht. Sie. Ist. Fies.

16. Kapitel

Zwei Arten von Menschen arbeiten in einer Kanzlei: solche, die Magengeschwüre bekommen, und solche, die welche verursachen. Als Rikash mir die Aktennotiz übergibt, die ich am Vortag für Bonnie gemacht habe, steht fest, dass sie in letztere Kategorie fällt. Auf das Deckblatt hat sie gekritzelt:

> Das ist NICHT, was ich wollte. Ich verlange sehr viel MEHR Einsatz. Bitte kommen Sie zur Besprechung in mein Büro.

Ich habe also einen halben Tag vergeblich recherchiert und Entwürfe gemacht. Rikash hatte natürlich nicht gelogen, als er sagte, dass Bonnie höchste Ansprüche an juristische Recherchen ihrer Mitarbeiter stelle. Sie hat an der juristischen Fakultät irgendeinen Schreibwettbewerb gewonnen, war Chefredakteurin der *Columbia Business Law Review* und gehörte zu den fünf Prozent der besten Absolventen ihres Jahrgangs. Sie ist stolz darauf, aus dem Stand eine fehlerfreie Aktennotiz diktieren und peinlich genau detaillierte Kritik am Juristenjargon anderer üben zu können. Ich frage mich, ob sie auch mit Harry hinter verschlossenen Schlafzimmertüren so umspringt?

Noch während ich überlege, ihre Anmerkung in meinen Papierkorb zu werfen, klingelt das Telefon.

»Catherine, wann bekomme ich die überarbeitete Aktennotiz?«

Ich hole tief Luft. Eigentlich hatte ich gehofft, früh nach Hause gehen und mich umziehen zu können, bevor ich mit Jeffrey zum Abendessen treffe, aber das war ganz offensichtlich ein Wunschtraum.
»Ich sitze gerade am Browser-Fall, da laufen einige Fristen ab. Kann das bis morgen warten?«
Ich weiß auch nicht, warum ich mir die Mühe mache, danach zu fragen, ich kenne die Antwort sowieso.
»Nein, ich brauche sie jetzt.«
»Alles klar.«
»Und wenn ich jetzt sage, meine ich JETZT, also setzen Sie sich in Bewegung. Es geht um einen größeren Kartellrechtsfall, in den einer meiner wichtigsten Kunden verwickelt ist.«
Ich flitze zur Bürobibliothek und bitte um Hilfe bei der Suche nach ein paar Büchern, die seit dem Vortag in den Regalen fehlen.
»Tut mir leid, Catherine, aber die sind immer noch nicht zurück«, seufzt die Bibliothekarin.
Das muss die Rache des Karmas für das eine Mal sein, als ich bewusst eine Abhandlung über Schifffahrtsrecht zurückbehalten habe, die ein Kollege bis zwei Uhr morgens verzweifelt suchte, weil er mich bei meinem Boss angeschwärzt hatte. Ich schicke sofort eine Rechtsanwaltsgehilfin los und beauftrage sie, jedes Anwaltsbüro nach den Büchern zu durchsuchen, die ich für Bonnies Aktennotiz brauche. Ich bitte sie, gleich bei Nathans Büro anzufangen.
Der Kläger ist ein großer Hersteller von Computerhardware, der glaubt, dass unser Mandant heimlich Preisabsprachen mit anderen Herstellern getroffen und somit gegen das Kartellrecht verstoßen hat. Ich logge mich auf LexisNexis und Westlaw Recherche Service ein, um zusätzliche ähnliche Präzedenzfälle zu finden. Nachdem ich mir jede Kommissionsentscheidung, Satzung, Pressemitteilung und jeden Artikel zum Thema Kartell-

rechtsverletzung ausgedruckt habe, breite ich sie über drei Tische aus, stecke meine Haare zu einem wirren Knoten auf und ziehe meine Schuhe aus. Ich versehe jedes Dokument mit einem Post-it-Zettel, um meine Recherche zu ordnen. Ganz nach dem Motto: ohne Vorbereitung kein Ergebnis.
Ich arbeite mindestens fünf Stunden ohne Pause. Dann fasse ich schnell zusammen, was ich gefunden habe, und kritzle hektisch Notizen an den Rand der ersten Aktennotiz, um sie tippen zu lassen und mich um die abschließende Recherche zu kümmern.
Als ich alle Präzedenzfälle gelesen und die Aktennotiz neu geschrieben habe, stolziert Bonnie in die Bibliothek.
»Catherine, arbeiten Sie immer noch an dieser Aktennotiz?«
»Natürlich.«
»Haben Sie nicht mitbekommen, dass wir gleich nach dem Mittagessen zu einer Einigung gekommen sind?«
Ich würde ihr am liebsten den ganzen Stapel meiner Recherche um die Ohren hauen, stattdessen renne ich barfuß aus der Bibliothek.

* * *

»Und, wohin geht ihr heute Abend essen?«, fragt Rikash und reicht mir ein paar neue Akten.
»Ins Per Se.«
»Sehr nobel. Das soll eins der besten Restaurants der Stadt sein.«
»Versprich mir, dass du niemandem davon erzählen wirst. Auch wenn es sich um die Veranstaltung eines Mandanten handelt, zu der ich auf Scotts Bitte gehe, und auch wenn der Zeitaufwand in Rechnung gestellt werden kann, möchte ich nicht, dass nach der Geschichte mit dem Dior-Verkauf irgendwer im Büro davon erfährt.«
»Natürlich nicht, Schatz, ich bin verschwiegen wie ein Grab.«

Um halb fünf mache ich mir im Geist eine Checkliste aller Dinge, die ich noch zu erledigen habe: die Druckerei anrufen, die Börsenaufsicht kontaktieren und mich vergewissern, dass sie den Entwurf der Browser-Unterlagen bekommen haben, dann Telefonanrufe beantworten. Ich arbeite mich schnell durch meine Liste und mache mich daran, das Büro zu verlassen.

Um halb sechs klingelt das Telefon. Rikash geht dran und kontaktiert mich durch die Sprechanlage. »Phil ruft aus Kalifornien an, er klingt ziemlich aufgeregt. Willst du drangehen?«

»Natürlich, stell ihn durch.« Ich nehme den Anruf in der Überzeugung an, dass er der letzte des Tages sein wird.

»Catherine, hier spricht Phil Purcell von der American Bank. Wir sind gerade in der Druckerei und brauchen noch heute Abend die Unterlagen.«

»Hi, Phil, die Unterlagen sind fast fertig, aber sagten Sie nicht, dass sie erst morgen in Druck gehen? Ich kann Ihnen alles gleich morgen früh zuschicken.«

»Nein, ich brauche sie jetzt.«

»Aber –«

»Kein Aber, Catherine, wir brauchen sie noch heute. Wir sitzen seit 48 Stunden hier, die Unterlagen sind das letzte Stück, das uns noch fehlt. Wir möchten in Druck gehen und dann nach Hause.«

Mist. Was soll ich machen? Ich will nicht wie jemand erscheinen, der Arbeit verschieben will, andererseits kann ich auch nicht einfach so meinen größten Kunden hängenlassen. Ich laufe aus dem Büro und sehe nach, ob jemand für mich einspringen kann. »Wo ist Antoine?«

»Er ist auswärts bei einem Meeting mit einem Kunden.«

Alle anderen Anwälte sitzen entweder am Telefon oder haben ihre Türen geschlossen.

Ah merde! Ich komme zu spät.

Rikash kommt in mein Büro. »Was ist los? Kann ich dir helfen?«

»Ich muss sofort los, sonst komme ich zu spät, ich soll aber noch Unterlagen in eine Druckerei nach San Francisco schicken.«

»Sind sie fertig? Ich könnte das machen.«

Angesichts der Auseinandersetzung, die ich kürzlich über das Delegieren von Arbeit an Sekretärinnen hatte, zögere ich einen Augenblick und überreiche Rikash dann die Akte. Wenn ich vorab alles durchsehe und vorbereite, kann doch nichts schiefgehen. Außerdem vertraue ich Rikash. Ich mache schnell noch ein paar letzte Änderungen und maile ihm die Texte, die Liste der Mitglieder der Arbeitsgruppe und deren Kontaktdaten.

»Okay, ich gehe jetzt, und du hast auch bestimmt alles im Griff?«

»Uuhh, ich mag es, wenn du zweideutig wirst. Lauf schon, Süße, und amüsier dich.«

Ich wiederhole zum x-ten Mal alle Anweisungen, überprüfe mehrfach die Batterie meines BlackBerrys und stürme dann aus der Tür.

* * *

»Catherine!«, ruft jemand an der Bar.

»Jeffrey, hallo. Tut mir leid, dass ich zu spät komme. Ein Mandant hat mich noch in letzter Minute angerufen.«

»Kein Problem. Was halten Sie davon, wenn wir uns setzen und eine Kleinigkeit essen?«

Er zeigt auf einen gemütlichen Tisch neben einem prasselnden Kamin, mit einem atemberaubenden Blick auf den Central Park.

»Ich hoffe, meine Wahl sagt Ihnen zu«, sagt er.

Zur Antwort hebe ich meine Augenbrauen.

»Das soll wohl ein Scherz sein? Das ist eines der besten Restaurants der Stadt.«

»Und eines meiner Lieblingslokale«, antwortet er und hängt sein Boss-Sakko über die Rückenlehne seines Stuhls.

»Sie essen also regelmäßig hier?«

»Ja. Der Chef ist Besitzer eines bekannten Restaurants im Napa Valley, ich habe immer meine Kunden dort hingeführt, als ich noch in Kalifornien gewohnt habe.«

»Sein in Butter pochierter Hummer soll ein Gedicht sein.«

»Woher wissen Sie das?«

»Sie glauben doch nicht, eine Anwältin zum Abendessen ausführen zu können, die sich nicht ein wenig schlaugemacht hätte, oder?«

»Nein, natürlich nicht. Vor allem nicht eine Anwältin, die gerade erst aus dem Pariser Büro hierhergezogen ist.«

»Woher wissen Sie das?«

»Sie erwarten doch nicht, mit dem Finanzchef einer Firma, die kurz vor dem Börsengang steht, zu Abend zu essen, ohne dass er sich vorab über die Anwältin ein wenig schlaugemacht hat, die ihn beraten soll, oder?«

»*Touché.* Natürlich nicht.«

»Wir sollten lieber gleich bestellen – das Degustationsmenü hat mehrere Gänge.«

»Ich überlasse Ihnen die Wahl, schließlich sind Sie hier Stammgast.«

»Ein Anwalt, der eine Entscheidung jemand anderem überlässt. Ich fühle mich geschmeichelt.« Er winkt den Kellner an unseren Tisch.

»Wir hätten gerne das Degustationsmenü des Chefs und die Flasche Rotwein, die ich letzte Woche bestellt habe. Der war großartig.«

Der Kellner nickt wie eine Geisha und nimmt uns elegant die Menükarten aus der Hand.

»Ich hoffe, man bietet heute Abend Pfirsich Melba an. Das ist wirklich unglaublich. Foie gras mit eingelegten weißen Pfirsichen in einer Soße, die ...«

Noch bevor er den Satz zu Ende führen kann, beginne ich zu kichern.

»Was ist? Jetzt sagen Sie bloß, Sie mögen keine Foie gras oder sind Vegetarierin, dann breche ich in Tränen aus.«

»Nein, das ist mein Lieblingsgericht. Ich muss nur lachen, weil Amerikaner das so sehr mögen. In New York scheint es ja mehr Foie gras zu geben als in Paris.«

»Und ich hoffe, dass das so bleibt.« Er lächelt charmant und legt sich die Serviette auf den Schoß. »Und, wie gefällt Ihnen New York?«

»Ich liebe es. Die Stadt ist so aufregend, die Energie berauschend.«

»Das stimmt, aber diese Begeisterung wird sich wohl bald legen.«

»Ich kann das kaum glauben. In dieser Stadt ist so viel los, ich wünschte, ich hätte mehr Freizeit.«

»Sie sind Firmenanwältin in New York, was erwarten Sie? Ich bin froh, dass Scott Sie heute Abend überhaupt hat gehen lassen.«

»Eigentlich hat er mich nicht gehen lassen, er hat mich regelrecht gezwungen!«, sage ich lächelnd.

»Ah, verstehe. Nun, das ist gut für mich.«

»Im Ernst, ich war begeistert, als er mich bat, Sie zu begleiten. Ich war schon ewig nicht mehr auf einem Konzert und freue mich, endlich mal wieder Livemusik zu hören.«

»Hören Sie gerne Musik?«

»Ich liebe Musik.«

»Und welche?«

»Alles Mögliche. Nach der Arbeit entspanne ich gerne bei klassischer Musik, Jazz ist aber meine Lieblingsmusik.«

Er strahlt erfreut.
Der Kellner bringt uns den ersten Gang, eine Komposition aus Waldpilzen.
»Bon appétit.«
»Bon appétit«, antwortet er, lockert den Knoten seiner Krawatte und legt sie sich über die Schulter. »Wer ist Ihr Lieblingsmusiker?«
»Da gibt es mehrere, aber Wynton und Ella sind meine absoluten Favoriten.«
»Dann sind Sie definitiv auf dem richtigen Dampfer, und hier ist Mr. Marsalis' Heimathafen.«
»Ich würde ihn zu gerne einmal in New York spielen hören. Ich habe ihn zum letzten Mal live auf dem Jazz-Festival in Montreal gesehen und hatte das Glück, ihn hinter der Bühne zu treffen, weil ich einen guten Freund habe, der ihn kennt. Er hat uns ein Privatkonzert gegeben. Das werde ich nie vergessen.«
»Das muss ja großartig gewesen sein! Ich gehe also davon aus, dass Sie auch beim Marciac-Festival waren, nicht wahr?«
»Natürlich, das ist phantastisch.«
»Ich würde zu gerne auch einmal hingehen, vor allem in Begleitung einer entzückenden Französin.«
Etwas verblüfft fahre ich mit der Unterhaltung fort, als hätte ich das nicht gehört. Im Grunde ist unser Geplänkel ja auch nichts weiter als harmloses Flirten. Das man abrechnen kann.
»Sie mögen also auch Jazz?«
»Und wie!«
»Und wer ist Ihr Lieblingsmusiker?«
»Miles. Für mich ist er der größte Musiker unserer Zeit. Außerdem bin ich ein großer Fan von Dave Holland und Charlie Mingus.«
Sein erlesener Musikgeschmack überrascht mich, ich lächle und füge hinzu: »Ich habe gerade Miles' Biographie gelesen. Er hatte wirklich ein tragisches Leben.«

»Hatten sie das nicht alle? Wann finden Sie bei Ihrem anstrengenden Job überhaupt Zeit zum Lesen?«

»Meistens am Wochenende, ich versuche aber, jeden Abend vor dem Zubettgehen ein wenig zu lesen. Leider war das in den vergangenen Wochen hauptsächlich das Wertpapiergesetz.«

»Sie meinen den Klotz, der in meinem Büro im Regal steht. Ich glaube, den habe ich höchstens zweimal geöffnet.«

»Sie Glücklicher«, sage ich.

»Ich habe das Glück, jemanden wie Sie zu haben, der ihn für mich liest.« Er lächelt auf eine Art, die seine Grübchen unterstreicht.

Ich spüre, wie meine Wangen ein tiefes Weinrot annehmen. Ich sollte versuchen, die Unterhaltung rein geschäftlich zu halten. Dabei hilft mir ein wenig, dass ich mir ins Gedächtnis rufe, was gerade mit Mel passiert ist. Aber eben nur ein wenig.

»Ich kann es kaum erwarten, mal wieder etwas nicht Juristisches zu lesen, aber angesichts des Börsengangs wird das wohl noch eine Weile dauern, nehme ich an.«

»Nein, wir werden so schnell keine Romane lesen, dazu haben wir zu viel Material durchzugehen. Und das schläfert mich regelrecht ein.«

»Ich weiß, was Sie meinen.«

»Aber damit verdienen Sie Ihr täglich Brot. Haben Sie es nicht satt?«

»Es kann schon anstrengend sein. Darum bin ich Mitglied bei Starbucks. Mir wird der Espresso intravenös eingeflößt.«

»Jetzt sagen Sie bloß nicht, eine Französin kauft ihren Kaffee bei Starbucks. Ist das nicht ein Sakrileg?«

»Natürlich. Aber direkt unter meinem Büro befindet sich ein Laden. Ich werde noch zu einer richtigen New Yorkerin. Praktisch denken!«

»Ich kenne da ein Plätzchen in Midtown, wo es großartigen Kaffee gibt. Wir sollten uns das nächste Mal dort treffen. Ich brauche in letzter Zeit auch mehr Kaffee, ich reise zu viel, das ermüdet mich.«

»Sie reisen viel?«

»Ich pendle jede Woche zwischen New York und San Francisco hin und her, aber da wir nun nach New York gezogen sind, sollte es bald besser werden.«

»Geschäftsreisen sind auch nicht mehr, was sie einmal waren. Die ganzen Sicherheitsmaßnahmen sind einfach nur lächerlich.«

»Sie sagen es. Ich bin das letzte Mal über eine Stunde lang von der Kontrolle an einem Flughafen in Arizona aufgehalten worden.«

»Versuchen Sie einmal, auf Stöckelschuhen und mit französischem Pass die Kontrolle zu passieren.«

»Nein danke, kein Interesse. Jedenfalls nicht auf Stöckelschuhen. Das mit dem französischen Pass würde ich mir ja noch überlegen.«

»Ach, ja?« Ich frage mich, warum er so etwas Seltsames sagt.

»Dann könnte ich Ihnen wenigstens nach Frankreich folgen, wenn Sie beschließen sollten, das Land zu verlassen.«

Ich rutsche nervös auf meinem Stuhl hin und her und überlege, wie ich darauf reagieren soll. Offensichtlich hat er sich zu heftigem Flirten entschlossen. Ich will aber nicht wieder in eine Lage wie mit Mel rutschen und versuche, das Gespräch wieder auf den Börsengang zu bringen.

»Dieser Börsengang scheint doch ziemlich spannend zu werden, nicht wahr?«

»Das ist er. Ich hoffe, Sie werden nicht allzu viel Arbeit damit haben.«

»Keine Sorge, das schaffe ich schon.«

»Gibt es irgendwas Neues, das ich wissen sollte?«, fragt er, nachdem der Kellner uns den zweiten Gang serviert hat.

»Es ist alles in die Wege geleitet. Wir haben am Freitag die nö-

tigen Unterlagen bei der Börsenaufsicht eingereicht und liegen genau in der Zeit, was das Prüfverfahren betrifft.«
»Und was ist mit dem Direct-Shares-Programm? Ist alles so weit in Ordnung?«, fragt er. »Wir haben viele wichtige Geschäftspartner, denen wir Anteile anbieten wollen. Ich möchte, dass alles reibungslos läuft.«
Es überrascht mich, dass er so ins Detail gehen will – andererseits ist das ein Geschäftsessen. Ein Direct-Shares-Programm gibt Konzernangehörigen, Geschäftspartnern und Lieferanten anlässlich eines Börsengangs die Möglichkeit, Aktien zu erwerben. Meine Gedanken gehen im Eiltempo die Aktienstückzahlen durch, die wir für die Geschäftspartner reserviert haben, und den Papierkram, der bei den Aufsichtsbehörden eingereicht wurde.
»Es sieht gut aus. Es liegt bereits alles bei der Börsenaufsicht.«
»Gut. Ich bin Anfang nächster Woche wieder auf Geschäftsreise und kann keine bösen Überraschungen gebrauchen.«
»Überlassen Sie die Sache ruhig mir, es wird keinerlei Probleme geben«, sage ich und versuche, zuversichtlich und überlegen zu wirken.
»Nun, Catherine, warum sind Sie Anwältin geworden?«, fragt er, als der letzte Gang serviert wird.
»Ich analysiere gerne, und es macht mir Spaß, komplexe Zusammenhänge klar darzustellen und sie den Leuten verständlich zu machen.«
Er lächelt. »Dann freue ich mich auf die Zusammenarbeit mit Ihnen. Ich verschwende nur ungern Stunden damit, komplizierte juristische Sachverhalte zu entschlüsseln. Ich beschäftige mich lieber mit Zahlen.«
»Das klingt, als wären wir beide im richtigen Bereich gelandet. Wie sind Sie zu Browser gekommen?«
»Ich habe am College Buchhaltung studiert und war dann an ein paar Neugründungen in Silicon Valley beteiligt. Einer der

Investoren meiner früheren Firma hat mich zu Browser geholt. Zur damaligen Zeit war das keinesfalls eine sichere Sache, aber ich bin froh, dass ich es getan habe. Seit ich angefangen habe, laufen die Dinge wirklich gut. Und sehen Sie uns an, wir stehen kurz vor dem Börsengang.«

Er schweigt einen Augenblick, lächelt zärtlich und sieht mir in die Augen.

»Haben Sie irgendeinen armen Kerl in Paris zurückgelassen, als Sie nach New York gezogen sind?«

Schon wieder schweifen wir von der Arbeit ab und begeben uns auf rutschiges Terrain. Jetzt muss ich wieder mit der Anmut und der Geschicklichkeit einer Mary Pierce im Match der U.S. Open gegen eine der Williams-Schwestern auf das Berufliche zurückkommen.

»Nein, für mich war es nahezu unmöglich, mein Privatleben mit den Anforderungen an meine Karriere unter einen Hut zu bringen.« (15:0)

»Ich kann kaum glauben, dass eine Frau wie Sie alleine in dieser großen Stadt ist?« (15 beide)

»Mein Job hat momentan Priorität.« (30:15)

»Nichts als Arbeit und kein Vergnügen kann Catherine doch nicht genügen.« (Autsch! 30 beide)

»Sie werden noch froh sein, dass meine Arbeit Priorität hat, wenn Sie mich um zwei Uhr morgens anrufen, um über Ihren Börsenprospekt zu diskutieren.« (Guter Schlag! 40:30)

»Sollte ich Sie jemals um zwei Uhr morgens anrufen, können Sie definitiv davon ausgehen, dass ich es nicht wegen des Börsengangs tue.« (Wow, beeindruckende Rückhand! Einstand)

»Als Anwältin gehe ich grundsätzlich von nichts aus. Ich stütze mich lediglich auf Fakten.« (Okay, recht gutes Rückspiel, Vorteil Lambert)

»Und ich würde nur zu gerne jedes einzelne noch so kleine Detail über Sie erfahren, Mademoiselle Lambert.«

Meine Wangen wechseln von Shiraz-Rot zu Dunkelrot, ich starre auf meinen leeren Dessertteller. Er muss mein Unbehagen spüren, winkt dem Kellner zu und reicht ihm mit einem zufriedenen, siegessicheren Grinsen die Kreditkarte.
Spiel, Satz und Sieg.

* * *

In der Carnegie Hall stelle ich mein BlackBerry auf lautlos, schalte es aber nicht aus. Wir setzen uns, nachdem Jeffrey mich dem gesamten Führungsstab von Browser vorgestellt hat.
»Ich hoffe, es gefällt Ihnen. Heute Abend haben wir eine herausragende Besetzung.« Er reicht mir das Programmheft, ich blättere es durch: Beethovens Klavierkonzert Nr. 4 in G-Dur.
Das Orchester setzt ein und befördert mich in eine andere Welt. Ich befinde mich in dieser unglaublich aufregenden Stadt, in einem Konzertsaal und höre einen der besten Musiker der Welt in Begleitung eines echten Gentlemans, ich wollte sagen, phantastischen Mandanten. Was könnte sich eine Frau Besseres wünschen? Ich bekomme eine Gänsehaut und hänge noch dem Gedanken nach, als mein linkes Bein zu vibrieren beginnt: Auf meinem BlackBerry leuchtet eine E-Mail von Antoine auf.
Ich habe die Wahl. Ich ignoriere sie – aus Furcht, unhöflich zu sein – und setze meinen Job aufs Spiel, oder ich lese sie schnell und unauffällig.
Während ich noch die verschiedenen Möglichkeiten abwäge, vibriert mein BlackBerry ein zweites Mal.
Dann ein drittes.
Dann ein viertes.
Diese ganzen Vibrationen scheinen mir heftig genug, um ein kleines Erdbeben im Parkett hervorzurufen. Wir sitzen so nah am Orchestergraben, dass ich befürchte, mein BlackBerry

könnte die Aufnahmemikrophone stören. Ich fummele an meinem Handy herum und öffne die Nachrichten.
In der ersten Mail steht:

> Catherine, bist du da?
> A.

Die zweite:

> Wo bist du? Ich habe einen wütenden Geschäftsführer der American Bank in der Leitung. Er sagt, du hättest ihm das falsche Dokument geschickt. Bitte ruf so schnell wie möglich an.
> A.

In der dritten:

> Ich bin mitten in einer Konferenzschaltung mit einem Mandanten. Wo zum Teufel steckst du?

In der vierten:

> CATHERINE, GANZ EGAL, WO DU BIST, NIMM DAS VERDAMMTE TELEFON UND RUF SOFORT IM BÜRO AN.

Ich sitze mächtig in der Kacke.
Ich zähle die Sitze von mir aus bis zum Ende der Reihe, es sind genau sechs. So schlimm ist das nicht, oder? Ich beuge mich zu Jeffrey. »Es tut mir furchtbar leid, aber bitte entschuldigen Sie mich einen Augenblick. Ich komme gleich wieder.« Er mustert mich verwirrt. Ich klettere unbeholfen über die Knie des gesamten Führungsstabs von Browser und eile nach hinten.
»Antoine, hier spricht Catherine. Was ist los?«
»Wo zum Teufel steckst du?«

»Ich bin bei einer Mandantenveranstaltung in der Carnegie Hall.«
»Was?«
Ich schweige.
»Das ist ja ganz große Klasse, Catherine. Du bist auf einem Konzert, während wir uns hier im Büro den Hintern aufreißen.«
»Scott hat mich gebeten, für ihn bei der Browser-Veranstaltung einzuspringen, okay? Ich habe deine Nachricht bezüglich der Unterlagen erhalten. Ist Rikash da?«
»Nein, er hat Feierabend.«
»Ich habe Rikash die Unterlagen gegeben, bevor ich gegangen bin, damit er sie Phil schickt.«
»Hatten wir das nicht schon mal? Wie oft soll ich dir das noch sagen? Du sollst deine Arbeit nicht delegieren.«
Schweißperlen laufen mir den Rücken herunter. Catherine, wie konntest du das wieder zulassen?
»Ich habe doch nicht den Entwurf delegiert, nur das Versenden. Wenn ich dir sage, wo sich die Unterlagen in unserer Datenbank befinden, könntest du sie dann an Phil schicken?«
»Jesus, ich habe keine Zeit dafür. Ich arbeite an einem großen Fall und befinde mich mitten in einem Mandantengespräch. Komm ins Büro und kümmere dich selbst darum.«
Sprachlos stehe ich im leeren Eingangsbereich. Hat er mich gerade gebeten, ein Beethoven-Klavierkonzert in der Carnegie Hall zu verlassen und ins Büro zurückzugehen? Wie soll ich Jeffrey das erklären? Stattdessen antworten der Teamplayer und die Ich-bin-die-Neue-Stimme in mir: »Okay, ich bin in zehn Minuten da.«
Ich sehe mich um und gehe auf einen älteren Herrn zu, der wie ein Platzanweiser aussieht. Ich frage ihn, ob er Jeffrey einen Zettel zustecken kann.
Als der Mann den verzweifelten Ausdruck auf meinem Gesicht

sieht, willigt er ein. Ich kritzle eine Nachricht auf ein Stück Papier, zeige ihm meine Eintrittskarte, damit er weiß, wo Jeffrey sitzt, dann laufe ich hinaus und halte ein Taxi an.

Auf meinem Weg ins Büro bin ich zwischen Ärger und Angst hin- und hergerissen. Ich hoffe, ich werde nicht gefeuert. Ich bin mir sicher, dass ich Rikash die richtigen Informationen gegeben habe. Und falls nicht, wäre das äußerst demütigend.

Ich renne an Antoines Büro vorbei und schließe meine Tür. Ich setze mich vor den Computer und habe nur eins im Kopf: zurück in die Carnegie Hall zu kommen. Ich versuche, mich zu konzentrieren, dann rufe ich Phil auf einer Nebenstelle in der Druckerei an.

»Phil, hier spricht Catherine von Edwards & White. Was stimmt mit den Unterlagen nicht, die wir Ihnen zugeschickt haben?«

»Wir haben sie erhalten, aber es fehlen die überarbeiteten Emissionskurse auf der Titelseite sowie das Firmenlogo.«

»Könnt ihr nicht den Kurs und das Logo einfügen? Die Druckerei hat die Grafiken und sonst auch alle Informationen.«

»Das wollten wir ja, aber Antoine hat gesagt, dass Sie sich um alles kümmern. Was ist eigentlich bei euch los?«

Wütend füge ich die Emissionspreise und das Logo hinzu und schicke die Prospektvorlage los. Warum hat er mich ins Büro zurückgeholt, er hätte das alles doch in zwei Sekunden selbst erledigen können? Ich will gerade mein Büro verlassen, da steht Antoine in der Tür.

»Hör zu, ich will ja nicht hyperkritisch sein, aber mir scheint, dass du deine Arbeit hier nicht sonderlich ernst nimmst. Du musst dir genau wie wir alle hier den Hintern aufreißen, wenn du hier vorankommen willst.«

»Tut mir leid, wenn ich auf dich diesen Eindruck gemacht habe. Aber ich arbeite sehr hart und viele Stunden am Tag. Ich tue mein Bestes – es ist nicht leicht, in deine Fußstapfen zu steigen, weißt du.« Ich werfe ihm den letzten Spruch hin in der Hoffnung, ihn mit dieser kleinen Schmeichelei zu besänftigen.

Er verschränkt die Arme. »Ich mache mir über deine Zukunft in der Kanzlei Sorgen. Du möchtest doch nicht als jemand wahrgenommen werden, die mehr an Glamour und Shopping als an den juristischen Aufgaben interessiert ist. Ich habe dir die Dior-Sache übergeben, damit du die Chefs mit deinem juristischen Know-how beeindrucken kannst und nicht, damit du auf ihre Sonderverkäufe gehst. Der Mandant hat gewisse Ansprüche, genau wie ich.«

»Hast du gesehen, wie viele Stunden ich bisher geschrieben habe? Ich leiste durchaus meinen Anteil.«

»Ja, habe ich. Deine Stunden sind akzeptabel, aber nicht genug, ehrlich gesagt. Wir fordern deinen vollen Einsatz, damit diese Zusammenarbeit auch funktioniert.«

Na toll, jetzt klingt er schon wie einer meiner Ex-Freunde. Macht er sich wirklich Sorgen, oder ist er nur eifersüchtig, weil Scott mich gebeten hat, auf die Veranstaltung eines Mandanten zu gehen, während er hier sitzen und Papierkram wälzen muss?

»Catherine, du musst dich auf deine Karriere konzentrieren, wenn du für eine Partnerschaft in Betracht gezogen werden willst.«

Er rührt bewusst an meiner Schwachstelle, und sofort bekomme ich einen Kloß im Hals.

»Hör zu, Antoine, ich gebe hier wirklich alles. Ich habe Tag und Nacht gearbeitet. Ich weiß nicht, was du noch von mir erwartest. Die Sache mit dem Einkauf tut mir wirklich leid, aber dafür habe ich mich bereits entschuldigt.«

»Es ist nicht nur das.«

»Was dann?«

Er sieht mich schweigend an und spitzt die Lippen.

»Was?«

Zur Antwort zuckt er die Schultern und starrt auf seine Schuhe. Ich frage mich, ob das irgendwas mit der E-Mail zu tun hat, die ich ihm letzte Nacht geschickt habe. Aber das ist nicht der richtige Zeitpunkt, um sie zu erwähnen. Immer professionell bleiben, Catherine.

»Was ist?«

Er schweigt immer noch.

»Ist es wegen Mel Johnson?«

Als Antwort sieht er mich mit ausdruckslosem Blick an und nickt.

»Scott hat mich gebeten, auf diese bescheuerte Gala zu gehen, ich sollte mich also nicht dafür rechtfertigen müssen«, sage ich wütend. »Ich habe bereits erklärt, was vorgefallen ist, und ehrlich gesagt bin ich ziemlich sauer, dass Scott mir keine Rückendeckung gegeben hat. Ich könnte die Kanzlei wegen sexueller Belästigung verklagen, weil sie mir das zugemutet hat.«

»Du hättest anders damit umgehen können.«

Anders? Wie denn? Indem ich mit Mel ins Bett gegangen wäre? Ich spüre, wie Tränen der Enttäuschung in mir aufsteigen, und würde am liebsten losschreien.

»Ach ja? Und wie?«

»Du hättest nicht hingehen sollen.«

»Ich hatte keine andere Wahl, Scott hat mich gebeten, das sagte ich bereits.«

»Catherine, wir haben alle eine Wahl. Du musst nicht auf jede Party oder jedes Konzert gehen, auf das du eingeladen wirst.«

»Soll das heißen, dass ich zu unserem Boss nein sagen soll?«

»Ich sage nur, dass du die Augen offen halten musst. Siehst du nicht, was hier los ist? Hier sind einige Dinge im Gange, und ich glaube nicht, dass du darauf vertrauen solltest, dass die Leute sich um mehr als ihre eigenen Interessen kümmern.«

»Und warum sollte ich dir vertrauen?«

Sein Gesicht läuft dunkelrot an, er atmet tief durch.

»Das ist ziemlich einfach. Wenn du gut dastehst, stehe ich gut da. Du hast viel Arbeit auf dem Tisch, musst Fristen einhalten, und ich erwarte von dir, dass du mir dabei behilflich bist, meine Versetzung nach Paris so problemlos wie möglich zu gestalten. Verstanden?«

Es geht also nur um seinen Ruf, nicht um meinen. Ich fühle mich gedemütigt, warum habe ich das nicht schon vorher bemerkt? Herrgott, und wenn ich daran denke, dass ich mit ihm geflirtet habe!

Ich stehe auf, gehe auf ihn zu und gebe ihm zu verstehen, dass unser Gespräch beendet ist. Er bleibt wie angewurzelt in der Tür stehen.

»Was ist? Gibt es sonst noch was, was du an mir auszusetzen hast?«

»Nur –«

»Nur was? Sag's mir«, bitte ich. Mein Gesicht ist jetzt nur wenige Zentimeter von seinem entfernt, mein Herz rast.

»Egal.«

Er geht in sein Büro zurück und knallt die Tür hinter sich zu.

»Viel Glück in Paris«, murmle ich und verlasse das Büro.

* * *

Zurück im Konzertsaal, warte ich ungeduldig auf die Pause, um endlich Jeffrey zu suchen. Ich entdecke ihn und winke ihm zu.

»Tut mir leid, dass ich einfach so verschwunden bin.«

»Ich dachte schon, Sie seien entführt worden oder für eine Foie gras ins Per Se zurückgekehrt! Was war los?«

»Ich habe einen dringenden Anruf aus dem Büro erhalten.«

»Machen Sie sich keine Gedanken, ich habe Ihre Nachricht bekommen. Wie wäre es mit einem Glas Wein, damit Sie sich ein wenig entspannen können?«

Ich bin erleichtert, dass ich den Abend nicht ruiniert habe, lächle und nicke.

»Großartige Idee. Was ist mit Ihren Kollegen?«

»Die sehe ich oft genug. Lassen Sie uns lieber an die Bar gehen.«

Wir nippen an unserem Wein und schlendern dabei durch das Rose Museum, lesen die Informationen über die Geschichte der Carnegie Hall und sehen uns die Sammlung allerlei Schätze berühmter Aufführungen an.

»Ich hoffe, ich war während des Abendessens nicht zu aufdringlich.«

»Vielleicht ein wenig, aber damit kann ich umgehen«, sage ich munter.

»Ich treffe nur selten Frauen, die so bezaubernd sind und so gut riechen wie Sie«, sagt er und betrachtet dabei ein Bild von Andrew Carnegie.

»Danke. Und was den Duft betrifft, da müssen Sie sich bei Mr. Dior bedanken.«

»Ich schreibe ihm gleich morgen früh eine E-Mail.« Er lächelt und begleitet mich zurück zum Haupteingang.

Wir nehmen unsere Plätze ein und genießen den zweiten Teil des Konzerts. Als ich diesmal mein BlackBerry ausmache, wirft mir meine Nachbarin einen bösen Blick zu.

* * *

»Das war phantastisch, nicht wahr?«, fragt er, als wir zum Ausgang gehen.

»Ja.«

Draußen duftet es nach Frühling. »Sollen wir ein Stück zu Fuß gehen? Es ist so ein schöner Abend.«

»Natürlich.«

Wir gehen die majestätische Fifth Avenue entlang und biegen

dann nach rechts in die 68. Straße ein, bis wir vor meiner Tür stehen.

»Danke für den herrlichen Abend. Es tut mir sehr leid wegen des Anrufs aus dem Büro.«

»Machen Sie sich keine Sorgen. Das gehört eben dazu.«

Er beugt sich zu mir und haucht mir einen Kuss auf die Wange. Seine Lippen scheinen sich auf meine Haut zu brennen. Bleib professionell, Catherine!

»*Bonsoir,* Mademoiselle Lambert.«

»*Bonsoir.* Danke für den wunderschönen Abend.«

Er geht zur Straße und winkt mir zum Abschied zu, als ich ins Haus gehe.

»Keine Sorge, ich werde Sie nicht um zwei Uhr morgens anrufen«, ruft er. »Außer, Sie möchten das.« Er lächelt und steckt beide Hände in die Hosentaschen.

Ich winke zurück.

»Gute Nacht, Catherine.«

Sobald ich die Tür hinter mir geschlossen habe, fängt sich alles in meinem Kopf zu drehen an. Mein Gott, dieser Kerl ist perfekt, ich muss sofort mit Lisa eine Nachbesprechung per Telefon abhalten.

»Ich habe um sechs Uhr dreißig eine Konferenzschaltung mit einem europäischen Mandanten. Ich hoffe, es ist wichtig.«

Ich erzähle in allen quälenden Einzelheiten von meinem Abend und warte auf ihre Antwort.

»Und wo ist das Problem?«

»Ich fühle mich von einem Mandanten angezogen, das sollte ich aber nicht. Ich würde mich gerne mit ihm treffen, das geht aber nicht.«

»Dann nehme ich an, du hast das große Dilemma bereits gelöst.«

»Findest du mich altmodisch?«

»Vielleicht. Ich meine, wie oft trifft man schon jemanden, mit dem man wirklich auf einer Wellenlänge ist? Lass dir einfach die Möglichkeit offen.«

»Ich mache mir um meinen Ruf in der Kanzlei Sorgen.«

»Warum? Du kannst dich doch treffen, mit wem du willst. Der Verhaltenskodex für Anwälte verbietet dir das nicht. Nur Anwälte für Familien- und Scheidungsrecht dürfen aufgrund des labilen emotionalen Zustands ihrer Mandanten keine persönlichen Beziehungen eingehen.« Sie macht eine Pause. »Außer, du übst unzulässigen Einfluss oder Zwang aus, um physische Vorteile zu ergattern ... auch das könnte lustig sein, findest du nicht?«, fügt sie scherzhaft hinzu.

»Sehr witzig, *chérie.* Ich mische nicht gerne Privates mit Beruflichem, ich will ernst genommen werden. Ich bewege mich auf sehr dünnem Eis.«

»Nur weil dieser Antoine Stress macht, heißt das noch lange nicht, dass du dich auf dünnem Eis bewegst. Außerdem arbeitest du mit Jeffrey an einem Abschluss, du wirst ihn also notgedrungen wiedersehen. Du musst es ja nicht gleich entscheiden. Du kannst abwarten, bis der Abschluss über die Bühne ist, und dann mit ihm ausgehen. Hör zu, Kleine, ich gehe jetzt ins Bett.«

»Gute Nacht, Lisa. Danke, dass du mir zugehört hast.«

Ich liege im Bett und analysiere jedes Wort, das ich und Jeffrey während des Abends gesagt haben – mal aus der Sicht der professionellen, mal aus der Sicht der verknallten Catherine.

Dann schlafe ich endlich erschöpft wie ein Tennisprofi nach dem Grand-Slam-Sieg ein.

17. Kapitel

Sie haben Glück, dass jemand ein Auge auf Sie hat«, sagt Scott, als ich am nächsten Morgen das Büro betrete.

»Wie bitte?«

Er wirft mir eine Kopie von Mels zweiter E-Mail auf den Schreibtisch.

Oh merde! Rikash hat ohne mein Wissen die E-Mail an Scott weitergeschickt. Wie konnte er bloß?

»Hören Sie, Catherine, ich möchte mich entschuldigen. Ich hätte Ihnen vertrauen und diesem Idioten sofort sagen müssen, dass er sich verpissen soll.«

Ich seufze erleichtert. Scott hat wohl doch Rückgrat.

»Warum haben Sie mir diese Nachricht nicht gleich geschickt? Dann hätte ich das Problem auf der Stelle gelöst.«

»Ich weiß auch nicht, wahrscheinlich war ich sauer und wollte erst nachdenken, bevor ich etwas unternehme. Ich regle das gerne auf meine Art.«

»Das können Sie laut sagen.« Er nickt Rikash zu, der in seinem Büro sitzt.

»Er ist manchmal unberechenbar.«

»Eine äußerst interessante Beschreibung seiner Person«, zwinkert Scott mir zu. »Ganz offensichtlich bemüht er sich darum, Ihre Interessen zu wahren, das ist heutzutage keineswegs alltäglich …«, sagt er leise. »Ich wollte Ihnen nur sagen, dass wir Sie als Mitglied unseres Teams sehr schätzen.«

Eine Last fällt von mir ab. Aber natürlich bin ich nicht so naiv, zu denken, dass Scott mir aus lauter Freundlichkeit Komplimente macht. Ich arbeite unzählige Stunden an seinem Browser-Fall und sorge dafür, dass sein Mandant zufrieden ist. Und das verschafft ihm im unerbittlichen Kampf der Kriegsherren einen Vorteil. Vielleicht stimmt es, was Antoine sagt, und Scott benutzt mich nur, aber wenigstens sorgt er sich auch um mich.

»Wir gehen zu Met Life und treffen uns mit potenziellen Mandanten. Es geht um den Geschäftsabschluss einer Bank. Haben Sie Lust mitzukommen? Ich denke, man würde sich freuen, Sie kennenzulernen, das Unternehmen will nach Europa expandieren.«

»Wer ist wir?«

»Bonnie, Nathan und ich.«

»Klingt gut, danke, dass Sie an mich gedacht haben.«

»Großartig. Ein Wagen wartet bereits auf uns. Wir treffen uns in fünf Minuten unten.«

»Ein Wagen? Das Gebäude ist doch nur ein paar Häuserblocks entfernt?«

»Ich weiß, aber Bonnie läuft nicht gern. Das ruiniert ihre Schuhe.« Scott verzieht das Gesicht. Ich muss lächeln und erinnere mich an das Mal, als Rikash »vergessen« hat, ihr einen Wagen zu bestellen.

Nathan, Scott und ich warten eine geschlagene halbe Stunde eingepfercht auf dem Rücksitz der Limousine auf Bonnie, die in einem hautengen blauen Tailleur ihren Auftritt hat.

Scott sieht sie missbilligend an.

»Wo ist das Problem?«

Sie wirft ihre Aktentasche auf den Vordersitz und bringt damit beinahe den Fahrer aus dem Konzept.

»Du bist sehr spät dran«, faucht Scott.

»Ich war noch am Telefon. Ein Mandant hat mich nicht gehen lassen.«

»Ein wenig kurz, findest du nicht?«, sagt er und blickt auf ihren Rock.
»Du machst wohl Witze? Das ist Giwonschiiie.«
»Was auch immer«, murmelt er und schüttelt den Kopf.

* * *

Bei Met Life werden wir von einer attraktiven Frau und drei elegant gekleideten Herren begrüßt.
»Hey, Scott, schön, dass Sie Zeit für uns haben.«
»Amy, tut mir leid wegen der Verspätung, wir standen im Stau.«
»Kein Problem, wir gehen am besten in den Sitzungssaal, da ist es bequemer.«
»Amy, ich möchte Ihnen gerne Catherine Lambert vorstellen, Bonnie und Nathan kennen Sie ja schon. Catherine war sechs Jahre lang in unserem Pariser Büro und arbeitet jetzt für unsere Kanzlei in New York. Sie verfügt über fundiertes Wissen im Bankwesen und ist eine hervorragende Ergänzung unseres Teams.«
Bonnie und Nathan verdrehen unauffällig die Augen.
»Möchten Sie Kaffee oder etwas anderes zu trinken?«, fragt Amy.
»Das wäre nett«, antwortet Bonnie und macht sich am oberen Ende des Tisches breit, bevor ein anderer den Platz einnehmen kann. »Sie haben nicht zufällig eine Cappuccinomaschine? Ich habe immer Lust auf einen guten Kaffee.«
Scott wirft ihr einen bösen Blick zu.
»Nein, leider nicht«, antwortet Amy finster.
»Okay, dann hätte ich gerne eine Cola light.«
Als alle sich gesetzt haben, legt Bonnie die Beine auf einen freien Stuhl und ergeht sich in einem Monolog über ihre Leistungen und die der Kanzlei. Sie wirkt extrem arrogant.

»Sie haben sicher im *Journal* gelesen, dass die Kanzlei Edwards & White im Fall Blue Crest die führende Beraterfirma war. Wir belegen zudem die Spitzenposition, wenn es um Börsengänge geht, und vertreten die wichtigsten Großbanken.«
Sie senkt mitten in ihrer Rede den Kopf und zieht ihr BlackBerry heraus.
»Tut mir leid. Man nennt diese kleinen Dinger nicht von ungefähr CrackBerrys, sie machen regelrecht süchtig.«
Oh mon dieu, jetzt hat sie endgültig den Verstand verloren. Ich sitze ihr gegenüber und schäme mich für sie. Wie konnte diese Frau Partnerin werden? Sollte sie sich nicht lieber auf die Bedürfnisse ihrer Mandanten konzentrieren, statt von unserer Kanzlei zu schwärmen?
»Das einzige Problem bei diesen Babys ist, dass man einen BlackBerry-Daumen bekommt, wenn man sie zu oft benutzt. Das hat mein Squashspiel ruiniert.«
Scotts Gesicht ist mittlerweile dunkellila. Er unterbricht Bonnie und murmelt etwas von einem Artikel über die positive Bilanz von Met Life, der in der *Times* erschienen ist. Die vier Anwälte der Bank scheinen kein Interesse an Scotts Gequatsche zu haben, sondern starren stattdessen Bonnie an, als sei sie die Medusa. Der Anwalt rechts von Amy hat ein besonderes Interesse an Bonnies Rocklänge.
»Und vor welchen großen Herausforderungen stehen Sie gerade?«, fragt Bonnie lässig. »Ich gehe davon aus, dass es nicht leicht ist, bei all den neuen Bankregulierungsgesetzen und Ausnahmen unter Verordnung R des Gramm-Leach-Bliley-Gesetzes den Überblick zu behalten«, fährt sie fort, noch bevor Amy oder einer der anderen antworten kann.
Die vier Anwälte nicken beipflichtend.
»Während Sie die Honorare Ihrer auswärtigen Berater niedrig halten müssen.«
Wieder nicken alle gleichzeitig.

»Ich habe herausgefunden, dass meine Mandanten Zeit und Geld sparen, indem sie auf einen elektronischen Auskunftsservice zu Bankregulierungsvorschriften zurückgreifen. Bei Interesse können Sie unseren Zugang gerne für ein paar Wochen kostenfrei nutzen. Außerdem sollten Sie sich keine allzu großen Sorgen machen, Verordnung R gestattet eine Verzögerung der Fristen – Sie sind also bis zum Ende des ersten Finanzjahres nächsten September sicher. Was für Sie der erste Februar nächsten Jahres ist. Und ich bin davon überzeugt, dass Ihre Aktivitäten unter eine der Ausnahmebestimmungen fallen. Wenn Sie wollen, schicke ich Ihnen eine Aktennotiz zu, die ich letzte Woche zu diesem Thema verfasst habe.«

»Das wäre großartig!«, antwortet Amy mit vor Begeisterung weit aufgerissenen Augen. »Wir würden außerdem gerne den Service ausprobieren.«

»Das wäre wirklich phantastisch!«, sagt der Anwalt zu Amys Rechten zu Bonnies Waden.

»Ich werde Catherine bitten, Ihnen die Aktennotiz sowie den Link zum Service zuzuschicken«, schließt sie, steht auf und macht sich zum Gehen bereit.

Jetzt weiß ich, warum Bonnie mit ihrem sonderbaren Verhalten durchkommt, sie ist einfach eine verdammt gute Anwältin. Bei diesem Auftreten ist das nicht schwer zu verstehen. Sie ist eine der besten Kanzleianwälte der Stadt. Ich begreife jetzt, dass die Mandanten genau spüren, dass Bonnie ihre Bedürfnisse erkennt, und dass sie sie deshalb respektieren. Ich sehe Gewitterwolken auf Scotts Gesicht aufziehen – sie werden nicht länger seine Mandanten sein, sondern Bonnies.

»Ich nehme an, Sie haben das letzte Wort, was die Auswahl externer Berater betrifft, nicht wahr?« Bonnie spricht Amy direkt an und greift nach ihrer Aktentasche. »Falls nicht, sollten wir uns mit jemandem in der Bank treffen, der tatsächlich das Sagen hat.«

»Ja, natürlich«, antwortet Amy. »Das ist meine Sache.«
»Großartig. Dann auf eine gelungene Zusammenarbeit. Ich finde, das war ein äußerst produktives Meeting.« Sie streckt ihren schlanken, in Givenchy gehüllten Arm aus und schüttelt Amy die Hand.
»Ja, sehr«, pflichten die drei Männer bei und versuchen, noch schnell einen Blick auf ihr Dekolleté zu erhaschen.
Ich folge amüsiert Bonnies schwerer Parfümwolke, einem verblüfften Nathan und einem verärgerten Scott hinaus.

* * *

Zurück im 28. Stock, fällt mir auf, dass Antoines Büro leer ist.
»Er hat über Nacht sein ganzes Zeug zusammengepackt«, bemerkt Mimi, als sie mich in den leeren Raum spähen sieht. »Er hatte es wohl eilig, nach Paris zu kommen.«
»Ich dachte, er wollte erst Ende des Monats abreisen? Keine Verabschiedung, keine Abschiedsparty?«, frage ich erstaunt.
»Nein«, sie schüttelt den Kopf. »Sie kennen doch Antoine, er denkt nur an die Arbeit und nie ans Vergnügen.«
Ich spüre einen Stich im Magen. Wie konnte er einfach gehen, ohne sich zu verabschieden? Ich bin enttäuscht. Ich hatte gehofft, wir würden Freunde werden, nachdem er mich gebeten hatte, sein Hauptkontakt in New York zu sein, aber nach unserem letzten Gespräch besteht da wohl keine Hoffnung mehr.
»Wie war's?«, fragt Rikash, als ich an seinem Büro vorbeikomme.
»Faszinierend. Ich habe noch nie jemanden auf diese Art einen Mandanten an Bord ziehen sehen.«
»Ich meine doch nicht das Meeting, du Dummerchen, sondern deine Verabredung mit Mr. Browser. Läuft da was?«
»Zunächst einmal war das keine Verabredung, und selbst wenn es eine gewesen wäre, hätte ich niemals beim ersten Mal was

mit ihm angefangen. Wusstest du nicht, dass Männer niemals zurückrufen, wenn man das tut?«

»Genau darum tue ich es ja. Wie auch immer, erzähl mir von deinem Abend.«

»Nicht schlecht.«

»Nicht schlecht? Das sieht aber anders aus nach dem zu urteilen, was auf deinem Schreibtisch liegt.«

Eine in Silberpapier verpackte Schachtel mit roter Schleife steht zuoberst auf meinem Akten- und Unterlagenberg. Auf einem kleinen Kärtchen steht: »Danke für den herrlichen Abend. Viel Spaß. *A très bientôt,* Jeffrey.«

Ich öffne die Schachtel und finde eine CD von Ella Fitzgerald sowie ein Fläschchen J'adore. Seine Geste freut mich, aber irgendwie finde ich ein so persönliches Geschenk auch unangemessen. Nüchtern betrachtet habe ich das Gefühl, dass es wohl die richtige Entscheidung ist, nur eine rein geschäftliche Beziehung zu pflegen. Ich habe meine Lektion gelernt.

»Sieht aus, als hättest du einen herrlichen Abend gehabt.«

Ich zucke als Antwort nur mit den Achseln.

»Was ist passiert?«

»Nichts.«

»Komm schon, sei nicht so zickig, erzähl! Wir sind doch alle eine große gestörte Familie, weißt du. Wir haben keinerlei Geheimnisse voreinander.«

»Sagen wir so, eine größere Unterbrechung hat den Abend ruiniert.«

»Was für eine Unterbrechung? So was wie eine eifersüchtige Ehefrau?«

»Antoine hat mich aus der Carnegie Hall rausgeklingelt, weil es offenbar ein Problem mit den Unterlagen für die American Bank gab.«

»Oh, verdammt. Das war hoffentlich nicht meine Schuld. Ich habe alles so verschickt, wie du gesagt hattest.«

»Das hatte mit dir gar nichts zu tun. Antoine hat mich nur ins Büro zitiert, um mir den Abend zu ruinieren.«
»Was ist bloß mit ihm los? Einmal beschützt er dich, gleich darauf ist er ein Ekel.«
»Ich verstehe das auch nicht. Ich bin froh, wenn ich nie wieder mit ihm zu tun habe. Und tschüs.«
Ich sitze vor meinem Computer und sehe eine E-Mail von Jeffrey in meinem Postfach:

> VERTRAULICH: An das für den Börsengang verantwortliche Team von Browser.
> Bitte halten Sie sich den Montagmorgen frei. Die Börsenaufsicht ermittelt wegen eines Interviews, das der Führungsstab von Browser dem *Business Magazine* gegeben hat. Das könnte die Verzögerung der Emissionskurse zur Folge haben, unseren Zeitplan gewaltig beeinträchtigen und die Preisgestaltung des Geschäfts beeinflussen.
> Meine Sekretärin wird Ihnen die Einzelheiten zum Meeting gesondert zuschicken. Ich bitte Sie, dem Fall höchste Priorität einzuräumen.
> Danke. Jeff Richardson.

Ich klicke auf Antworten und schreibe ihm ein höfliches Dankeschön für sein Geschenk. Er antwortet sofort:

> *Avec plaisir, ma chère* Catherine.
> Ein wunderschönes Wochenende. Bis Montag.

Ich starre auf die Geschenkbox, und die Gedanken überschlagen sich in meinem Kopf. Normalerweise würde ich bei einer so abgedroschenen Anmache misstrauisch werden, aber dieser Mann ist mir unter die Haut gegangen. Wäre ich ihm doch bloß in einem Jazzclub begegnet!

18. Kapitel

Oscar Wilde hat einmal gesagt, man müsse jeder Versuchung nachgeben, weil man nie wisse, ob noch eine komme. Es ist aber nicht unbedingt eine gute Idee, dem Rat eines Mannes zu folgen, der mittellos im Exil an gebrochenem Herzen starb. Als das Meeting beginnt und Jeffrey sich an die Mitglieder der Hauptverwaltung richtet, bin ich froh, dass Scott neben mir sitzt und dafür sorgt, dass ich mich auf meine Arbeit konzentriere.

»Ich mache mir große Sorgen um das Timing«, verkündet Jeffrey in hochgekrempelten Hemdsärmeln vorne im Saal. Und dabei sieht er wirklich umwerfend aus. »Der Vorstand hat dem *Business Magazine* kurz vor Abgabe der Registrierungserklärung ein Interview gegeben. *Business* plant jetzt, den Artikel noch vor Festsetzung des Preises zu veröffentlichen. Die Börsenaufsicht will uns eine Ruhephase aufzwingen, bevor wir wieder auf der Bildfläche erscheinen.«

»Und was passiert jetzt?«, fragt einer der Banker die Juristen.

»Ich denke, da haben wir ein bürokratisches Problem«, erklärt ein renommierter Anwalt, der zugleich ein früheres Mitglied der Börsenaufsicht und Vertreter der Rückversicherung ist. »Die Börsenaufsicht könnte Browser zwingen, das Emissionsangebot hinauszuzögern. So etwas machen sie immer wieder.«

Ich grabe in meinem Gedächtnis. Das Interview könnte Browsers Emissionsangebot hinauszögern, weil die Aufsichtsbehör-

de vorgibt, was der Vorstand einer Firma bei der Emission von Aktien öffentlich sagen darf. Gibt es da einen Ausweg?
Mein Herz fängt wie wild zu hämmern an, ich sammle all meinen Mut zusammen und gebe meinen Senf dazu.
»Dem kann ich nicht zustimmen.«
Ungefähr 22 Augenpaare sehen mich verächtlich an. Ein paar blicken auf meine Stilettos aus Lackleder. Ich habe einen Kloß im Hals und beginne zu schwitzen. Scotts Blick ruht auf mir.
»Nein?«, antwortet Jeffrey.
»Ich denke, man könnte argumentieren, dass über Browsers Börsengang bereits ausgiebig in der Presse berichtet wurde und der Artikel nichts Neues hinzufügt.«
»Das ist doch wohl ein äußerst schwaches Argument«, sagt ein ehemaliger Angestellter der Börsenaufsicht. Scott wirft mir einen strengen Blick zu.
»Ich hatte schon einmal so einen Fall und bin mit diesem Argument durchgekommen.«
»Ich möchte Ihren Ballon ja ungern zum Platzen bringen, Miss, aber ich bin wohl schon länger dabei als Sie.«
»Das bestreite ich ja gar nicht, Sir, aber sollten Sie nicht die Interessen Ihres Mandanten vertreten? Ich glaube nicht, dass es im Interesse Ihres Mandanten oder von Browser ist, wenn die Börsenaufsicht die Emission verzögert.«
»Das sehe ich auch so«, sagt Jeffrey.
Gedemütigt windet sich der ehemalige Jurist der Börsenaufsicht auf seinem Stuhl.
»Catherine, würden Sie sich mit der Börsenaufsicht in Verbindung setzen und diesen Punkt besprechen? Ich würde Sie bitten, diese Angelegenheit zu leiten«, verkündet Scott stolz.
»Natürlich, sehr gerne.«
Damit ist das Meeting zu Ende. Während Scott noch in ein Gespräch mit einem Anwalt verwickelt ist, eilt Jeffrey zu mir.
»Wow, Sie lassen sich wohl nicht an der Nase herumführen,

wie? Ich war ziemlich beeindruckt. Wie wäre es mit einem Kaffee?«

»Ich habe keine Zeit, mir steht ein wichtiger Anruf mit der Börsenaufsicht bevor!«

»Mittagessen?«

»Das müssen Sie mit Rikash, meinem Assistenten, abklären. In letzter Zeit ist mein Terminkalender mittags ziemlich voll. Unter Umständen könnte ich Sie noch am Mittwoch reinzwängen.«

»Sie wollen mich also reinzwängen? Na, dann bis Mittwoch.«

Er verlässt den Raum mit einem zufriedenen Grinsen. Ich hingegen schreite mit einem siegessicheren Gesichtsausdruck hinaus. Bravo, Catherine!

19. Kapitel

Ich habe gehört, dass du gestern beim Browser-Meeting jemandem gehörig in den Hintern getreten hast. Weiter so«, verkündet Rikash, als ich am nächsten Morgen das Büro betrete.

»Ich habe nur meine Arbeit gemacht.«

»Genau das mag ich an dir, Catherine, du hast ein klitzekleines Ego. Ehrlich gesagt ist es das kleinste der Firmengeschichte. Man sollte eine Bronzeplakette neben deiner Bürotür anbringen und genau das draufschreiben.«

»Ich musste doch den Mund aufmachen, es war im Interesse des Mandanten.«

»Ich bin mir sicher, Jeffrey hat es gefallen«, sagt er und zwinkert mir zu. »Eine selbstsichere Französin ist doch Verlockung pur für ihn. Ich wette, er war völlig von den Socken.«

»Pssst, jetzt hör endlich auf.«

»Ach komm schon, sei nicht so zimperlich, du bist doch Französin, um Gottes willen. Du solltest im Schlaf flirten.«

»Nun, das tue ich eben nicht, okay?«

»Mae West hat einmal gesagt: Wenn man einen Mann zu lange zappeln lässt, sucht er sich eine andere.«

»Danke, ich werde es mir merken.«

Ich schließe meine Bürotür und versuche, mich auf die zahlreichen Akten und bevorstehenden Fristen zu konzentrieren, habe aber Mühe, Jeffrey aus dem Kopf zu bekommen. Vermutlich hat Rikash recht. Wem mache ich etwas vor? Ich habe mich in diesen Mann verliebt. Ich versuche, mir Jeffrey als verheirateten Mann mit sechs Kindern, dickem Bierbauch, schrecklichem Mundgeruch und noch schlimmeren Tischmanieren vorzustellen, um mich selbst davon zu überzeugen, dass er nicht der Richtige ist. Kurz gesagt, ich setze im Geist Jeffreys Kopf auf Mel Johnsons Körper. Das funktioniert geschlagene 30 Minuten lang.

Doch wenigstens schaffe ich es in dieser halben Stunde, Papiere für die Börsenaufsicht für Scott vorzubereiten. Er hatte mich gebeten, für einen Mandanten die Formulare 10K und F-1 einzureichen. Während ich die Formulare ausfülle, ärgere ich mich über die Börsenaufsicht und die Bezeichnungen der Formulare. Meines Wissens bezieht sich 10K ausschließlich auf Goldschmuck und F-1 auf Autorennen. Immerhin kann ich sie jetzt in F-1-Geschwindigkeit ausfüllen. Dann maile ich sie Rikash zu und bitte ihn, eine neue Akte anzulegen, bevor er alles an Roxanne weiterleitet.

Ich höre aus der Entfernung ihre Stimme durch sein Telefon.

»Wer zum Teufel glaubt sie eigentlich, wer sie ist? Kann sie mir das nicht selber mailen?«

Wütend stürme ich aus meinem Büro und marschiere schnurstracks zu ihr.

»Uuh, vorsichtig, Schätzchen, sie beißt und hat Tollwut«, ruft Rikash mir hinterher.

Atemlos bleibe ich vor ihrem Schreibtisch stehen, sie schaut mich so unschuldig an, als sei nichts passiert.

»Was kann ich für Sie tun?«

»Waschen Sie sich Ihren Mund mit Seife aus und behandeln Sie Ihre Kollegen mit Respekt.«

Sie lacht mir ins Gesicht. »Meinen Mund mit Seife waschen? Ha! Wer sind Sie denn? Meine Mutter?«

»Nein, zum Glück nicht. Es ist schon schlimm genug, dass ich

mit Ihnen arbeiten muss, ich stünde nur ungern auch anderweitig mit Ihnen in Verbindung.«
Als Antwort streckt sie mir die Zunge raus. Das ist doch kindisch.
Ich würde am liebsten in Scotts Büro rennen und mich über ihr Benehmen beschweren, beschließe dann aber, nicht gegen seine geschätzte kleine Assistentin zu hetzen. Mein Tag wird noch kommen, da bin ich mir sicher.

* * *

»Es hat mich beeindruckt, wie Sie vor ein paar Tagen Ihre Meinung vertreten haben. Kaum zu glauben, dass Sie den Mumm hatten, sich gegen einen der angesehensten Anwälte der Stadt durchzusetzen.«
Ich habe mich breitschlagen lassen und Jeffreys Einladung zum Mittagessen angenommen, auch weil Scott mich gebeten hat, ihn bezüglich meiner Verhandlungen mit der Aufsichtsbehörde auf dem Laufenden zu halten. Aber ich mache mir nichts vor. Ich habe nur einen Grund gesucht, um ihn treffen zu können. Ich habe in den letzten Tagen kaum an etwas anderes als Jeffrey gedacht und meistens nicht mehr als ein paar Stunden geschlafen, mich bis zum Morgengrauen im Bett gewälzt und mich immer wieder gefragt, ob ich unser Verhältnis auf rein geschäftlicher Ebene halten soll – oder nicht.
Wir essen im Fleur de Sel, einem ruhigen Restaurant mit unverputzten Ziegeln, weißen Tischdecken und einem herrlichen Menü.
»Ich dachte mir, hier könnte es Ihnen gefallen. Das Essen ist hervorragend, und es ist gemütlich.«
»Es ist sehr hübsch hier. Der Name erinnert mich an meine Sommerferien auf der Ile de Ré, wo man Meersalz erntet.«
Er wählt Kalbsconfit, ich nehme die Pasta mit Ziegenkäse.

»Sie haben diesen ehemaligen Börsenaufsichtsanwalt ja gehörig auflaufen lassen. Haben Sie den Blick des armen Kerls gesehen?!«

»Ich konnte nicht anders und hoffe, dass er es nicht zu persönlich genommen hat. Mein Vater hat immer gesagt, dass ich den Mund aufmachen soll, wenn ich es für richtig erachte.«

»Er ist ein kluger Mann.«

»Das war er. Er ist vor ein paar Jahren gestorben.« Ich blicke auf meinen Teller Nudeln. Der Tod meines Vaters ist immer noch ein schmerzhaftes Thema für mich.

»Das tut mir leid. Ich weiß, wie es ist, wenn man jemanden verliert. Meine Schwester ist vor zwei Jahren an Krebs gestorben«, antwortet er mit aufrichtiger Zärtlichkeit und Mitleid im Blick.

»Wie traurig. Kam das plötzlich?«

»Ja, sehr. Sie ist an Lungenkrebs gestorben, obwohl sie nie geraucht hat.«

»Wie alt war sie? Hatte sie Kinder?«

»Sie war noch jung, 39. Sie hat einen zehnjährigen Sohn, Adam. Ein toller Bursche. Er besucht mich regelmäßig in New York.«

Ich höre ihm zu und beobachte sein Gesicht, auf dem sich die Gefühle widerspiegeln, und mein Herz schmilzt dahin. Meine Bedenken, mich mit einem Mandanten zu treffen, schwinden so schnell wie die Ravioli auf meinem Teller.

»Hören Sie, Catherine, ich weiß, dass Sie unser Verhältnis gerne rein geschäftlich halten wollen, und das respektiere ich. Aber Sie sollten wissen, dass ich mich wirklich von Ihnen angezogen fühle, nicht nur körperlich. Ich finde, Sie sind eine hervorragende Anwältin und eine bezaubernde Frau, und manchmal muss man im Leben ein Risiko eingehen. Am Ende des Tages ist es doch nur ein Job.«

Mein Magen schnürt sich zusammen. Ich erröte und weiß nicht, was ich sagen soll. Obwohl ich es mir selbst gegenüber nur ungern zugebe, habe ich insgeheim gehofft, dass er das Eis

brechen und das Thema ansprechen würde. Immer noch unentschlossen, ob ich mich auf ihn einlassen soll, suche ich nach einer Antwort, während der Kellner uns das Dessert serviert.
»Nur ein Job? Es ist mehr eine lebenslange Freiheitsstrafe!«
Er lacht und streckt zögernd seine Hand nach meiner aus. Ich höre auf, in meiner Crème brulée herumzustochern.
»Kann ich irgendwas tun, damit Sie Ihre Meinung ändern?«
Ich starre auf meinen Teller. Mein Kopf sagt *non,* mein Herz hingegen *oui.* Das ist eine Romanze, wie sie im Lehrbuch steht, aber ist das nicht zu schön, um wahr zu sein? Ich habe mir in den vergangenen Tagen die unterschiedlichsten Szenarien ausgemalt und versucht, eine Lösung zu finden, die meine Karriere nicht ruinieren würde. Vielleicht wäre es das Beste, Nathan zu bitten, den Browser-Fall für mich zu übernehmen, und Scott meine Lage zu erklären. Nicht gut für mein Stundensoll, aber gut für mich.
»Ich habe eine Idee«, antworte ich zögernd.
»Schießen Sie los, ich bin ganz Ohr.«
»Ich könnte einen anderen Anwalt bitten, den Börsengang für mich zu übernehmen. Dann wäre es kein Problem mehr, oder? Einer meine Kollegen würde alles dafür tun –«
»Kommt überhaupt nicht in Frage«, sein Tonfall ändert sich abrupt.
Ich bin sprachlos. Warum reagiert er so heftig auf meinen Vorschlag? Ich ziehe meine Hand zurück, er prüft mein Gesicht. Sein Ton wird wieder sanfter. »Vor allem nicht nach dem atemberaubenden Auftritt beim Meeting am Montag. Sie sind für diese Abwicklung die Beste Ihrer Kanzlei. Dieser Fall ist die Chance für Sie, sich zu beweisen.«
Ich denke darüber nach, was er gesagt hat. Es stimmt, das könnte mein großer Durchbruch sein. Was habe ich mir nur dabei gedacht, den Fall vielleicht abzugeben? Ich muss wirklich total verknallt sein.

»Vermutlich haben Sie recht. Nun ja, das war meine großartige Idee. Und meine einzige.«

»Ich weiß, das klingt, als wollte ich alles haben, und ehrlich gesagt stimmt das auch. Ich möchte, dass Sie meine Firma vertreten und dass Sie Samstagabend mit mir ausgehen. Ich habe zwei Karten für ein Konzert von Wynton Marsalis«, fügt er mit einem breiten Grinsen hinzu.

»Ein Nein als Antwort akzeptieren Sie nicht, oder?«

Er schüttelt den Kopf.

»Ich weiß nicht, Jeffrey. Ich brauche ein wenig Zeit.«

»Was halten Sie von einem Spaziergang zum Union Square?«

»Ich dachte eher an ein paar Wochen, nicht an ein paar Minuten«, sage ich lachend.

Wir gehen den Broadway entlang. Der Nachmittag ist herrlich. Ich fühle mich in seiner Gegenwart wohl, und es ist, als könnte ich über alles reden. Warum muss das Leben bloß immer so kompliziert sein?

»Großartig, ein wenig blauen Himmel zu Gesicht zu bekommen, ich habe in letzter Zeit nur wenig Gelegenheit dazu gehabt.«

»Die Zeit rast, wenn man nur an die Arbeit denkt.«

»Ja, das stimmt.«

Wir kommen zum Union Square, und er führt mich zur nächsten Parkbank. Die Umgebung ist so romantisch, es wäre der perfekte Platz für einen Kuss. Hör auf! Catherine, was denkst du dir bloß?

»Vermissen Sie Frankreich?«

»Ja und nein. Ich vermisse meine Mutter und die Abende mit meinen Freunden in Paris. Aber ich liebe New York. Für meine Karriere ist es genau der richtige Ort.«

»Ich würde Frankreich an Ihrer Stelle vermissen, es ist ein so schönes Land.«

Er spricht über den nächsten Besuch seines Neffen in der Stadt.

In seiner Gegenwart verliere ich jegliches Zeitgefühl. Die Unterhaltung plätschert dahin, ich könnte stundenlang mit ihm reden.

Um zwanzig nach zwei blickt er auf die Uhr.

»Bevor ich es vergesse, wie läuft es mit dem Direct-Shares-Programm?«

Ich bin überrascht, dass er so plötzlich auf das Geschäft zurückkommt, und zögere einen Augenblick, bevor ich ihm antworte. »Äh, sehr gut. Wir stehen kurz vor einer Einigung mit der Aufsichtsbehörde.«

»Perfekt. Freut mich, das zu hören.« Erleichtert entspannt er seine Schultern.

»Also, gehen wir nun am Samstag zum Benefizkonzert von Wynton?«

»Ach, es ist ein Benefizkonzert?«

»Ja, Madame, eine Hommage an die großen Damen des Jazz. Kommen Sie, es wird bestimmt wunderbar.«

»*D'accord,* Sie haben mich überzeugt«, sage ich und gebe mich geschlagen.

Genau wie die großen Jazzmusiker unserer Zeit muss ich eben improvisieren.

20. Kapitel

»Catherine!« Als ich wieder an meinem Schreibtisch sitze, brüllt Harry Traums tiefe Stimme durch meine Sprechanlage. »In mein Büro. Sofort!«

Entsetzt schleiche ich auf Zehenspitzen zu seinem Zimmer und versuche, dabei so wenig Geräusche wie möglich zu machen. Ich habe keine Ahnung, warum er mich sprechen will. Eine große Goldtafel mit der Inschrift Gen. Harold J. Traum, Esq lehnt am Türrahmen. Ich gehe zum allerersten Mal zu Harry Traum. Nachdem ich an meinem ersten Arbeitstag bei Edwards & White Zeuge seiner furchtbaren Lektion über die amerikanische Geographie geworden bin, bin ich ihm vorsichtshalber stets aus dem Weg gegangen.

Die Tür ist verschlossen.

Ich klopfe höflich an, erhalte aber keine Antwort. Ob er da mit Bonnie drin ist? Ich hoffe nicht! Ich klopfe erneut, diesmal ein wenig fester, und sofort ertönt seine Stimme, die im Gang einen kleinen Wirbelsturm verursacht.

»Herein!«

Er sitzt in seinem großen Lederstuhl mitten im Raum und lässt sich von einer dunkelhaarigen Dame in engem schwarzen Rock die Haare schneiden.

»Catherine, das ist Juanita.«

Sein Büro ist übersät mit Trophäen, Militärkrimskrams und Bildern unzähliger Kinder und Enkelkinder beim Badeurlaub.

Über seinem Schreibtisch hängen drei große Holzschilder mit der Aufschrift: *Das werden wir verteidigen, Der Sieg beginnt hier* und *Gleiches Recht für alle.* Für mich sieht das aus, als sei Harry der am besten vorbereitete Kriegsherr der Firma.

»Ich habe etwas Wichtiges mit Ihnen zu besprechen, Catherine Lambert«, sagt er finster und mit verschränkten Armen vor der Brust, während Juanita um seinen riesigen Kopf kreist.

»Ach?«

»Kennen Sie sich mit der Verschwiegenheitspflicht der Anwälte aus?«, fragt er ernst.

»Natürlich.«

»Ach ja? Was würden Sie tun, wenn ich Ihnen sagte, dass Antoine ein ernstes Alkoholproblem hat? Würden Sie es irgendwem anvertrauen?«

Überrascht suche ich nach einer Antwort.

»Äh, nein, natürlich nicht.«

»Und was wäre, wenn ich Ihnen sagen würde, dass Scott homo…« – er holt tief Luft – »…sexuell ist? Würden Sie das irgendwem sagen?«

Herrgott, wohin sollen diese Fragen führen? Ich spüre, wie mir Schweißperlen den Rücken herunterlaufen.

»Nein.«

»Und was wäre, wenn Sie an der Fusion einer prominenten Aktiengesellschaft arbeiteten. Würden Sie das irgendeinem Ihrer Liebhaber erzählen?«, sagt er, und seine Stimme wird dabei immer lauter und bedrohlicher.

»Nein, würde ich nicht, Mr. Traum, dürfte ich fragen, worum es geht?«, stammle ich.

»Wenn Sie Ihre Verschwiegenheitspflicht kennen, junge Dame, und Sie niemandem irgendetwas von dem erzählen würden, was ich Sie eben gefragt habe, dann erklären Sie mir bitte, Catherine, WARUM SIE EINER VERDAMMTEN SEKRETÄRIN, HERRGOTT, EINER EINFACHEN SEKRETÄRIN, ERZÄHLT HA-

BEN, DASS ICH MICH SCHEIDEN LASSE? JEDER IN DIESEM BESCHISSENEN BÜRO WEISS DAS JETZT!«

Während er das herausschreit, fliegen Spucketröpfchen auf Juanitas Gesicht und ihren Busen. Sie weicht zurück, und seine Gesichtsfarbe wechselt langsam von Dunkelrot zu hellerem Rouge. Meine Gedanken überschlagen sich … Ich habe es keiner Sekretärin erzählt, eine Sekretärin hat es mir erzählt. Ich kann nicht glauben, dass Rikash mir so etwas antun würde. Es muss eine andere Erklärung dafür geben.

»Das habe ich nicht – ich wollte es nicht, es ist mir einfach herausgerutscht. Es war ein Versehen. Es tut mir leid.«

»Mitarbeitern von Edwards & White passieren keine Versehen, verstanden? Ich hatte sehr viel mehr von Ihnen erwartet, Catherine, und bin ehrlich gesagt sehr enttäuscht. Wir stellen hier höchste Anforderungen, und wenn Sie denen nicht entsprechen, müssen wir uns über Ihre Zukunft in der Kanzlei Gedanken machen, verstanden?«

Mir wird ganz anders, meine sechs Jahre bei der Firma ziehen an meinem inneren Auge vorbei. Schon wieder. Ich bin noch immer völlig am Ende wegen meines Streits mit Antoine und veranstalte mit Scott gerade eine Gratwanderung aufgrund meiner Shoppingtour untertags, doch das könnte jetzt der Tropfen sein, der das Fass zum Überlaufen bringt. Sind all diese zermürbenden Stunden Arbeit der vielen Jahre wegen eines Scheidungsgerüchts, das noch nicht einmal von mir stammt, vergeudet?

»Ja, Sir, habe ich.«

»Wie haben Sie herausgefunden, dass ich mich scheiden lasse?«

Nun ist seine Gesichtsfarbe wieder normal.

Ich habe plötzlich einen Kloß im Hals. »Ich kann mich nicht mehr daran erinnern.«

»Sie können sich nicht erinnern?«

»Nein.«

Er schüttelt den Kopf, seufzt laut und sieht Juanita an.
»Nun, wenn Ihr kleines Hirn sich irgendwann wieder daran erinnert, dann lassen Sie es mich verdammt noch mal wissen. Ich werde ein Exempel an der Plaudertasche statuieren und sie feuern.«
»Okay, das mache ich.«
Ich verlasse Harrys Büro und fühle mich wie eine Zehnjährige, die vom Rektor gemaßregelt wurde. Ob Rikash mich hintergangen hat? Habe ich ihm zu schnell vertraut? Sobald ich aus Harrys Büro komme, stürmt Scott hinein und knallt die Tür hinter sich zu. Was ist hier bloß los?
»Rikash, komm sofort in mein Büro!«
»Was gibt's? Du wirkst verstört.«
»Verstört ist gar kein Ausdruck, ich bin außer mir vor Wut. Harry Traum hat mich soeben zusammengestaucht, weil er denkt, dass ich dir und jedem in der Firma von seiner Scheidung erzählt habe. Wie konnte das passieren?«
»Keine Ahnung, ich war es nicht, das schwöre ich!«
»Wer hat es ihm dann gesagt? Mein Job steht deswegen auf der Kippe. Ich werde es nicht zulassen, dass ein lächerliches Gerücht meine Karriere ruiniert.«
»Schatz, du kannst mir in der Sache vertrauen. Ich halte dir jeden Augenblick im Büro den Rücken frei, ehrlich. Genau so wie du mir meinen freihältst.«
Als mein Ärger und das Gefühl der Blamage ein wenig verpufft sind, steigen Visionen von heimtückischen Sekretärinnen in mir auf, die sich träge auf dem Tisch im Besprechungssaal der Kanzlei räkeln, in römischen Togen und mit Mistgabeln bewehrt, sich an feinstem Kaviar und Champagner ergötzen und dabei teuflisch auf einen Kopf in einer Silberschüssel herablachen, die in der Mitte des Tisches steht. Mein Kopf.
»Natürlich. Tut mir leid, Rikash.«

21. Kapitel

Man sagt, junge Frauen beschäftigen sich zu sehr mit ihrem Äußeren. Mag sein, aber wenn ich überlege, wie viele Stunden ich in letzter Zeit im Büro verbracht habe, dann steht mir ein wenig Beschäftigung mit meinem Äußeren definitiv zu. Am Samstagnachmittag gehe ich in den Frisiersalon des teuren Kaufhaus Bergdorf, lasse mir die Haare machen und gönne mir Maniküre und Pediküre. Ich musste regelrecht Detektivarbeit leisten, bis Lisa mir ihre Schönheitsprofis in der Stadt verraten hat – die Mühe hat sich allerdings gelohnt.

Obwohl Pariserinnen für ihre Neigung zu aufwendigen Schönheitsritualen und Anwendungen bekannt sind – Michael Perry, eine meiner Lieblingsboutiquen in Paris, bietet das Lackieren von Nägeln passend zum Farbton der Schuhe an –, ist für Lisa wie für jeden New Yorker Schönheitspflege ein Geschäft: Nach jedem Termin berechnet sie genau die erzielte Rendite aus ihrer Investition. Sie gibt bestimmt mehrere hundert Dollar pro Woche für die Pflege ihrer Erscheinung aus. Mani- und Pediküre sind ein Muss – ihr Lieblingsnagellack ist *Your place or mine?* von Essie –, und ihr würde nicht im Traum einfallen, irgendwohin zu gehen, ohne sich vorher die Haare machen zu lassen. Regelmäßige Massagen, Peelings und andere Anwendungen helfen ihr, ihren Job zu bewältigen.

Ich habe keine Ahnung, wie sie das hinkriegt – sie hat genauso viel zu tun wie ich. Obwohl ich Gesichtsmasken, Wachs- und

Wellnessanwendungen liebe, habe ich kaum Zeit für das Nötigste.

Als ich nach Hause komme, lege mich auf die Couch, lese die *New York Times* und studiere die Hochzeitsanzeigen. Das mag ich besonders, es erinnert mich an die Seiten von deal.com, wo Firmen mit ihren jüngsten Käufen prahlen. Ich lese von den jungvermählten Mr. und Mrs. Ron Smithenhower und finde es herrlich übertrieben. Sollte es bei einer Heirat nicht um Liebe gehen statt um die Wertsteigerung der eigenen Person?

Ich blättere zum Wirtschaftsteil und entdecke einen kurzen Artikel über das Emissionsangebot von Browser. Die Presse stuft den Börsengang als wichtigsten des Jahres ein. Ich kann es kaum fassen, dass ich mit dem Mann essen gehe, der das alles eingefädelt hat, andererseits ist es ebenso phantastisch, dass ich die Anwältin bin, die die ganze Sache betreut. Genau für solche Fälle bin ich nach New York gekommen. Ich schlüpfe in mein neues Dior-Kleid und in ein Paar Schlangenledersandalen mit lackledernen Knöchelriemchen und sprühe mich ein wenig mit J'adore ein, dann eile ich auf die Straße. Punkt sieben fährt Jeffreys Taxi vor meinem Haus vor.

»Sind Sie bereit zum Abheben?«

»Bin ich!«

»Sie sehen phantastisch aus.« Er küsst mich auf die Wange.

»Danke.«

»In Frankreich küsst man sich auf beide Wangen, nicht wahr?« Er beugt sich zu meiner anderen Wange und berührt sie mit den Lippen. Wir sehen einander lange in die Augen, mir wird schwindlig.

Das Konzert beginnt, Dee Dee Bridgewater singt *Misty,* einen meiner Lieblingsjazzstandards. Ich ertappe mich dabei, dass ich darüber nachdenke, wie sehr der Songtext meine Gefühle für Jeffrey widerspiegelt, vor allem der Teil, in dem es darum geht, sich von ihm führen zu lassen. Aber möchte ich das wirklich?

Während der Pause holen wir uns ein Glas Champagner an der Bar.
»Wow!« Jeffrey sieht aus, als müsse er sich erst einmal sammeln.
»Ich weiß – das war einfach großartig! War der Auftritt von Diana Ross eigentlich eine Überraschung? Ich konnte es gar nicht glauben, als sie in ihrem glänzend weißen Kleid auf der Bühne erschien.« Mein Herz flattert vor Aufregung, wir stoßen an. »Danke für die Einladung.«
»Ich weiß, das mag vielleicht kitschig klingen, aber ich fühle mich in Ihrer Gegenwart so angenehm entspannt, Catherine. Sie haben eine äußerst beruhigende Wirkung auf mich.«
»Ich nehme das als Kompliment.«
»Das sollten Sie auch. Ich habe mich schon sehr lange nicht mehr so gefühlt.«
Ich versuche, professionell zu bleiben, stehe aber kurz davor, mich in die stürmischen Gewässer eines Verhältnisses mit einem Mandanten zu begeben. Das könnte ein großer Fehler sein, einer dieser Fehler, die man danach ziemlich lange bereut. Aber Jeffrey ist kein Mel. Trotzdem hole ich mein BlackBerry aus meiner Tasche, um zu signalisieren, dass das Treffen rein geschäftlicher Natur ist. Er schüttelt den Kopf, lacht, nimmt mir das Gerät aus der Hand und steckt es in seine Jackentasche. Er nimmt meinen Arm, zieht mich an sich, und wir küssen uns.
Ich lasse die Boje los und treibe auf das Meer hinaus.

22. Kapitel

»Guten Morgen, Schönster«, sage ich zu Rikash, als ich an seinem Büro vorbeigehe. »Tolles T-Shirt. Wie wär's mit einem Cappuccino? Geht heute auf mich.«

»Liebling, du strahlst ja so. Was hast du am Wochenende gemacht?«

Ich beantworte seine Frage mit einem verschmitzten Lächeln.

»Oh!«, platzt er mit untertassengroßen Telleraugen heraus. »Nein ... Jeffrey?«

Ich nicke und grinse.

»Du böses Mädchen.«

»Pssst, leise.«

»Ich will alles wissen!«, ruft er, folgt mir in mein Büro und schließt die Tür.

»Versprich mir, dass du niemandem davon erzählst. Nach dem, was mit Mel Johnson und Harry Traum passiert ist, wandere ich hier auf schmalem Grat.«

»Ich verspreche es, ich verspreche es.«

»Okay. Er hat mich zu einem herrlichen Jazzkonzert ausgeführt. Wir hatten eine tolle Zeit. Er hat mich geküsst. Es war wunderbar.«

»Verdammt. Wusste ich's doch, dass er ein guter Fang ist.«

»Hey, weißt du was? Wir verzichten heute auf Starbucks und bestellen bei Fred im Barneys einen Kaffee. Ich bin in Feierlaune.« Ich ziehe ein bisschen Geld aus meinem Portemonnaie.

»Das sollte reichen. Bestell dir einen Leckerbissen und auch irgendwas für Mimi.«
Er verlässt mein Büro, pfeift dabei *La Vie en Rose* und stolziert zehn Minuten später mit einem Tablett voll Kaffee und Gebäck wieder herein.
»Studien belegen, dass der Geruch von Zimtbrötchen die Penisdurchblutung steigert, ich hoffe, du hast nichts dagegen, dass ich ein paar davon mitgebracht habe.«
Er stellt mit einem breiten Lächeln meinen Kaffee ab.
»Du solltest öfter vögeln, Schätzchen. Das macht den Morgen für uns alle sehr viel angenehmer.«
»Rikash, das habe ich nicht.«
»Wirklich? Wenn das ein Vorvögelverhalten ist, kann ich es kaum erwarten, was wir bestellen werden, wenn ihr es getan habt.«
Maria und Roxanne beobachten von ihren Büros aus, wie Rikash, Mimi und ich uns über unser köstliches Frühstück hermachen.
»Mimi, findest du nicht, dass Catherine heute anders ist?«, fragt Rikash, den Mund voller Zimtzucker.
»Sie strahlt richtig.«
»Ich weiß, sie ist wollüstig«, sagte Rikash und wackelt mit den Hüften.
Ich werfe Rikash einen bösen Blick zu, um sicherzugehen, dass er die Grenzen wahrt.
»Mein Gott, wie gerne wäre ich noch einmal so jung wie Sie«, seufzt Mimi. »Für den Teint gibt es nichts Besseres als Wollust.«
»Manche Leute geben gerne an«, bemerkt Roxanne laut, so dass wir sie hören können.
»Was ist eigentlich mit der los? Ich habe noch nie jemanden gesehen, der so frustriert«, sage ich nach einem Schluck Kaffee.

»Das ist noch gar nichts, Schatz«, sagt Mimi und schüttelt ihre Goldarmreifen in der Luft, als sie von ihrem Cappuccino trinkt. »Du hättest mal andere Sekretärinnen erleben sollen, die wir in diesem Büro hatten. Die schienen direkt aus einem Hitchcock-Film zu kommen. Es war zum Fürchten.«

»Wirklich?«

»O ja. Bei einem Mädchen haben wir in ihrer Schreibtischschublade sogar ein Fleischermesser gefunden. Wir mussten die Polizei rufen und sie in Handschellen abführen lassen.«

»Nein!«, rufen Rikash und ich einstimmig.

Wir sitzen in meinem Büro, genießen Gebäck und Geschwätz, bis Scott durch die Tür kommt und die Party unterbricht.

»Mimi, bitte kümmern Sie sich um die Debitorenkonten und nicht um Kaffeeklatsch.« Eilig läuft sie hinter ihm her in den Empfangsbereich.

»Das war bestimmt Roxanne. Diese Petze. Sie erträgt es nicht, wenn irgendjemand im Büro sich amüsiert«, murmelt Rikash wütend darüber, dass Mimi für unser kleines Vergnügen büßen muss.

»Sie und Maria haben den ganzen Tag nichts anderes zu tun, als über alle im Büro zu lästern. Du solltest mal hören, wie sie in der Mittagspause im großen Konferenzsaal über Scott und Bonnie herziehen: echt fies. Für so was würde man sie definitiv feuern.«

»Wirklich?«

»Liebling, glaub mir. Ich höre sie, wenn ich in der Mittagspause die Telefonzentrale hüte.«

Als Rikash wieder zurück zu seinem Schreibtisch gegangen ist, ziehe ich aus meiner Schublade den besten Freund eines jeden Juristen: das gute alte Diktiergerät. Wenn man Schriftsätze aufnehmen kann, warum dann nicht auch fiese Sekretärinnen, die jedem gerne Ärger machen?

Gegen Mittag, bevor Maria und Roxanne mit ihren Pizzen von

Famiglia zum großen Konferenzsaal zurückkommen, plaziere ich heimlich mein Diktiergerät auf der anderen Seite des Konferenztischs unter einem Stapel Unterlagen und schalte es ein. Zufrieden gehe ich hinaus und hole mir ein Sandwich.
Ungefähr eine Stunde später kehre ich in den Konferenzsaal zurück, ziehe meinen treuen Freund unter dem Papierstapel hervor, gehe in mein Büro und stürze mich ins Vergnügen.
»O mein Gott, diese Pizza ist köstlich, die könnte ich jeden Tag verdrücken«, fängt Maria an.
»Das tust du doch«, antwortet Roxanne.
»Ja, du hast recht«, antwortet Maria mit vollem Mund. »Aber die ist nicht von Barneys«, sagt sie mit hochnäsigem Akzent. »Stell dir vor, sie hat Kaffee bei Barneys bestellt und uns nichts angeboten. Die kann uns nicht ausstehen«, fährt sie kauend fort.
»Das beruht auf Gegenseitigkeit«, antwortet Roxanne. »Ich kann sie auf den Tod nicht leiden. Die hält sich für 'ne Primadonna oder so was.«
Ich kichere in mich hinein. Das ist ja *très* interessant.
»Und Rikash kriecht ihr ständig in den Arsch. Er ist nett zu ihr, damit sie nicht mitbekommt, dass er den ganzen Tag schläft, weil er sich nachts in den Clubs herumtreibt«, antwortet Maria. »Außerdem bin ich heilfroh, dass Antoine endlich in Paris ist«, fährt sie zwischen einem und dem anderen Bissen fort. »Ich war kurz davor, ihm den Kopf abzureißen. Der dachte auch, er sei was Besseres. Zum Glück muss ich nie wieder in sein gruseliges Gesicht sehen.« Beide lachen laut.
»Soll ich dir das Neueste erzählen?«, fragt Maria. »Ich bin letzte Woche in Harry Traums Büro gegangen und habe auf seinem Schreibtisch Scheidungsunterlagen gefunden. Ich nehme mal an, dass seine Frau am Ende alles über seine ausgedehnten Mittagessen mit Bonnie herausgefunden hat«, sagt sie und bringt Roxanne auf den neuesten Stand in Sachen Gerüchteküche.

»Vielleicht macht er sich deshalb Gedanken, ob er die Kanzlei verlassen soll. Er fickt sie zwar gerne, findet es aber unerträglich, mit ihr zu arbeiten.« Dann ist Harry derjenige, der uns verlassen könnte! Diese Aufzeichnungen sind ja nützlicher, als ich erwartet hatte. »Das kann ich ihm noch nicht mal vorwerfen. Sie ist ein echtes Biest. Wie auch immer, du glaubst ja nicht, was ich gemacht habe. Ich habe ihm gesagt, dass Catherine Gerüchte über seine Scheidung in der Kanzlei gestreut hat! Mein Gott, du hättest sein Gesicht sehen sollen, er war stinksauer.«

»Das ist nicht dein Ernst!«, jault Roxanne.

»O doch, Süße, aber versprich mir, dass du es keiner Menschenseele sagst.«

»Keine Sorge. Das bleibt unser Geheimnis, ich möchte nicht, dass er sauer auf mich ist. Schließlich will ich weiterhin den Wagenservice in Anspruch nehmen dürfen. Ich habe ihn auch gestern Abend benutzt, um nach Queens zum Friseur zu kommen. Das ist viel bequemer als mit der U-Bahn«, gibt sie kichernd zu.

»Oder um im Outlet-Zentrum am Stadtrand shoppen zu gehen. Stell dir vor, wir sind nie erwischt worden, obwohl wir die Autos schon so oft benutzt haben«, erwidert Maria.

Bingo. Jetzt habe ich die beiden im Sack. Ich bin stolz auf meine ermittlerischen Fähigkeiten und schalte das Diktiergerät aus. Das nächste Mal, wenn eine der beiden über mich lästert, wird es heißen: Schachmatt, Ladys.

23. Kapitel

Eine gewisse Amy von Met Bank ist dran. Sie klingt sehr aufgelöst.«

»Danke, Rikash, stell sie durch.«

»Hi, Amy, tut mir leid, dass ich Bonnies Aktennotiz noch nicht geschickt habe, ich erledige das gleich.«

»Deswegen rufe ich nicht an.« Plötzlich bemerke ich die Panik in ihrer Stimme. »Wir sind soeben benachrichtigt worden, dass ein Untersuchungsverfahren gegen uns läuft. Bonnie hat gesagt, dass ich Sie anrufen soll. Soviel ich verstanden habe, haben Sie so einen Fall schon einmal für eine französische Bank abgewickelt, als Sie noch in Paris waren.«

»Äh, das stimmt.«

»Großartig. Wir haben gehofft, dass Sie die Beste für den Fall sind.«

»Was soll untersucht werden?«

»Einer unserer Makler hat seinem Manager Verluste von ein paar Millionen Dollar verschwiegen und Kunden betrogen.«

Oh, es ist also ein ernster Fall. Ich gehe im Kopf ähnliche Fälle durch, an denen ich in der Vergangenheit gearbeitet habe, und stelle die logischen Fragen. »Wie haben Sie das herausgefunden?«

»Nachdem der Kunde sich beschwert hat, ist der Makler mit der Wahrheit rausgerückt. Ich hoffe, wir sind nicht in größeren Schwierigkeiten« – ihre Stimme zittert –, »ich nehme an, uns könnte eine massive Geldstrafe drohen.«

»Nicht, wenn es angemessene Kontrollmechanismen gibt, mit denen ein solches Verhalten aufgedeckt werden kann.«
Sie schweigt. Oha.
»Sie haben doch Kontrollmechanismen, oder?« Das müssen sie.
»Schon … Ich weiß aber nicht, ob sie ausreichend sind. Das Finanzministerium hat uns letztes Jahr darauf hingewiesen, dass unsere Verfahrensweise mangelhaft ist.« Ich höre, wie sie immer schneller atmet. Und langsam verstehe ich auch, warum.
»Haben Sie Ihr Kontrollsystem auf den neuesten Stand gebracht?«, frage ich, ahne aber, dass ich die Antwort schon kenne.
»Nein. Wir sind unterbesetzt und hatten noch nicht die Zeit, uns daranzumachen.«
»Oh.« *Merde.* Ich versuche, ruhig zu bleiben. Ich will nicht unnötig für Wirbel sorgen, weiß aber, dass Amy und die Bank ein massives Problem haben.
»Wie hoch könnte die Höchststrafe sein, die uns erwartet? Ein paar tausend Dollar?«
»Das könnten auch Hunderttausende Dollar sein, aber so weit würde ich jetzt noch nicht gehen.«
»O mein Gott, ich werde meinen Job verlieren!«, ruft sie in Panik. »Ich leite doch die Rechts- und Complianceabteilung, könnte ich dafür ins Gefängnis gehen?«
Ich hole tief Luft.
»Das ist unwahrscheinlich, außer, Sie haben sich vorsätzlichen Betrug zuschulden kommen lassen. Doch die Skandale und das Klima der letzten Jahre haben die ordnungspolitische Landschaft verändert, deshalb verfolgen sowohl Aufsichtsbehörden als auch Staatsanwaltschaft äußerst penibel jede kleinste Rechtswidrigkeit. Die Antwort auf Ihre Frage lautet also: Ich fürchte, diese Möglichkeit könnte bestehen.«

Sie beginnt zu schluchzen. Das ist einer der seltenen Momente, in denen ich meinen Job hasse, weil ich der Überbringer schlechter Nachrichten bin. Tu, was du am besten kannst, Catherine, bleib ruhig und optimistisch.

»Hören Sie, Amy, bleiben Sie ganz ruhig. Es wird alles in Ordnung kommen. Tun Sie genau, was ich Ihnen sage, dann wird niemand ins Gefängnis wandern.«

»Okay.« Sie hört auf zu schluchzen.

Gute Arbeit, Catherine, führ sie durch den Schlamassel. Du hast das schon einmal getan.

»Könnten Sie mir das Schreiben zusenden, das Sie von den Behörden erhalten haben?«

»Natürlich.«

»Danach sollten Sie ein Schreiben an Ihren Kunden verfassen, in dem Sie mitteilen, dass Sie sich der Sache annehmen. Danach müssen Sie jede Hintergrundinformation einholen, inklusive E-Mails und Telefonaufzeichnungen. Dann sollten Sie entscheiden, ob Sie den Makler suspendieren, das würde ich an Ihrer Stelle tun. Bitte dokumentieren Sie jeden Schritt. Sie sollten der Aufsichtsbehörde Zusammenarbeit anbieten und auch dem Staatsanwalt diese Absicht erklären. Eine Zusammenarbeit wird Ihrer Sache sicherlich dienlich sein.«

»Gut, ich mache mich gleich an die Arbeit.«

»Schön. Lassen Sie uns später noch einmal telefonieren.«

»Danke, Catherine, ich wusste, dass es richtig war, Sie anzurufen.«

Als ich aufgelegt habe, schallt Bonnies Stimme durch die Sprechanlage.

»Hat Amy Sie angerufen?«

»Ja, gerade eben.«

»Was haben Sie Ihr gesagt?«

»Dass sie mit der Aufsichtsbehörde zusammenarbeiten und sich gleich darauf vorbereiten soll.«

»Das meine ich nicht. Sie fürchtet eine Gefängnisstrafe, oder? Hoffentlich haben Sie ihr gesagt, dass das nicht passieren kann.«
»Das konnte ich nicht sagen, es besteht immerhin eine gewisse Möglichkeit«, antworte ich besorgt. Sie wird doch nicht von mir verlangen, einen Mandanten zu belügen?
»Wovon zum Teufel reden Sie da? Der Mandant muss beruhigt werden«, schreit sie ins Telefon. »Amy muss sofort dagegen angehen, ich hätte sie nicht zu Ihnen schicken dürfen. Was für eine Anwältin sind Sie denn?«
»Ich bin eine ehrliche Anwältin. Ich lüge nicht gerne oder mache Menschen falsche Hoffnungen.«
»Man belügt einen Mandanten nicht, wenn man ihm verschweigt, dass er ins Gefängnis gehen könnte, weil es einen Präzedenzfall gibt, verstanden?« Ihre Stimme hat zu einem schrillen Sopran gewechselt. »Sie werden dafür bezahlt, Catherine, den Mandanten auf seine Rechte hinzuweisen, nicht dafür, unwahrscheinliche Szenarien heraufzubeschwören und sich wie Gevatter Tod zu verhalten.«
Verdammt! Vielleicht hat sie ja recht. Nach den bisherigen Präzedenzfällen ist eine Gefängnisstrafe für Amy sehr unwahrscheinlich. Bisher habe ich in meiner beruflichen Laufbahn aber immer nach dem Grundsatz gehandelt, meinen Mandanten gegenüber ehrlich zu sein und ihnen sowohl die besten als auch die schlechtesten Aussichten vor Augen zu führen. Jetzt frage ich mich jedoch, ob das immer richtig ist – vor allem hier in New York.
»Vielleicht wäre Amy in der Prozessabteilung besser aufgehoben?«
»Das kommt nicht in Frage. Wir übernehmen das, Amy ist meine Mandantin.«
Ich befinde mich wieder mitten in einer Schlacht zwischen Kriegsherren. *Fantastique.*

»Und Sie sollten diese negative Einstellung besser ablegen, sonst verfassen Sie in zehn Jahren noch Memos über Reinigungen.« Dann legt sie auf.
»Ich würde lieber Hemden bei Madame Paulette bügeln, als mit dir zu tun zu haben«, murmle ich ins Telefon.

* * *

»Wir gehen ins Waverly Inn was trinken, kommst du mit?« Ich fahre zusammen, als direkt nach meiner Auseinandersetzung mit Bonnie das Telefon klingelt, freue mich aber über Lisas Stimme.
»Wer ist wir?«
Ich weiß, dass sie damit das widerliche Frauentrio meint, frage sie aber trotzdem und nehme dann die Einladung an. Ich brauche einen Drink.
»Klingt großartig. Wir treffen uns dort.«
»Perfekt, also dann bis acht. Komm bloß nicht zu spät, wir wollen unseren Tisch nicht verlieren, es ist echt schwierig, eine Reservierung zu bekommen.«
Um Viertel vor sieben stehe ich im Gedränge an der Bar. Der kleine Raum mit gedämpftem Licht und niedrigen Decken ist voller schöner Frauen aus der Modebranche, Autoren in ihren obligatorischen Tweedjacketts und Freiberuflern im Anzug. Ich atme tief durch und spüre, wie meine Schultern sich entspannen.
Amanda winkt mir vom hinteren Ende der Bar zu und lächelt wie Julia Roberts.
»Catherine, wie geht es dir? Möchtest du ein Glas Veuve?« Schwups, und schon sind meine Schultern wieder total verkrampft.
»Nein danke.«
Ich bin nicht in der Stimmung für hirnloses Gequatsche, gehe

an ihr vorbei und setze mich neben Lisa, die mir ein Glas Rotwein bestellt.
»Was ist los? Du siehst schrecklich aus.«
»Bonnie.«
»Schon wieder? Was ist denn passiert?«
»Sie hat zu mir gesagt, ich sei eine schlechte Anwältin.«
»Was? Warum?«
»Weil ich einem Mandanten die Wahrheit gesagt habe. Ihrer Meinung nach war das ein mieser Rat.«
»Wie meinst du das?«
»Das ist eine lange Geschichte, aber eine Mandantin hat mich gefragt, ob sie ein Bußgeld zu erwarten habe oder sogar ins Gefängnis müsse. Ich halte das für höchst unwahrscheinlich, habe ihr aber gesagt, dass eine geringe Möglichkeit bestünde. Bonnie war stinksauer auf mich.«
Während ich ihr das erzähle, werde ich ganze deprimiert. Ich habe viele Stunden investiert, um mir den Respekt der Partner zu verschaffen, und was ist das Ergebnis? Dass man mir sagt, ich hätte keine Ahnung, wie ein Anwalt sich verhalten solle.
»Ich verstehe nicht, warum alle ihr beleidigendes Verhalten dulden.«
»Mach dir keine Gedanken, sie ist eben eine blöde Kuh. Komm doch für ein verlängertes Wochenende mit uns nach Irland und vergiss die Sache«, sagt Lisa und reicht mir ein Glas Beaujolais.
Irland? Mit den drei Weibern? Da würde ich lieber ein Wochenende in einem Camp für schwer erziehbare Jugendliche verbringen.
»Wir wohnen im Philip Treacy G Hotel, das ist phantastisch!«, schwärmt Beverly.
»Aber nicht so toll wie das frisch renovierte Hôtel du Petit Moulin, das Christian-Lacroix-Hotel in Paris, ein echtes Schmuckstück!«, wirft Amanda ein.

Ich sitze da und vernehme nur halb das oberflächliche Gelabere, als mein BlackBerry vibriert und mir eine E-Mail anzeigt. Ich habe Angst, dass es eine fiese Nachricht von Bonnie ist, und würde am liebsten das Handy ausschalten und mich besaufen, bis es dem hedonistischen Trio peinlich ist. Doch meine Professionalität gewinnt die Überhand, und ich werfe einen Blick auf das Handy.

Von: Amy Lee
An: Catherine Lambert
CC: Bonnie Clark; Scott Robertson
Re: Danke
Liebe Catherine,
ich wollte Sie nur kurz über das auf dem Laufenden halten, was ich nach unserem Gespräch getan habe. Ich bin Ihrem Rat gefolgt und habe die Aufsichtsbehörde kontaktiert, um meine Bereitwilligkeit zur Zusammenarbeit zu demonstrieren. Man hat aufgeschlossen auf unseren Ansatz reagiert und bestätigt, dass man es berücksichtigen werde, falls es zu Strafanträgen kommen sollte. Ich glaube, wir können eine Haftstrafe für mich ausschließen – was für unseren Makler vermutlich nicht zutreffen wird.
Ich danke Ihnen sehr herzlich, dass Sie heute so offen zu mir waren und mir nicht gesagt haben, was ich gerne hören wollte. Ich schätze Ihre Ehrlichkeit sehr. Sie sind eine hervorragende Anwältin, Catherine, und ich freue mich außerordentlich, dass wir in dieser Sache zusammenarbeiten.
Ich werde Sie morgen anrufen.
Freundliche Grüße
Amy

Ich könnte vor Freude platzen, dass Amy eine Kopie der E-Mail an Bonnie und Scott geschickt hat. Gerade als ich vor

Freude zu jubeln anfangen will, bekomme ich eine SMS von Jeffrey. Mein Herz flattert, ich bin überglücklich.

> Vermisse dich. Kann es kaum erwarten, dich zu sehen. Hast du morgen Mittag Zeit?

»Meine Damen, die nächste Runde geht auf mich.«

24. Kapitel

Du musst unbedingt mal eine Pause einlegen, du arbeitest viel zu viel«, sagt Jeffrey, der mir im Café des Artistes gegenübersitzt.

Ich sehe mich im Raum um, bewundere die Kunstwerke an den Wänden und komme mir vor wie in einem Woody-Allen-Film.

»Das weiß ich, aber ich arbeite an einem mühseligen Börsengang für einen höchst anspruchsvollen Mandanten«, necke ich ihn.

»Okay, okay, das ist also meine Schuld.«

Er sieht mich zögernd an und fährt dann fort: »Wenn ich schon derjenige bin, der dir so viel Arbeit verursacht, dann sollte ich auch derjenige sein, der dir eine Atempause verschafft.« Er wirft mir einen kecken Blick zu.

Ich spüre, wie meine Hände feucht werden, denn ich fürchte, er könnte mir etwas vorschlagen, wozu ich noch nicht bereit bin.

»Ich möchte dich gerne etwas fragen«, sagt er und blickt dabei in sein Glas Chardonnay.

»Sicher?«

»Ich hoffe, das kommt nicht zu früh, aber wie wäre es mit einem gemeinsamen Wochenende in Bridgehampton? Ein Freund von mir hat ein Haus dort und hat mich übers Wochenende eingeladen.«

Das Wochenende? *Oh, là, là* … Obwohl die körperliche Anziehung, die ich für Jeffrey empfinde, mich auf der Stelle die Einladung annehmen lassen würde, warnt mich mein professionelles Ich. Ein Wochenende mit ihm würde unweigerlich dazu führen, dass wir miteinander schlafen, und das könnte mich beruflich in Bedrängnis bringen. Wenn ich die Einladung annehme, gibt es kein Zurück mehr.

Er mustert meinen Gesichtsausdruck. »Du musst nicht gleich antworten.«

»Ich würde gerne mitkommen, aber ich muss auch an meinen Ruf in der Kanzlei denken. Ich weiß, dass das für dich nicht mehr als nur ein Job ist, aber ich arbeite seit sechs Jahren ziemlich hart für diese Kanzlei. Jetzt will ich Partner werden.«

»Ich verstehe.« Er fährt mir mit der Hand sanft über die Wange. »Du schaffst das schon.«

»Ich muss mir das überlegen.«

»Na schön, du hast Zeit bis zum Nachtisch.« Er greift nach meiner Hand. »Ich glaube, meine Freunde würden dir gefallen. Sie können es kaum erwarten, dich kennenzulernen.«

»Ja, schon … ich habe einfach nur sehr viel Arbeit im Büro.« Ich führe vorsorglich die Arbeit als Ausrede an, falls ich mich doch dazu entschließen sollte, abzulehnen.

»Ich bin ein Mandant, schon vergessen? Kommt der Mandant nicht immer an erster Stelle?«

»Ja, aber du bist nicht mein einziger. Das ist das Problem.«

»Weißt du denn nicht, dass jedes Problem auch eine Chance ist?« Er zwinkert mir zu.

* * *

Nach unserem Mittagessen schickt Jeffrey unaufhörlich Mails, dass ich ja sagen soll: *S'il vous plaît, Catherine! Dites oui!* Doch als gute Anwältin sitze ich in meinem Büro und wäge die Pro und Kontra des Wochenendes mit ihm ab.

Pro:
Salzige Atlantikluft ist viel reizvoller als das Belüftungssystem des Büros. Frischer Hummer schlägt kaltes Sitzungssaalessen. Baden in Salzwasser beugt Cellulitis vor. Gemeinsame Unternehmungen mit Jeffrey werden das Wochenende sicher unvergesslich machen (meine CD mit Nina Simones größten Hits liegt bereits im Koffer!). Ich werde die Nacht mit einem äußerst attraktiven Mann verbringen …
Kontra:
Der BlackBerry-Empfang könnte am Strand schlecht sein. Der Ausflug wird nur schwer geheim zu halten sein. Das gibt Stoff für unendlich viel Klatsch und Tratsch im Büro, falls ich von Kollegen gesichtet werde. Mögliche (wenn auch nur geringe) Verzögerung im Dior-Fall und anderen Angelegenheiten könnten sich ergeben.
Irgendwie scheinen die Pros die Kontras zu überwiegen, also nehme ich die Einladung an. Jetzt brauche ich Hilfe bei den wirklich wichtigen Dingen. Ich rufe Rikash in mein Büro.
»Jeffrey hat mich übers Wochenende in die Hamptons eingeladen.«
»Du Glückliche! Dann wird es sicher passieren!«
»Hör auf damit! Ich bin schon so nervös genug.«
»Ich bin mir sicher, dass er dir diese Nervosität nehmen wird.«
»Ich habe dich nicht gerufen, damit du mich ärgerst, ich brauche Beratung bei der Garderobe.«
»Nein, brauchst du nicht. Du hast mehr Stilbewusstsein als sonst jemand, den ich kenne.«
»Mit Schmeichelei kommst du wohl überallhin. Ich brauche Insiderwissen.«
»In diesem Fall bist du bei mir goldrichtig.«
»Sehr gut … ich möchte, dass die Sache gut wird. Ich freue mich wirklich auf ein ruhiges Wochenende weit weg von allem.«
Er wirft mir einen verdutzten Blick zu.

»Ruhig? Du brauchst tatsächlich Hilfe.«
»Warum?«
Er hebt seine perfekten Augenbrauen. »Die Hamptons haben eine Szene, dagegen ist Saint-Tropez ein verschlafenes Dorf, das weißt du schon, oder?«
Ich habe in ein paar Reisemagazinen darüber gelesen, habe aber keine Ahnung, was mich dort wirklich erwartet.
»Okay, was muss ich mitnehmen?«
»Alles, was Haut zeigt.«
»Aber ich bin gerade blass wie Marie-Antoinette, da wirkt nackte Haut gar nicht schön.«
»Liebling, mach dir keine Sorgen wegen des Teints, den kann man in Flaschen kaufen. Aber auf jeden Fall brauchst du ein paar Outfits, die Körper zeigen.« Er macht eine kurze Pause. »Und ein wenig Krafttraining.«
»Wie bitte?«
»Du solltest deinen Körper in Form bringen, wenn du nackt herumlaufen willst. Ein BlackBerry ist nicht unbedingt das beste Trainingsprogramm.«
»Aber ich habe doch nur noch drei Tage Zeit.«
»Mit genügend Ausdauertraining kannst du deinen Körper in 48 Stunden verändern. Glaube mir, ich mache das immer wieder. Du musst unbedingt meinen Personal Trainer kennenlernen. Er vollbringt wahre Wunder. Ich rufe ihn gleich an und frage, ob er dich sofort zu einer Notsitzung drannehmen kann.«
Er stolziert aus meinem Büro, hochzufrieden, weil er mich wieder einmal in Sachen Garderobe, Schönheitspflege und gesellschaftlichen Regeln aufklären konnte. Was würde ich nur ohne ihn tun?
Er meldet sich durch die Sprechanlage.
»Okay, um Punkt fünf hast du einen Termin. Er erwartet dich im Reebok Sports Club.«

»Rikash, ich habe keine Fitnessklamotten dabei und bin mit Arbeit eingedeckt. Ein Riesenberg Unterlagen, die ich für den Met-Fall durchgehen muss, liegt vor mir. Was, wenn Bonnie nach mir fragt?«

»Liebling, Bonnie lässt sich gerade Botox spritzen und shoppt danach bei Crème de la Mer, mach dir also keine Gedanken, ich habe alles im Griff.«

* * *

Sportlich, wie ich bin, tauche ich im Reebok Sports Club in der Upper West in zehn Zentimeter hohen Stilettos, einem hautengen Kleid und einer Perlenkette auf. Ich fühle mich wie im falschen Film: Die Mischung aus Schweiß, Gegrunze, Muskelspiel und Pheromonen in der Luft lässt mich schwindeln. Zwei Männer in hautengen Elasthanbodys gehen an mir vorbei und lassen ihre übergroßen Muskeln spielen. Einer von ihnen sieht mich lüstern an.

»Neues Mitglied?«

»Äh, ja, so ähnlich.«

»Wir sehen uns«, zwinkert er mir zu.

Was zum Teufel tue ich hier? Ich würde am liebsten zurück in mein Büro laufen und mich unter meinem Tisch verstecken. Vielleicht sollte ich das Work-out schwänzen und mir stattdessen einen Espresso und einen Croque Monsieur im Club genehmigen. Ich hole mein BlackBerry heraus und schaue auf das Display, als ein großer blonder Mann in einem engen schwarzen Yoga-Outfit in den Empfangsbereich kommt.

»Catherine?«

»Angel?«

»Schön, dich zu sehen, Schätzchen.« Er küsst mich zweimal. »Rikashs Freunde sind meine Freunde.«

»Hat er dir gesagt, dass ich keine Sportsachen dabeihabe?«

»Kein Problem, Süße, ich habe in der Damenumkleide welche für dich. Hier ist der Schlüssel. Wir treffen uns in fünf Minuten hier.«

Ich ziehe mir eilig Lycra und futuristische Turnschuhe an und renne zurück in den Wartebereich.

Er prüft meinen Körper ein paar Minuten lang. Ich fühle mich wie ein Kalb auf einem Rindermarkt.

»Okay, ich sehe deine Problemzonen.«

Problemzonen? Autsch, irgendwie spüre ich bereits den Schmerz, der gleich meinem Körper zugefügt wird. Die Sauna erscheint mir geradezu verlockend.

Angel sieht mich voller Mitleid an, kommt auf mich zu, greift nach meinem Arm und erstickt mich beinahe mit seinem Eau de Cologne.

»Komm, Schatz, wir haben keine Zeit zu verlieren. Du benötigst ein ernsthaftes Work-out.«

Wir betreten einen kleinen Raum mit einer Ausrüstung, die einem James-Bond-Film alle Ehre machen würde. Catherine Deneuve hat einmal gesagt, dass alternde Frauen entscheiden müssen, ob sie ihr Gesicht oder ihren Hintern straff halten wollen. Nach einem Blick auf das, was mich erwartet, würde ich mich auf der Stelle für das Gesicht entscheiden.

»Wir fangen mit ein wenig Pilates an.«

Er zeigt auf eine Vorrichtung, die aussieht, als stamme sie direkt aus einer chinesischen Folterkammer.

»Das ist ein Pilates-Reformer. Der kräftigt deine Kernmuskulatur und richtet sich an den ganzen Körper statt nur an einzelne Körperpartien.«

Ich nicke besorgt. Wenn ich mir das Gerät so ansehe, werde ich das Studio wohl in Einzelteilen verlassen. Ich klettere hinauf, und Angel lässt mich Ausdauerübungen machen, bis mein Gesicht rot anläuft. Nach 15 Minuten versuche ich, mich auf die Arbeit auszureden und abzuhauen.

»Angel, ich muss kurz in die Umkleide und meine Mails checken. Ich arbeite gerade an einer wichtigen Transaktion –«
Er schüttelt den Kopf.
»Während meiner Zeit machst du das ganz bestimmt nicht. Komm, Mädchen, noch 20! Wir müssen die Kalorien des französischen Essens verbrennen.«
Er stellt seine Stoppuhr an und verschränkt wie ein Feldwebel die Arme vor der Brust. Als ich fertig bin, kommt er auf mich zu.
»Bevor ich es vergesse, dürfte ich dich in einer privaten Angelegenheit um juristischen Rat bitten? Meine Versicherungsgesellschaft macht mir gerade das Leben zur Hölle.«
Anwälte werden immer um kostenlosen Rat gebeten, ich bin daher nicht überrascht. Angesichts der Tatsache, dass ich auf dem Kopf stehe und ihm völlig ausgeliefert bin, sage ich ja.
Nachdem wir die Folterkammer verlassen haben, muss ich 20 Minuten lang Seil springen. Ich will ihn darauf hinweisen, dass ich kurz vor einem Herzinfarkt stehe, doch ich habe nicht mehr genug Luft in der Lunge.
»Okay, jetzt die Übungen mit dem Medizinball.«
Er holt einen riesigen roten Ball und lässt mich in der Hocke, mit dem Ball weit über den Kopf gestreckt, durch den Raum watscheln.
»Das ist super für deinen Hintern, also mach das mindestens 15 Minuten lang.«
Ich hopse im Raum herum, sehe wie ein behinderter Pinguin aus und fühle mich lächerlich. Und dem nicht genug, beobachtet Muskelmann mich durch das Glasfenster, während mir der Schweiß über das Gesicht läuft und ich an die Arbeit denke, die im Büro auf mich wartet. Nach eineinhalb Stunden körperlicher Qual werfe ich das Handtuch.
»Angel, es war mir ein Vergnügen, aber ich muss jetzt los. Danke für alles. Ich fühle mich wie neugeboren.«

»Viel Glück in den Hamptons«, er klopft mir auf den Rücken. »Rikash hat mir von deinem Wochenende erzählt.«
»Danke.«
»Ich rufe dich nächste Woche wegen meiner Versicherungssache an.«
»Kein Problem.«
»Also, bis bald!«
Na klar, das ist ungefähr so wahrscheinlich wie die Möglichkeit, dass ich Rotwein aus einem Tetrapak trinke.

* * *

Im Büro starrt Rikash mich verblüfft an, als ich mit traumatisiertem Gesichtsausdruck an seinem Büro vorbeiwackle.
»Ich will nicht darüber reden.«
Er sieht mir an, dass ich es todernst meine. Er wendet sich wieder seinem Computer zu und tippt weiter.
Mein ganzer Körper tut weh. Ich kann mich kaum setzen und meine Arme zur Tastatur führen, also denke ich an mein bevorstehendes Wochenende mit Jeffrey, damit ich mich besser fühle. Ich mache mich trotz Schmerzen in meinen Oberschenkeln wieder an die Aktennotiz über amerikanisches Urheberrecht für Dior und schließe sie ab.

25. Kapitel

Lass uns in der Mittagspause shoppen gehen. Wir müssen etwas besorgen, das dein Dekolleté zur Geltung bringt.«

»Rikash, falls du es noch nicht bemerkt haben solltest, ich habe überhaupt kein Dekolleté. Und wann soll ich bitte schön Zeit zum Shoppen finden? Wirf einen Blick auf meinen Schreibtisch.«

»Stell dein Telefon auf Rufumleitung. Ich bin jahrelang auf das Hamptons Filmfestival gegangen. Glaube mir, Süße, du brauchst etwas, das richtig sexy ist.«

Rikash tut so, als finde in den Hamptons ein Treffen der Victoria's-Secret-Models statt, und das macht mich nur noch nervöser.

»Wie wär's um eins?«

Um Punkt eins steht Rikash in meiner Tür und gestikuliert theatralisch, während ich mit Amy ein Schreiben der Börsenaufsicht durchgehe. Ich nicke und signalisiere ihm, dass ich in fünf Minuten so weit bin.

Um zwei – ich bin immer noch am Telefon – zeigt er wieder auf seine Uhr, ich nicke, komme aber nicht weg.

Um drei geht er vorbei und winkt, aber ich muss ihn ignorieren – Scott und ich arbeiten am Entwurf der Browser-Broschüre.

Um vier versucht Rikash erneut, mich wegzulocken, indem er einen Notruf vortäuscht, doch Nathan sitzt bei mir und ignoriert das. Er zieht seinen Besuch dann sogar in die Länge, indem er mir Fragen stellt, wie der Börsengang von Browser läuft, wann ich das Eckbüro verlasse und wie es mit meinen anrechenbaren Stunden aussieht.

Es ist kurz vor fünf, und ich habe es immer noch nicht aus meinem Stuhl geschafft. Rikash schaut bei mir vorbei, bevor er geht.

»Was ist mit unserer Shoppingtour? Ich gehe jetzt.«

»Ich weiß, ich weiß, es tut mir leid. Ich musste ein paar Feuer löschen und werde vermutlich bis Mitternacht hierbleiben. Können wir morgen gehen?« Ich folge ihm mit Blicken zum Aufzug.

»Klar, aber länger kannst du das nicht aufschieben. Morgen fährst du«, sagt er und schüttelt sichtlich besorgt über mein keusches Outfit den Kopf. »Du musst an diesem Wochenende die Brigitte Bardot in dir herausholen. Es wird Zeit, dass du sexy wirst.«

* * *

Der Freitagmorgen stellt sich als noch chaotischer heraus als erwartet. Ich werde von Bankern und Anwälten, die am Börsengang von Browser arbeiten, mit Fragen bombardiert und habe eine knappe Frist für die Abgabe meiner Aktennotiz über amerikanisches Urheberrecht, die ich an Pierre Le Furet bei Dior schicken muss. Um halb zwölf blicke ich von einer Konferenzschaltung auf. Rikash hat sich neben mir aufgepflanzt und hält meine Handtasche.

»Wir gehen jetzt. Ich werde dein Büro nicht eher verlassen, bis du mitkommst«, flüstert er. »Ich tue das zu deinem Besten. Komm.«

Ich gestikuliere und bedeute ihm zu warten. Sobald ich den Anruf beendet habe, schicke ich die Aktennotiz an Diors Zentrale in Paris, wir eilen durch die Tür und gehen für eine kurze

Shoppingtour zu Barneys. Rikash strahlt, als wir uns durch die Drehtüren schieben und ich krampfhaft versuche, die Schmerzen in meinen Muskeln zu ignorieren.

»Das wird meine Lebensgeister wecken. Ich ertrage die negative Stimmung im Büro nicht.«

»Findest du die Stimmung schlimmer als sonst?«

»Schlimmer? Sie ist total im Keller. Der ganze politische Mist und der Anstieg der erforderlichen Stunden schlägt jedem aufs Gemüt.«

»Vermutlich hast du recht.«

»Ich habe gehört, dass selbst der Partner, der die Urheberrechtsabteilung leitet, gehen könnte. Und er ist länger in der Kanzlei als ein paar von den Alteingesessenen aus dem Empfangsbereich.«

»Echt? Woher weißt du das?«

»Jeder redet darüber. Wenn er geht, nimmt er bestimmt ein paar wichtige Mandanten mit. Ich hoffe nur, dass sich das nicht auf unsere Jobs auswirkt.«

»Das bezweifle ich. Hast du gesehen, wie viel Arbeit ich auf dem Tisch habe?«

»Natürlich, ich bin doch derjenige, der deine Post öffnet, schon vergessen? Ich denke, wir sollten alles tun, um den Schein zu wahren, und uns bedeckt halten, bis der Sturm vorüber ist.«

»Trägst du deshalb am Freitag eine Krawatte?«

»Ich tue, was ich kann, um mich an die Regeln zu halten. Außerdem weißt du, dass ich diese lässigen Freitage nicht ausstehen kann. Hast du gesehen, wie die meisten Leute sich anziehen? Furchtbar.« Er winkt ab. »Ich denke, ich werde lässigen Freitagssex vorschlagen bei unserer nächsten Personalversammlung. Das würde Wunder wirken auf die Bürostimmung.«

»Tolle Idee. Bonnie würde bestimmt spontan dafür stimmen.«

Wir gehen zu Barneys Co-Op-Etage, wo man die trendigsten Sachen findet. Rikash fischt sofort ein grelles, pinkfarbenes,

völlig durchsichtiges Top mit kleinen, paillettenbesetzten Schmetterlingen heraus, die nur die Brustwarzen bedecken.
»Das ist heiß.«
»Du machst wohl Witze? Ich kann doch nicht etwas tragen, das komplett durchsichtig ist.«
»Komm schon, du siehst bestimmt toll darin aus.« Er bleibt stehen und greift nach einer hautengen weißen Jeans mit paillettenbesetzten Taschen. »Das passt dazu!«, ruft er.
Ich eile mit einem Outfit, das dem Film *Boogie Nights* alle Ehre machen würde, zur nächsten Umkleidekabine und jammere die ganze Zeit.
»Ich kann nicht glauben, dass ich das anziehen soll. Das bin ich nicht, und du weißt das. Ich könnte nie mit solchen Klamotten aus dem Haus gehen.« Ich komme aus der Umkleidekabine, halte mir die Arme vor die Brust. Aber ich muss einen näheren Blick auf mein abscheuliches Outfit werfen und stelle mich trotz der Schmerzen von den Kniebeugen gerade vor den Spiegel.
»Sieht das nicht großartig aus?«, fragt Rikash zwei Frauen, die in der Nähe des Eingangs zu den Umkleidekabinen stehen.
»Einfach umwerfend«, seufzt eine Frau wehmütig. »Ich wünschte, ich könnte so etwas auch noch tragen. Meine beste Freundin hatte zu Zeiten des Nachtclubs *studio 54* so eines.«
Das macht mich nur noch nervöser. Mein Assistent will mich von Kopf bis Fuß in Discoklamotten in ein romantisches Wochenende gekleidet schicken.
»Ich nehme die weißen Jeans«, sage ich und lasse mich damit zu einem der beiden Kleidungsstücke breitschlagen, um einem Wutanfall vorzubeugen, »aber ich möchte gerne ein anderes Top, das ist mir zu durchsichtig. Überlass den Brustwarzenskandal der indischen Modewoche.«
»Du bist so zimperlich! Warum kaufst du dir keinen Poncho für den Strand? Das wäre so richtig sexy.« Frustriert nimmt er das Sahnestückchen von Top und hängt es zurück.

»Das passt schon eher zu mir.« Ich ziehe ein rückenfreies pinkfarbenes Neckholdertop, Chiffon mit zarten weißen Blumen, heraus.
»Du brauchst passende Schuhe dazu.«
»Ich brauche neue Schuhe, wie Paris mehr Verkehr braucht. Ich habe Sandalen, die ich mir an der Côte d'Azur gekauft habe, die toll dazu aussehen würden.«
»Perfekt!«, ruft er.
»Ich kann immer noch nicht glauben, dass ich mit Jeffrey wegfahre. Ich muss mich kneifen!«
»Dafür sorge ich«, sagt er und kneift mich in den rechten Arm. »Oh, da sind ja ein paar Muskeln. Angel hat dich richtig rangenommen.«
»Rangenommen? Er hätte mich beinahe umgebracht!«
Er runzelt die Stirn, und wir eilen zum Aufzug.
»Warte! Was ist mit einem Badeanzug?«, fragt er. »Hast du irgendwas Auffälliges?«
»Ich habe mir letztes Jahr einen Bikini gekauft.«
Er starrt mich verwirrt an.
»Du brauchst einen, der supersexy ist, um Eindruck am Strand zu machen. Komm schon, beeil dich.« Er läuft so schnell, dass ich kaum nachkomme. Wenn man sich so umsieht, ist klar, dass die Glamourgirls in New York, die viel Geld zu investieren und nur wenig zu verstecken haben, hierherkommen, um ihre aktuellen Bikinis zu kaufen. Rikash rasselt alle trendigen Bademodendesigner herunter und gibt mir fünf verschiedene Badeanzüge, die für eine brasilianischen Badenixe geschneidert wurden. Zu seinem Ärger fische ich einen klassischen schwarzen Bikini heraus, der meine sogenannten Problemzonen verdeckt, und sause zur Umkleidekabine. Ich werfe im Spiegel einen Blick auf meinen nackten Körper, was mich daran erinnert, dass Jeffrey mich so sehen wird, wie Gott mich erschaffen hat. Unsicher wegen meiner fehlenden Bräune und immer noch ein wenig im

Zwiespalt wegen meines Entschlusses, das Wochenende mit einem Mandanten zu verbringen, stürme ich aus der Umkleide.
Rikash beugt sich über die Theke, während ich mein Portemonnaie herausziehe. »Dir wird nicht gefallen, was ich dir gleich sagen werde, Süße, aber hast du dich ein wenig über Jeffrey schlaugemacht?«
»Wie meinst du das?«
»Über seine Vergangenheit. Ich möchte nur sichergehen, dass er nicht einer der Aufreißer ist, die sonst auf den Hamptons rumlaufen. Die gibt es dort wie Sand am Meer.«
Das trifft mich völlig unvorbereitet, mein Rücken versteift sich. Warum sagt Rikash ein paar Stunden vor meiner Abfahrt so etwas? Weiß er etwas, das ich nicht weiß?
»Rikash, das ist nicht der richtige Zeitpunkt, Zweifel zu säen, ich bin schon nervös genug wegen dieses Wochenendes. Verschweigst du mir etwas?«
»Ich möchte nur nicht, dass du verletzt wirst.«
Meine Schultern entspannen sich wieder. »Danke, dass du dir um mich Sorgen machst.« Ich klopfe ihm auf die Schulter. »Zeit, ins Büro zurückzugehen, bevor Roxanne mich schon wieder beim Shoppen erwischt.«
»Mach keine Witze. Miss Spaßbremse würde dich zu gerne mit diesen Tüten ertappen, nicht wahr?«
»Bestimmt. Sie soll uns nicht unseren herrlichen Tag ruinieren.« Ich wechsle das Thema. »Ich hoffe, du nimmst mir meine Bikini-Wahl nicht übel.«
»Diana Vreeland hat einmal gesagt, dass man nicht fürchten sollte, vulgär zu sein, wohl aber, langweilig zu wirken.« Er drückt liebevoll meine Schulter.
»Findest du mich etwa langweilig?«
»Natürlich nicht, Liebling. Wenn du das wärst, würde ich mich niemals in der Öffentlichkeit mit dir zeigen.«

26. Kapitel

Wer glaubt, es sei Entspannung pur, fürs Wochenende in die Hamptons zu fahren, ist auf dem Holzweg. Die Autos auf dem Highway 27 schleichen im Schneckentempo voran, und man fragt sich, ob man überhaupt irgendwann ankommen wird. Ich schaue aus dem Fenster, wir sind von großen, luxuriösen Geländewagen und Cabrios umgeben, die Stoßstange an Stoßstange in der Schlange dahinkriechen. Zum Glück vergeht die Zeit wie im Flug. Jeffrey hält während der Fahrt meine Hand, erzählt mir von seiner Zeit in Kalifornien und macht Witze über die Franzosen.

»Hier ist der Verkehr ja schlimmer als in Paris. Aber wenigstens gibt es hier keine Pariser!«

»Ha! Wären eure Autos nicht so riesig, dass sie den halben Highway beanspruchen, wären wir schon längst da.«

»Vielleicht kriegen wir nach dem Börsengang ja einen Privatjet.«

»Nicht so voreilig, Monsieur, so weit sind wir noch nicht.« Da fällt mir ein, dass ich einen Blick auf mein BlackBerry werfen sollte. Ich hole es aus meiner Handtasche und prüfe schnell die etwa 50 Nachrichten, die sich in meinem Posteingang gesammelt haben. Eine ist von Pierre von Dior, der sich für meine Aktennotiz bedankt, die ich zum Urheberrecht verfasst habe, und das zaubert ein großes Lächeln auf mein Gesicht. Die nächste ist von Bonnie, die mich darauf hinweist, dass ich

meine Zeit nicht mit lächerlichen Urheberrechtsfragen für französische Kunden verplempern soll. Das ist ein Wermutstropfen.
Ich will mein BlackBerry ausmachen und weiteren Stimmungskillern vorbeugen, als Jeffrey einwirft: »Ich weiß, wir wollten nicht über den Job reden, aber da du gerade deine Inbox checkst, wie läuft es denn mit unserer Broschüre?«
»Ich habe gestern mit der Aufsichtsbehörde gesprochen, der Genehmigungsprozess kommt gut voran.«
»Danke für die Überstunden, das weiß ich wirklich zu schätzen. Wenn du mit deiner hervorragenden Arbeit so weitermachst, werden wir bald großen Zeiten entgegensehen.«
Die verbleibende Fahrt spielt er mit meinem Haar, küsst meine Hand, und schon bald vergesse ich das Büro. Das ist pure Glückseligkeit.

* * *

Wir erreichen Bridgehampton gegen zehn Uhr und fahren eine lange, schmale Einfahrt zu einem großen, schiefergedeckten Landhaus hinauf. Die Garage ist für fünf Autos ausgelegt, auf dem Parkplatz stehen die aktuellen Porsche-Modelle. Aus dem Garten dringt laute Tanzmusik.
»Hey, Jeff!«
Ein großer, gutgebauter Mann mit triefender Badehose begrüßt uns. »Hallo, Catherine. Ich bin Charlie. Fühl dich wie zu Hause. Ich habe Champagner kalt gestellt, hinter dem Haus gibt es einen Whirlpool. Ihr könnt das große Zimmer oben nehmen.«
Wir gehen hinauf und stellen unsere Koffer ab. Das ist kein Zimmer – wir haben einen ganzen Flügel für uns alleine. Ich bestaune ehrfürchtig den zur Schau gestellten Luxus und die Weitläufigkeit der Räume. Hier kann man nicht nur seine 50

besten Freunde einladen, sondern gleich einen ganzen Ball veranstalten.
Jeffrey küsst mich auf die Stirn und zieht seine Badehose aus dem Koffer.
»Komm, Schöne, zieh deinen Badeanzug an, auf geht's in den Whirlpool«, sagt er begeistert.
Ich greife in meinen Koffer, suche nach meinem Badeanzug und finde eine Ausgabe des *Kamasutra.* Ich öffne es, und ein Zettel von Rikash fällt heraus:

Hier ein paar indische Zutaten für dein Wochenende. Setze sie gut ein. Und denkt dran, Lingam ist in Sanskrit die Bezeichnung für das männliche Organ und bedeutet Lichtstab. Mehr muss ich wohl nicht dazu sagen …
Ich drücke dich.
Rikash.

Kichernd komme ich ein paar Minuten später in meinem neuen Badeanzug aus der Toilette. Hand in Hand schlendern Jeffrey und ich in den Garten, wo sich die Gäste im Pool und im Whirlpool tummeln.
»Holt euch Champagner«, ruft ein Mann aus dem Whirlpool, dessen Bräune George Hamilton vor Neid hätte erblassen lassen. »Charlie hat ein paar Flaschen Dom Pérignon besorgt.«
»Ihr müsst reinkommen, das Wasser ist einfach herrlich«, ruft eine Blondine mit riesigen Brüsten und wenig Stoff am Leib. »Ich bin Rebecca, freut mich.«
»Catherine, sehr erfreut.«
»Catherine, wie hast du unseren Jeffrey kennengelernt?«
»Äh, über einen Kollegen – ich bin Anwältin«, stottere ich und vermeide es preiszugeben, dass er ein Mandant ist.
»Wie süß.«
»Und, Rebecca, was machst du?«, frage ich.

»Ich arbeite in der Beautybranche und habe Downtown ein Wellnesscenter.«
»Kommt ihr morgen Nachmittag mit uns zum Polomatch?«, fragt George Hamilton und entzündet eine Zigarillo.
»Das kling großartig, oder, Catherine?«
Ich nicke.
»Gerne«, antwortet Jeffrey begeistert.
Nach einer halben Stunde Sprudelbad und Sprudelgetränk beginne ich mich zu entspannen, auch wenn meine Haut schrumpelig wie eine Pflaume wird. Wir gehen nach oben, und bevor wir das Zimmer betreten, greift Jeffrey nach meinem Arm und küsst mich.
»Ich bin so froh, dass du mitkommen konntest. Das Wochenende mit dir wird unvergesslich. Öffne die Tür …«
Ich sehe ihn zögernd an und drehe den Türknopf. Sträuße aus weißen Lilien und Pfingstrosen bedecken die Kommode und die Nachtkästchen. Mein Herz bleibt fast stehen, und meine Knie werden weich.
Jeffrey zieht mich zu sich und küsst sanft meinen Nacken. Seine Küsse wandern meine Schultern auf und ab, mit den Händen fährt er an meinen Hüften herab. Er hebt mich auf, trägt mich durchs Zimmer, und wir fallen aufs Bett. Meeresduft weht durch das Zimmer, ich verliere jegliche Selbstkontrolle. Wir küssen uns leidenschaftlich, es kommt mir wie Stunden vor, dann streichelt er meine Schenkel und flüstert: »Wie sehr ich dich begehre.«
Vor meinem geistigen Auge taucht ein Warnschild auf, auf dem steht, dass ich soeben mit einem Mandanten der Kanzlei die Grenze überschreite, aber es verschwindet genauso schnell wie das Höschen meines Bikinis.

* * *

Es heißt, man sei verliebt, wenn man nicht schlafen könne, weil die Realität schöner als jeder Traum sei. Das muss stimmen, denn ich habe kein Auge zugetan. Völlig erschöpft und gleichzeitig beschwingt, kann ich mein Glück kaum fassen, während ich auf das Meer hinaussehe.
Ein lächelndes Gesicht und eine Wuschelmähne blicken mich am nächsten Morgen an.
»Ich habe eine Kleinigkeit für dich.« Er überreicht mir eine winzige Schachtel mit der Aufschrift *Chaumet, Paris.*
»Jeffrey, was soll das?«
»Komm schon, mach es auf!«, sagt er und küsst mich auf die Stirn.
Ich öffne die Schachtel und fühle mich plötzlich ganz benommen. In einer samtenen Hülle liegt eine elegante Kette mit einem Anhänger in Form eines Herzens aus Weißgold.
»Der ist wunderschön, aber das ist doch viel zu viel!« Obwohl ich protestiere, nimmt er mir die Kette aus der Hand, legt sie mir um den Hals und macht den Verschluss zu.
»Genau wie du.«
Ich greife nach seinem gebräunten Unterarm und ziehe ihn aufs Bett zurück. Er fällt auf mich, ich fahre mit meiner Hand seinen Rücken hinauf und ziehe ihm mit der anderen das T-Shirt über den Kopf. Als wir uns einer weiteren leidenschaftlichen Runde hingeben, blicke ich ihm in die Augen und habe das Gefühl, unter Strom zu stehen.

* * *

Später liege ich auf dem Bauch, Jeffrey küsst mich zärtlich und spielt mit meinem Haar.
»Komm, wir gehen im Ort frühstücken, schauen uns die Geschäfte an und relaxen vor dem Polomatch noch ein wenig am Strand. Wie klingt das?«

»Klingt großartig.«
Nach einer Dusche gehe ich hinunter und meine, mich in *Der große Gatsby* wiederzufinden. Gebräunte Frauen tollen in Bikinis herum und schlürfen Margaritas, Männer in blendend weißer Tenniskluft eilen zu einem Match. Ich werfe einen kurzen Blick auf mein BlackBerry, um mich zu vergewissern, dass ich vor dem Frühstück nirgendwo Feuerwehr spielen muss: Zum Glück scheint nichts Dringendes anzuliegen. Ich habe eine E-Mail von Lisa, in der sie mich fragt, ob ich mich später mir ihr und Charles in der Surf Lodge in Montauk auf einen Drink treffe. Ich antworte, dass mein Terminkalender leider schon voller ist als an einem normalen Arbeitstag.
»Wir werden im Ort frühstücken«, kündigt Rebecca an und zupft ihr rückenfreies und beinahe brustfreies Neckholdertop hoch.
Ja, ich sehe schon, dass du dich für die Stadt feinmachst.
»Okay, wir treffen uns dort.«
»Ich sterbe vor Hunger. Lass uns fahren«, kündigt Jeffrey an.
Auf der Strecke nach Southampton sitze ich in seinem Cabrio, und der Sommerwind streicht durch mein Haar. Ich atme die frische Luft ein und schwelge in dem wunderbaren Gefühl, mich am Meer zu befinden. Ein Seidenschal flattert um den Hals, und ich komme mir vor wie eins dieser glücklichen Models aus den J.-Crew-Katalogen.
»Woran denkst du gerade, Süße?«
»Hmmm?«
»Du scheinst ganz in Gedanken versunken.«
»Ich genieße die Landschaft. Ich bin schon eine ganze Weile nicht mehr aus dem Büro gekommen. Und das ist alles deine Schuld«, necke ich ihn.
»Ja, ist es«, sagt er und küsst meine Hand.
Sein Handy klingelt, und sein Gesichtsausdruck wird ernst, als er auf das Display sieht.

»Ja?«, faucht er.
»Was soll das heißen, die Zahlen stimmen nicht?«, schreit er.
»Ich habe dir gesagt, wie viele Anteile noch nicht zugeordnet sind. Kannst du nicht richtig zählen?« Er bleibt mit quietschenden Reifen an einem Obststand stehen, knallt die Tür zu und brüllt am Straßenrand weiter in sein Telefon. Genervte Kunden starren ihn kopfschüttelnd an.
Diese neue Seite an ihm überrascht mich. Ist das vielleicht sein wahres Gesicht? Hat er mir nur etwas vorgemacht? Bisher hat er so überaus beherrscht und gefasst gewirkt. Nach einer Viertelstunde Hin- und Hergerenne kommt er zum Wagen zurück. Sein Gesicht ist feuerrot, er wirkt verstört.
»Nicht zu fassen, diese gottverdammten Banker sind total unfähig. Wir zahlen ihnen horrende Summen, aber bei diesem beschissenen Geschäft muss ich mich um alles kümmern!«
»Kann ich dir irgendwie behilflich sein?«
»Nein, es geht um die Buchhaltung.«
»Okay, sag Bescheid, falls ich etwas tun kann.«
»Ich fürchte, wir müssen gleich morgen früh so schnell wie möglich nach New York zurück. Tut mir leid, Catherine.«
»Mach dir keine Sorgen. Ich bin an der Abwicklung auch beteiligt, schon vergessen?«
Er sieht einen Moment aus seinem Fenster, seufzt und antwortet dann: »Hör zu, es tut mir wirklich leid, dass ich so die Beherrschung verloren habe, ich bin in letzter Zeit ein wenig angespannt.«
»Ich verstehe, du hast viel Stress. Aber du solltest nicht das Gefühl haben, dass du die ganz Last alleine tragen musst.«
Er sieht mich zärtlich an. »Danke, du bist die Beste.«
Wir parken vor dem Sant Ambroeus auf der Hauptstraße in Southampton.
»Hier gibt es den besten Espresso weit und breit, nur für Sie, *Madame.*«

»Wunderbar!«
Während wir darauf warten, dass man uns einen Platz zuteilt und Jeffrey sich in gebrochenem Italienisch mit dem Maître unterhält, höre ich hinter mir eine vertraute Stimme. Ich drehe mich um, und Leanne steht vor mir, eine von Lisas drei Musketieren.
»Hi, Catherine, du hast es also doch hierhergeschafft.«
»Ja, sieht so aus. Leanne, darf ich vorstellen, das ist Jeffrey.«
Sie starrt auf unsere ineinander verflochtenen Finger, und ich erkenne denselben neidischen Blick, den sie mir zugeworfen hat, als der Kellner mir im Daniel's die Schokolade brachte. Sie würde ganz offensichtlich nur zu gerne in meiner Haut stecken. Ich kann es ihr nicht verübeln.
»Freut mich, Sie kennenzulernen.« Sie sieht Jeffrey fasziniert an. »Ich glaube, ich habe Sie hier schon einmal gesehen.«
»Hi, Leanne, freut mich. Bin ich nicht ein Glückspilz?«
Der Maître bittet uns, ihm in den hinteren Teil des Raums zu folgen. Ich winke Leanne zum Abschied zu. Jeffrey und ich haben einen kleinen Tisch für uns allein. Er spielt mit meinen Fingern und sieht mir in die Augen, und ich bin froh, seine Einladung angenommen zu haben.

* * *

Nach einem köstlichen Brunch und einem Schaufensterbummel fahren wir zu Charlies Haus zurück und ziehen uns für das Polomatch um. Da ich bei meiner Shoppingtour mit Rikash nichts Rennbahntaugliches erworben habe, werfe ich mich in mein neues Outfit und peppe es mit einem weißen Glockenhut auf, den ich in einem Vintageladen in Saint Germain gekauft habe.
Im Poloclub erwarten uns eine Flut von Champagner und Kaviar sowie Austernstände unter einem großen weißen Zelt.

Eine glamouröse Fashionshow ist im Gange. Models und Pferde wetteifern um die Aufmerksamkeit der Besucher. Im Zelt ist die Schickeria von Manhattan versammelt.
Wir bummeln über das Feld, und ich bemerke Amanda, eine der Herrinnen des Universums, also gehe ich auf sie zu und begrüße sie.
»Jeffrey! Wie schön, dich zu sehen«, ruft sie.
»Hi, Amanda, ich möchte dich mit Catherine bekannt machen.«
»Wir kennen uns bereits. Hi, Catherine. Hübscher Hut, er ist so … anders.«
»Ihr kennt euch?«, fragt Jeffrey verblüfft. »Wie klein die Welt doch ist. Amanda war bei einer unserer ersten Finanzierungsrunden dabei.«
»Ach ja?«, antworte ich wenig begeistert. Ich habe ihr neulich selbst eine Runde finanziert und ihr Abendessen bei Daniel's bezahlt. »Ist ja toll.«
»Seid ihr beide zusammen hier?«
»Ja«, verkündet er stolz und haucht mir einen Kuss auf die Wange.
»Oh«, sie wirkt etwas schockiert. »Ich habe gehört, dass ihr an die Börse geht. Glückwunsch«, sagt sie und wirft ihm einen lockenden Blick zu.
»Ja, es ist fast so weit. Catherine bemüht sich sehr darum, dass wir den Börsengang zeitgerecht hinkriegen.«
Okay, nun ist es offiziell, dass ich mich mit einem Mandanten treffe. Komm schon, Catherine, finde dich damit ab!
»Wie schön«, wirft sie herablassend hin.
»Wir sind beide ein wenig abgespannt und können es kaum erwarten, die Sache endgültig über die Bühne zu bringen.«
»Mein Gott, ich weiß, was du meinst.« Sie legt ihre Hand auf seine Schulter. »Ich habe selbst zurzeit irre viel um die Ohren, du hast ja keine Ahnung. Bevor ich es vergesse, ich habe letzte Woche Tina im Fitnesscenter getroffen. Sie sieht toll aus.«

»Wer ist denn Tina?«, frage ich.

»Oh«, sagt Amanda und kann die Schadenfreude in ihrer Stimme kaum verbergen. »Jeffreys Ex-Frau.«

Eine Ex-Frau? Plötzlich verspüre ich einen stechenden Schmerz in der Magengrube, versuche aber die Fassung zu wahren. Wie konnte er mir verschweigen, dass er verheiratet war? Was verschweigt er mir noch?

Jeffrey sieht mich beunruhigt und erkennt an meiner Reaktion, dass ich nicht begeistert von dieser Enthüllung bin. Nachdem wir uns verabschiedet haben, zieht er mich fort. Sobald wir im Auto sitzen, lege ich los.

»Warum hast du mir nicht gesagt, dass du verheiratet warst?«

»Catherine, es tut mir leid. Ich wollte noch warten, bevor ich es dir sage. Ich hatte Angst, du würdest sonst nicht mit mir ausgehen wollen.«

»Das ist eine ziemlich wichtige Information. Da muss ich mich fragen, ob du mir nicht auch noch andere Dinge verschweigst.«

»Nein, nichts, das schwöre ich. Wir haben uns vor zwei Jahren scheiden lassen. Wir sind nur noch Freunde.«

»Da bin ich mir nicht so sicher, Jeffrey.« Ich wende mein Gesicht ab und sehe auf das Polofeld hinaus. »Vielleicht sollte ich heute lieber im Hotel übernachten.«

Er greift nach meiner Hand und küsst sie. »Komm schon, Catherine, hab dich nicht so. Es tut mir leid, dass ich es dir verschwiegen habe.«

Ich drehe mich zu ihm um und sehe ihm tief in die Augen, um herauszufinden, ob er es ernst meint.

»Liebste, ich möchte nicht, dass du im Hotel übernachtest. Ich wünsche mir, dass du bei mir bleibst.«

Er bettelt noch eine Weile und küsst mich sanft auf die Wange, dann lenke ich ein.

»Na gut, aber ab jetzt keine Überraschungen mehr.«

»Das verspreche ich.«
Wir fahren mit Jeffreys Cabriolet durch die Orte Water Mill und Sagaponack. Die Wiesen sind so grün und gepflegt, dass ich am liebsten aus dem Wagen steigen und mich auf ihnen wälzen würde.
Dennoch kann ich mein ungutes Gefühl nicht abschütteln. Warum hat er mir nichts von seiner Ex-Frau erzählt? Treffen sie sich noch? Wir treffen bei den nahe gelegenen Dünen am Gibson Beach ein. Erstaunlich, dass kaum jemand an dem herrlich weißen Sandstrand zu sehen ist.
»Wow, das ist ja toll hier. Wieso ist niemand da?«
»Weiß ich nicht, ist mir auch egal.« Er zieht sein T-Shirt und seine Leinenhose aus, dann rennt er in Boxershorts ins Meer. »Mach schon, komm rein!«
Ich rolle meine weiße Jeans auf und komme ihm in der Brandung entgegen. Er nimmt mich auf die Arme, trägt mich über die Wellen und tut so, als wolle er mich ins Meer schmeißen. Wir planschen herum, ich fühle mich wie Helena Christensen in Chris Isaaks *Wicked Game*-Video – ohne den irren Körper und die tiefe Bräune zwar, aber hey, wir wollen nicht kleinlich sein.
Nachdem wir uns abgetrocknet haben, läuft er zum Wagen und kehrt mit einem Picknickkorb, gefüllt mit Hummersalat, Käse und Weißwein, zurück.
»Wann hattest du denn die Zeit, das zu besorgen?«
»Spar dir deine Fragen für die juristischen Belange auf, Schatz. Genieß es einfach.« Er tippt mir schmunzelnd mit dem Finger auf die Nase und macht sich über den Salat her.
Doch seine Aussage verursacht wieder einen Krampf in mir. Ich wünschte, er würde nicht immer wieder auf die Arbeit anspielen. Ich verdränge immer noch, dass ich mich mit einem Mandanten auf ein Verhältnis eingelassen habe. Ich nippe am Wein und lausche dem Klang des Meeres. Wir sehen der Sonne

zu, die in den sich brechenden Wellen versinkt, und alle Bedenken bezüglich seiner Ex-Frau oder der Frage, ob ich mich mit einem Mandanten treffen sollte, verfliegen. Er küsst mich auf die Wange.

Als wir zu Charlies Haus zurückkehren, ist im Garten eine Party im Gange: Hip-Hop-Musik plärrt aus den Lautsprechern, Männer in Muskelshirts tanzen auf dem Tennisplatz, eine Gruppe von Leuten kippt auf der Hintertreppe Wodka hinunter, Pärchen haben es sich auf den weißen Sofas bequem gemacht.

Plötzlich schallt lauter Beifall vom Pool herauf. Rebecca hat ihr Top ausgezogen und will ins Wasser springen. Eine Gruppe Männer klatscht in die Hände und feuert sie an.

»Komm schon, Baby!«

Sie springt ins Wasser, ein komplett bekleideter Mann springt ihr hinterher. Danach bricht auf dem Rasen zwischen zwei Männern Streit aus.

»Ich habe sie zuerst um einen Tanz gebeten.«

»Nein, ich.«

»Sie gehört mir. Ich habe letzte Nacht mit ihr geschlafen.«

»Ich auch, du Arschloch.«

Nachdem einer dem anderen ein Bein gestellt hat, rollen sie in ihren marineblauen Jacketts und blau-weiß gestreiften Seersuckerhosen zum Pool hinunter. Wo bin ich bitte gelandet?

»Unglaublich, aber die beiden sind Banker und Absolventen von Nobeluniversitäten«, sagt Jeffrey.

»Und auf dem College haben sie vermutlich Buchhaltung als Hauptfach gewählt.«

»Nicht alle Buchhalter sind so, okay? Komm, lass uns gehen.«

Jeffrey lacht, kitzelt mich, und wir küssen uns. Wir gehen zum Haus zurück, als ein Mann mit großer Kamera auf mich zukommt.

»Bitte lächeln!«

Ich gehorche.
»Jetzt tauchst du vermutlich im Internet auf.«
»Was?«
»Das ist Sal. Er hat einen Blog, in dem er jedes Wochenende Partybilder veröffentlicht.«
Das hat mir gerade noch gefehlt, dass man mich auf einer schrillen Party mit Jeffrey ablichtet. Das wird meiner Karriere wirklich helfen. Ich hoffe, dass niemand im Büro von dem Blog weiß.
»Lass uns gehen.«
»Endlich alleine«, sage ich, seufze und eile auf unser Zimmer.
»War wohl etwas viel, was?«
»*Mon dieu,* das ist ja wie im Urwald da draußen.«
»Und das ist noch längst nicht alles. Es kann noch viel schlimmer zugehen. Aber ich gehöre nicht mehr zu der wilden Szene.«
Er löscht das Licht, und was mich betrifft, können die Dinge jetzt nur noch besser werden.

* * *

Am nächsten Morgen stehen wir um halb sieben auf, um sofort loszufahren. Wir schleichen auf Zehenspitzen aus dem Haus, werfen unser Gepäck auf den Rücksitz des Wagens und versuchen, so leise wie möglich durch die Einfahrt zu rollen. In diesem Moment kommt ein Mercedes Cabrio auf uns zugerauscht. Auf dem Beifahrersitz sitzt Rebecca, ein tiefgebräunter Mann mit graumeliertem Haar hält mit einer Hand das Steuer und fasst ihr mit der anderen unter den Rock. Sie ist sichtlich stolz drauf, erst jetzt erst nach Hause gebracht zu werden. »Tschüs, bis bald!«, schreit sie, weckt damit vermutlich jeden in Charlies Haus und lässt alle wissen, dass sie gevögelt wurde.
Benommen werfe ich einen letzten Blick auf die Hamptons,

dann fahren wir auf den Highway. Plötzlich vibriert mein BlackBerry. Ich habe mehrere E-Mails von Antoine, die mich in die Wirklichkeit zurückholen. Ich fange bei der letzten an:

Liebe Catherine,
ich hätte heute Morgen bei einer Konferenzschaltung mit Dior deine Hilfe gebraucht, aber vermutlich hattest du mit dem Browser-Fall zu tun und warst nicht erreichbar. Ich habe hier in Paris jemanden gebeten, die Sache zu übernehmen. Für dich und den Mandanten wird das einfacher sein. Laurence wird dich noch diese Woche kontaktieren, damit du die Unterlagen herschicken kannst. Danke.
A.
PS: Bitte vergiss den alten Grundsatz nicht: Vertrauen ist gut, Kontrolle ist besser.

Ich bin am Boden zerstört, dass Antoine mir den Dior-Fall wegnehmen will, und immer noch verwirrt über das Gespräch vor seiner Abreise. Am liebsten würde ich seine Nachricht löschen und mein BlackBerry auf die Straße pfeffern. Und was soll das überhaupt heißen: Vertrauen ist gut, Kontrolle ist besser? Hat Ronald Reagan das nicht auch während des Kalten Kriegs über die Sowjets gesagt? Ist das wieder eine von Antoines Metaphern für Kriegsherren und ihre Schlachten?
»Was ist los, Catherine? Du wirkst besorgt.«
»Ich bin nicht besorgt, ich bin total sauer.«
Ich erzähle Jeffrey nicht, dass man mir den Dior-Fall weggenommen hat, sonst denkt er noch, ich sei mehr an gefälschten Diortaschen als an seinen Angelegenheiten interessiert. Allerdings muss ich zugeben, dass ich beruflich gesehen lieber für das französische Luxuslabel arbeite. Man kann eine Französin aus Paris entfernen, aber nicht Paris aus einer Französin.
»Warum?«

»Mehr Arbeit. Das ist alles.«

Er lächelt zärtlich. »Dann bin ich also nicht der Einzige, der viel von deinen juristischen Fähigkeiten hält.«

»Hmmm.«

Ich verabschiede mich vom Müßiggang und bereite mich auf neues Kopfzerbrechen vor.

27. Kapitel

Wie war das Wochenende?«, fragt Rikash, als ich am Montagmorgen ins Büro komme.

»Sensationell. Das Outfit, das wir zusammen ausgesucht haben, war ein Hit. Ich habe unglaublich viele Komplimente bekommen.«

»Wirklich?«, fragt er und lächelt stolz. »Was ist mit Jeffrey? Hat es ihm gefallen?« Er will Details hören.

»Ja, definitiv. Übrigens, danke für deinen Zettel mit den ermutigenden Worten.«

»Hat es funktioniert?«

»Natürlich«, sage ich und werfe ihm ein schelmisches Lächeln zu.

»Phantastisch! Ich hoffe, er hat dich wie die Prinzessin behandelt, die du bist.«

»Das erzähl ich dir später. Zuerst muss ich ein paar Baustellen absichern.«

»Oh, Liebes, die Realität hat bereits ihr hässliches Gesicht gezeigt.«

»Das kannst du laut sagen. Ich habe eine E-Mail von Antoine, Mr. Spaßbremse, bekommen.«

»O nein! Musstest du deshalb deinen Wochenendausflug abbrechen?«

»Nein, Jeffrey musste wegen einer dringenden Besprechung nach New York zurück.«

»Was wollte Antoine?«
»Er wollte mir sagen, dass er die Dior-Sache nach Paris geholt hat, weil er das Gefühl hat, dass ich zu viel Arbeit auf dem Tisch habe. Das ärgert mich wirklich, Rikash.«
»Tut mir leid, Süße, aber Mr. Browser beansprucht schon ziemlich viel von deiner Zeit.«
»Ich weiß, aber das war mein Lieblingsfall. Die juristische Seite fasziniert mich, und wie sehr ich von deren Produkten begeistert bin, muss ich dir ja nicht erst sagen. Außerdem ist mein Lebenstraum, einmal auf die Pariser Modewoche zu gehen, damit geplatzt.«
»Mach dir keine Sorgen, Süße, dafür brauchst du Dior nicht. Ich kann dich auf einen Schlag in die Shows im Bryant Park bringen.«
»Danke, Rikash, du weißt immer, wie du mich aufmuntern kannst.«
Auf meinem Schreibtisch türmt sich ein Stapel grüner Wälzer mit der Aufschrift *Barbri.* Das verheißt nichts Gutes. Barbri bietet Vorbereitungskurse für die Unglücklichen an, die den wahren Stürmen des Lebens trotzen wollen: der New Yorker Zulassungsprüfung für Anwälte. Da ich schon eine Zulassung in Paris habe, hatte ich gedacht, die Prüfung in New York für mindestens ein Jahr noch vor mir herschieben zu können, doch offenbar ist man höheren Orts anderer Meinung.
»Sieht nach einem kurzen Sommer aus«, kommentiert Maria im Vorbeigehen.
Rikash sieht mich mitleidig an. »Ich habe sie nicht hierhergelegt, Liebling, das schwöre ich. Es muss Roxanne gewesen sein.«
Kurz darauf kommt Bonnie vorbei. »Catherine, kann ich dich sprechen?«
»Natürlich.«
»Jeder im New Yorker Büro muss die Zulassungsprüfung ma-

chen. Bring sie so schnell wie möglich hinter dich. Das ist für deine Karriere unerlässlich.«

»Wann ist sie?«, frage ich in Panik.

»Ende Juli.«

»Was?«

»Ich habe sie vor Jahren abgelegt und nur eine Woche dafür gelernt. Du hast genügend Zeit.«

Ich würde ihr am liebsten sagen, dass ich eines Tages gerne wie sie wäre, überlege es mir aber anders. Sie könnte denken, dass ich ihren Platz einnehmen will, und noch fieser werden.

»Dann habe ich wohl keine andere Wahl.«

»Nein.«

Mit einem derart vollen Schreibtisch und meiner Arbeitsbelastung werde ich wohl kaum Gelegenheit haben, eine Beziehung aufrechtzuerhalten.

* * *

»Lisa, hast du Zeit für einen Kaffee?«

»Hi! Wie war das Wochenende?«

»Vergiss das Wochenende. Ich habe ein riesiges Problem.«

»Das klingt ernst. Ich habe eine bessere Idee. Wir treffen uns in Soho im Kirna Zabête um zwölf.«

Nachdem ich alle Mails und dringenden Telefonate beantwortet habe, hüpfe ich in ein Taxi und rase Richtung Downtown. Bei dem Gedanken, dass ich neben der ganzen Arbeitslast noch lernen soll, wird mir ganz schwindelig. Ich atme ein paarmal tief durch und versuche, einen freien Kopf zu bekommen. Ich erreiche das Geschäft, neben dessen Eingang ein großes Plexiglasschild mit dicken roten Buchstaben verkündet: *So viele Designer, so wenig Zeit.* Das bringt mein gegenwärtiges Leben ziemlich gut auf den Punkt.

Ich habe über diese Boutique in Modemagazinen gelesen und

wollte schon lange hingehen. Während ich auf Lisa warte, durchforste ich die Regale voller Kreationen von Nachwuchsdesignern. Ich betrachte gerade eine göttliche türkisfarbene Handtasche von Pierre Hardy, als Lisa hereinstürmt.

»Also, wo ist das Problem?«, fragt sie und umarmt mich herzlich.

»Ich bin in großen Schwierigkeiten, weil ich diesen Sommer die Zulassungsprüfung machen und zusätzlich noch Stunden schreiben soll. Wie soll das gehen?«

»Wieso hat man dir das nicht früher gesagt?«, fragt sie und fummelt an einer Seidenbluse von Balmain herum.

»Ich weiß es nicht. Offenbar ist es ihnen jetzt erst eingefallen.«

»Du musst die Prüfung unbedingt machen, damit du in New York als Anwältin arbeiten kannst. Also kannst du es auch gleich hinter dich bringen.«

Ich sehe mich schon Tag und Nacht in meinem kleinen Apartment bei drückender Hitze lernen und nach Luft schnappen, während Jeffrey sich mit Amanda und Leanne am Strand vergnügt.

»Jeffrey wird mich vergessen«, maule ich und mustere dabei ein Paar irrsinnig eleganter Schuhe.

»Jeffrey befindet sich gerade mitten in einem großen Geschäftsvorgang.« Sie greift nach einem umwerfenden knallblauen Seidenkleid. »Er sitzt genau wie du in seinem Büro fest. Erzähl mir von deinem Wochenende. Ich nehme an, es ist gut gelaufen, wenn du dir solche Gedanken um ihn machst, oder?«

»Es war erstaunlich. Ich glaube, ich habe mich in ihn verliebt.«

»Das ist ja großartig, du hast einen tollen Mann verdient, Cat.«

»Ich mache mir immer noch ein wenig Sorgen darüber, dass ich mit einem Mandanten privat ausgehe. Ich möchte nicht, dass sich das auf meine Karriere auswirkt.«

»Warum sollte es das?«

»Was ist, wenn irgendetwas in unserer Beziehung schiefläuft? Das würde mich in der Kanzlei in eine prekäre Lage bringen.«
»Jetzt sei doch nicht so pessimistisch.«
»So einfach ist das nicht. Ich muss mich noch bewähren.«
»Nicht mehr lange. Komm schon, Cat, was denkst du wohl, warum man dich hierher versetzt hat? Damit du Partner wirst. Warum sonst?«
»Ich hoffe, du hast recht.«
»Fall erledigt. Ich probier dieses Kleid.« Sie verschwindet in der Umkleidekabine.
»Warte, du hast mir noch nicht von deinem Wochenende mit Charles erzählt.«
»Es war himmlisch. Ihr müsst auch einmal übers Wochenende im Surf Lodge absteigen. Eines der coolsten Hotels.«
»Es läuft also gut zwischen euch?«
»Hervorragend. Er hat mich gefragt, ob ich mit ihm zusammenziehen will.«
»Und was hast du gesagt?«
»Natürlich nein.«
»Was?«
»Ich habe zu ihm gesagt, dass ich darüber nachdenken muss, weil ich mir überlege, nach Europa zu gehen.«
»Wie bitte?«
»Ich bin deinem Rat gefolgt und habe die Geheimnisvolle gespielt.«
Sprachlos stehe ich vor der Umkleide. Zum ersten Mal, seit ich mich entsinnen kann, ist sie meinem Rat gefolgt.
»Wow, ich bin beeindruckt.«
»Und weißt du was? Es hat funktioniert. Seitdem überschüttet er mich mit SMS, in denen er schreibt, dass er mich nicht verlieren will und es kaum erwarten kann, dass ich bei ihm einziehe. Ich habe das Gefühl, dass er sich binden will.«

Sie kommt aus der Umkleide und sieht einfach traumhaft aus.
»Lisa, das ist phantastisch!«
»Ich bin zur Hochzeit eines Seniorpartners eingeladen. Das ist perfekt.« Sie kehrt in die Umkleide zurück und ich zum Thema Zulassungsprüfung.
»Bonnie denkt, dass die Vorbereitung auf die Prüfung ein Spaziergang ist. Aber ich hab so viele Schauergeschichten gehört. Einmal soll sogar jemand auf einer Trage aus dem Javits Center getragen worden sein, weil er zusammengeklappt ist. Und im Büro einer unserer Praktikanten hängt ein Schild, auf dem steht: ›Sartre sagte, die Hölle seien die anderen, er hat das Zulassungsverfahren in New York nicht gekannt.‹«
»Hör auf zu jammern. Ich habe es geschafft, also wirst du es auch schaffen«, schimpft sie. »Du hattest doch an der juristischen Fakultät immer die besseren Noten. Hör auf, dir Sorgen zu machen, okay?«
»Ja, ja. Du hast meinen Rat befolgt, also muss ich wohl auch deinen befolgen. Immerhin hat man dir schon eine Partnerschaft angetragen.«
Ich fische eine Packung Gummibärchen aus einem Korb in der Boutique. Wenn ich schon meine Lust auf Mode nicht befriedigen kann, dann wenigstens die auf Süßes.
Das hebt schlagartig meine Laune und hilft mir, das Prüfungsdilemma zu vergessen. Wie alle, die diese beängstigende Herausforderung angenommen haben, werde auch ich Bücher wälzen müssen.
C'est la vie.

* * *

Als ich ins Büro zurückkomme, habe ich eine Nachricht von Jeffrey auf der Mailbox.
»Hallo, Süße, ich bin's, ruf mich so schnell wie möglich zu-

rück.« Ich gehe davon aus, dass es sich um eine juristische Angelegenheit handelt, und rufe ihn sofort zurück.
»Das war ein tolles Wochenende, nicht wahr?«
»Wunderbar. Danke für alles.«
»Das Vergnügen war ganz meinerseits, Mademoiselle Lambert. Und weißt du was? Du stehst ganz offiziell im Netz.«
»Bitte?«
»Im Party-Blog, das hatte ich dir doch erzählt, weißt du noch?«
»Wie heißt er denn? Ich hoffe, das Foto ist wenigstens gut geworden.«
»Die Seite heißt Partyworld. Du bist gleich auf der ersten Seite, neben dem Link *Charlie Bensons Pool Party.* Du siehst phantastisch aus.«
Merde. Nervös suche ich im Internet nach dem Blog, um mir die Sache selbst anzusehen.
»Charlie mochte dich auf Anhieb. Wir können jederzeit wiederkommen.«
»Das ist nett, ich glaube allerdings nicht, dass ich es in naher Zukunft schaffen werde. Ich habe soeben erfahren, dass ich in ein paar Wochen die New Yorker Zulassungsprüfung machen muss.«
»Was? Und was ist mit dem Börsengang?« Seine Stimme ist nun nicht mehr zärtlich, sondern ziemlich barsch.
»Ich werde wohl Hilfe brauchen, um den zu erledigen. Die Kollegen werden mich schon unterstützen.«
»Das ist völlig inakzeptabel, Catherine. Ich will, dass die ausschließliche Zuständigkeit bei dir bleibt. Ich möchte nicht für irgendwelche Anwälte deiner Kanzlei den Babysitter spielen«, sagt er. Er wird lauter. »Ich werde Scott anrufen und ihm sagen, dass ich dich für den Börsengang brauche. Lernen für irgendeine Zulassungsprüfung ist nicht drin. Das kommt überhaupt nicht in Frage.«

Ich weiß, dass Jeffrey will, dass ich den Börsengang begleite, aber warum wird er so wütend? Alle Anwälte der Kanzlei wären mehr als fähig, die Sache zu übernehmen.

»Die Prüfung ist Vorschrift. Ich glaube kaum, dass du sie umstimmen wirst.«

»Ach ja? Das werden wir ja sehen.«

Ich lege auf, schaue aus dem Fenster und mache mir Sorgen. Ich hoffe nur, dass die Dinge für mich nicht noch komplizierter werden. Ich versuche, ein vierzigseitiges Aktionärsabkommen für Bonnie durchzusehen, kann mich aber vor lauter Nervosität nicht darauf konzentrieren.

Ich nehme meinen gelben Markierstift und beginne die Seiten durchzugehen, als Nathan in mein Büro schlendert. Ausnahmsweise kommt mir die Ablenkung gelegen.

»Hey, was siehst du denn da an?«

Merde. Ich habe den Party-Blog auf meinem Bildschirm mit einer Nahaufnahme der barbusigen Rebecca in Charlies Pool offen gelassen.

»Nichts. Ich habe, äh, nur ein wenig auf LexisNexis recherchiert und bin zufällig über diese Seite gestolpert.« Ich drehe meinen Stuhl zum Computer und versuchen, mein offensichtlich nicht arbeitsbedingtes Surfen zu verbergen.

»Wow, wer ist denn das?«, fragt er fasziniert.

»Nun, ich, äh, kenne sie eigentlich gar nicht.«

»Was ist das für eine Seite?«

»Ich weiß es nicht. Irgend so ein Party-Blog. Der gehört einem Typen, der auf Partys Fotos macht. Die Leute sind so eitel«, sage ich und versuche, Ekel vorzutäuschen.

Ein Hauch von Neid huscht über Nathans Gesicht, während er auf den Bildschirm starrt. Dann nimmt er meine Maus und klickt sich wie wild durch die Fotos.

»Hey, das bist doch du.«

»Äh, ja, richtig. Das war auf einer Party am Wochenende.«

»Ich bin beeindruckt. Mann, ich hätte auch gerne so ein Leben«, sinniert er. Ich schiebe seine Finger von meiner Maus, und er verlässt mein Büro. Ein paar Minuten später schließt er seine Bürotür.
»Nathan, ein Anruf von der Börsenaufsicht«, höre ich Maria durch Nathans Sprechanlage sagen.
»Sie sollen eine Nachricht hinterlassen, ich sitze gerade an einem wichtigen Fall.«
Ich kichere. Er arbeitet an nichts, er klickt sich durch den Blog.
Ich kehre zum Aktionärsabkommen zurück, als Scott hereinkommt.
»Jeffrey Richardson hat gerade angerufen. Sie haben ihm von der Zulassungsprüfung erzählt?«
»Äh, ich könnte etwas erwähnt haben, ja«, murmle ich unbeholfen.
»Er hat mich gebeten, die Entscheidung der Kanzlei, Sie diesen Sommer die Prüfung machen zu lassen, noch einmal zu überdenken.«
Unschuldig dreinschauen, ganz unschuldig.
»Ach?«
»Er hat gesagt, wenn wir Sie von der Sache abziehen, wird er seine Geschäfte nach dem Börsengang woanders betreuen lassen.« Scott sieht mich ernst und mit verschränkten Armen an. »Ich habe das mit Bonnie besprochen. Es handelt sich um einen großen Geschäftsabschluss, wir wollen den Mandanten nicht verlieren, also habe ich ihm gesagt, dass Sie keinerlei Probleme haben werden, beides unter einen Hut zu kriegen. Die Prüfung ist wirklich nicht so schwer.«
Ich setze ein falsches Lächeln auf und kämpfe mit den Tränen.

28. Kapitel

Du warst ja auf einer super Party, Süße«, sagt Rikash und legt die Post in meinen Eingangskorb. »Schade nur, dass es keine Nacktfotos von dem Türsteher gibt. Er hat einen hübschen Hintern.«

»Wie bitte?«

»Nun tu doch nicht so, jeder im Büro hat die Hamptonfotos schon gesehen.«

»Was?«

»Nathan hat sie jedem in der Abteilung gezeigt, ich wundere mich, dass er sie nicht ins Intranet gestellt hat. Ihn scheint der Lifestyle dieses Bloggers zu faszinieren. Offenbar hat er das Gefühl, etwas zu verpassen oder so.«

Bedrückt lasse ich mich auf den Stuhl fallen. Das bedeutet, dass jeder hier weiß, dass ich mich mit Jeffrey treffe. So ein Mist. Warum trete ich in letzter Zeit bloß immer in irgendwelche Fettnäpfchen? Ist das irgendein Wink des Himmels?

»Keine Sorge, Jeffrey taucht auf keinem der Bilder auf … Nur du in diesem Wahnsinnsoutfit, das ich ausgesucht habe.« Er zwinkert mir zu.

Scott kommt vorbei und kommentiert: »Klasse Fotos, Catherine. Sie sollten im *Page Six Magazine* erscheinen.«

Ich möchte mich am liebsten unter meinen Schreibtisch verkriechen. Gott sei Dank habe ich nicht dieses durchsichtige Top gekauft, das hätte man mir nie verziehen.

»Danke. Ich habe in letzter Minute eine Einladung dorthin bekommen, die ich nicht ausschlagen konnte.«

»Was Sie nicht sagen.«

Ein paar Minuten später stürmt Bonnie in mein Büro und knallt die Tür hinter sich zu. Mein Büro scheint sich bei diesem morgendlichen Verkehr in die Pariser Place de l'Étoile verwandelt zu haben. Wenn die Frequenz so bleibt, werde ich ein Schild mit dem Wort STREIK vor meiner Tür anbringen oder nach französischer Manier den Stinkefinger zeigen.

»Frauen wie Sie sorgen dafür, dass Frauen schlecht dastehen. Catherine, Sie sind Juristin, und wir erwarten von Ihnen, dass Sie sich auch so benehmen.«

»Pardon?«

»Diese Fotos im Netz«, faucht sie. »Unglaublich, wie können Sie sich zu so was herablassen? Wissen Sie nicht, dass es ein ganzes Leben dauert, um einen guten Ruf aufzubauen, und nur ein paar Minuten, um ihn zu ruinieren?«

»Das weiß ich. Aber im Gegensatz zu ein paar Leuten hier habe ich nichts getan, das meinen guten Ruf beeinträchtigen könnte.«

»Was wollen Sie damit sagen, Catherine?«, schreit sie mich an, ihr Gesicht ist jetzt so rot wie ihre Valentino-Jacke.

»Nichts weiter.«

»Wie können Sie es wagen?«, zischt sie. »Sie halten sich wohl für besonders schlau, was? Sie haben ja keine Ahnung, was manche von uns hier durchgemacht haben. Ich werde nicht zulassen, dass irgendein Neuankömmling mich schlechtmacht, also zügeln Sie gefälligst Ihre Zunge, junge Dame. Ich stünde bestimmt nicht da, wo ich heute stehe, wenn ich meine Wochenenden auf dekadenten Partys in den Hamptons verbracht hätte.«

»Ich wusste nicht, dass ich auf ein Privatleben verzichten muss, als ich in die Kanzlei eingestiegen bin.«

»Sie sollten an einem angemessenen Privatleben arbeiten. Sie sind ein Aushängeschild von Edwards & White. Sie tragen immer und überall Verantwortung für das Ansehen der Kanzlei, selbst in einem Bordell.«

Bordell? Ich bin beeindruckt. Warum ist sie so sauer wegen meines Auftritts auf einer Partywebsite? Macht sie sich wirklich um meinen Ruf Sorgen, oder ist sie bloß eifersüchtig?

»Catherine, es ist nicht leicht, es ganz nach oben zu schaffen. Vergessen Sie das nicht. Und da wir gerade dabei sind, Sie müssen ein paar lukrative Mandanten für die Kanzlei bringen, wenn wir Sie als Partnerin in Betracht ziehen sollen. Wenn Sie Ihre Wochenenden hingegen in zweifelhaften Villen verbringen, werden Sie das wohl kaum schaffen.«

Leichter Weg nach oben? Wenn das leicht sein soll, dann will ich den schweren Weg gar nicht erst kennenlernen. Ich sage ihr nicht, dass ich Gast eines der wichtigsten Mandanten der Kanzlei war, sondern beschließe, meine Arbeitsbilanz zu verteidigen.

»Zu Ihrer Information, ich habe bereits Mandanten an Land gezogen.«

»Ach ja, wen denn?«

»Den Reebok Sports Club.«

Meine Antwort überrascht sie.

»Die habe ich in unserer Datenbank nicht gesehen.«

»Weil ich sie noch nicht hinzugefügt habe. Ich arbeite für einen ihrer Fitnessdirektoren.« Damit es wichtig klingt, übertreibe ich ein wenig.

»Pfff. Anfängerzeug. Sie sind noch nicht einmal in der Nähe der Spitzenkundschaft, meine Liebe«, spottet sie.

Obwohl es nicht das ist, was ich hören wollte, weiß ich, dass Bonnie mir einen guten Rat erteilt. Mandanten zu werben ist ein wichtiger Schritt, um Partner zu werden. Ich frage mich, ob Madame Paulette von der Reinigung als neue Mandantin zählt.

Sie hat mich gebeten, sie in einer kleinen Klage zu vertreten, weil ich ihr ein paar neue Kunden geschickt habe.
»Und noch etwas«, faucht sie noch. »Wenn Sie vorwärtskommen wollen, sollten Sie sich einen roten Hosenanzug zulegen.«
»Einen roten Hosenanzug?«
»Alle einflussreichen Frauen am Capitol Hill tragen Rot. Es symbolisiert Macht, Leidenschaft und Prestige.«
Das ist das erste Mal, dass mir jemand sagt, wie ich mich anziehen soll, und das kränkt mich sehr. Ich würde ihr am liebsten antworten, dass sie mal auf corporette.com surfen soll, damit sie sich für berufliche Anlässe weniger provokant anzieht, beiße mir aber auf die Zunge und murmle stattdessen:
»Ja, Rot bringt offenbar bei so einigen das Feuer zum Glühen. Ich werde darüber nachdenken. Danke.«
Ich bin sauer, dass Nathan allen meine Fotos gezeigt hat, und gehe in sein Büro, um ihn zur Rede zu stellen. Ohne anzuklopfen, öffne ich die Tür und schrecke zurück. Er steht über einen schmalen Spiegel gebeugt, in dessen Mitte sich eine feine weiße Pulverlinie befindet. Er dreht sich zu mir um, weißer Staub klebt an seiner Nase.
»Oh, tut mir leid –«
»Warte, Catherine, ich kann das erklären.«
»Nein danke.« Ich schließe die Tür so hastig, wie ich sie geöffnet habe.

29. Kapitel

»*Bonjour, ma chérie.*«
Ah, eine vertraute Stimme von zu Hause. Ich bin froh, meine Mutter zu hören.
»*Bonjour, Maman.*«
»Wie geht es dir? Ich hoffe, sie überschütten dich nicht mit zu viel Arbeit.«
»Nein, natürlich nicht.« Lügnerin.
»Du passt doch auf dich auf und isst ordentlich?«
Ich bringe es nicht übers Herz, ihr zu gestehen, dass ich von Gatorade aus der Dose und schlechtem Kaffee lebe.
»*Mais oui.* Wie läuft es zu Hause?« Vielleicht sieht es nicht so aus, aber ich lüge meine Mutter wirklich nur ungern an.
»Alles wunderbar. Christophe und ich haben jeden Tag im Garten gearbeitet und sind danach ein wenig segeln gegangen. Es war herrlich.«
Jeden Tag gesegelt? Mich packt der Neid. Die einzige frische Luft, die ich in nächster Zeit einatmen werde, ist das Zitronenduftspray in der Damentoilette.
»Eigentlich rufe ich dich an, weil wir dir einen Kurzbesuch in New York abstatten wollten. Christophe möchte seinen Sohn besuchen – du weißt, er geht auf die Summer School an der New Yorker Universität.«
O mein Gott, was für ein entsetzlich schlechtes Timing. Aber wie soll ich ihr das beibringen?

»Und du willst ausgerechnet jetzt kommen? Weißt du, das ist nicht gerade die beste Zeit für einen Besuch in New York. Bald wird es hier drückend heiß, und du hasst schwüles Wetter.«
»Ist schon in Ordnung. Das macht mir wirklich nichts aus.«
»Ich würde dich sehr gerne sehen, aber momentan geht es wegen eines wichtigen Falls ein wenig hektisch zu, ich werde also kaum Zeit für dich haben.«
»Mach dir meinetwegen keine Sorgen, New York ist New York, da kann man viel unternehmen. Ich kann es kaum erwarten, shoppen zu gehen.«
Ich bekomme eine Panikattacke. Wenn meine Mutter in der Stadt ist, heißt das: keine Zeit zum Lernen, Verzicht auf viele verrechenbare Stunden und kein Jeffrey – was noch wichtiger ist. In Anbetracht meines bewegten Liebeslebens habe ich meiner Mutter noch nicht von ihm erzählt. Warum sollte ich ihr auch zu früh Hoffnungen machen? Meistens schien sie am Ende einer meiner Affären enttäuschter als ich. Ich hätte am liebsten abgewartet, bis etwas Ernsteres aus der Sache würde. Doch da Jeffrey und ich nun schon einige Zeit zusammen sind und er offenbar völlig in mich vernarrt ist, beschließe ich, sie einzuweihen.
»Maman?«
»Ja, *ma chérie?*«
»Eigentlich wollte ich ja noch abwarten, aber … es gibt da jemanden in meinem Leben. Er ist hinreißend.«
Ihr entfährt ein so lauter Schrei, dass die Hunde im Central Park es gehört haben müssen. »Ich bin ja so glücklich, dass jemand auf mein Engelchen aufpasst! Du weißt, wie viele Sorgen ich mir gemacht habe, seit ich dich ganz allein in New York weiß. Wie heißt er?«
»Jeffrey.«
»Jeff-rii, was für ein wunderschöner Name.« Ich sehe sie regelrecht vor mir, wie sie einen kleinen romantischen Tanz zum

Klang seines Namens vollführt. »Ich kann es kaum erwarten, ihn kennenzulernen.«

O nein! Da habe ich mal wieder nicht an alles gedacht; natürlich will sie ihn kennenlernen. Aber ob er das auch will, weiß ich nicht. Schwiegermütter können beängstigend sein. Meine Mutter ist wie ein impressionistisches Gemälde: Sie ist reizend, aber eher aus der Entfernung.

»Ich weiß nicht. Er hat genauso viel zu tun wie ich.«

»Sag ihm, dass deine Mutter angeflogen kommt, ich bin sicher, dass er es einrichten wird. Wir kommen nächsten Freitag an.«

»Du hast schon den Flug gebucht?«

»*Mais oui,* natürlich.«

Mein Schicksal ist besiegelt: ein ganzes Wochenende ohne Arbeit und ohne Vergnügen. Und viele Extrastunden, um das wieder auszugleichen.

»Okay, aber ich warne dich, meine Wohnung ist sehr klein.«

»*Pas de problème.* Wir brauchen nicht viel Platz. Bis Freitag.«

* * *

Ich wähle die ersten fünf Ziffern von Jeffreys Geschäftsnummer und lege dann dreimal auf, bevor ich den Mut finde, ihn tatsächlich anzurufen. Der Besuch der eigenen Mutter versetzt einen zurück in die Rolle des unsicheren Teenagers.

»Jeffrey? Äh, ich störe dich ja nur ungern, aber könnten wir mit meiner Mutter und ihrem Freund vielleicht am Wochenende zu Abend essen? Sie kommen für ein paar Tage in die Stadt.«

»Baby, du weißt, dass ich viel zu tun habe. Ich versuche mein Bestes, versprechen kann ich aber nichts.« *Merde,* das ist wirklich zu dumm. Und das muss ich meiner Mutter beibringen. *Double merde.*

»Ich verstehe, wir warten einfach ab, wie sich die Woche entwickelt.«

Er spürt meine Enttäuschung und macht schnell einen Rückzieher.
»Wenn ich am Freitag früh aus dem Büro komme, könntet ihr zu mir zum Abendessen kommen – ich koche was.«
»Wirklich?«
»Jawohl. Wusstest du nicht, dass ich ein Meisterkoch bin?«
Er ist charmant und kann kochen. Kann das noch besser werden? Meine Mutter wird sterben vor Glück. Mein Vater hat sein ganzes Leben lang nicht ein einziges Mal gekocht, darum hat sie sich einen Freund gesucht, der ein Restaurant besitzt und problemlos ein Dreigängemenü à la Alain Ducasse zubereitet. Mir sagt sie auch stets, dass ich mir einen Mann suchen soll, der wenigstens einen anständigen *Coq au Vin* servieren kann. Ein selbstgemachtes Essen wird sie in den siebten Himmel versetzen.
»Meine Mutter wird ganz aus dem Häuschen sein.«

* * *

Der folgende Freitag ist chaotisch wie immer.
»Rikash, was ist mit der Aktennotiz? Ich brauche sie dringend.«
»Whoa, immer mit der Ruhe, Liebes. Was glaubst du denn, wer ich bin, dein persönlicher Sekretär? Ent-spann-dich.«
»Ich muss sie heute Nachmittag abschicken.«
»Warum machst du nicht einfach einen Spaziergang um den Block? Mit dir im Nacken kann ich mich nicht konzentrieren.«
»Nein. Ich warte hier.« Ich stehe, die Hände in die Hüften gestemmt, neben seinem Büro.
»Was ist bloß los mit dir? Nimm es mir nicht übel, aber du scheinst heute ein wenig verbissen.«
Ich seufze. »Meine Mutter und ihr Freund fliegen heute her.«

»Oh, das erklärt alles. Eltern, was? Und wo schläft Jeffrey? Zwischen *Maman* und ihrem *petit ami?*«

»*Très drôle.* Tipp einfach weiter, ja?«

Ungefähr zehn Minuten später klingelt mein Telefon.

»Bonjour, Catherine, wir sind da. Wir sitzen im Taxi und sind schon unterwegs.«

Mein Nacken versteift sich, meine Handflächen werden feucht.

»Ich bin noch im Büro.«

»Kein Problem, dann kommen wir dahin. Wir wissen ja, wo es ist, ich habe noch die Visitenkarte, die du mir geschickt hast. Bis gleich.« Sie legt auf, bevor ich widersprechen kann.

»Rikash, meine Mutter kommt.«

»Was? Uuuhh, ich kann es kaum erwarten, sie kennenzulernen.«

»Schon gut, mach die Unterlagen fertig.«

Wenig später kommt meine Mutter durch die Eingangshalle. Sie breitet drei Meter vorher ihre Arme aus und umarmt mich vor allen Assistenten. »Hier rackerst du also all die Stunden«, verkündet sie und zwinkert Rikash zu. »Mein Gott, dein Büro ist ja phantastisch. Tolle Aussicht. Und so geräumig!«

»Danke.«

Ich erwähne nicht, dass ich hier nur vorübergehend untergebracht bin und bald in eine fensterlose Kammer verbannt werde. Oder dass mein Büro zweimal so groß wie mein Apartment ist.

»Mom, Christophe, das ist Rikash, mein unbezahlbarer Assistent.«

»Wir haben ein paarmal miteinander gesprochen. *Bonjour, Maman!*« Er geht auf meine Mutter zu und drückt sie. Christophe macht sogleich einen Schritt zurück, um nicht auch in den Genuss zu kommen.

»Toll, was Sie da tragen«, fügt Rikash hinzu und sieht meine Mom an. »Mein Gott, Sie und Catherine könnten Schwestern sein.«

Sie kichert wie ein kleines Kind, und ich rufe mir zum x-ten Mal ins Gedächtnis, *wie* unbezahlbar er ist.

»Catherine, wo essen wir heute Abend?«, fragt meine Mutter. »Ich möchte gerne ein Restaurant ausprobieren, über das ich in der *Vogue* gelesen habe.«

Ich schneide ihr das Wort ab – denn sonst geht das noch stundenlang so weiter. »Wir sind bei jemandem eingeladen.«

»Wirklich, bei wem denn?«

Ich starre sie mit aufgerissenen Augen an, schüttle den Kopf und hoffe auf eine geheimnisvolle Mutter-Tochter-Kommunikation, die ihr begreiflich macht, dass sie den Namen lieber nicht erwähnen soll.

»Ist es Jeff ...«

Ich falle ihr erneut ins Wort. Manchmal muss man zu schlechten Manieren greifen. »Mom, bringt doch eure Koffer zu mir und macht euch frisch. Ich komme in einer Stunde nach, vorher muss ich noch was erledigen.« Ich gebe ihr meine Schlüssel.

»Beeil dich, es ist Freitagabend«, sagt sie, als hätte das hier irgendwas zu bedeuten.

»Liebling, sie ist total süß«, kommentiert Rikash, nachdem meine Mutter zum Glück das Gebäude verlassen hat.

»Lass dich nicht täuschen, sie kann ziemlich ungemütlich werden.«

»Ach, komm schon, sei nicht so hart, sie ist immerhin deine Mutter.«

»Was bedeutet, dass sie mich wie kaum eine andere stressen kann. Lass uns die Aktennotiz fertigmachen, dann kann ich endlich nach Hause.«

»Bist du heute zum Abendessen bei Jeffrey?«

Ich nicke und lege meinen Zeigefinger auf den Mund.

»Mein Gott, was für ein Fang.«

* * *

»Jeffrey, Ihr Soufflé ist einfach *parfait*«, schwärmt meine Mutter.

»Danke, Mrs. Lambert. Das ist ein Familienrezept.«

»Und Sie haben extra für mich Brot bei Poilâne bestellt, *mon dieu,* Sie verwöhnen mich! Catherine, kochst du nach wie vor am Wochenende?«

»Das steht nicht unbedingt zuoberst auf meiner Liste – vielleicht bald mal wieder.«

In Paris bin ich – als ich noch Zeit hatte – jedes Wochenende auf den Markt gegangen und habe mir ein kleines Festmahl zusammengestellt. Es schmerzt mich, meine Mom davon sprechen zu hören, ich muss an die stressfreieren Tage denken – das französische Klischee mit genussvollem Essen, guter Gesellschaft, hervorragendem Wein. Manchmal träume ich davon, wieder so ein Leben zu führen – wie Julia Child zu kochen, meinen Busen an eine Schüssel mit köstlichem Kuchenteig zu pressen … Da reißt meine Mutter mich kurzerhand aus meinen Tagträumen.

»Aber du hast gar keine Küche. Komische Lebensart, *ma chérie.*«

Ein Summen unterbricht unser Gespräch.

»Catherine, das ist dein BlackBerry«, sagt Jeffrey.

»Entschuldigt, ich stelle das Ding gleich ab.«

Ich gehe hinunter in den Flur, da klingelt mein Telefon erneut. Ich weiß, wer dran ist.

»Catherine? Hier ist Bonnie. Ich brauche Sie in zehn Minuten bei einer Konferenzschaltung.«

»Ich bin bei einer Dinnerparty. Geht das nicht später?«

»Nein. Met Life ist Zielscheibe einer feindlichen Übernahme, ich brauche Sie bei dem Gespräch.«

Verwirrt sitze ich in Jeffreys Schlafzimmer. Es ist acht Uhr an einem Freitagabend, und ich soll an einer Konferenzschaltung teilnehmen? Irgendetwas stimmt hier nicht. Wenn meine Mutter das erfährt, bringt sie mich um. Ich gehe lässig in die Küche und gebe Jeffrey ein Zeichen, mir hinunter in den Flur und in sein Schlafzimmer zu folgen.

»Ich muss in zehn Minuten an einer Konferenzschaltung teilnehmen. Kannst du irgendeine Ausrede finden? Ich möchte nicht, dass meine Mutter es mitbekommt. Die reißt mir den Kopf ab.«

»Kein Problem. Überlass das mir.«

Ich esse mein Soufflé, schleiche mich vor dem Hauptgang davon und schalte mich der Konferenz zu.

»Wer hat sich da eingeklickt?«, fragt eine Stimme, als ich in der Leitung bin.

»Catherine Lambert von Edwards & White«, antworte ich leise.

Nach ungefähr zehn Minuten, in denen ich den Erklärungen des Seniormanagements zu der geplanten Übernahme gelauscht habe, gehe ich auf Zehenspitzen ins Esszimmer und schnappe mir ein paar Happen von meinem Hauptgang.

»Alles in Ordnung, Catherine?«, fragt Christophe, als ich mich setze.

»Natürlich.«

Um sie abzulenken, bombardiert Jeffrey meine Mutter mit unzähligen Fragen. Fünf Minuten später stehe ich erneut auf und gehe ins Schlafzimmer zurück. Diesmal wirft meine Mutter mir einen ihrer bösen Blicke zu.

»Wenn wir für unsere Anteile ein Angebot legen würden, wäre das vermutlich gut für die Aktionäre.«

Ich würde am liebsten ins Telefon schreien: »Warum habt ihr verdammt noch mal alle kein Privatleben?«, aber ich beiße mir auf die Zunge, denn schließlich repräsentiere ich die Firma und darf während einer Konferenzschaltung keine Obszönitäten brüllen.

»Wer ist sonst noch von Edwards & White in der Leitung?«,

fragt eine Stimme. »Wir brauchen Unterstützung beim Prüfverfahren.«
»Wir übernehmen gerne das Mandat«, höre ich Bonnies samtige Stimme. »Hier ist Bonnie Clark, Catherine Lambert ist ebenfalls zugeschaltet. Sie hat kürzlich mit der Rechtsabteilung Ihrer Bank an einem Ermittlungsverfahren seitens der Behörden gearbeitet und könnte aushelfen. Sie kennt sich in Ihrer Branche und mit Ihrer Firma sehr gut aus.«
Ein Kompliment von Bonnie, wohl das erste, das ich bekomme. Ein warmes und zugleich beunruhigendes Gefühl beschleicht mich. Sie will diesen Auftrag offenbar unbedingt an Land ziehen.
Dann wird mir klar, was sie soeben gesagt hat, als sie erwähnte, dass ich aushelfen kann. Habe ich nicht schon genug Arbeit?
»Großartig, wir freuen uns sehr, Sie mit an Bord zu haben, Catherine.«
»Antoine Dutoit aus der Pariser Kanzlei ist auch auf Leitung«, sagt Bonnie kühl.
»Hallo, allerseits.«
Ich erstarre, als ich seine Stimme höre, und werfe kurz einen Blick auf meine Uhr, in Paris muss es jetzt gegen zwei Uhr früh sein. Warum um alles in der Welt ist Antoine zugeschaltet?
»Catherine hat die meisten Unterlagen in New York, ich koordiniere ein paar Dokumentationen von Paris aus«, fährt er fort. »Catherine, du hast doch noch ein paar der Met-Life-Unterlagen im Büro, oder?«
Als ich gerade antworten will, sehe ich meine Mutter in der Schlafzimmertür stehen und mir einen vernichtenden Blick zuwerfen.
»Was zum Teufel machst du da, *bordel de merde?*«, bellt sie.
Ich schäme mich bei dem Gedanken, dass das gesamte Team

die Stimme meiner Mutter gehört hat – dieser Ausdruck bedarf keiner Übersetzung. Mit einer Handbewegung versuche ich, sie ins Esszimmer zurückzuscheuchen.

»Ja, äh, ich glaube, die liegen in meinem Büro.«

Meine Mutter rührt sich nicht von der Stelle, sondern bleibt mit den Händen in den Hüften vor mir stehen.

»Franchement!«, schreit sie.

»Was sind das für Geräusche im Hintergrund?«, fragt jemand aus der Konferenzschaltung. »Hört sich wie ein ausländischer Film an. Könnten wir das bitte abstellen? Es nervt.«

Ich wende mich von meiner Mutter ab und starre die Wand an. Endlich, nach ein paar endlosen Minuten und einem letzten bohrenden Blick auf mich, verlässt sie das Zimmer.

»Wo war ich stehengeblieben ...?«

Die Konferenzschaltung endet, und gleich darauf klingelt mein Telefon erneut.

»Ja, bitte?«

»Catherine, hier ist Bonnie, könnten Sie bitte Antoine zuschalten, ich bin gerade im La Bernardin, und von hier aus geht es nicht. Es ist wichtig.«

»Ich bin mitten in einem Abendessen und habe außerdem seine Pariser Nummer nicht. Könnten wir das nicht morgen erledigen?«

»Nein. Bitte rufen Sie die Telefonauskunft an.«

Nach 20 Minuten Geplänkel mit der Telefonauskunft und der Suche nach Antoines Privatnummer in Frankreich führe ich endlich meine geschätzten Kollegen am Telefon zusammen.

»Antoine, nur fürs Protokoll, der Übernahmekandidat ist mein Mandant, nicht deiner. Du hast die Sache zwar angeleiert, den Fall aber in New York gelassen. Ende der Geschichte«, sagt sie, legt auf und lässt uns beide sprachlos zurück. Huh. Die Met-Life-Sache war also ursprünglich Antoines Idee.

»Wie auch immer«, sagt er, dann bricht die Leitung ab.

War es diese Unterhaltung wert, mein Abendessen und mein Verhältnis zu meiner Mutter zu ruinieren?

Ich schleiche ins Esszimmer zurück, meine Mutter und Christophe ignorieren mich. Jeffrey schaut mich mit hochgezogenen Augenbrauen an. Okay, ich befinde mich in größeren Schwierigkeiten. Nach längerem, unangenehmem Schweigen lässt meine Mutter eine Schimpftirade los.

»Catherine, wie benimmst du dich eigentlich? Das ist unglaublich! So habe ich dich nicht erzogen. Jeffrey kocht ein herrliches Essen, und wir kommen bis nach New York, um dich zu besuchen, und was machst du? Du versteckst dich im Schlafzimmer und telefonierst. Was ist bloß los mit dir?«

»Mom, das war ein wichtiger Anruf aus dem Büro. Ich musste drangehen.«

Kaum habe ich meinen Satz beendet, klingelt Jeffreys Telefon, er verlässt das Zimmer.

»Nicht schon wieder!«, faucht sie. »Laufen eure Abendessen alle so ab?«

In Wirklichkeit essen wir fast nie zu Abend. Meistens holen wir uns Fastfood in Plastikbehältern und sitzen in unseren Büros, aber das sage ich nicht.

»Catherine, es ist Freitagabend, konntest du das nicht einfach ignorieren?«

»Nein, konnte ich nicht.«

Jeffrey kommt ins Esszimmer zurück und setzt sich wieder an den Tisch.

»Mom, wir haben beide viel zu tun. So lebt man nun mal in New York.«

»Catherine hat leider recht«, versucht Jeffrey mich zu unterstützen.

»Jeffrey, Sie meinen es sicher gut, aber halten Sie sich bitte raus. Meine Tochter arbeitet zu viel, ich kann das nicht leiden. Das wird an ihre Gesundheit gehen, genau wie bei ihrem Vater.

Und wo ist der jetzt: unter der Erde!«, ruft sie pathetisch und deutet mit ihrer gebräunten, klunkerbesetzten Hand auf den Fußboden, so dass ihr Panthère-Diamantring von Cartier sich im Kerzenlicht spiegelt und uns blendet.

»Könnten wir das Thema wechseln?« Ich versuche die Unterhaltung umzulenken, denn Jeffrey und Christophe scheinen wie gelähmt.

»Ich finde, du solltest den Job wechseln. Das ist doch kein Leben«, erklärt sie sachlich. »Deine Cousine Françoise liebt ihren neuen Job bei Chanel. Sie arbeitet viel, aber um sechs Uhr ist sie zu Hause und kann sich um die Kinder kümmern. So etwas nenne ich einen vernünftigen Zeitplan.«

Da wären wir wieder beim leidigen Thema: Deine perfekte Cousine hat einen Traumjob. Ich gebe es ja nur ungern zu, aber ich bin neidisch auf ihren neuen Job bei Chanel. Wieder versuche ich, das Thema zu wechseln, aber meine Mutter lässt nicht locker.

»Françoise hat offenbar eine bekannte Wahrsagerin in Paris aufgesucht. Die hat ihr geraten, ihren stressigen Job aufzugeben, weil etwas Tolles auf sie warte. Ein paar Wochen später hat sie das Angebot von Chanel angenommen. Ich finde, du solltest es auch mal versuchen.«

»Was versuchen? Zu einer Wahrsagerin zu gehen? An solchen Unsinn glaube ich nicht.«

»Alles, was sie vorhergesagt hat, ist eingetroffen. Alles.«

»Komm schon, Mom, bitte.«

»Catherine, du solltest auch hingehen. In der Stadt gibt es überall welche. Man kann nie wissen, *ma chérie,* vielleicht sagt sie dir etwas über deine Karriere, das du gerne im Voraus wüsstest.«

Ich weiß nicht, ob ich noch mehr erfahren möchte, als ich schon weiß: Ich habe gegen das Familiengesetz gekämpft, und wer hat wohl gewonnen?

»Heute im Taxi habe ich eine Werbung für eine gewisse Madame Simona gesehen. Ruf sie doch an.« Sie reicht mir einen Zettel, auf den sie eine Telefonnummer gekritzelt hat.
Plötzlich fällt mir ein Witz ein, den ich im Radio über Hellseher gehört habe: Wozu brauchen Hellseher ein Telefon? Doch wenn ich mir meine Mutter so ansehe, findet sie das bestimmt nicht witzig. Ich kann zwar keine Gedanken lesen, weiß aber, dass sie auf einem Besuch bei Madame Simona bestehen wird.

30. Kapitel

Madame Simona?«
»Die bin ich.«
»Hallo, mein Name ist Catherine. Eine gute Freundin hat mir von Ihnen erzählt. Sie sagte, Sie besäßen enorme übersinnliche Kräfte und ich solle Sie unbedingt aufsuchen.«
Toll, ich belüge eine Hellseherin.
»Ja, mein Kind. Wann willst du kommen?«
»Wann hätten Sie denn Zeit?«
»Morgen um sieben?«
»Wie wäre halb acht? Vorher schaffe ich es vermutlich nicht aus dem Büro.«
»In Ordnung. Ach, und bring ein Bild von deinem Freund oder Mann mit, wenn du über ihn reden möchtest.«
»Ich weiß nicht, ob ich ein Bild von ihm habe.«
»Okay, dann bring irgendwas von ihm mit, Socken gehen auch. Bis morgen, mein Kind.«

* * *

Montagabend stehe ich pünktlich um halb acht in der Lower East Side vor einem Haus ohne Lift. Angespannt und nervös drücke ich auf Simonas Klingel. Nach ein paar Minuten meldet sie sich.
»Hallo?«

»Madame Simona, hier ist Catherine.« Muss ich ihr das sagen?
»Ach ja, komm rauf, Kind.«
Ich laufe in der quälenden Hitze vier Stockwerke hoch und bleibe kurz vor ihrer Wohnung stehen, bevor ich anklopfe. Das Klopfen dringt durch die Tür. Ich klopfe erneut und warte geduldig, bis sie den Türriegel aufmacht.
»Tut mir furchtbar leid, dass du warten musstest. Bitte komm doch rein.«
Simona ist Ende fünfzig, trägt einen langen Rock und mitten im New Yorker Sommer einen Wollpulli, klobigen Holzschmuck und eine große Brille, die ihre von Natur aus großen Augen noch hervorhebt. Sie ist blass, hat einen dicken Pony, krauses graues Haar und sieht wie eine Kreuzung aus Sonia Rykiel und Robin Williams in dem Film *Mrs. Doubtfire* aus. Sie sieht mich prüfend an und bittet mich, ihr zu folgen. Wir gehen ein paar Schritte durch ihren Flur, dann weist sie auf einen von zwei Stühlen, die an einem Metallklapptisch stehen. Über unseren Köpfen hängt eine Lampe, bedeckt mit einem violettfarbenen Stofffetzen, was dem Raum eine geheimnisvolle Atmosphäre verleiht. Die üblichen Utensilien für okkulte Sitzungen liegen sorgfältig auf dem kleinen Tisch verteilt: eine Kristallkugel, verschiedene Stapel Tarotkarten, unzählige Fläschchen mit Puder und Kristallen.
Sie setzt sich und greift sofort nach meinem Arm.
»Gib mir deine Hand.«
Erstaunt beschließe ich, mich nicht zu sträuben, und strecke ihr meine Handfläche entgegen.
»Oh, wie ich sehe, gehst du gerne shoppen.«
Ich nicke. Nicht gerade eine tiefschürfende Erkenntnis, die meisten Frauen in dieser Stadt gehen diesem Hobby nach.
»Du arbeitest in einem Büro, nicht wahr? Du bist Geschäftsfrau.«
»Mmmm-hmm.«

Okay, auch das beeindruckt mich nicht sonderlich, mein Zweiteiler von Dior lässt darauf schließen.
»Oh, ich sehe sehr viel Arbeit«, das hatte ich ihr praktisch schon am Telefon gesagt.
»Ja, so viel ist sicher.«
»Ich sehe schwierige Leute, viele Unterlagen und Computer. Und ich sehe Bücher, viele Bücher.«
Überrascht öffnet sie die Augen. »Oh mein Gott, bist du etwa Anwältin?«
»Ja.«
»Meine Herren, ich hatte ganz vergessen, dich eine Einverständniserklärung unterschreiben zu lassen!«, ruft sie. »Ich will keine Schwierigkeiten.«
Sie springt vom Stuhl auf, verschwindet hinten in ihrer Wohnung und kehrt mit einem zerknitterten Blatt Papier wieder zurück. »Okay, unterschreib hier«, befiehlt sie.
Ich werfe einen Blick auf das mit Kaffeeflecken übersäte Dokument. Es ist eine dieser üblichen Standarderklärungen, die man aus dem Internet herunterladen kann. Sobald ich sie von jeglicher Haftung befreit habe, nimmt sie wieder meine Hand.
»Ich sehe Leute, die sich hinter deinem Rücken über dich lustig machen, mein Kind, fiese Frauen.«
Hmm, jetzt wird es interessant. »Ja, das weiß ich bereits.«
Das Klingeln meines Handys unterbricht uns plötzlich. Sichtlich gereizt öffnet sie die Augen und sieht mich an, als wolle sie mich gleich fürchterlich verwünschen.
»Tut mir leid. Bitte entschuldigen Sie mich einen Augenblick. Ein Anruf aus dem Büro.«
Sie verschränkt die Arme und schüttelt den Kopf.
»Catherine Lambert.«
»Sie sind nicht im Büro. Wo sind Sie?«
»Hi, Bonnie, ich bin bei einem Meeting in der Druckerei in Downtown«, lüge ich.

»Bitte fahren Sie auf Ihrem Weg nach Uptown bei Cravath vorbei und holen Sie dort ein paar Unterlagen für mich ab.«
»Natürlich, kein Problem.«
»Wann Sind Sie wieder im Büro?«
»In ungefähr einer Stunde.«
»Würden Sie bei Nobu vorbeifahren und Sushi mitnehmen?«
»Das wird zeitlich nicht gehen, ich kann nicht bei beiden vorbeifahren. Ich bin auf der East Side.« Verärgert lege ich auf.
»Entschuldigen Sie bitte die Unterbrechung. Das war eine dieser fiesen Frauen«, sage ich, um die Stimmung zu heben, doch Simona ist keineswegs besänftigt. Sie nimmt wieder meine Hand und schließt die Augen.
»Ich sehe viele Auseinandersetzungen, Türenknallen und Getuschel in deinem Büro.«
Okay, sie fängt an, mich zu beeindrucken. Die Gerüchte über scheidende Partner sowie verräterisches Verhalten haben in letzter Zeit neue Höhen erreicht.
»Ja, da haben Sie recht. Bei der Arbeit ist gerade eine ziemliche Schlammschlacht im Gange.«
»Und wie mir scheint, befindest du dich mittendrin. Sei auf der Hut, mein Kind.«
Hervorragend, noch etwas, worüber ich mir Gedanken machen sollte. Wusste ich's doch, dass ich nicht auf meine Mutter hätte hören sollen.
»Außerdem bist du unzufrieden mit deinem Job.« Sie schüttelt den Kopf und hält immer noch fest meine Hand.
Ihre Aussage verblüfft mich. Ich habe ein paar Probleme gehabt und bin ein paar schwierigen Menschen entgegengetreten, aber bin ich deshalb unzufrieden?
»Du bist nicht glücklich.«
»Hmmm, ach ja?«
»Das ist nicht unbedingt das, was du als Kind werden wolltest, stimmt's?«

»Doch, ich wollte schon immer Anwältin werden.«
»Aber vorher wolltest du Schauspielerin werden, ein Filmstar, vielleicht Sängerin. Das kann ich deutlich erkennen.«
»Vielleicht, als ich zehn war, aber das hat sich geändert.«
»Ach so, warum? Das ist doch dein Schicksal, Kindchen. Das kannst du nicht ändern. Wenn du es versuchst, wird dir das nur noch mehr Kopfzerbrechen bereiten.«
»Ach? Das sehen Sie also?«, frage ich verblüfft. Das ist lächerlich – jedes kleine Mädchen möchte Filmstar werden.
»Ich sehe mehr, ich sehe mehr ... O ja, du hast ein Gespür für Mode, nicht wahr? Warum arbeitest du nicht in diesem Bereich?«, fragt sie in lautem, einschüchterndem Ton. »Und du hast Verbindungen, die dir dabei helfen könnten!«
»Da irren Sie sich vermutlich«, versuche ich vorsichtig zu entgegnen, weil ich sie nicht beleidigen will. »Ich liebe die Modebranche, aber nicht unbedingt als Job. Wahrscheinlich meinen Sie meine Cousine Françoise. Sie hat Modedesign in London studiert und arbeitet jetzt bei Chanel.«
»Tu es! Tu es! Tu es, bevor es zu spät ist!«, schreit sie.
»Hören Sie, Simona, ich habe einen guten Job und hart dafür gearbeitet, das werde ich nicht einfach so aufgeben. Ich möchte Partnerin bei Edwards & White werden. Außerdem kann ich noch nicht einmal Strichmännchen zeichnen, eine Karriere in der Modebranche wäre also Unsinn.«
»Hör auf, dir über so belanglose Details Gedanken zu machen, mein Kind. Deine wahre Neigung wartet nur darauf, dass du den Mut findest und ihr endlich nachgibst! Wenn du tust, was du wirklich liebst, wird das Geld nur so fließen, das garantiere ich dir!«, ruft sie und hält immer noch meine Hand. »Wann bist du bei der Arbeit am glücklichsten?«
Dieser Tage immer dann, wenn meine Bürotür zu ist und niemand hereinkommen kann, würde ich gerne sagen, versuche aber eine bessere Antwort zu finden.

»Wenn ich jemandem dabei helfen kann, ein Problem zu lösen, oder wenn ich schwierige Sacherverhalte in einfache Begriffe packen kann. Das ist wie Magie.«

Sie sieht mich ausdruckslos und wenig überzeugt an.

»Stimmt nicht, mein Kind. Du bist am glücklichsten, wenn du dich um künstlerische oder modische Belange kümmern kannst!«

Ich denke an die verschiedenen Fälle zurück, an denen ich bei Edwards & White gearbeitet habe. Es ist richtig, dass ich überglücklich war, als Antoine mir den Dior-Fall übergeben hat, aber jetzt habe ich ihn verloren. So viel zum Umgang mit der Modebranche.

»Aber diese Angelegenheiten streifen nur zufällig meinen Job. Ich habe mich auf Banken- und Kapitalmarktrecht spezialisiert.«

Sie seufzt laut und schüttelt den Kopf. »Was hält dich denn auf? Angst?«

Ich öffne den Mund und will protestieren, doch sie fällt mir ins Wort.

»Angst wovor? Du bist so jung, das verstehe ich nicht. Vielleicht ruht ein schrecklicher Fluch auf dir.«

Ein Fluch? Ich stelle mir Bonnie vor, wie sie mit einer Voodoopuppe von mir an ihrem Schreibtisch sitzt und mit Genuss Nadeln in meine Arme und Beine sticht und mich dann aus dem Bürofenster pfeffert.

»Ich sehe, dass du in deiner Jugend Schwierigkeiten in deiner Familie hattest, deine Mutter hat sich nachts in den Schlaf geweint.«

»Hmm«, ich schweige, und Erinnerungen an meine Mutter, wie sie schluchzend in ihrem Schlafzimmer liegt, steigen in mir hoch.

»Eine junge, einsame Witwe.«

Woher um alles in der Welt weiß sie das? Ein Schauder läuft mir den Rücken herunter.

»Ich sehe Depressionen, ernsthafte Depressionen.«

»Meine Mutter hatte nach dem Tod meines Vaters Depressionen.«
»Deine Mutter ist sehr hübsch.«
»Ja, ist sie.«
»Dieses Ereignis scheint dich verängstigt zu haben, mein Kind. Du suchst nach Sicherheit. Aber du musst es loslassen! Das bringt dich sonst noch zu Fall! Wenn du es nicht loslässt, wirst du selbst schwere Depressionen bekommen.«
»Meinen Sie?«
Erinnerungen an die Depressionen meiner Mutter verfolgen mich bis heute. Nicht auszudenken, dass mir dasselbe Schicksal blühen könnte.
»Ich meine nicht, ich sehe! Ich kann es sehen!«, schreit sie. »Wir müssen irgendwas tun, um diese ganze Negativität loszuwerden.«
Ein wenig misstrauisch versuche ich, das Thema auf mein Liebesleben zu lenken. Wenigstens ist das angenehm.
»Sehen Sie irgendwas über einen Mann?«, frage ich vorsichtig.
»Hast du etwas von ihm mitgebracht?«
»Ja, eine Krawatte.« Ich krame in meiner Tasche und hole eine Krawatte von Jeffrey heraus.
»Perfekt.«
Sie schnappt sich die Krawatte mit beiden Händen und schließt die Augen.
»Oh, er sieht sehr gut aus, ist ein wenig dickköpfig. Und er ist es gewohnt, seinen Willen durchzusetzen.«
»Ja.«
»Ich sehe Geld, sehr viel Geld, das in Kürze auf ihn zukommen wird.«
»Hmm, sonst noch was?«
»Ich sehe eine Hochzeit.«
»Eine Hochzeit?«
»Ja, im Ausland.«

Wow, das ist ja was ganz Unerwartetes. Obwohl die Dinge mit Jeffrey reibungslos laufen, bin ich noch nicht zu einer Heirat bereit.

»Und da wäre noch ein anderer Mann, er geht viel aus, in Nachtclubs und so, er hängt sehr an dir.«

»Mein Assistent. Ihn heirate ich bestimmt nicht. Er ist schwul.«

»Das sehe ich ... oh! Schwierigkeiten. Dieser Mann wird Schwierigkeiten bekommen!«, ruft sie.

»Schwierigkeiten? Rikash?«

»Ja.«

»Sind Sie sicher?«, frage ich besorgt. »Sie müssen sich irren, er ist nicht in Schwierigkeiten, er lebt völlig sorglos.«

»Hmm«, fügt sie nachdenklich hinzu. »Oh, jetzt sehe ich wieder die Hochzeit. Sie findet am Wasser statt.«

»Am Strand?«

»Vielleicht. Sie wird herrlich.«

»Eine letzte Frage noch: Werde ich die Zulassungsprüfung schaffen?«

»Ah, das Zulassungsverfahren, keine Ahnung.«

»Wie meinen Sie das, keine Ahnung?«

»Ich kann dich nur unterstützen, mein Kind – aber Wunder kann ich auch nicht vollbringen. Dafür musst du hart arbeiten.«

»Richtig.«

»Okay, das macht 250 Dollar«, sagt sie plötzlich.

»Ist es schon vorbei?«

»Ja, ich habe dir alles gesagt, was ich gesehen habe«, erklärt sie. »Es warten noch andere Kunden, weißt du. Ich habe viel zu tun und nicht die ganze Nacht Zeit!« Sie steht auf.

Das bringt mich in die Realität zurück und erinnert mich daran, dass ich auf dem Rückweg ins Büro Bonnies Unterlagen abholen muss.

»Bevor ich es vergesse, nimm ein heißes Bad mit Rosenblättern und Essig.«

»Warum?«
»Die Rosen ziehen Glück an, der Essig verscheucht böse Geister. Bitte tu, was ich dir sage, das ist sehr wichtig.«

* * *

Etwas erschüttert durch Madame Simonas Voraussagen, kehre ich am nächsten Tag mit einem Dutzend Rosen und einer Flasche Balsamicoessig aus der Mittagspause ins Büro zurück. Unglaublich, dass ich ihren Anweisungen folge, doch doppelt genäht hält besser.
»Oh. Noch mehr Rosen vom Liebhaber?«, seufzt Rikash.
»Nein, die habe ich mir selbst gekauft, für meine Wohnung. Rikash, warst du schon einmal bei einer Hellseherin?«
»Einer Hellseherin? Ich glaube nicht an diesen Hokuspokus.«
»Ach nein? Ich dachte, du stündest auf so was. Da draußen gibt es ein paar Leute, die unglaubliche Kräfte haben, weißt du. Bist du nicht ein wenig neugierig?«
»Überhaupt nicht. Weißt du, Liebling, ich will gar nichts über meine Zukunft erfahren, sie ist mir egal. Ich versuche, den Augenblick zu leben. Außerdem will ich niemanden dafür bezahlen, dass er mir erzählt, was ich schon weiß, nämlich dass mein Leben im Chaos versinkt.«
»Ich bin gestern zu Madame Simona, einer Hellseherin, gegangen. Es war ein wenig nervtötend.«
»Was hat sie dir erzählt?«, fragt er plötzlich sehr interessiert.
»Sie hat mich wirklich zum Nachdenken gebracht.« Ich zögere – ich will nicht, dass er mich für eine Vollidiotin hält –, aber ein wenig Beschwichtigung würde mir guttun. »Sie hat mir gesagt, dass jegliche Unzufriedenheit mit meiner Karriere vermutlich auf traumatische Erlebnisse in meiner Kindheit zurückzuführen ist. Sie hat außerdem gesehen, dass ich in der Modebranche arbeiten soll.«

»Süße, jede junge Frau in Manhattan ist unzufrieden mit ihrem Job und würde gerne in der Modebranche arbeiten. Das beeindruckt mich nicht. Okay, was sonst noch?«

»Sie hat ein paar persönliche Sachen in Bezug auf meine Familie gesehen«, antworte ich, um seine Zweifel zu zerstreuen. »Und sie hat gesehen, dass ich irgendwo in der Nähe des Wassers im Ausland heiraten werde. Ist das nicht romantisch?«

»Ich erwarte eine Einladung. Vielleicht könnte ich eine der Brautjungfern sein?«

»Ich sehe dich nicht in einem rosaroten Kleid.«

»Sei dir da mal nicht so sicher. Ich sehe in fuchsiafarbenem Taft hinreißend aus. Hat sie auch was über mich gesagt?«

»Nein, äh, sie hat nichts erwähnt«, lüge ich, weil ich ihm nichts von den Schwierigkeiten erzählen will.

»Schade. Hoffentlich hast du ihr nicht mehr als 50 Dollar gegeben.«

»Hmm.«

»Wie viel? 150?«

»Mehr.«

»150?«

Ich antworte nicht.

»Mehr?«

»Nein.«

»Bist du bescheuert? Du dummes Ding, sie hat dich verschaukelt.«

»Ich weiß, aber es hat sich gelohnt. Endlich habe ich mir meine Mutter vom Hals geschafft.«

»Was auch immer«, antwortet er und schüttelt den Kopf.

Er muss nicht wissen, dass ich 250 Dollar für den Besuch bezahlt habe. Ein Bad in Rosenblüten könnte bei meiner müden Haut Wunder wirken, und vielleicht hält der Essig ja tatsächlich böse Geister ab.

31. Kapitel

»O mein Gott, Rikash, wenn dieser Entwurf verloren geht, bringe ich mich um«, schreie ich aus meinem Büro. »Aber zuerst bringe ich dich um. Wir haben drei Tage ohne Unterbrechung an den Unterlagen gearbeitet, noch einen Tag länger, und ich kotze.«

Die Zulassungsprüfung rückt immer näher, ich habe die letzten zehn Tage bis spät in die Nacht gearbeitet, um Browsers Börsengang auf Kurs zu halten und tagsüber die Seminare zur Prüfungsvorbereitung zu besuchen. Jeffreys Stimmung schwankt ständig zwischen Beklemmung und Euphorie, und Zeit füreinander zu finden, ist zu einer Herausforderung geworden. Wir kommunizieren überwiegend per E-Mail und Handy, oft spät in der Nacht, vor Fastfood von unseren Büros aus.

Um halb zwei Uhr morgens sitzen Rikash und ich immer noch im Büro und arbeiten an einem wichtigen Schriftsatz, der in ein paar Stunden an die Börsenaufsicht gehen muss. Der 65 Seiten dicke Schinken wird an die Anwälte geschickt, die die Versicherungsträger vertreten, und muss von ihnen durchgesehen werden. Nach drei Tagen Arbeit ist er nun fast fertig. Ich lese ihn ein letztes Mal durch, während Rikash auf seinem MP3-Player Technomusik hört und auf meine Korrekturen wartet. Plötzlich stürzt mein Computer ab.

»Ich verstehe nicht, was da los ist. Ich habe nur die Rechtschreibprüfung benutzt, da ist er abgestürzt.«

»Okay, lass mal sehen.«
Rikash setzt sich an meinen Computer, und ich beobachte seine langen schlanken Finger auf der Tastatur. Er ist technisch äußerst versiert und kennt sich gut mit Computern aus. Wann immer irgendwas schiefläuft, wird nach Rikash gerufen.
Trotzdem habe ich Herzklopfen.
»Rikash, ich bin total nervös. Ist jetzt die letzte Version gelöscht?«
»Komm schon, Schatz, entspann dich. Ich mache ihn in null Komma nichts wieder fit. Glaubst du, ich will die ganze Nacht hier herumsitzen und dieses blöde Zeug noch mal tippen? Ich habe Besseres zu tun. Ich treffe mich nachher mit Freunden.«
»Nachher? Es ist halb zwei Uhr morgens. Wie schaffst du das bloß?«
»Das willst du nicht wissen.«
»Du hast recht, will ich nicht.«
Er fummelt weiter an meinem Computer herum.
»Wo hast du das alles gelernt? Ich dachte, du seist Filmemacher?«
»Ich komme aus Indien, schon vergessen?«
»Was hat das denn damit zu tun?«
»Wusstest du nicht, dass die technisch versiertesten Köpfe aus Indien kommen?« Und dann verfällt er in den »Jetzt bringe ich Catherine etwas bei«-Tonfall. »In den sechziger Jahren hat die indische Regierung bei der Bemühung, das Land wettbewerbsfähig und wirtschaftlich unabhängig zu machen, Eliteschulen für Ingenieure gegründet, die Indian Institutes of Technology, die sich schon bald einen hervorragenden Ruf erworben haben. Das Aufnahmeverfahren ist sehr streng – man muss bei der Aufnahmeprüfung extrem gut abschneiden. Mein jüngerer Bruder hat sie gerade geschafft, nächstes Jahr fängt er an.«
»Tatsächlich? Das hast du mir nie erzählt.«
»Ich bin sehr stolz auf ihn und hoffe, dass ich meinen Doku-

mentarfilm verkaufen und ein wenig Geld damit verdienen werde, dann könnte ich ihn unterstützen.«

Ich sehe ihn bewundernd an, als er das erzählt. Er hat ein großes Herz und mehr Tiefgang, als er zu zeigen bereit ist.

»Hast du dir durch deinen Bruder all die Computerkenntnisse angeeignet?«

»Ein paar meiner Cousins waren auf der IIT und reden nur über Computer. Bevor ich herkam, hatte ich bei einer anderen Firma angeheuert und musste dafür meine Kenntnisse aufpolieren.«

»Ich bin beeindruckt. Dein Wissen kommt dir hier sicherlich sehr gelegen. Für die meisten Anwälte ist Technik ein Buch mit sieben Siegeln.«

»Nicht für alle, ein paar haben es echt drauf. Antoine kannte sich mit Computern gut aus.«

»Wirklich?«

»Mmm-hmm. Ich weiß, wir haben uns immer über ihn beschwert, aber ich mochte ihn. Er ist sehr klug. Wusstest du, dass er mit der Bestnote in Yale abgeschlossen hat?«

»Nein. Er war zu sehr damit beschäftigt, mich mit Arbeit einzudecken. Wir hatten nie Zeit für ein Privatgespräch.«

»Zu mir war er immer freundlich. Er hat sogar mein Manuskript für den neuesten Film durchgesehen.«

Ich schnappe überrascht nach Luft. Wann hat er denn dafür die Zeit gefunden? Er schien in Arbeit zu versinken. Habe ich ihn etwa doch falsch eingeschätzt, als ich ihn für einen absoluten Egoisten hielt?

»Hm. Das war aber nett von ihm.«

»Er interessiert sich sehr für Kunst.«

Das erinnert mich an eine unserer ersten Unterhaltungen über Antoines kostenlose Beratung einer Schule in Harlem, das hat mir gezeigt, dass er ein großes Herz hat. Schade, dass wir im Streit auseinandergegangen sind.

»Wie dem auch sei, was ist mit der Datei? Müssen wir die restliche Nacht hier verbringen?«
»Nein, ich habe sie.«
»Danke, Rikash, du bist mein Retter. Wie kann ich das je wiedergutmachen? Mit einer Flasche deines Lieblingsgins?«
»Ein dicker Kuss würde mir reichen.« Er hebt die Arme und rückt für ein paar Luftküsse an. »Triffst du Jeffrey heute Nacht?«
»Ich soll ihn anrufen, bevor ich aus dem Büro gehe. Leider arbeitet er auch lange.«
Ich wähle Jeffreys Handynummer, doch es ist abgeschaltet. Ich rufe in seinem Büro an, eine Frau geht dran.
»Hallo, ist Jeffrey da?«
»Nein. Er ist schon vor ein paar Stunden gegangen.«
»Vor ein paar Stunden?« Das ist aber komisch. Normalerweise sprechen wir miteinander, bevor er das Büro verlässt. »Hat er gesagt, wo er hingeht?«
»Nein«, sagt die Frau unvermittelt, »hat er nicht.«
Ich rufe in seiner Wohnung an, keine Antwort. Ein wenig beunruhigt hinterlasse ich eine Nachricht.
»Jeffrey hat das Büro verlassen, ohne mich vorher anzurufen. Wir wollten uns heute Nacht treffen, bevor er morgen nach San Francisco fliegt.« Schmollend sitze ich auf meinem Stuhl.
»Reg dich nicht auf. Vermutlich ist irgendwas dazwischengekommen. Ich gehe ins Tenjune auf einen Drink. Kommst du mit?«
»Es ist schon zu spät, und ich muss noch lernen. Außerdem würde man mich so angezogen wahrscheinlich gar nicht reinlassen.«
»Machst du Witze? Du bist meine Begleitung, Mädchen. Chloe und Amber werden dir gefallen. Sie arbeiten beide in der Modebranche und sind phantastisch.«
»Ich kann wirklich nicht. Morgen ist ein wichtiger Tag, außer-

dem muss ich für die Prüfung lernen. Geh und amüsier dich, aber trink nicht zu viel. Wir müssen gleich morgen früh den Schriftsatz losschicken.«

Rikash verlässt das Büro, ich sitze an meinem Schreibtisch und starre auf den Posteingang meiner Mails. Ich habe ein paar Nachrichten von Jeffrey, in denen er schreibt, dass er mich vermisst und es kaum erwarten kann, mich zu sehen. Ich schlage für ein paar Minuten die Zeit tot und hoffe, dass er mich zurückruft.

Das Telefon klingelt, ich gehe erleichtert dran.

»Liebling, das ist deine letzte Chance. Hör auf, im Büro Trübsal zu blasen. Du brauchst eine Auszeit von den Barbri-Büchern. Hüpf ins Taxi und komm in den Meatpacking District. Ich warte an der Tür auf dich.«

Schlagartig ändere ich meine Meinung. Wenn Jeffrey heute Nacht ausgeht, kann ich das auch.

Ich steige vor dem Tenjune aus dem Taxi, und der Türsteher hebt sofort den Samtvorhang, als er sieht, dass Rikash mich auf die Wange küsst. Wir drängeln uns über die Tanzfläche, Rikash winkt zwei attraktiven Frauen zu, die auf einer glatten Ledercouch sitzen und an Martinis nippen.

»Das ist meine Chefin, also benehmt euch anständig, okay?«

Die beiden kichern und umarmen ihn zur Begrüßung.

»Catherine, das sind meine Freundinnen Chloe und Amber.«

»Freut mich.«

Chloe ist groß, honigblond und hat ein umwerfendes Lächeln, Amber ist klein und hellblond mit großen blauen Augen. Beide tragen hautenge Jeans, dazu hinreißende pastellfarbene Neckholdertops aus Chiffon und wahnsinnig hohe Stilettos. Ob sie so auch zur Arbeit gehen? *Quelle chance!*

»Catherine, du musst unbedingt den Martini mit Wassermelone probieren. Der ist wahnsinnig gut«, schwärmt Amber.

Rikash winkt einen Kellner heran, der ihn sofort erkennt und unsere Bestellung aufnimmt. »Süße, die Runde geht auf mich.«

»Und was macht ihr? Rikash hat erzählt, dass ihr in der Modebranche arbeitet.«

»Ich bin Stylistin bei Armani«, antwortet Chloe in hübschem Südstaatenakzent.

»Und ich Einkäuferin bei Bloomingdale's«, sagt Amber und wippt mit dem Kopf zur lauten Musik.

»Das klingt ja total chic. Ich musste die letzten drei Tage mit dem Entwurf eines fünfundsechzigseitigen Schriftsatzes verbringen und für ein höllisch schweres Examen lernen und habe seit Wochen nicht mehr richtig geschlafen.«

Beide starren mich an, als hätte ich vier Köpfe.

»O Gott, mit einer solchen Belastung käme ich gar nicht zurecht«, kommentiert Amber. »Da hätte ich ja überhaupt kein Privatleben mehr.«

Rikash teilt die Wassermelone-Martinis aus.

»Wir vergessen jetzt einmal deine Arbeit und deine Prüfung!«, prostet Chloe mir zu.

Ich nippe an meinem Martini und leere dann das Glas in einem Zug. »Der ist ja köstlich.«

Ich signalisiere dem Barkeeper, dass wir mehr davon möchten. Rikash schüttelt den Kopf, als ich meinen zweiten Martini in Rekordzeit hinunterschütte.

»Halt dich zurück, du hast seit über einer Woche nicht mehr ordentlich geschlafen und morgen einen langen Tag vor dir, schon vergessen?«

»Morgen? Wen interessiert schon morgen? Von mir aus können mir Jeffrey und sein ganzer Big Deal verdammt noch mal den Rücken runterrutschen.« Herrgott, ich lalle ja schon.

Rikash legt mir den Arm um die Schulter. »Ganz ruhig, Süße. Reiß dich ein bisschen zusammen.«

Rikash klärt Chloe und Amber über meine Beziehungskiste

auf, und ich fühle mich plötzlich völlig fehl am Platz in diesem lauten Club. Ich kontrolliere mein Handy, um zu sehen, ob Jeffrey angerufen hat. Wie konnte er nur das Büro verlassen, ohne sich vorher zu melden?

»Ich kann das total nachempfinden«, schreit Chloe. »Glaub mir, Schwester, an deiner Stelle säße ich im nächsten Flieger. Ich habe schon seit drei Jahren keine richtige Beziehung mehr, ein paar meiner Freundinnen kommen sogar auf vier. Die Männer in dieser Stadt haben alle dreckige Schwänze und mit so vielen Frauen geschlafen, dass man sie aus der Stadt gejagt hat oder ihnen ihre Schwänze abgefallen sind. Such dir lieber einen netten Franzosen.«

»Hör auf«, schreit Amber. »Das stimmt doch gar nicht.«

»Ach ja? Wann hattest du denn zum letzten Mal eine Beziehung?«

Amber starrt Chloe schweigend an. »Das ist schon sehr lange her«, murmelt sie mit feuchten Augen.

»Amber, ist das nicht der Typ, mit dem du letzte Woche rumgeknutscht hast?« Rikash zeigt auf einen sehr heißen, sehr betrunkenen und sehr jungen Mann auf der anderen Seite des Raumes. »Und schau dir mal den heißen Körper von dem Typen in dem roten Hemd an. Herrgott, ich würde ihn zu gerne in einem indischen Dhoti sehen.«

»In einem was?«, fragt Amber erstaunt.

»Du weißt schon, das indische Dingsda, mit dem die Männer im Süden ihren Schritt bedecken. Das männliche Pendant zum Dekolleté.«

Alle drei kichern und gaffen. Der Barkeeper kommt mit einem weiteren Tablett voller Martinis zurück, und Amber geht auf ihren Auserwählten zu. Nach drei Martinis fühle ich mich langsam richtig gut. Die Musik wird lauter und aus meiner Sicht auch immer besser.

Ich ziehe meinen Blazer aus, gehe auf den Kerl im roten Hemd zu und beginne, vor ihm mit den Hüften zu kreisen. Plötzlich finden wir uns auf der hufeisenförmigen Tanzfläche wieder. Er befolgt buchstäblich den Songtext und fummelt an meinen Blusenknöpfen. Rikash und Chloe heben die Daumen von der Lehne einer Bank aus, auf der sie hocken, um besser sehen zu können.

Rothemd legt richtig los und beginnt an meinem Ohr zu saugen. Er spielt außerdem mit meinem Haar und umklammert meine Hüften, so dass wir gemeinsam zum Rhythmus der Musik schwingen. Wow, warum habe ich das nicht jede Nacht gemacht? Das ist viel lustiger, als in der Bürobibliothek zu recherchieren.

»Catherine, KOMM HOCH ZU UNS!«, schreit Chloe. »Hier oben ist es viel besser.«

Ich reiße mich vom frustrierten Rothemd los und gehe hinauf zu meiner Gruppe. Chloe vollzieht einen gefährlichen Balanceakt und schüttelt ihr Hinterteil, ohne dabei ihr Martiniglas loszulassen. Ich kann den gesamten Club überblicken. Die Energie, die von der Menge ausgeht, ist berauschend. Ich tanze mit Chloe, wir schreien aus vollem Hals die Songtexte mit.

Rikash starrt mich vergnügt an. Er sieht mich zum ersten Mal entfesselt und genießt jede Sekunde. Ich wähle Jeffreys Nummer, soll er doch mitkriegen, dass ich unterwegs bin. Ich gebe Rikash ein Zeichen, mir von der anderen Seite der Bank meine Tasche zuzuwerfen.

»WAS?« Er hebt seinen Arm. »BRAUCHST DU GELD?«

Ich schüttle meinen Kopf und deute mit den Fingern ein Telefon an. Nachdem er es mir zugeworfen hat, wähle ich die Nummer. Ich halte das Telefon über meinen Kopf, damit Jeffrey hört, wie sehr ich mich amüsiere, als es mir aus der Hand und unter die Ledercouch rutscht.

Quelle catastrophe!

Ich weise auf die Rückseite des Sofas, Amber und Rikash stehen regungslos da und schauen verdattert drein.

»Ich habe mein Handy fallen lassen!«

»Hä?«

»Ich habe das Telefon unter die Bank fallen lassen!«, schreie ich mir die Lunge aus dem Leib, da hört die Musik auf.

Rikash setzt die ganze Clubbelegschaft in Bewegung, um nach dem Telefon zu suchen. Zwei kräftige Türsteher tauchen mit Taschenlampen in der Hand auf.

»Sie ist eine sehr wichtige Person. Sie ist Anwältin und arbeitet an einem bedeutenden Börsengang, sie braucht unbedingt ihr Telefon«, sagt er und versucht damit, das Aufheben zu rechtfertigen. Die beiden Türsteher schieben ihn aus dem Weg, gehen auf alle viere und versuchen, mein Handy zu finden. Es ist doch immer gut, wenn man seinen Assistenten dabeihat.

Ein kahlköpfiger Mann reicht es mir. »Hier, Lady. Passen Sie das nächste Mal besser darauf auf.«

Ich mache mein BlackBerry an, um mich zu vergewissern, dass es funktioniert, die Uhrzeit leuchtet auf. Es ist vier Uhr morgens.

Oh, mon dieu, die Party ist jetzt echt vorbei.

»Nett, euch kennengelernt zu haben, aber ich muss nach Hause.«

»Catherine, du kannst doch jetzt nicht nach Hause fahren, wir gehen noch ins Florent auf einen Nachtsnack«, sagt Chloe traurig.

»Sorry, Leute, aber ich muss in drei Stunden wieder im Büro sein.«

Ich verabschiede mich von meinen neuen Freunden, küsse Rikash auf die Wange und stolpere auf der Suche nach einem Taxi auf die Straße. In ein paar Stunden werde ich für meine Tollheit büßen und als Konsequenz vermutlich durch die Zulassungsprüfung fallen. Doch momentan fühlt es sich noch an, als hätte es sich gelohnt. Während ich vor dem Club auf das Taxi warte, taucht Rothemd auf.

»Hey, der Tanz vorhin mit dir war cool.«
»Danke. War auch cool, mit dir zu tanzen«, antworte ich verlegen.
»Wir sollten uns ab und an mal treffen. Du weißt schon, für eine schnelle Nummer oder so.«
»Ja, klingt toll.« Ich springe ins Taxi und verschwinde ins frühe Morgengrauen.
Zu Hause falle ich auf mein Bett, und das Zimmer beginnt sich zu drehen. Ich starre an die Decke, da klingelt mein Telefon. Ich rutsche langsam übers Bett zum Nachtkästchen.
»Hallo?« Ich lalle immer noch.
»Hey, Schatz, wo warst du? Du hast wahrscheinlich auf die Wahltaste gedrückt und mich versehentlich angerufen. Ich habe nur irren Lärm gehört.«
»Ich war mit Rikash unterwegs, wir waren nach der Arbeit noch was trinken.«
»Das klingt eher nach mehreren Drinks.«
»Wo warst du? Ich habe versucht, dich zu erreichen.«
»Ich hatte ein Meeting im Büro unserer Banker, bin dann nach Hause gefahren und umgefallen. Alles in Ordnung? Du klingst fertig. Was dachtest du denn, wo ich bin?«
»Äh, nirgends.«
»Hör zu, tut mir leid wegen heute Abend, Baby, ich saß in einem Meeting fest. Freitag mache ich es wieder gut, wenn ich aus San Francisco zurück bin. Du fehlst mir sehr.«
Plötzlich verfliegen all meine Zweifel, ich schlafe angezogen auf dem Bett ein und kuschle mit dem Telefon.

32. Kapitel

Wer auch immer das Eigentumsrecht entworfen hat, war entweder: a) ein Sadist, b) geistesgestört, c) völlig high von hartem Stoff oder d) alles gleichzeitig. Als ob das Lernen der veralteten Rechtssprache nicht schon spaßig genug wäre, verlangt man auch noch von uns, dass wir sie verstehen. Ich habe das Gesetzbuch unzählige Male durchgelesen und begreife immer noch nicht, worum zum Teufel es geht.

Ich schließe mich bei drückender Hitze übers Wochenende in meinem kleinen Apartment ein und lerne in Slip und BH. Der einzige Luftzug in meinem Gefängnis kommt von einem alten Deckenventilator, der nur mit halber Kraft funktioniert. Stündlich gehe ich zum Starbucks und hole mir einen doppelten Espresso, um dem totalen Zusammenbruch meines Nervensystems entgegenzuwirken. Mit Jeffrey habe ich vereinbart, dass wir uns bis zum kommenden Wochenende nicht sehen, weil ich die wenige Energie, die mir noch bleibt, für die Prüfung brauche. Da er zu allem Überfluss auch noch will, dass ich nichts von dem Browser-Deal delegiere, muss ich morgens und noch spät in der Nacht meine E-Mails und Unterlagen prüfen, bevor ich für ein paar Stunden schlafen gehen kann.

Am ersten Prüfungstag wache ich völlig erledigt auf. Ich kippe zwei Dosen Red Bull runter und nehme eine halbe Banane zum Frühstück zu mir, um den verrückten Tag, der vor mir liegt, zu überleben. Als ich zum Javits Center komme, stehen Tausende

Leute ebenso müde wie ich wie Schafe vor der Schlachtbank in der Schlange. Ich stelle mich hinten an und spüre, wie mein Puls gleich der Pariser U-Bahn donnert. Die Türen öffnen sich, unzählige Tische und Stühle sind zu sehen. Mit denen könnte man locker mehrere Footballfelder belegen. Ich setze mich, lege Stifte vor mir aus, stelle meine Wasserflasche auf den Tisch und warte auf das Startsignal. Der erste Prüfungstag ist ein erbitterter sechsstündiger Marathon von Multiple-Choice-Fragebögen. Nachdem ich das durchgestanden habe, wanke ich nach Hause und habe die ganze Nacht Alpträume.
Der nächste Tag wird auch nicht besser, ich habe 50 Auswahlfragen zum Staat New York und eine dreistündige Klausur zu bewältigen. Gemein, dass man die Klausur ausgerechnet ans Ende gelegt hat. Mein Kopf hämmert, mein Haar ist fettig, und ich muss folgende Frage beantworten: Jack geht auf Peter, einen verdeckten Ermittler, zu und fragt ihn, ob er ihm ein Pfund Marihuana verkaufen kann. Peter sagt, dass er es ihm für 1000 Dollar besorgen könne, sie gehen den Handel ein. Zur verabredeten Zeit und am verabredeten Ort bezahlt Jack an Peter 1000 Dollar und erhält dafür ein Pfund Oregano. Peter nimmt Jack fest und klagt ihn wegen versuchter Anstiftung zu einer Straftat und versuchten Besitzes von Marihuana an. Frage: Kann Jack wegen des Kaufs von Oregano festgenommen werden?
Mir stellt sich sogleich die Frage, ob das New Yorker Police Department nicht Wichtigeres zu tun hat, als Oregano zu verkaufen? Und warum verklagt Jack Peter nicht, weil er ihn beim Kauf gelinkt hat?
Die ganze Zulassungsprüfung, ein einziger Alptraum aus über 24 Rechtsfragen, wird in meine Lebensgeschichte als eine der anspruchsvollsten Herausforderungen eingehen. Nach den zwei Prüfungstagen fühle ich mich wie ein Zombie, weiß kaum noch, auf welchem Kontinent ich mich befinde und wie ich mit

Nachnamen heiße. Ich habe keine Ahnung, ob ich das Examen bestanden habe, und werde es auch erst in einigen Monaten erfahren. Im Moment ist mir das egal. Ich gehe schnurstracks nach Hause, mache mein BlackBerry und meinen Computer aus und falle in einen wohlverdienten, tiefen Schlaf.

33. Kapitel

Was hältst du von einem Essen Samstagabend im Jean Georges? steht auf einem Zettel an einem Strauß Pfingstrosen von Jeffrey. »Offenbar habt ihr euch versöhnt«, sagt Rikash mit einem Blick auf den Strauß.

»Es war alles nur ein Missverständnis. Der ganze Stress ist mir zu Kopf gestiegen. Ich hätte ihm mehr vertrauen und weniger ausflippen sollen. Er war so gut zu mir. Morgen Abend lädt er mich ins Jean Georges ein.«

»Wow, da macht er dir ja vielleicht einen Antrag.«

»Hör mal, wir haben erst seit einem Monat eine ernsthafte Beziehung.«

»Liebling, wir sind in New York, da ist alles möglich. Vergiss nicht, was die Hellseherin gesagt hat.«

»So weit sind wir definitiv noch nicht.«

Er kommt zu meinem Schreibtisch und vergewissert sich, dass niemand zuhört. »Catherine, ich muss dir unbedingt erzählen, was in der Nacht passiert ist, nachdem du den Club verlassen hattest. Ich habe einen ganz besonderen Menschen getroffen. Ich glaube, ich habe mich verliebt.«

»Was? Du hast dich verliebt? Und ich dachte, du wolltest dich nicht festlegen?«

»Das war, bevor ich Dimitri getroffen habe. Er ist der hübscheste Kerl, dem ich seit langem begegnet bin. Unsere Blicke trafen sich, als ich gerade das Tenjune verlassen wollte, er hat mich gefragt, ob ich noch auf einen Kaffee mitkomme. Wir haben die ganze Nacht geredet.«

»Das ist ja großartig, Rikash! Ich freu mich für dich. Du hast einen besonderen Menschen verdient.«

»Es ist ein unglaubliches Gefühl. Wir haben so viel gemeinsam. Er arbeitet als freiberuflicher Filmemacher, wir haben überlegt, gemeinsam einen Dokumentarfilm zu drehen. Und – warte kurz, mein Telefon klingelt.« Er hüpft in sein Büro zurück.

Ich kontrolliere meinen Posteingang und finde eine E-Mail mit dem Betreff:

> Firmentreffen in Kalifornien. An alle Anwälte von Edwards & White.
> Um ein außergewöhnliches Jahr zu feiern, lädt Edwards & White in diesem Herbst alle Mitarbeiter weltweit nach San Diego ein.
> Tagesordnung und Aktivitäten werden später bekanntgegeben.
> Wir freuen uns, Sie dort begrüßen zu dürfen.
> Der Vorstand

Ein außergewöhnliches Jahr? Für wen? Der Gedanke, mit meinen sonderbaren Kollegen zu verreisen, um ein unnützes Wochenende mit gemeinschaftsbildenden Übungen zu vergeuden, ist nicht unbedingt das, was ich unter Spaß verstehe, aber ich versuche, die schöne Seite zu sehen: Ich komme mal aus dem Büro raus und treffe meine Pariser Kollegen.

* * *

»Lass uns Champagner bestellen! Ich bin in Feierlaune.« Jeffrey legt die Speisekarte beiseite. »Deine Prüfung ist vorbei, und der Börsengang lässt sich gut an. Wir haben es geschafft, das Interesse vieler institutioneller Anleger zu wecken«, fügt er erleichtert hinzu.

»Das sind ja tolle Neuigkeiten. Ich bin wirklich froh, dass alles so gut läuft, trotzdem kann ich es kaum erwarten, dass es endlich vorbei ist.«

»Wir sollten im Herbst eine Reise machen. Was hältst du von St. Barts? Ein Freund von mir besitzt dort ein Resort.«

»Klingt großartig.«

Jeffrey greift nach meiner Hand und streichelt sanft meine Finger. »Du hast ja keine Ahnung, wie sehr ich dich vermisst habe.«

»Ich dich auch.« Wir sehen uns an, er lächelt.

»Ich kann es kaum erwarten, dich mit nach Hause zu nehmen. Du hast wunderschöne, intensive Augen. Du bist wahnsinnig sexy, Baby.«

Ich erröte und nippe an meinem Wein. Kann es sein, dass dieser Mann vollkommen ist?

»Jeden Abend bin ich nach einem langen Tag voller Meetings im Bett gelegen und habe darüber nachgedacht, was für ein Glückspilz ich bin. Ich habe dir in San Francisco etwas gekauft.«

Er zieht ein kleines, silberfarbenes Seidensäckchen heraus. Darin befindet sich ein Ring aus der Dior Gourmette Collection mit niedlichen Blumen und Schmetterlingen. Ich versuche, mich erwachsen zu verhalten, doch meine Augen glänzen wie die eines Kindes, das zum ersten Mal in ein Spielwarengeschäft geht. Ich habe mich schon in Paris nach dieser Kollektion verzehrt.

»Oh, mein Gott, Jeffrey, er ist umwerfend!«

»Ich weiß doch, wie gut du und Mr. Dior euch versteht.«

»Das wäre nicht nötig gewesen.«

»Doch, du hast es verdient.«

Ich stecke den Ring an meinen Mittelfinger und fühle mich pudelwohl. Dieser Mann ist so liebevoll und großzügig. Wie konnte ich auch nur einen Augenblick zögern, mich mit ihm einzulassen?

»Würden Sie uns bitte die Rechnung bringen?«, fragt er den Kellner.

»Natürlich, Sir.«
»Bevor wir gehen, habe ich noch eine kleine Bitte an dich. Ich hoffe, es macht dir nichts aus.«
»Alles, was du willst.«
»Es hat mit dem Aktienprogramm zu tun, an dem du arbeitest.«
»Okay«, antworte ich und gehe davon aus, dass er in letzter Minute einen weiteren Interessenten zu den voraussichtlichen Aktionären hinzufügen möchte.
»Du weißt, dass ich Anteile des Aktienpakets an Schweizer Geschäftspartner vergeben will.« Er sieht mir wieder mit dieser wachsenden Intensität in die Augen, doch diesmal fühlt es sich nicht romantisch an.
»Ja.«
»Ich habe meine Meinung geändert.«
»Okay«, antworte ich und fühle mich bei seinem neuen Tonfall zunehmend unwohl.
»Ich möchte diese Anteile auf ein Konto einer Treuhandgesellschaft auf den Cayman-Inseln transferieren. Das macht dir doch nichts aus, oder, Baby?«
Ich sehe ihn einen Augenblick verstört an, beginne am ganzen Körper zu zittern und versuche, mir einzureden, dass das alles nicht wahr ist. Er kann mich doch nicht ernsthaft bitten, Anteile seines Unternehmens auf ein ausländisches Konto zu transferieren. Es muss eine andere Erklärung dafür geben. Mein juristisch geschulter Verstand läuft auf Hochtouren. Versucht er, die vertraglich festgelegte Haltefrist zu umgehen? Als leitender Angestellter der Firma ist er verpflichtet, seine Börsenanteile ein paar Monate nach dem Börsengang von Browser zu behalten, bevor er sie verkauft. Egal, was er im Sinn hat, seine Bitte an mich ist illegal. Mein langes Schweigen signalisiert ihm meine Sorge.
»Keine Angst, Süße, das ist nicht illegal. Ich möchte nur keine Steuern für Geld bezahlen, das ich in den kommenden Wochen

durch den Verkauf von Aktien verdienen werde. Ich habe so hart dafür gearbeitet, das will ich nicht alles an die Steuer verlieren. Verstanden?«

Du darfst in den nächsten Wochen gar keine Anteile verkaufen, das ist ja der Sinn der Haltefrist. Aber noch viel wichtiger ist, dass diese Anteile dir gar nicht gehören, denke ich. Ich bin schockiert und beschämt, weil er mich um so etwas bittet. Er bezahlt unser Abendessen, und ich entschuldige mich und renne auf die Damentoilette. Ausdruckslos starre ich in den Spiegel, Tränen rollen langsam meine Wangen hinunter. Ich wische die verschmierte Wimperntusche weg und fühle mich benutzt wie ein Taschentuch im Mülleimer. Mir wird schlecht, ich halte mir die Hände vor den Mund, damit ich nicht das Abendessen auf das neue Dior-Kleid kotze. Ruhig bleiben, Catherine, alles wird gut. Das ist nur ein böser Traum. Bald wachst du auf, und alles ist wieder in Ordnung.

Schweigend und geknickt sitze ich im Taxi auf der Fahrt in sein Apartment. Ich klammere mich an meine Abendtasche und überlege, ob ich eine Vorwarnung übersehen habe. Hatte er das schon lange vor? Schlagartig tauchen Gespräche über den Börsengang vor mir auf: das Aktienpaket. Das war schon bei unserer ersten Begegnung ein Thema, vermutlich hat er das alles von langer Hand geplant. Wie konnte ich das nur zulassen? Catherine, du warst dumm. Wirklich dumm.

»Wenn der Deal über die Bühne ist, kann ich mir ein Haus in Bridgehampton und in St. Barts leisten, Baby. Ich kann beides haben. Kannst du dir das vorstellen?« Ein wildes, unheimliches Lachen ergreift ihn. »Hast du gehört, was ich gesagt habe? Wir werden beides haben. Wir können alles haben!« Er brüllt den Taxifahrer und die Passanten auf der Park Avenue an. Komisch, ich habe das Gefühl, mit leeren Händen dazustehen.

* * *

Ich liege in Jeffreys Apartment schweigend am Rand seines niedrigen, modernen Betts. Er streichelt meine Schultern, aber ich bin wie gelähmt.
»Komm schon, Baby. Was ist denn los?«
»Mir ist schlecht. Das muss am Champagner oder am Wein liegen. Ich vertrage die Mischung nicht.«
Ich laufe ins Badezimmer und kotze mir die Seele aus dem Leib. Ich erkenne die Frau nicht wieder, die mich aus dem riesigen Spiegel ansieht, versuche aber, sie mit verständnisvollen Augen zu betrachten. Ich denke an seine unerhörte Forderung und würde am liebsten schreien, stattdessen schlage ich mit der Faust auf die Marmorplatte. Wie konnte ich so naiv sein und für diesen Mann meine Karriere aufs Spiel setzen?
Ich muss hier raus.
Auf Zehenspitzen schleiche ich aus dem Zimmer, sobald Jeffrey eingeschlafen ist, und gehe in die Küche. Ich kritzle etwas auf ein Stück Papier. Am liebsten würde ich schreiben: Dafür bring ich dich hinter Gitter, du Arschloch, bleibe aber cool und schreibe stattdessen:

Lieber Jeffrey,
tut mir leid wegen gestern Nacht. Ich habe mich nicht gut gefühlt. Bin im Büro, ruf dich später an.
Catherine

Es ist wohl besser, wenn ich so tue, als sei nichts gewesen, bis mir klar wird, wie ich reagieren soll. Vielleicht übertreibe ich ja auch – ich bin vollkommen erschöpft. Ziellos laufe ich die Upper East Side entlang und versuche mich zu trösten, starre in die Auslagen der Geschäfte und klappe dann in Tränen aufgelöst auf einer Bank zusammen. Das war alles nur Theater, die Blumen, die Geschenke, die Abendessen und das freundliche Gesicht, das er für meine Mutter aufgesetzt hat. Wie konnte ich diese Warnzeichen nur übersehen? *Merde!* Meine Traurigkeit schlägt in Wut und dann in Schuldgefühle um: Hat mein Verhältnis zu Jeffrey mein professionelles Urteilsvermögen getrübt? Ist er nur ein Gauner und ein Drecksack? Und wie soll ich dieses Durcheinander im Büro handhaben? Ich wähle Lisas Nummer, aber sie hebt nicht ab.

Dann vergrabe ich mich in meiner Wohnung, alles erscheint mir trostlos und beengt. Ich stelle das Telefon ab, schließe die Vorhänge, werfe mich aufs Bett, mache den DVD-Player an und lege *Bonjour Tristesse* ein, passt ja wie die Faust aufs Auge.

* * *

»Lisa, ich bin's. Entschuldige, dass ich dich am Sonntag störe, aber ich muss unbedingt mit dir reden.« Ich habe an die 20 Nachrichten auf ihrer Mailbox hinterlassen und bekomme sie dann endlich persönlich an die Strippe.

»Ich würde am liebsten sterben, Lisa. Jeffrey hat mich die ganze Zeit nur benutzt«, platze ich ins Telefon und breche dann in Tränen aus.

»Beruhige dich, Süße, wovon redest du?«

»Versprich mir, dass du es niemandem sagen wirst. Das ist wirklich furchtbar. Jeffrey hat mich gebeten, ihm zu helfen, sein Unternehmen zu beklauen.«

»Was? Das ist doch ein Witz, oder?«

»Nein, ist es nicht. Jeffrey hat die Frechheit besessen, mich zu bitten, illegal Browser-Aktien auf ein ausländisches Konto zu schaffen. Lisa, ich bin ihm völlig egal. Ihn interessieren nur die Millionen, die er bald machen wird. Ich fühle mich so naiv. Am liebsten würde ich nach Hause nach Paris fahren.«

»Das ist ja unglaublich. Was hast du zu ihm gesagt?«

»Nichts, ich war am Boden zerstört. Ich war sprachlos. Herrgott, wenn ich überlege, dass ich auf sein Affentheater hereingefallen bin und ihm vertraut habe. Ich bin eine Vollidiotin.«

»Nein, bist du nicht. Du hast dein Glück in der Liebe riskiert, du bist mutig. Er ist ein Arschloch. Was willst du jetzt tun? Wirst du es Scott sagen? Du kannst ihn doch nicht einfach so davonkommen lassen.«

»Daran habe ich schon gedacht«, antworte ich und putze mir die Nase. »Ich hoffe ja noch immer, dass ich ihn falsch verstanden habe. Dass er mir das nicht antun würde …«

»Es gibt nur eine Möglichkeit, das herauszufinden. Sag ihm, dass du es nicht tust, und schau, wie er darauf reagiert.«

34. Kapitel

»Wo ist Rikash?«, frage ich Mimi, als ich Montagmorgen ins Büro komme.
»Er hat sich heute krankgemeldet. Er klang schrecklich am Telefon.«
Mein Gott, ich wünschte, ich könnte mich ihm anvertrauen. Ich verstecke meine Augenringe hinter einer großen Lesebrille, sitze in meinem Büro und starre auf den Browser-Akt. Mein erster Impuls ist, ihn in tausend Stücke zu zerreißen und aus dem Fenster zu werfen. Einige Nachrichten von Jeffrey erwarten mich auf meinem Anrufbeantworter, ich nehme das Telefon und wähle seine Nummer.
Besser gleich dem Teufel die Stirn bieten.

* * *

»Hi, Jeffrey, tut mir leid, dass ich Sonntagmorgen einfach verschwunden bin. Mir ging es überhaupt nicht gut. Das muss das viele Essen am Samstagabend gewesen sein.«
»Wie geht es dir, Baby? Alles okay?«
»Viel besser. Hast du ein paar Minuten?«
»Natürlich.«
Meine Hände zittern, ich versuche, all meinen Mut zusammenzupacken und ihm ohne Umschweife entgegenzutreten. »Hör zu, ich habe nachgedacht, worum du mich gebeten hast, und

glaube nicht, dass ich es tun kann. Das widerspricht meinem Mandat.«

»Was? Was zum Teufel soll das heißen?«, antwortet er deutlich aggressiv.

Ich warte, mache mich auf das Schlimmste gefasst und sage dann:

»Das bedeutet, dass du jemand anderen suchen musst, der sich darum kümmert.«

»Ist das dein Ernst? Ich habe dich lediglich um einen kleinen Gefallen gebeten, das ist doch nicht viel.« Seine Stimme ist eiskalt.

»Ich habe mir noch einmal die Bestimmungen des Emissionsübernahmevertrags durchgelesen, der Transfer ins Ausland verstößt dagegen.«

»Was? Wovon zum Teufel sprichst du da? Seit wann bist du die kleine Miss Perfekt?«, schreit er ins Telefon. »Lässt du mich etwa im Stich? Catherine, tu mir das ja nicht an. Nicht jetzt.«

Schockiert und mit gebrochenem Herzen über seinen Ton würde ich am liebsten aus vollem Leib schreien: *»Ô rage! Ô désespoir! Égoïste! Égoïste!«* Wie in der Parfümwerbung von Chanel.

»Jeffrey, beruhige dich. Ich sage doch lediglich, dass ich kein gutes Gefühl dabei habe, das ist alles.«

Er versucht es mit seiner zuckersüßen Stimme. »Hör zu, Baby, ich sagte dir doch, dass es nicht illegal ist. Ich tue das auf Anraten meines Steuerberaters, es ist okay. Du transferierst einfach die Anteile im Namen meiner Sekretärin auf ein ausländisches Konto, dann können wir starten. Hast du heute Abend Zeit, um mit mir essen zu gehen? Dann können wir darüber reden, ich könnte es dir erklären. Ich habe schon bei Chanterelle für uns reserviert und aus dem privaten Weinkeller eine Flasche von dem Sauvignon Blanc zur Seite stellen lassen, den du so magst.«

Wie konnte ich auf diesen Scheiß reinfallen? Ich könnte meine

Anwaltslizenz verlieren. Und wie habgierig kann man sein? Nächste Woche verdient er bereits ganz offiziell Millionen Dollar, braucht er wirklich noch mehr Kleingeld, und das auf Kosten seines Ansehens, dem seines Unternehmens und, was noch viel wichtiger ist, auf Kosten unserer Beziehung? Und ich dachte, wir wären auf einer Wellenlänge, hätten dieselbe Vorliebe für Musik und Kunst. Hat er das alles nur erfunden, um mich zu verführen? Das Herz rutscht mir in die Hose, als mir klar wird, dass meine Vorliebe für Jazz, Lesen und Reisen auf meinem Firmenprofil und auf Facebook zu finden sind. Er hat mich zum Narren gehalten.

»Ich weiß nicht genau. Ich habe viel Arbeit. Ich rufe dich zurück.«

»Du fehlst mir«, fügt er hinzu. Ich lege auf.

Deprimiert sitze ich auf meinem Stuhl. Was soll ich tun?

* * *

»Darf ich mich dazusetzen?«

»Ja, natürlich.«

Es ist Mittag, ich sitze in der Firmenbibliothek, gehe die Zeitungen durch und gönne mir eine Auszeit von Bonnies nicht enden wollenden Forderungen. Ich lese keine E-Mails, weil ich kaum über mehr als ein paar Zeilen hinauskomme, ohne an Jeffrey zu denken. Ich fühle mich nutzlos und bin traurig. Das geht sogar so weit, dass ich dankbar dafür bin, dass Nathan mit seinem Mittagessen von Fresco on the Go hereinkommt.

»Hier, Catherine, ich habe dir einen Espresso mitgebracht. Ich weiß ja, wie gerne du den trinkst.«

Ich sehe von meiner Zeitung auf, die aufmerksame Geste überrascht mich. Vielleicht versucht er, sich nach dem kürzlichen Kokain-Flop mein Schweigen zu erkaufen. Im Moment misstraue ich jedem.

»Danke, Nathan, sehr nett von dir.«
»Mein Gott, da draußen ist es widerlich, ich kriege kaum Luft. Es muss 50 Grad haben.«
»Ich weiß. Darum bin ich drinnen und nicht draußen.«
»Also, was gibt's Neues? Warst du inzwischen auf einer anderen tollen Party, auf die ich neidisch sein könnte?«
»Keine Partys mehr. Ich habe jedes Wochenende gearbeitet.«
»Ich nehme an, der große Börsengang steht kurz bevor.«
»Hmm.« Mein Gott, das ist das Letzte, woran ich denken will.
»Tut mir leid, habe ich was Falsches gesagt?«
»Nein, ich habe nur die Nase voll davon, darüber zu reden, das ist alles. Was ist mit dir? Gibt's was Neues?«
»Eigentlich habe ich ein paar ziemlich tolle Neuigkeiten. Meine Frau und ich bekommen unser erstes Kind.«
Ich sehe Nathan verwirrt an. Sein erstes Kind? 3000 Stunden jährlich lassen einem wohl kaum Zeit, auch noch ein Baby zu zeugen … Bei ungefähr 8800 Stunden im Jahr, von denen man fast ein Drittel verschläft, muss Nathan jede wache Stunde im Büro verbringen, um auf seine Stundenzahl zu kommen. Aber nachdem er die Zeit, die man zum Mail-Lesen, Ausfüllen von Formularen, Kanzleisitzungen, Surfen im Internet und Schnupfen weißen Pulvers nicht abrechnen kann, müsste er vom Morgengrauen bis spät in die Nacht sechs Tage die Woche im Büro verbringen – ohne Zeit für Mahlzeiten, Pinkelpausen oder Sex.
»Glückwunsch, Nathan. Das sind ja wunderbare Neuigkeiten.«
»Ja!«
»Du wirst bestimmt ein wunderbarer Vater«, sage ich zögernd.
»Catherine, ich wollte dir erklären …«
»Ich möchte wirklich keine Erklärung, Nathan. Du kannst tun und lassen, was du willst.«

»Ich wollte nur, dass du weißt, dass ich nicht abhängig bin. Ein Freund von mir hat es mir kürzlich nach einer Dinnerparty angeboten, seitdem habe ich nur ein paarmal geschnupft. Das putscht einen richtig auf.«
»Du sprichst ja davon wie von einer neuen Espressomischung. Es kann dich erwischen, oder, schlimmer noch, du könntest abhängig werden. Und du kannst deswegen deinen Job verliere.«
»Ich weiß. Ich habe aufgehört. Ich hoffe, du glaubst mir.« Er sieht beschämt aus.
Plötzlich wird mir bewusst, dass ich vielleicht nicht ganz so selbstgerecht sein sollte. Immerhin pfuschen wir beide mit Illegalem herum, nur dass Nathans in einem kleinen Ziploc-Täschchen kommt und meines von einem manipulativen Liebhaber.
»Hast du es schon einmal ausprobiert?«
»Nein, das interessiert mich nicht. Ich brauche bestimmt keinen Adrenalinstoß, dafür habe ich Bonnie. Sie sollte als illegale Droge etikettiert werden.«
Er kichert und beißt von seinem Sandwich ab. Zum ersten Mal lachen wir gemeinsam.
»Hey, hast du schon die guten Nachrichten über Antoine gehört?«
»Nein.«
»Er hat ein großes Geschäft für die Kanzlei an Land gezogen – die Privatisierung eines großen französischen Konzerns. Der glückliche Hurensohn hat doch echt ein perfektes Timing. Diesen Herbst ist er als Partner vorgesehen.«
»Das ist ja großartig.« Trotz seines seltsamen Verhaltens vor seiner Abreise nach Paris freue ich mich für Antoine. Er hat sich den Erfolg wirklich verdient.
»Sieht aus, als hätte er den ganz großen Fang gemacht. Der Deal ist so gigantisch, dass das ganze Pariser Büro daran arbeiten muss«, sagt er neidisch.

»Woher weißt du das alles?«
»Er hat es mir gestern am Telefon erzählt.«
Es ist mir vorher nie aufgefallen, doch Antoine hat mich kein einziges Mal angerufen, um sich mit mir über das New Yorker Büro kurzzuschließen. Nach unserer großen Auseinandersetzung bei dem Konzertabend hat er vermutlich beschlossen, lieber Nathan zu kontaktieren. Das ärgert mich, vor allem aber macht es mich traurig.
»Alles in Ordnung? Du wirkst ein wenig bedrückt. Ich hoffe, du machst dir wegen all der Gerüchte, die im Umlauf sind, keine Sorgen. Ich glaube nicht, dass wir uns Sorgen machen müssen, wir sind schließlich ganz kleine Fische.«
»Nein, das ist es nicht. Ich bin einfach nur müde. Der Börsengang bringt mich noch um.«
»Hey, sieh es doch einmal positiv. Immerhin musst du dir wegen der anrechenbaren Stunden keine Gedanken machen«, fügt er eifrig hinzu. »Bis später.«
Ich beschließe, im Flur eine Runde zu drehen, damit ich so lange wie möglich nicht in mein Büro gehen muss. Jeffreys Anliegen hat mein Selbstvertrauen schwer erschüttert. Vermutlich bin ich völlig ungeeignet für den Job als Juristin. Und wozu soll es gut sein, wie ein Hund zu arbeiten? Vielleicht hatte Madame Simona recht. Ich sollte mir einen anderen Job suchen. Ziellos streife ich herum, als mich Bonnies Geschrei aus den Gedanken reißt.
»Das kann ich nicht glauben, Catherine arbeitet für mich, nicht für dich!«, schallt ihre schrille Stimme aus Scotts Büro.
»Nein, tut sie nicht. Catherine arbeitet für mich am Browser-Fall, sie kann also nicht an deinem neuen Abschluss arbeiten, tut mir leid.«
Bonnie stürmt aus dem Büro und den Flur hinunter, die Schnallen ihres schwarzen Dominarocks von Gucci wippen wie verrückt.

Großartig, zu allem Überfluss habe ich nun mit eigenen Augen den Kampf der Warlords mitbekommen. Ausnahmsweise würde ich mich am liebsten vor ihre Stilettos werfen und sie anbetteln, mir Arbeit zu verschaffen, damit ich Jeffrey aus dem Weg gehen kann. Ich gehe zurück zur Bibliothek und hole meine Unterlagen, als das Telefon klingelt. Harry Traums Name erscheint auf dem Display. Da ich die Einzige im Raum bin, hebe ich ab.

»Hallo.«

»Hier ist Harry Traum, ich brauche umgehend eine Recherche. Ich muss in ein paar Stunden zu Gericht. Es ist dringend.«

»Nun, ich weiß nicht, ob ich Ihnen helfen kann, Mr. Traum, ich bin momentan selbst mit einem größeren Geschäftsvorgang beschäftigt.«

»Der muss warten. Das ist wichtiger.«

»Ich fürchte, ich habe wirklich keine Zeit. Vielleicht kann jemand anderes das übernehmen«, antworte ich zögernd und weiß, wie riskant das ist. Angesichts der Tatsache, dass ich seit ungefähr einem Monat nicht mehr richtig geschlafen habe und meine Nerven genauso zerzaust sind wie meine Haare, beschließe ich, standhaft zu bleiben.

»Wissen Sie, wer ich bin?«, schreit er ins Telefon. »Wissen Sie das?«

»Natürlich … Und wissen Sie, wer ich bin?«, antworte ich zitternd.

»Nein.«

Meine Gedanken überschlagen sich für einen kurzen Augenblick. Es gibt also keine versteckten Kameras. Er weiß nicht, wer ich bin.

»Tut mir leid.« Ich lege auf, laufe aus der Bibliothek und bin entsetzt über meine eigene Courage.

* * *

Am nächsten Morgen taucht Rikash unrasiert und nach Zigaretten und Alkohol stinkend im Büro auf. Er hat Ringe unter den Augen und wirkt noch ungepflegter als ich.

»Rikash, was ist denn mit dir los? Du siehst furchtbar aus.«

Er kommt in mein Büro, schließt die Tür, legt sich in Embryonalstellung auf den Boden und beginnt zu weinen.

»Was ist passiert?«

»Es ist einfach schrecklich, Catherine.« Ich gehe neben ihm in die Hocke, schaukle auf meinen Absätzen und streichle ihm tröstend über die Schulter.

»Was? Bitte sag mir, was los ist!«

Er wippt noch auf dem Teppich hin und her.

»Können wir einen Augenblick rausgehen? Ich muss eine rauchen.«

Wir verlassen das Büro und sagen niemandem, wo wir hingehen. So, wie ich mich fühle, und so, wie er aussieht, kommen die auch ohne uns zurecht. Er zündet sich eine Zigarette an und bietet mir auch eine an, ich nehme sie. Er wirft sich das Sakko über die Schulter und legt mir den Arm um die Hüfte.

»Dimitri hat meinen Dokumentarfilm geklaut.«

»O mein Gott, warum? Wie ist das passiert?«

»Wir waren Samstagabend in einem Club, und Dimitri war wohl eifersüchtig, weil ich auch mit anderen gesprochen habe. Du weißt, wie extrovertiert ich bin, ich genieße es eben, strahlender Mittelpunkt einer Party zu sein. Ich habe gedacht, es würde ihm nichts ausmachen, mit jemandem zusammen zu sein, der so kontaktfreudig ist wie ich. Wie dem auch sei, wir sind anschließend zu mir gegangen, haben uns heftig gestritten, und während ich schlief, hat er mir meinen Laptop geklaut. Da sind alle Rohschnitte meines Films drauf.«

»Rikash, das tut mir richtig leid.« Mir wird schwer ums Herz, ihn in diesem Zustand zu sehen.

»Und ich habe keine Sicherheitskopien davon gemacht. Ich

habe eineinhalb Jahre meines Lebens für diesen Film vergeudet. Was bin ich nur für ein verdammter Trottel.«

»Ich kann es gar nicht glauben. Hast du die Polizei verständigt?«

»Noch nicht.«

»Warum nicht?«

Er zuckt die Achseln. »Wahrscheinlich hoffe ich immer noch, dass er zurückkommt.«

»Rikash, er hat deinen Laptop geklaut. Und du glaubst, er kommt zurück?«

»Ich weiß es nicht. Im Moment bin ich ein wenig durcheinander.« Ihm steigen wieder Tränen in die Augen. »Und mein armer Bruder, er wird verzweifelt sein. Ich hatte gehofft, die Rechte an meinem Film zu verkaufen, damit er auf die Schule gehen kann. Meine Eltern können ihm nicht helfen, die haben keinen Cent.«

»Ich kann dir was leihen.«

»Liebling, das ist sehr nett von dir, aber das könnte ich nie annehmen.«

»Komm schon, ich leihe es dir. Du kannst es mir später zurückzahlen.«

»Danke, aber ich habe auch meinen Stolz, weißt du. Ich habe viele Freunde in Mumbai, vielleicht kann ich eine Weile bei ihnen wohnen und mir über alles klarwerden. Es ist vermutlich das Beste, wenn ich zurückgehe.«

»Rikash, ich möchte nicht, dass du gehst. Ohne dich bin ich verloren.« Ich sehe ihn an, und Tränen kullern mir über die Wangen. »Du bist nicht der Einzige, den man verschaukelt hat, *mon ami.*«

Seine Augen werden groß. »Wie meinst du das?«

»Jeffrey. Er hat mich benutzt, Rikash. Er ist ein Drecksack und ein Dieb.«

»Was?«

»Er hat mich gebeten, sein Unternehmen zu bestehlen.«
»Warum das? Er verdient doch schon genug Geld, oder?«
»Er ist gierig. Manche Menschen bekommen einfach nie genug.«
Er bleibt mitten auf dem Gehsteig stehen, legt die Arme um mich und fängt wieder an zu weinen.
»Es tut mir so leid, Süße. Du solltest ihn anzeigen. Das hat der Dreckskerl verdient.«
»Ich weiß nicht, was ich machen soll.«
»Hitchcock hat einmal gesagt, Rache sei süß und mache nicht dick. Ich denke, der Meister des Thrillers hat das ganz klar erkannt, findest du nicht?«
Millionen Bilder schießen durch meinen Kopf.
»Du hast mich auf eine großartige Idee gebracht.« Dankbar und halb im Scherz senke ich meinen Kopf. »Fortan wirst du mein Meister sein.«

* * *

»Hi, Jeffrey, ich habe mir am Wochenende Gedanken gemacht und beschlossen, mitzuspielen. Aber nur, wenn du mir einen kleinen Gefallen tust.«
Höflichkeit bei Jeffrey vorzutäuschen, ist mir inzwischen fast unmöglich, aber ich muss sichergehen, dass auch alles aufgezeichnet wird. Ich stelle ihn auf Freisprechfunktion und schalte mein Diktiergerät ein.
»Natürlich, Baby, alles, was du willst.«
»Der Bruder eines guten Freundes von mir studiert und wird bald Softwareingenieur in Indien, er braucht dringend einen Job, damit er seine Ausbildung finanzieren kann. Könnte Browser ihn nicht einstellen?«
»Keine Frage. Wir halten immer nach jungen Talenten Ausschau. Sieh es als erledigt an.«

»Perfekt. Ich habe also grünes Licht von dir, die Anteile auf den Namen deiner Sekretärin zu transferieren, und rufe Sandy an, damit sie alles erledigt. Hast du alles in die Wege geleitet, damit du das Geld auch zurück auf dein Privatkonto überweisen kannst?«
»Natürlich. Mein Steuerberater ist ein Genie – er macht so etwas laufend. Ich verkaufe dann sofort die Anteile, und ehe du dich versiehst, liegen wir beide am Strand von St. Barts, Baby. Die Mühe hat sich gelohnt.«
Ich mache das Diktiergerät aus. Erwischt. Der Platz, an dem du liegen wirst, *connard,* ist eine Gefängnispritsche.

35. Kapitel

Am nächsten Morgen komme ich mit meinem neuen Dior-Kleid, einem roten Schal um den Hals und nach J'adore duftend ins Büro und fühle mich unbezwingbar. Ich bleibe selbstsicher vor Bonnies Bürotür stehen.

»Guten Morgen, Bonnie, wie geht es Ihnen?«

Erstaunt schaut sie auf und hebt ihre Lesebrille. Anerkennend betrachtet sie mein Outfit.

»Hallo, Catherine, es geht mir gut, und Ihnen?«

»Hervorragend.«

Ich werde nicht zulassen, dass irgendein fieser Betrüger mich aus dem Spiel wirft und mein Selbstvertrauen oder meine Karriere ruiniert. Ich gehe zu meinem Büro, setze mich auf meinen Stuhl und rufe Rikash.

»Mach die Tür zu. Wie geht es dir?«

»Schrecklich. Ich schlafe schon seit fast einer Woche nicht mehr.«

»Dann sind wir zwei. Zur Abwechslung habe ich ein paar gute Neuigkeiten. Dein Bruder wurde soeben als Softwareentwickler von Browser angeheuert.«

»Was? Aber er hat doch noch gar nicht mit der Schule begonnen.«

»Macht nichts. Ruf ihn bitte umgehend an und sag ihm, dass jemand bei der Swiss Bank in New York seinen Anruf erwartet. Er muss sofort ein Konto eröffnen. Kannst du dich darum kümmern?«

»Bei der Swiss Bank ein Konto eröffnen. Warum das denn?«
»Frag nicht, tu es einfach.«
»Ich hoffe nur, dass du wegen mir kein Risiko eingehst. Ich will mein gutes Karma nicht gefährden. Es wurde im Laufe der Jahre sowieso schon überstrapaziert, und ich versuche gerade, es wieder auf den richtigen Weg zu bringen.«
»Keine Sorge, dein Karma ist in Sicherheit. Ruf einfach deinen Bruder an und sag ihm, er soll sich bei Sandy Mercer von der Swiss Bank melden. Ihre Nummer steht in unserem Mandantenadressbuch.«
»Okay, okay. Mach ich. Du wirkst heute auf einmal so kühl und sicher.« Er hebt fragend die Augenbrauen.
»Ja, ich bin sicher, dass alles in Ordnung kommen wird. Das Konto muss bis morgen Mittag eröffnet sein, sag also deinem Bruder, dass er gleich anrufen soll. Außerdem müssen wir ihm ein paar Unterlagen zufaxen, er muss irgendwo einen Faxanschluss auftreiben.«

* * *

Ich nehme einen Schluck Kaffee, greife dann zum Telefonhörer und rufe die Kundenbetreuerin der Swiss Bank an.
»Hey, Sandy, bereit für den großen Tag morgen?«
»Ja, Mann, das wird verrückt. Dieser Börsengang ist echt heiß.«
»Hören Sie, ich habe einen neuen Namen für das internationale Aktienpaket. Jeff Richardson hat mich gebeten, noch einen Softwareentwickler aus Indien aufzunehmen.«
»Wohl noch so einer dieser indischen Computer-Kids, was?«
»Genau.«
»Okay, wie heißt er?«
»Nitesh Chandra.«
»Hab ich. Haben Sie eine Kontonummer für mich?«

»Nein, noch nicht, er ruft Sie heute an und erledigt das, 400 Aktien gehen auf ihn.«
»Diese Kids steigen gleich ganz groß ein, was?«
»Bestimmt. Ach, Sandy, bevor ich es vergesse, haben Sie die Anfrage erhalten, die ich Ihnen von Jeffrey Richardson weitergeleitet habe?«
»Ja, die habe hab ich hier. 8000 Anteile auf das Konto einer Sekretärin. Muss wohl eine ganz besondere Sekretärin sein …«
»Ich fürchte, diese Kontoinformation ist nicht ganz korrekt – das Unternehmen will die Aktien gleichmäßig auf die ganze Belegschaft von Browser verteilen.«
»Wirklich?«
»Ja, sehr großzügig, was? Sie zweifeln doch nicht an meiner Autorität, oder?«
»Nein, Mam, natürlich nicht. Sie sind der Boss.«
»Sandy, Sie sind bei diesem Deal meine Hauptansprechpartnerin, also enttäuschen Sie mich nicht.«
»Habe ich Sie bisher enttäuscht?«
»Noch nie.«
»Gut. Bitte erinnern Sie auch Ihren Mandanten daran. Ich würde mich dieses Jahr über einen hübschen Bonus freuen.«
»Keine Sorge, wird erledigt.«

* * *

Am Morgen des Browser-Börsengangs sitze ich in unserem Konferenzsaal und warte auf die Finanznews im Fernsehen. Eine Moderatorin berichtet über den Anstieg der Browser-Aktie von 23 auf sagenhafte 105 Dollar. Bedenkt man, wie viele Aktien Jeffrey hat, besitzt er auf dem Papier nun 100 Millionen Dollar.
Ich rufe Rikash in den Sitzungssaal. »Sag deinem Bruder, er soll

seine Anteile verkaufen. Er wird einen hübschen kleinen Gewinn machen.«

»Danke, dass du das alles tust. Du hast ja keine Ahnung, wie sehr uns das hilft. Bringt dich das in Schwierigkeiten?«

»Nein.«

»Was ist mit Jeffrey? Wird er es herausfinden?«

»Das macht nichts. Momentan ist er vermutlich viel zu sehr damit beschäftigt, sich über das Geld zu freuen, das er soeben gemacht hat.«

»Du bist meine Lakshmi, meine Glücksgöttin.«

Rikash will gerade in sein Büro zurückhuschen, da sehe ich Maria lauschend an der Tür zum Sitzungssaal stehen.

Großartig. Das wird Miss Plappermaul gefallen. Ich wusste, dass es mir eines Tages nützlich sein würde, darum habe ich die Aufnahme von Marias und Roxannes verschwörerischer Unterhaltung beim Mittagessen kopiert. Ich lege eine kleine Kassette mit einem Zettel auf ihren Schreibtisch.

> Liebe Maria,
> wir sollten jede Schlammschlacht vermeiden, oder? Wir haben beide viel zu verlieren.
> Catherine

Später an diesem Morgen gehe ich an ihrem Schreibtisch vorbei, sie nickt demütig und besiegelt damit unser Abkommen.

* * *

»Glückwunsch, Catherine, wie ich höre, ist der Browser-Börsengang einwandfrei gelaufen. Schade, dass ich beim Emissionsangebot nicht mitmachen konnte. Die Aktien sollen heute Morgen ja auf über hundert Dollar gestiegen sein«, sagt Scott, während wir beide zum Aufzug und zum Mittagessen gehen.

»Ich bin froh, dass es vorbei ist, jetzt kann ich mich neuen Herausforderungen stellen.«
Er sieht mich verblüfft an. »Fahren Sie dieses Wochenende nicht in die Hamptons?«
»Nein, dieses Wochenende fahre ich an einen anderen Strand. Ich habe mir für Freitag freigenommen. Ich hoffe, das ist kein Problem.«
»Natürlich nicht. Wo soll's denn hingehen?«
»Nach Anguilla.«

36. Kapitel

Rate mal, wer angerufen hat, während du deinen Hintern in der Tropensonne geröstet hast?«

»Hm, lass mich mal überlegen. Mr. Hyde?«

»Woher weißt du das?«

»Zufallstreffer.«

Mir war klar, dass Jeffrey sofort versuchen würde, mich zu erreichen, sobald er erfahren hätte, dass Browser-Aktien den Mitarbeitern überschrieben wurden. Am Wochenende erhielt ich ein paar böse E-Mails und versuchte verzweifelt, sie zu ignorieren. Nachdem ich die letzte gelesen hatte, entwarf ich detaillierte Anweisungen für Rikash, nach denen er sich richten sollte, wenn Jeffrey im Büro anrief.

»Das überrascht mich nicht. Was hat er gesagt?«

»Er hat herumgebrüllt, es sei ein Notfall, er müsse unbedingt mit dir sprechen. Ich habe ihm gesagt, du seist nicht zu erreichen, also hat er gedroht, Scott anzurufen und ihn darauf hinzuweisen, dass du gegen das Gesetz verstoßen hättest.«

»Und was hast du ihm gesagt?«

»Genau das, was du mir aufgetragen hast. Ich habe ihm gesagt, du hättest dein letztes Telefonat mit ihm über den Aktientransfer aufgenommen und würdest umgehend die Börsenaufsicht verständigen, falls er irgendetwas unternehmen sollte, das deiner Karriere schaden könnte. Er sagte, ich solle mich verpissen, und hat aufgelegt.«

Ich bin sicher, Scott würde sich auf meine Seite schlagen, falls er von der Sache erfahren sollte. Er würde Jeffrey umgehend der Börsenaufsicht melden. Trotzdem bin ich froh, dass ich keine persönlichen Details unserer Beziehung preisgeben muss. Es ist schon schlimm genug, dass Jeffreys gesetzeswidrige Forderung in mir Zweifel an meiner Professionalität geweckt hat. Da will ich nicht auch noch diese schmerzhaften Peinlichkeiten erläutern müssen.

»Danke, Rikash, dass du diesen fiesen Anruf für mich entgegengenommen hast. Du bist ein Schatz.«

Ich gebe mich zwar locker, trotzdem rutscht mir das Herz in die Hose. Mein Selbstbewusstsein sinkt auf den Nullpunkt, wenn ich daran denke, dass mein Verhältnis zu Jeffrey sich so schnell von höchstem Glück zu fiesesten Drohungen gewandelt hat. Ich würde am liebsten zurück nach Anguilla fliegen und meinen Kopf in den Sand stecken.

»Es war mir ein Vergnügen, ich kann ihn nicht ausstehen, glaube mir. Und wie war die Spritztour in die Karibik? Hast du Spaß gehabt?«

»Spaß ist nicht unbedingt die richtige Bezeichnung, es war aber auf jeden Fall entspannend. Ich habe 24 Stunden durchgeschlafen und mich dann zwischen meinen Heulkrämpfen massieren und Meeresalgen-, Ganzkörper- und Gesichtsbehandlungen machen lassen. Sagen wir, ich fühle mich jetzt zumindest dem Leben näher als dem Tod.«

»Der Heilungsprozess setzt ein. Das heißt, du bist auf dem richtigen Weg. Jetzt wird alles gut.«

»Und was ist mit dir? Wie sieht es mit deinem Heilungsprozess aus?«

»Sehr gut.« Er klimpert mit seinen langen Wimpern. »Sex heilt alle Wunden.«

* * *

»Ms. Lambert, wir erwarten Sie in Sitzungssaal 22J«, krächzt eine Stimme aus meiner Sprechanlage. Unsere Personalchefin Joan Biltmore ist eine zarte, aber beinharte Frau mit dem Auftreten eines Generals. Sie hat mich gebeten, an den Vorstellungsgesprächen der Jurastudenten für das Referendariat teilzunehmen – jetzt bereue ich, dass ich zugesagt habe. Ich habe keine Lust, irgendwen davon zu überzeugen, sich dem erbarmungslosen Wettbewerb in diesem Irrenhaus auszusetzen.

Bei einem Vorgespräch mit Partnern und angestellten Anwälten hat Joan uns mit den Richtlinien der Kanzlei in Bezug auf die Vorstellungsgespräche vertraut gemacht. »Wir suchen nach unterschiedlichen Persönlichkeiten, die zum kontinuierlichen Erfolg der Firma beitragen können. Menschen mit unterschiedlichem kulturellem Background und starken Überzeugungen, die unsere Werte teilen.«

Persönlichkeiten mit unterschiedlichem kulturellem Background? In unserem New Yorker Büro sind von 420 Juristen höchstens zehn afroamerikanischer Herkunft, aber vielleicht meinte sie ja Tätigkeiten in der Poststelle oder der Kantine?

Ich komme ins Konferenzzimmer, als Joan gerade aufzählt, welche Vorteile es hat, seine Seele an die Firma zu verkaufen. »Wir bilden unsere Mitarbeiter auf einzigartige Weise aus. Bei uns wird Wert auf praktische Erfahrungen gelegt, unsere Anwälte sind verantwortungsbewusste Menschen mit vielseitigen Interessen, und das Unternehmen ist nicht nur an abrechenbaren Stunden interessiert, sondern vor allem am guten Arbeitsklima.«

Von wegen!

»Hallo, Catherine, ich erkläre Jonathan gerade die Besonderheiten eines Arbeitsplatzes bei Edwards & White.«

»Oh, perfektes Timing.« Ich setze ein gewinnendes Lächeln auf, damit Jonathan sich wohl fühlt.

»Catherine ist Anwältin unseres Firmenkonzerns. Sie spricht

Französisch und hat vorher in unserem Pariser Büro gearbeitet, dann ist sie zu uns gekommen.«

»Aktienrecht? Darauf will ich mich eines Tages spezialisieren«, schwärmt er.

Ich überlege, ihm zu raten, die Finger davon zu lassen und so schnell wie möglich das Weite zu suchen, solange er noch die Zeit dazu hat, doch ich beiße mir auf die Zunge.

»Großartig! Erzählen Sie mir mehr von sich«, sage ich und täusche ungeteilte Aufmerksamkeit vor, denke aber an die ungefähr 300 ungeöffneten E-Mails und Telefonnachrichten, die sich über das Wochenende bei mir angesammelt haben.

Er erzählt so lange von seinen akademischen Erfolgen, dass meine Augen glasig werden. Ich würde ihn am liebsten anschreien, mich damit zu verschonen, wo er doch noch nicht einmal seinen Abschluss gemacht hat! Als Redakteur der *Yale Law Review* kann er gerade einmal Bonnies Sachen bei der Trockenreinigung abholen. Aber wenn ich es mir recht überlege, passt er genau in dieses selbstverliebte Paradies.

»Also, Jonathan, warum haben Sie sich für eine große Kanzlei entschieden?«

»Die Arbeit hier ist eine Herausforderung und bietet ausgezeichnete Weiterbildungsmöglichkeiten.«

»Gehen Sie außerhalb der Studienzeit noch anderen Interessen nach? Haben Sie einen Lieblingssport?«, frage ich und versuche, ihn nicht mit detaillierten juristischen Fragen zu quälen.

»Ich liebe vor allem die Aktivitäten und Sportarten, bei denen Teamgeist gefragt ist. Vermutlich, weil ich ein großer Teamplayer bin. Außerdem mag ich alles, was auf Ausdauer, Charakterstärke und Loyalität abzielt.«

»Wofür interessieren Sie sich noch?«

»Ich liebe französischen Wein und französische Frauen.«

»Wirklich? Sie sind ein Mann mit Geschmack, Jonathan.« Seine Antwort erinnert mich an den Mist, mit dem Jeffrey mich überschüttet und hinters Licht geführt hat. Ich möchte ihm über den Konferenztisch hinweg an die Gurgel springen.

»Schmeichelei kann manchmal ins Auge gehen, seien Sie also lieber vorsichtig damit. Ich fürchte, es bedarf einiges mehr, damit man hier einen Job bekommt.«

»Ich sehe das als karrierefördernden Schritt.«

»Gut, dann wünsche ich Ihnen viel Glück bei Ihrem karrierefördernden Schritt, denn das werden Sie gebrauchen können.«

Ich verabschiede mich höflich – Jonathan ist ein Quatschkopf. Trotzdem bin ich mir sicher, dass das Unternehmen ihm ein Angebot machen wird, ganz egal, wie ich mich dazu äußere.

Ich gehe in mein Büro zurück, schließe die Tür und breche zum ersten Mal an meinem Arbeitsplatz in Tränen aus.

Ich fühle mich so leer. Wann wird das vorbeigehen?

37. Kapitel

Jeffrey hat endlich aufgehört, mich anzurufen.«

»Er hat es ja lange genug versucht, oder?«, kommentiert Lisa und nimmt im Tartine im West Village einen letzten Bissen von ihrem Hühnchen. »Wie hast du das geschafft?«

»Ich habe ihm eine E-Mail geschickt und ihm geschrieben, dass er sich glücklich schätzen kann, dass ich ihn, nachdem er versucht hat, mich mit seinen großartigen Plänen zur Komplizin zu machen, nicht angezeigt habe. Ich habe auch geschrieben, dass ich mir vorbehalte, ihn der Börsenaufsicht zu melden.«

»Wirst du das tun? Wenn du es der Börsenaufsicht meldest, wird es öffentlich, und die Kanzlei wird davon erfahren.«

»Ich weiß, aber das Letzte, was die Unternehmenswelt brauchen kann, ist ein weiterer Gauner auf freiem Fuß. Ich habe ein Schreiben an den Ermittlungsausschuss der Börsenaufsicht aufgesetzt, in dem ich die Sachlage erläutere, habe es verschlossen und in meinem Schreibtisch hinterlegt. Ich schicke es ab, wenn ich dazu bereit bin.«

Wie schrecklich, das laut aussprechen zu müssen. Ich habe noch immer Schwierigkeiten bei der Vorstellung, dass ich einem Betrüger in die Arme gelaufen bin.

»Du hast recht, Catherine. Ich bin stolz auf dich.«

Die Kellnerin kommt mit zwei Stück Obstkuchen an unseren Tisch. »Das Dessert wird Ihnen von den beiden Herren am Fenster spendiert.«

Lisa winkt den Männern dankend zu.
»Wie süß. Sollen wir sie an unseren Tisch bitten?«, fragt sie munter.
»Tut mir leid, Lisa, aber ich bin wirklich nicht in der Stimmung. Momentan habe ich gar keine Lust auf so etwas.«
»Verstehe. Ich bin froh, dass du zu dem Firmentreffen nach Kalifornien fährst. Das wird dir guttun, und du kommst ein wenig aus der Stadt raus. Außerdem triffst du vielleicht einen netten Mann, mit dem du dich verlinken kannst, wer weiß?«
Ich muss lachen – Lisa weiß, dass ich den Ausdruck verlinken noch nie verstanden habe. Er klingt so unromantisch, vermutlich, weil ich dabei an das Verkabeln eines Toasters oder Kabelfernsehers denken musste, als ich ihn zum ersten Mal gehört habe. Seitdem ist er ein Dauerbrenner. Sie lächelt und ist froh, dass ich auch lache.
Sie liest in meinen Gedanken und fährt fort: »Wie sagen die Franzosen so schön? *Un de perdu …*«
»*… dix de retrouvés* … Einer verloren, zehn gefunden. Doch ehrlich gesagt bin ich nicht auf der Suche.«
»Und Antoine?« Sie wirft mir einen neugierigen Blick zu.
»Was ist mit ihm?«
»Freust du dich nicht, ihn wiederzusehen?«
»Hmm. Vermutlich schon. Er macht seine Sache offenbar ziemlich gut.«
»Du hast ihn ja recht schnell zurückgewiesen. Ich glaube, er ist ein toller Typ.« Sie zwinkert schelmisch.
»Lisa, lass das. Es ist schon schlimm genug, dass ich mit einem Mandanten die Grenze überschritten habe. Wie gesagt, momentan steht mir der Kopf gar nicht nach Männern.«
»Wie du meinst. Vergnüg dich einfach ein wenig, der Ausflug wird bestimmt eine Wucht!«
»Ja, genau die Wucht, die man von einer größeren Propangasexplosion zu erwarten hat.«

»Lach mal wieder, *mademoiselle!* Wenigstens ist dort das Wetter schön. Du kommst bestimmt wie neugeboren zurück.«

»Das hoffe ich. Ich könnte etwas Erfreuliches in meinem Leben gebrauchen.«

* * *

Zwei Uhr früh ist vermutlich nicht die ideale Zeit, um für einen Betriebsausflug zu packen. Man ist unkonzentriert, und das modische Urteilsvermögen ist getrübt. Erschöpft von einem Tag voller Meetings, schmeiße ich zwei Paar Flip-Flops im Hawaii-Stil und zwei Eres-Bikinis in meinen Koffer. Aber was ich für die Geschäftstreffen und die Abendessen mitnehmen soll, weiß ich nicht. Ich kauere einen Augenblick wie Rodins *Denker* auf meinem Bett und habe dann eine tolle Idee für ein Outfit. Ich wühle bestimmt eine halbe Stunde lang in meinem Schrank und suche nach dem perfekten Rock, bis mir einfällt, dass er in der Reinigung ist. *Merde!* Ich suche nach einem alternativen Outfit, stelle ein paar Sachen zusammen, aber nichts kommt an die Kombination heran, die ich ursprünglich geplant hatte. Vielleicht könnte ich bei Madame Paulette mitten in der Nacht einbrechen, um meinen Rock zu holen? Ich ziehe alles Mögliche heraus und probiere herum, bis meine Wohnung im Chaos versinkt, aber nichts scheint richtig zu passen. Nun werde ich tatsächlich nervös, denn Harry Traum holt mich in weniger als zwei Stunden ab, weil er mich zum Flughafen mitnimmt. Beruhige dich, Catherine, atme tief durch. Ah! Buchstäblich alles bringt mich dieser Tage um den Verstand. Nachdem ich mich beruhigt habe, ziehe ich eine hellrosa Lederjacke im Vintagestil aus dem Haufen, eine Jeans von Acne, T-Shirts, meinen Dior-Hosenanzug, ein schwarzes, schulterfreies Abendkleid, Stilettos von Lanvin und zwei Wickelkleider von Diane von Fürstenberg. Ich werfe ein paar Halsketten im Vin-

tagestil dazu, meine Tasche von J. Crew – und voilà! Ich bin fertig. Uff!
Um Punkt fünf fährt Harry Traums Limousine vor. Die meisten Kollegen sind bereits am Vortag abgeflogen, um vor dem offiziellen Firmentreffen eine Partie Golf zu spielen. Ich saß hingegen wegen eines Auslandsfalls fest und musste meine Reise um einen Tag verschieben, was den unerwarteten Nebeneffekt hat, dass ich nun in Harry Traums Gesellschaft reisen darf. Sein Fahrer empfängt mich in der Lobby und hilft mir mit dem Gepäck. Im Wagen versuche ich trotz meiner Unfähigkeit, am frühen Morgen korrekt Englisch zu sprechen, karriereförderndem Smalltalk zu betreiben.
»Für die Firma scheint es in letzter Zeit ja ziemlich gut zu laufen. In unserer Abteilung für Unternehmensrecht haben wir viel zu tun. Wie sieht es in der Prozessabteilung aus?«
»Ich habe immer viel zu tun. Sie haben ja keine Ahnung, wie viele Gauner da draußen rumlaufen.«
Ja, Sir, das glaube ich Ihnen gerne. Ich hätte auf dieser langen Liste auch einen hinzufügen können, habe mich aber für den edleren Weg entschieden.
»Ich habe viel Gutes über Ihre Arbeit gehört, Catherine. Sie sind offenbar ein helles Köpfchen.«
Nun, so etwas am frühen Morgen gesagt zu bekommen, ist schön … Ich unterdrücke ein strahlendes Lächeln.
»Danke, ich habe hart gearbeitet. Ich hoffe, es lohnt sich.«
»Ich hätte vielleicht ein Angebot für Sie«, sagt er und sieht mich durchdringend an.
Oha. So ein Erwachen ist weniger schön … ein Angebot? Wenn das eine Anmache wird, sterbe ich. Oder vielleicht bringt Bonnie mich vorher um.
»Äh, was für ein Angebot?«
»Es ist sehr vertraulich, Sie müssen es für sich behalten. Ein paar Seniorpartner und ich werden die Kanzlei verlassen und

eine neue Kanzlei gründen, es würde mich freuen, wenn Sie mitkämen ... als Juniorpartnerin.«

Ich sehe ihn an, und die Augen treten mir fast aus den Höhlen. Unglaublich, dass man mir eine Partnerschaft anbieten will! Harry spricht über die Fälle, die ich bearbeiten würde (interessant), die Bezahlung (sehr interessant) und meine Beteiligung an der neuen Firma (sehr, sehr interessant): Doch nachdem sich meine anfängliche Begeisterung ein wenig gelegt hat, spüre ich ein nagendes Gefühl in meiner Magengrube. Irgendwas stimmt nicht, ich weiß aber nicht genau, was es ist. Ich starre auf den Highway und versuche, meine Gedanken zu ordnen, während er weiterspricht. Der Job könnte mehr Geld und mehr Prestige bedeuten, ich könnte mich aus Bonnies eisernem Griff befreien. Doch in den Wochen nach dem Browser-Debakel habe ich eine andere Einstellung zu meiner Karriere bekommen. Will ich weiterhin so verrückt viele Stunden arbeiten und auf die endlosen und oft unmöglichen Forderungen der Mandanten oder der höhergestellten Anwälte in der Hierarchie eingehen?

»Wir gründen eine Kanzlei, die sich auf Wirtschaftskriminalität spezialisiert. Ihre Erfahrung würde die Prozessabteilung ergänzen.«

»Ihr Angebot schmeichelt mir sehr, Mr. Traum, aber ich weiß nicht, ob ich für so einen Schritt schon bereit bin. Würden Sie mir ein wenig Zeit einräumen, damit ich darüber nachdenken kann?«

Er sieht mich fassungslos an.

»Sie wollen mir doch nicht erzählen, dass Sie der Firma gegenüber loyal sind, bei all den Arschlöchern, die das Unternehmen leiten, oder? Glauben Sie denn, dass die auch nur einen Augenblick Ihnen gegenüber loyal sind? Sie sind nichts weiter als ein gutgeöltes Zahnrädchen, meine Liebe. Vergessen Sie das nicht.«

Seine Worte jagen mir einen Schauder über den Rücken. Ich bin nicht so naiv, zu denken, dass Mitarbeiter wie ich unersetzlich sind. Doch angesichts meiner Mühen und meiner Verpflichtung der Firma gegenüber denke ich, dass ich als Gegenleistung ein wenig Anerkennung verlangen kann.

»Ich werde es nicht vergessen, danke.«

»Nehmen Sie sich so viel Zeit, wie Sie brauchen, Catherine«, sagt er finster.

Er sieht aus dem Fenster, und ein gequälter Ausdruck legt sich auf sein müdes Gesicht.

»Ich habe mir in den letzten 30 Jahren den Arsch aufgerissen, und was bekomme ich dafür? Gar nichts. Jahr für Jahr habe ich die besten Mandanten angeschleppt, habe Prozesse gewonnen, die jeder andere bereits abgeschrieben hatte, habe am Berufungsgericht und am Obersten Gerichtshof neue Gesetze bewirkt, und wozu? Damit man mich wie einen alten, kaputten Wagen behandelt, der reif für den Schrottplatz ist.«

Ich weiß nicht, ob ich darauf etwas sagen soll, und höre ihm betreten zu. Trotz seines ruppigen Auftretens und der Posen des harten Kerls wirkt Harry auf mich wie ein verletzlicher Welpe.

»Man würdigt meine Leistung einfach nicht. Ich habe eine dreifache Bypassoperation wegen dieser Trottel hinter mir. Ich war die einflussreichste Person in der Unternehmensgeschichte, und jetzt versucht man, mich auszubooten. Können Sie sich das vorstellen?« Er sieht mich verärgert an. »Diese undankbaren Hurensöhne. Wissen Sie was, die sollen sich doch selbst ficken. Aber wissen Sie, was das Traurigste daran ist? Ich nehme die meisten meiner Mandanten mit und werde alleine mehr Geld verdienen. Ein Haufen zurückgebliebener, kurzsichtiger, gieriger Affen. Mehr nicht, ein Haufen beschissener Affen.«

Er tut mir leid. Er sieht wie ein gescheiterter Rockstar aus, dessen Song nicht länger im Radio gespielt wird. Warum freut sich dieser sechzigjährige Mann mit Millionen auf der Bank und Jahrzehnten harter Arbeit im Rücken nicht auf seinen Ruhestand? Trotz seines immensen Erfolgs, seines beneidenswerten

Rufs und all seines Geldes sieht er erbärmlich aus. Mir kommt in den Sinn, dass er vielleicht kürzlich nicht wegen seiner Scheidung den Wutanfall bekommen hat, sondern wegen des Drucks in einer Firma, die ihn ausbooten will. Eine Befürchtung, die seit längerem in mir brodelt, nimmt langsam Gestalt an – ich weiß nicht, ob ich so enden will.

Wir erreichen den Flughafen und checken unser Gepäck in der Business Class ein.

»Catherine, ich habe Sie upgraden lassen. Sie fliegen erster Klasse mit mir.«

Wunderbar, meine Chancen auf ein kleines Schläfchen nach der schlaflosen Nacht sind nun gleich null.

»Das müssen Sie nicht, ich kann auch Economy fliegen. Sie haben bestimmt viel Arbeit, ich will Sie nicht stören.«

»Nein, Sie stören überhaupt nicht. Ich habe unzählige Upgrades und brauche sie nie. Außerdem könnten Sie mir bei der Vorbereitung meiner Rede helfen.«

»Ihrer Rede?«

»Ich bin gebeten worden, morgen beim Eröffnungsdinner eine Rede zu halten.«

Wir setzen uns ganz vorne ins Flugzeug. Harry stellt seinen Anwaltskoffer voller Akten und Gesetzbücher ab, holt eine Mappe heraus und fängt zwischen gierigen Schlucken Kaffee eifrig an zu lesen. Ich sehe ihn an, und mir wird klar, dass er eine Arbeitsmaschine ist und auch genau das von seinen Partnern erwartet: Arbeit und noch mehr Arbeit. Ich höre schon meinen inneren Rikash sagen: *Bist du sicher, dass du Partnerin werden möchtest? Das ist, als besteige man im Monokini den Mount Everest, Liebling. Oben ist es bitterkalt. Das Problem beim Hamsterrad ist, dass man, selbst wenn man ganz vorne ist, ein Hamster bleibt. Und hast du es erst an die Spitze geschafft, vergiss bitte nicht, dass Ferkel dick, Schweine aber geschlachtet werden.*

Die Tatsache, dass Harry zur Schlachtbank geführt wird, gibt Rikash recht.
Angesichts seiner erbarmungslosen Arbeitsmoral traue ich mich nicht, meine *Vogue* aus der Tasche zu ziehen, sondern blättere stattdessen das Heft der Airline durch.
»Ich weiß genau, dass Sie mich am Telefon in der Bibliothek haben hängenlassen, Catherine«, platzt er heraus. »Ich habe Sie an Ihrem französischen Akzent erkannt.«
O Gott. Als der Pilot den Abflug ansagt, bekomme ich plötzlich ein mulmiges Gefühl. Ich greife nach einem Taschentuch in meiner Handtasche und presse es mir auf den Mund. Bitte, lieber Gott, nicht jetzt. Ich denke an alles Mögliche, um mich von diesem ekelhaften Gefühl in meinem Magen abzulenken: die tolle Jacke von Yves Saint Laurent, die ich bei Bergdorf gesehen habe, die frische Luft der Provence, als ich bei meiner Mutter auf Besuch war, und den Geschmack von Ginger-Ale auf meinen Lippen.
»Keine Sorge, Kindchen, ich bin nicht sauer«, sagt er und schlürft wieder an seinem Kaffee. »Ich finde, was Sie da getan haben, zeugt von Courage. Das hat mich ziemlich beeindruckt. Sie müssen in dieser Branche lernen, sich zu wehren. Das ist einer der Gründe, weshalb ich Ihnen einen Job anbiete.«
Die Maschine heult noch einmal auf und rollt dann zur Startbahn. Ich wende mich ab, sehe aus dem Fenster und hoffe, dass das gegen meine Übelkeit hilft. Doch zu meiner Bestürzung kotze ich mich und Harry voll. Selbst seine Mappe bleibt nicht verschont. Die Stewardess eilt mir mit einem heißen Tuch und zerdrückten Kaffeebohnen zu Hilfe, mit denen sie den Gestank zu dämpfen versucht.
»Es tut mir furchtbar leid, Mr. Traum. Ich weiß auch nicht, was mit mir los ist«, sage ich und wische seine Mappe ab.
»Keine Sorge, meine Liebe, meine vierjährige Enkelin macht das andauernd.«

Beschämt stehe ich auf und eile auf die Toilette. Mein Gott, ich kann es kaum glauben, dass ich soeben auf einen Seniorpartner gekotzt habe. *Merde!* Nach 20 Minuten kalter Gesichtsduschen kehre ich auf meinen Platz zurück. Harry scheint völlig unbeeindruckt von meinem verstimmten Magen und ist in seine Rede vertieft.
Ich drehe mich um und werfe dem Mann auf der anderen Seite des Gangs einen Blick zu. Er liest verstohlen sein *Maxim*-Heft und versucht, es so zu falten, dass niemand das dickbusige Mädel auf dem Cover sieht. Er hat seine Lesebrille auf der Nasenspitze, als lese er ganz intellektuell den *Economist,* und starrt dabei auf meine Beine. Ich ziehe das *New Yorker Law Journal* heraus, damit er jegliches Interesse an einer Unterhaltung verliert, und setze die Kopfhörer meines iPods auf. Sechs Stunden später sind wir in San Diego, ich fühle mich erbärmlich. Meine Klamotten sind voller Flecken und riechen nach Kotze, mein Haar ist wirr und mein Gesicht weiß wie ein Leintuch.
Vor dem Flughafen warten Dutzende von Bussen mit Fahnen, auf denen in Großbuchstaben Edwards & White steht. Anwälte aus aller Welt treffen sich hier.
»Catherine, setzen Sie sich lieber nach vorne, falls Sie sich noch einmal übergeben müssen«, sagt Harry so laut im Bus, dass alle es hören können.
Großartig. Mehr als tausend Juristen werden bald wissen, dass ich auf Harry Traum gekotzt habe. Das wird man nie vergessen. Nie.

* * *

Am nächsten Morgen machen sich natürlich alle meine Kollegen über mich lustig, während wir mit einem Bus zu einem großen Konferenzcenter gebracht werden, wo das Coaching stattfinden soll. Ich blicke mich um und frage mich, ob Harry

auch anderen Anwälten aus unserer Gruppe ein Angebot gemacht hat.
Auf halbem Weg köpft Nathan eine Dose Bier.
»Ist es dafür nicht noch ein wenig zu früh?«
»Das ist genau der richtige Zeitpunkt.«
Ich sehe Nathan zum ersten Mal entspannt, und irgendwie macht ihn das liebenswert. Er lässt ganz offensichtlich Dampf ab nach all dem Druck in der Arbeit und dem Stress, Vater zu werden.
»Wir konkurrieren mit Clifford Chance und Baker Mackenzie um den ersten Platz im internationalen Ranking«, sagt Scott zu Nathan und setzt sich zu ihm.
»Ach, echt?«, antwortet Nathan ganz offensichtlich völlig desinteressiert, während er eine junge Anwältin unseres Prager Büros mustert, die ihm gegenübersitzt.
»So ein Treffen ist genau das Richtige, damit jeder neue Motivation findet und wir sie nächstes Jahr schlagen können.«
»Ja, hm. Tolle Idee«, stimmt Nathan zu und starrt die osteuropäische Schönheit an.
Ein paar Minuten später bemerke ich zwei attraktive Partner mit britischem Akzent, die ein paar Reihen hinter uns sitzen. Ich werfe einen Blick auf einen der beiden. Er ist elegant gekleidet, hat wuscheliges Haar und dunkle, durchdringend grüne Augen. Er erwischt mich dabei, wie ich ihn anstarre, kommt herüber und setzt sich vor uns.
»Hallo, ich bin James. Woher kommen Sie?«
»Ich habe in Paris angefangen und arbeite jetzt in New York.«
»Sie Glückliche.« Er lächelt und zeigt dabei Grübchen so tief wie der Grand Canyon.
»Und was ist mit Ihnen? London, nehme ich an?«
»Ja, sehr scharfsinnig«, sagt er munter. »Das mag ich an einer Frau.« Ich werde rot.
»Willkommen in den Vereinigten Staaten.«

»Danke, ich freue mich, hier zu sein. Wie ich höre, findet heute Abend eine große Gala statt.«
»Ja, ich glaube schon«, sage ich betont lässig.
Wen führe ich hier an der Nase herum? Natürlich weiß ich, dass es am Abend ein großes Tamtam geben wird. Ich habe doch die ganzen Anmerkungen zum Abendprogramm vollgekotzt.
»Würden Sie mir heute Abend das Vergnügen Ihrer Gesellschaft gönnen?«, fragt der Brite. Er flirtet mit mir! Scott hört unsere Unterhaltung und mischt sich ein.
»Wir würden uns freuen, wenn Sie an unserem Tisch sitzen.«
Das kannst du laut sagen. Wir würden uns freuen … Vielleicht hatte Lisa ja recht. Ich sollte mir jemanden suchen, um Jeffrey aus dem Kopf zu bekommen.
Wir erreichen das Konferenzzentrum, und ich sehe Antoine, der schon in der Schlange steht und auf einen Sitzplatz wartet. Er trägt einen schicken Leinenanzug, dazu ein blaukariertes Hemd ohne Krawatte. Er hat sogar ein wenig Farbe bekommen, wodurch er gesünder aussieht als zuletzt im Büro. Als er mich sieht, kommt er auf mich zu, und ich spüre ein unangenehmes Gefühl in der Magengrube, weil ich bedenke, wie unerfreulich unser letztes Gespräch gewesen ist.
»Hallo, Catherine, wie geht es dir?« Sein freundlicher Ton beruhigt mich.
»Antoine! Ich hätte nicht gedacht, dass du es schaffen würdest, hierherzukommen. Ich habe gehört, dass du für die französische Regierung eine größere Privatisierung abwickelst.«
»Zum Glück ist alles ein wenig ruhiger geworden …«
Er lächelt mich an, mein Blick fällt auf sein hellblaues Einstecktuch, seine eleganten Gesten und sein breites Lächeln. Offensichtlich hat ihm der Umzug nach Paris gutgetan.
»Mit der Abwicklung wird es länger dauern als erwartet.«
»Ich hoffe, du genießt Paris?«
»Absolut. Jeder im Büro dort vermisst dich.«

»Ehrlich?«
Ich freue mich wahnsinnig. Seit ich in New York bin, habe ich kaum Kontakt zu meinen Kollegen und dachte, sie hätten mich vergessen.
»Gehst du heute Abend zum Dinner?«
»Mais oui.«
»Dann sehen wir uns dort. Ich sitze an deinem Tisch. Scott hat mir einen Platz reserviert.« Er zwinkert mir zu.
Ich habe meine Meinung geändert: Dieser Betriebsausflug wird vielleicht doch sehr angenehm.

* * *

»Ich kann es nicht fassen, dass du ihn an unseren Tisch gebeten hast«, flüstert Bonnie Scott laut und mit geschürzten Lippen zu. »Er arbeitet nicht mehr mit uns. Er sollte am Pariser Tisch sitzen.« Sie krallt sich so fest an ihr Abendtäschchen, dass es wie ein Lederball aussieht.
»Wo ist das Problem? Er hat immens viel für mich gearbeitet, und ich mag ihn«, schießt er zurück.
Sie wendet sich ab und antwortet nicht. Es ist offensichtlich, dass Scott sich nicht mit ihr abgesprochen hat, bevor er Antoine an unseren Tisch gebeten hat.
»Hallo, Catherine.« James, der britische Anwalt, steht neben unserem Tisch und sieht in seinem maßgeschneiderten Anzug mit hellrosa Krawatte flott aus.
»Ah, hallo, James.«
»Ist der Platz schon besetzt?«, fragt er und zeigt auf den leeren Stuhl neben mir.
»Nein, bitte schön.«
»Ich würde mich nicht trauen, einem New Yorker den Platz wegzuschnappen. Könnte mich den Kopf kosten«, sagt er und legt sich die Serviette auf den Schoß.

»Ich bin keine gebürtige New Yorkerin. Ich bin Französin, schon vergessen?«

»Ah, ja, tut mir leid. Eine Französin, ich Glückspilz.«

Unter den aufmerksamen Blicken meiner Kollegen beginnen wir ein Gespräch. Antoine sitzt auf der anderen Seite des Tisches neben Bonnie, die ihren Stuhl übertrieben weit von ihm weggerückt hat, ihm den Rücken zukehrt und auf Scott einredet. Sobald Nathan sein Glas ausgetrunken hat, hebt er die Hand und signalisiert der Kellnerin, ihm mehr Wein zu bringen. Sie kommt näher an den Tisch, er flüstert ihr etwas ins Ohr, sie starrt ihn an und wird rot. Er legt ihr den Arm um die Taille, und sie füllt zum vierten Mal sein Glas. Dieser Abend wird noch sehr interessant.

Nach ungefähr 20 Minuten Unterhaltung mit James klinkt Antoine sich ein.

»Catherine, würdest du mir deinen Gast vorstellen? Ich glaube, wir kennen uns nicht.«

»Oh, natürlich, entschuldige. Das ist James aus unserem Büro in London. Er hat sich auf strukturierte Finanzprodukte spezialisiert.«

»Schtrukturierte Phinanzprodukte?«, lallt Nathan. »Mein Gott, ich war bei meiner letzten Firma auch in der Abteilung für schtrukturierte Phinanzprodukte. Das ist echt laaangweiliges Zeug. Ich musste an die 20 Tassen Kaffee täglich trinken, um wach zu bleiben. Für kein Geld der Welt würde ich den Job noch einmal machen.«

»Es würde dir auch keiner einen anbieten, Nathan. James, wie viele Anwälte sind derzeit in Ihrem Büro beschäftigt?«, fragt Scott und versucht, die Unterhaltung in eine andere Richtung zu lenken.

»Selbst wenn ich ein Angebot bekäme, würde ich es nicht annehmen. Ich habe es gehasst«, sagt Nathan und wird immer lauter. »Zu allem Überfluss habe ich auch noch für das größte

Arschloch Manhattans gearbeitet. Josh Green, ein Verlierer, wie er im Buche steht.«

»Nathan, er ist wohl kaum ein Verlierer«, antwortet Antoine höflich. »Er ist der amerikanische Topanwalt auf dem Gebiet.«

»Ach ja? Er ist auch der amerikanische Topwichser.«

Scott steht auf und bedeutet Nathan, ihm zu folgen. Armer Nathan, jetzt wird er wohl in die Mangel genommen.

»Bitte entschuldigen Sie meinen Kollegen. Er hat ein wenig zu viel getrunken.«

»Oh, kein Problem, ich nehme das nicht persönlich. Außerdem hat er ja recht. Ich wäre auch lieber DJ in einem Club, aber meine Eltern würden mich vermutlich enterben.«

Nachdem Scott und Nathan den Tisch verlassen haben, schaltet Bonnie sich ein.

»Unglaublich, Nathans Verhalten.«

»Ist kein Problem. Ich meine, das hier ist ja nur ein internes Abendessen«, antwortet Antoine.

»Kein Problem? Du machst wohl Witze. Hast du gehört, was er gesagt hat? Wir haben verdammtes Glück, dass es nur ein internes Abendessen ist. Er sollte gefeuert werden.«

»Das meinen Sie nicht im Ernst? Er gehört zu denen, die die meisten Stunden schreiben, außerdem erwartet seine Frau ein Kind. Das können wir nicht machen«, werfe ich ein.

»Was meinen Sie mit wir, Catherine? Ich fürchte, Sie haben in solchen Fragen keinerlei Mitspracherecht.«

»Okay, ich sage ja nur, dass Sie es nicht tun sollten. Er hat einfach zu viel getrunken, das ist kein Weltuntergang.«

»Meinen Sie, dass ich Ratschläge von Mitarbeitern benötige, die sich halb nackt auf Schlampenpartys in den Hamptons herumtreiben?«

Die Spannung an unserem Tisch wird förmlich greifbar. Ich überlege gründlich, bevor ich auf diesen Unsinn antworte,

doch mit Harrys Angebot im Hinterkopf habe ich den Mut zurückzuschlagen.
»Immer noch besser halb nackt bei einer Party in den Hamptons als halb nackt bei einem Mandantenmeeting, oder nicht?«
Antoine und James sehen mich fassungslos an. Ich lächle Bonnie triumphierend zu, ihr Gesicht hat die Farbe der Sohlen ihrer Louboutin-Sandalen angenommen. Sie versucht, das Thema zu wechseln, und bringt einen wichtigen Abschluss zur Sprache, an dem sie gerade arbeitet.
Nachdem mein Puls sich normalisiert hat, tut es mir leid, dass ich Bonnie so angeschnauzt habe. Trotz ihres lächerlichen Verhaltens weiß ich, dass sie sich immer gegen Sexismus und die Altherrenriege starkgemacht hat, um dort hinzukommen, wo sie jetzt steht. Welche Frau kann schon jahrelang Verrat, Aggression und rauhen Wettbewerb ertragen, ohne ein bisschen ihre Seele zu verkaufen? Und wie steht es mit der Doppelmoral: Agiert eine berufstätige Frau durchweg mit weiblichen Klischees, wird sie für schwach gehalten. Geht sie dagegen an und ist übertrieben aggressiv, hält man sie für eine Schlampe. Egal, wie man es betrachtet, es ist ein hartes Geschäft.
Nach dem Dessert richtet Harry Traum sich mit seinen (angekotzten) Eröffnungsanmerkungen an die angeheiterte Menge. Beschwipst lehne ich mich an James und habe das Gefühl, dass er dasselbe tut.
»Guten Abend, verehrte Kollegen«, bringt Harrys Stimme das Publikum zum Schweigen. »Wir beginnen den Abend mit der Würdigung unserer herausragendsten Talente.«
James sieht mir in die Augen, und ich finde das Flirten mit einem attraktiven Unbekannten sehr erregend. Die körperliche Anziehung lässt mein Herz heftig schlagen. Applaus reißt mich aus meinen Gedanken.
Harry bittet ein paar Seniorpartner zu sich auf die Bühne, die 15 Auszeichnungen für das Lebenswerk vergeben sollen. Ein Pro-

jektor wirft Bilder der geehrten Anwälte an die Wand. Ich brauche ein paar Minuten, um aus meinem lustvollen Erstaunen zu erwachen und mir bewusstzumachen, dass unter den 15 ausgezeichneten Leuten nicht eine einzige Frau ist. Eine tiefe innere Trauer ergreift mich bei dem Gedanken an all die pflichtbewussten, talentierten Frauen, die ihre ganze Energie in die Firma gesteckt haben. Das sind Frauen, die es an die Spitze einer von Männern dominierten Gesellschaft geschafft haben, die viele persönliche Opfer bringen mussten und nicht das Glück hatten, eine »Ehefrau« zu haben, die ihnen zu Hause den Rücken freihielt. Sie werden nicht gewürdigt. Was ist das für ein Signal an die Frauen, die über die Hälfte der Anwesenden ausmachen? Wird sie das motivieren, ein Lächeln aufzusetzen und jeden Tag im Hosenanzug zu erscheinen, um für die Altherrenriege zu kämpfen? Mein ganzer Körper ist angespannt, mir ist schwindelig. Ob sich die Dinge ändern würden, wenn ich Harry Traums Job annähme? Realistisch betrachtet wohl kaum.

»Ich möchte jetzt gerne die Gelegenheit nutzen, um Ihnen allen mitzuteilen, dass wir mit der Anzahl unserer Fälle einen Rekord gebrochen und dabei die schwindelerregende Summe von sechs Milliarden Dollar erwirtschaftet haben. Glückwunsch an alle für diese Leistung.«

Ein allgemeines, orgasmusgleiches Raunen geht durch die Menge. Bonnies Gesicht strahlt, als sei die Nachricht direkt an sie gerichtet. Sie wirft ihren Kopf in den Nacken, nimmt ihr Schultertuch ab und schaut mit ihrem anzüglichsten Schlafzimmerblick zu Harry hinauf.

»Bevor ich mit meiner Rede beginne, möchte ich mich kurz bei jemandem in diesem Saal dafür bedanken, dass er meine Eröffnungsbemerkungen verändert hat.« Er schiebt seine Lesebrille auf die Nasenspitze. »Ich hatte das Vergnügen, auf dem Flug nach Kalifornien neben einer Frau aus unserem Büro zu sitzen, die kürzlich aus Paris zu uns gekommen ist.«

Ah, non, ce n'est pas vrai! Ich spüre tausend Augen auf mir und wäre am liebsten tot.

»Ja, vielen von Ihnen ist Catherine Lambert aufgrund ihrer herausragenden Leistungen im Bereich Aktienrecht bekannt, aber was Sie alle nicht wissen, ist, dass sie ihr Frühstück auf meine Rede gekotzt hat und ich gezwungen war, sie neu zu schreiben.«

Lautes Gelächter erschallt von der anderen Seite des Saals. Ich erkenne die Stimme meines früheren Chefs aus Paris. »Bravo, Catherine, bravo!« Bonnie und Scott sehen mich ungläubig an, ich würde gern unter den Tisch kriechen.

»Ich muss zugeben, das hat sie wirklich gut gemacht, dafür bekommt sie Extrapunkte.« Lauter Applaus verdrängt das betretene Schweigen, Antoine prostet mir zu. James legt mir seine Hand auf die Schulter und lächelt breit. »Gut gemacht, Catherine, gut gemacht.«

»Ja, vor diesem kleinen Missgeschick hätte ich über das internationale Ranking der Firma und so weiter gesprochen«, fährt Harry finster fort. »Stattdessen habe ich beschlossen, ein paar Worte zu Tugenden wie Loyalität und Arbeitsmoral zu sagen.«

Ich nehme einen großen Schluck Wein, um meine Verlegenheit hinunterzuspülen. Dann fällt mir ein, dass dies wohl Harrys letzte Rede für Edwards & White ist und er die Gelegenheit nutzen wird, seiner Enttäuschung öffentlich Luft zu machen. Ich muss lächeln.

Plötzlich fängt er an, wie einer dieser Fernsehprediger auf der Bühne hin und her zu laufen. »Als ich vor über 30 Jahren zu dieser Firma kam, war sie noch eine kleine Kanzlei mit nicht mehr als einem Dutzend Mitarbeiter. Damals war alles noch sehr kollegial.« Er macht eine Pause und lächelt wehmütig. »Das waren wahrlich goldene Zeiten. Wir haben bei Gericht alles gegeben und waren unseren Mandanten gegenüber vollkommen loyal. Und sie liebten uns dafür. Dann wuchs die Firma, eröffnete links und rechts und überall neue Kanzleien, und dabei blieb das alte Vertrauen auf der Strecke. Zu meinem Leidwesen fingen die Leute an, selbstsüchtig zu werden und sich nur noch für ihren persönlichen Profit zu interessieren ...« Er verstummt allmählich, betretene Blickwechsel zwischen geröteten Gesichtern und trockenes Hüsteln am Tisch der Seniorpartner folgen. »Diese Selbstsucht wurde irgendwann zu blanker Gier.« Er nimmt das Mikrophon aus seiner Halterung und läuft wie Michael Douglas in *Wall Street* durch den Raum. Dann bleibt er vor dem Tisch der geschäftsführenden Partner stehen und spricht weiter. »Doch die Gier, von der ich rede, hat sich zu hinterhältiger Messerstecherei und fieser Betrügerei entwickelt.« Ich wende mich Bonnie und Scott zu, deren Gesichter nun fast im Schokoladenkuchen versinken. Bonnie hat sogar ihren Schal über ihr Dekolleté gezogen.

»Darum sage ich Ihnen heute Abend *Au revoir*, alles Gute, ihr Witzbolde! Ich werde Sie verlassen, meine eigene Kanzlei gründen und 15 geschätzte Kollegen mitnehmen ... Also, viel Glück noch!« Er verlässt schnell den Raum, in dem es plötzlich vollkommen still ist. Alle mustern ihre Nachbarn und fragen sich, wer die 15 Verräter sind. Ich spiele mit meiner Abendtasche und schaue unschuldig drein.

Nach zehn Minuten Stille läuft Bonnie aus dem Raum, und Antoine kommt an unseren Tisch.

»Wow, das kam unerwartet!«

»Hmm, ja«, antworte ich verblüfft. »Aber es kursierten schon länger Gerüchte, dass er gehen wollte, ich denke, er hat es jetzt einfach öffentlich gemacht.«

»Im wahrsten Sinn des Wortes«, fällt James ein. Wir lachen, um die Spannung zu lösen.

»Ich kann gar nicht glauben, dass er die anderen geschäftsführenden Partner Witzbolde genannt hat!«, sagt Antoine und schüttelt den Kopf.

»Oh, ich habe ihn schon Schlimmeres sagen hören.«
»Ach ja?«, mischt sich James ein.
»Äh, das war nur ein Witz.« Ich möchte Harrys Vertrauen nach der Indiskretion um die Scheidungsgerüchte nicht aufs Spiel setzen und behalte seine bösen Bemerkungen über seine Kollegen für mich.
»Also, James, wie ich sehe, hast du eine äußerst nette Tischdame.«
»Sehr richtig. Der Abend hat auch eine erfreuliche Seite.«
»Catherine ist nicht nur charmant, sie ist auch eine verdammt gute Anwältin.« Antoine lächelt.
Ich sehe ihn erstaunt an. Nie hätte ich gedacht, dass er mir Komplimente für mein juristisches Fachwissen machen würde. Der ganze Abend verläuft irgendwie surreal.
»Darf ich euch einen Drink spendieren? Ich glaube, den können wir jetzt gut gebrauchen, findet ihr nicht?«, sagt Antoine und weist auf die Bar am Ende des Raumes.
»Würde ich auch sagen.« James sieht mich an, um zu bekräftigen, dass ich auch mit von der Partie bin.
»Ja, klingt toll.«
Sobald wir an der Bar sind, beginnt Antoine, mit James über Geschäftliches zu sprechen. »Ich habe deinen Namen in unserer internationalen Datenbank gesehen. Ich glaube, du vertrittst einen meiner Mandanten.«
Sie tauschen über ihren Martinis Geschichten über Mandanten aus, während ich mir das Jobangebot durch den Kopf gehen lasse, das ich von Mr. Skandalauftritt erhalten habe. Ehrlich gesagt hätte ich nach diesem Abend eher Lust, mich als Kundenberaterin bei J. Crew zu bewerben, dann sähe ich wenigstens als Erste die neue Kollektion und bekäme tolle Rabatte.

* * *

Als ich gegen Mitternacht auf mein Zimmer gehen will, wartet James in der Lobby auf mich.
»Wie wäre es mit einem Absacker?«
Ich zögere einen Augenblick, sehe mich um und nicke dann.
»Okay.«
Er folgt mir auf mein Zimmer, und wir begutachten das Angebot der Minibar.
»Weißwein?«
»Wunderbar.«
»Tut mir leid, dass ich den ganzen Abend mit Antoine übers Geschäft geredet habe.«
»Keine Sorge, das macht er am liebsten.«
»Wir haben uns auch über britische Bands unterhalten. Er kennt sich sehr gut mit Musik aus.«
»Tatsächlich? Da hab ich wohl bereits abgeschaltet. Ich musste die ganze Zeit an Harrys dramatischen Abgang denken.«
»Das war vielleicht eine Überraschung.«
»Hmm.«
Er schenkt mir Wein ein, sieht mich mit seinem Welpenblick an und kommt näher, als wolle er mich küssen. Er ist mindestens so verführerisch wie eine Schachtel köstlicher Ladurée-Makronen.
»Du bist sehr hübsch, Catherine.«
»Danke, James.«
Dann küsst er mich am Hals. Ich erstarre sofort und denke an das Chaos, in das ich mit Jeffrey geraten bin.
»Wir sollten das lieber seinlassen«, ich schiebe ihn fort.
»Ich begehre dich, Catherine. Ich werde es auch niemandem erzählen, versprochen.«
Ich denke kurz an die Optionen – mit ihm zu arbeiten oder mich in naher Zukunft mit ihm zu verabreden. Was soll ich tun?
Das Telefon läutet, ich versuche, es zu ignorieren, James küsst mich erneut. Es läutet weiter.
»Hallo?«

»Ich hoffe, es ist noch nicht zu spät.«
»Nathan, bist du's?«
James sieht mich entsetzt an.
»Ja. Catherine, ich stecke total in der Scheiße, richtig tief.«
»Was? Wo bist du?«
»Unten in der Bar.«
»Ich bin in fünf Minuten bei dir. Das war Nathan. Er sitzt in der Hotelbar und klingt furchtbar. Tut mir leid, James, wir wär's mit morgen?«
»Kann das nicht bis morgen warten?«
»Nein, tut mir leid.«
Ein geknickter James nimmt seine Krawatte, küsst mich auf die Wange und eilt zur Tür.
»Gute Nacht, Catherine.«
»Gute Nacht.«
Ich schlüpfe in Jeans und T-Shirt und gehe zu Nathan hinunter. Er sitzt auf einem Barhocker, wirkt völlig aufgelöst, scheint aber langsam nüchtern zu werden.
»Hey.«
»Alles klar?«
»Nicht wirklich.«
»Was ist los?«
»Ich habe zu viel getrunken und bin Bonnie gegenüber ausfällig geworden. Sie und Scott haben mich ganz schön zusammengestaucht. Ich werde wegen dieser Sache bestimmt meinen Job verlieren.«
»Ich war doch dabei, so schlimm war es nun auch wieder nicht. Ich glaube außerdem, dass sie jetzt ganz andere Sorgen haben. Harry Traum hat eine Abschiedsrede gehalten, die ganz schön reingehauen hat.«
»Das habe ich gehört. Schade, dass ich sie verpasst habe.«
»Es war wie im Film. Ich bin gespannt, wie sich das auf die Firma auswirken wird.«

»Das bedeutet, dass wir alle in Deckung gehen sollten. Aber momentan wüsste ich nicht, wo ich unterschlüpfen könnte. Ich will einfach nur meinen Job behalten.«

»Nathan, ich glaube, du brauchst Hilfe.«

»Ich weiß, ich sollte nicht so viel trinken, aber ich habe mich mitreißen lassen. Ich stehe einfach unter enormem Druck. Ich bin am Ende. Und dann kommt noch meine Frau dazu. Egal, was ich mache, es ist nie genug.«

»Wie meinst du das?«

»Es muss eine Eigentumswohnung sein, es muss ein Haus am Strand sein und noch dies und das und jenes mehr. Ich soll ihr einen Lebensstil ermöglichen, den ich mir nicht leisten kann. Ich tue bereits, was ich kann, um Partner zu werden.«

»Warum sagst du ihr nicht einfach, dass sie zu viel Druck ausübt?«

»Immer, wenn ich versuche, mit ihr zu reden, flippt sie aus. Und wenn sie schon jetzt so ist, wer weiß, wie sie erst wird, wenn das Baby da ist.« Er schlägt die Hände vors Gesicht.

»Du solltest dir eine Selbsthilfegruppe suchen, wenn wir zurück sind, sonst stürzt du völlig ab.«

»Falls ich nach diesem Abend noch einen Job habe«, antwortet er und legt den Kopf auf den Tresen.

»Morgen denkt doch keiner mehr daran. Du schreibst die meisten Stunden im Büro. Scott wird dich bestimmt nicht gehen lassen.«

»Hoffen wir's. Danke, Catherine, jetzt fühle ich mich schon besser. Du solltest ins Bett gehen, morgen musst du teamfördernde Übungen absolvieren.«

»Du auch! Wir sehen uns morgen früh.«

»Aye, aye, Sir.« Er hüpft vom Barhocker und nimmt vor mir Haltung an.

»Gute Nacht, Soldat. Rühren.«

38. Kapitel

Deine wahre Neigung wartet nur darauf, dass du den Mut findest, dich ihr zu widmen! Auf dem Weg zum Gymnastikraum des Hotels wiederhole ich im Geist Madame Simonas Worte. Ich möchte ein wenig auf dem Laufband trainieren und dabei überlegen, was denn nun eigentlich meine große Leidenschaft ist.

Die Tür des Aufzugs öffnet sich in dem Stockwerk, das den Fitnessraum beherbergt, und mein Herz bleibt fast stehen. Auf einem großen, glänzenden Schild prangt die Aufschrift: Willkommen Führungskräfte von Dior. Auf einem langen, schmalen Tisch an der Wand stehen sorgfältig aufgereiht kleine, silberfarbene Geschenktütchen von Dior. Ich gehe in meinem schäbigen T-Shirt und Shorts durch den Flur an zahlreichen, chic gekleideten und emsig herumschwirrenden Frauen vorbei, die an ihren Teetassen nippen. Ob Antoine von dem Meeting der Führungskräfte weiß?

Ich schinde mich zehn Minuten auf dem Laufband, sehe mir dabei auf MTV das Video von George Michaels *Freedom 90* an und erinnere mich dabei an meine Kindheit. Plötzlich gehen mir so viele Dinge durch den Kopf: mein Treffen mit Simona, der beneidenswerte Job meiner Cousine Françoise bei Chanel, meine Zweifel, ob ich bei Edwards bleiben soll, mein Zögern, Harrys Angebot anzunehmen, das Glücksgefühl, als Antoine mir die Dior-Sache übergab. Plötzlich habe ich eine Idee: Vielleicht ist Pierre Le Furet, der Leiter der Abteilung für Urheberrecht bei Dior, auch hier? Ich könnte ihn fragen, ob in seiner Abteilung noch eine Stelle frei ist! Ohne zu zögern, hüpfe ich vom Laufband, werfe mir ein Handtuch über die Schultern und renne in den Aufzug zurück.

In meinem Zimmer nehme ich die schnellste Dusche meines Lebens, schlüpfe in mein Dior-Kleid, lege eine lange Perlenkette um meinen Hals, greife nach meinen Stöckelschuhen, lege ein wenig Make-up auf, besprühe mich mit einem Hauch J'adore als Glücksbringer und stürme aus der Tür. Ich schnappe meinen Laptop, drucke meinen Lebenslauf im Geschäftszentrum des Hotels aus und stecke alles in einen Umschlag. Dann eile ich in das Stockwerk zurück, in dem das Dior-Meeting stattfindet, und begebe mich zu einer Gruppe von Frauen, die gerade aus dem Konferenzsaal kommt.

»Entschuldigen Sie, ist Pierre Le Furet zufällig hier?«, frage ich die erste Frau, die mir über den Weg läuft.

»Nein. Warum fragen Sie?«

»Ich habe wichtige Unterlagen für ihn«, antworte ich sichtlich geknickt.

»Seine Chefin ist hier. Sandrine Cordier, Leiterin der Rechtsabteilung. Sie könnten die Unterlagen auch ihr geben.«

Oh, fantastique! Das würde bedeuten, dass ich direkt zur Spitze vordringen könnte und nicht fürchten müsste, mit einem Mandanten von Antoine in Kontakt zu treten, der etwas ausplaudern könnte.

»Am besten lassen Sie sich ihre Zimmernummer geben. Aber beeilen Sie sich, unser Meeting ist schon zu Ende.«

Als ich in die Lobby eilen will, stoße ich im Aufzug auf ein paar Anwälte unserer Firma.

»Wie chic Sie aussehen, Catherine. Haben Sie etwas Besonderes vor?«

»Natürlich«, antworte ich und eile aus dem Aufzug.

Ich gehe an die Rezeption und warte, bis ein Mann endlich Notiz von mir nimmt.
»Könnten Sie mir die Zimmernummer von Sandrine Cordier geben?«
»Tut mir leid, Miss. Diese Informationen dürfen wir nicht herausgeben, sie können sich aber gerne über die Telefonzentrale mit ihrem Zimmer verbinden lassen.«
Unter den neugierigen Blicken meiner Kollegen gehe ich durch die Lobby zu den Telefonkabinen.
»Madame Cordier?«
»Ja?«
»*Bonsoir,* Madame Cordier, hier spricht Catherine Lambert. Ich bin Anwältin, wohne in diesem Hotel und habe gerade das Meeting des Führungsstabs von Dior mitbekommen. Dürfte ich Ihnen meinen Lebenslauf vorbeibringen? Ich verfüge über professionelles Know-how, das Sie interessieren könnte.«
Woody Allen sagt, dass 80 Prozent des Erfolgs darin bestehen, zur richtigen Zeit am richtigen Ort zu sein. Ich sage, 90 Prozent des Erfolgs hängen von der Bereitschaft ab, sich zu holen, was man möchte.
»Ich bin sehr müde, Catherine«, antwortet sie nach längerem Schweigen. »Kommen Sie doch morgen gegen neun Uhr in mein Zimmer, dann können wir in Ruhe reden. Ich habe Zimmer zwei-null-neun.«
»Das wäre wunderbar.«
Ich kehre in mein Zimmer zurück, hechte auf mein Bett und bin außer mir vor Freude, dass ich Diors Chefsyndikus aufgespürt habe. Ich stelle mir vor, wie es sein muss, mit weltberühmten Designern zu arbeiten. Doch schlagartig ändert sich meine Laune, und mir kommen plötzlich Zweifel. Bin ich zum jetzigen Zeitpunkt meiner beruflichen Laufbahn schon so weit, eine große Kanzlei zu verlassen? Ich habe so viel Arbeit in das Fortkommen in dieser Firma gesteckt. Und ich muss vorsich-

tig vorgehen: Dior ist ein wichtiger Mandant, sollte mein Plan nach hinten losgehen, werde ich mit Glück nur noch das Telefon an einem Empfang bedienen dürfen. »Hier ist Catherine, danke, dass Sie J. Crew angerufen haben.«

Ich versuche, Lisa zu erreichen, um sie nach ihrer Meinung zu fragen, doch ihre Mailbox geht dran. Also höre ich meine eigenen Nachrichten ab. Die Stimmen meiner Kollegen holen mich auf den Boden der Realität zurück.

»Hi, hier ist Nathan. Danke für gestern Abend. Ich habe gerade mit Scott gesprochen, er wird mich nicht entlassen. Bis später.«

»Hallo, Catherine, hier ist Antoine. Hast du morgen Abend Zeit, mit mir zu Abend zu essen? Es steht ja nichts Großartiges auf dem Programm, und ich habe dir etwas Wichtiges zu sagen.«

Ich werde sofort neugierig, rufe Antoine zurück und nehme seine Einladung an. Es ist sicher nicht verkehrt, auf gutem Fuß mit ihm zu stehen. Ich könnte ihn als Referenz für Dior brauchen.

* * *

Am nächsten Morgen stehe ich um Punkt neun Uhr mit meinem Lebenslauf in der Hand vor Sandrines Zimmer. Louis-Vuitton-Koffer stehen vor ihrer Tür. Ich schaue ins Zimmer, es ist leer.

»Sie ist schon weg«, sagt der Hotelpage und hievt die Koffer auf ein Wägelchen.

»Wo ist sie denn hin?«

»Zum Flughafen.«

»Hat sie eine Nachricht hinterlassen?«

»Bei mir nicht, nein. Vielleicht erwischen Sie sie ja noch unten. Sie ist erst vor ein paar Minuten gegangen.«

Ich eile in die Lobby und entdecke eine Frau in einem beigefarbenen Trenchcoat und mit der aktuellen Lackledertasche von Dior in der Hand, die in eine Limousine steigt. Sie spricht in ein Handy und gibt dem Fahrer das Zeichen, sich in Bewegung zu setzen.
Völlig außer Atem bleibe ich auf dem Gehsteig stehen. Wie konnte sie unser Treffen nur vergessen? Schmollend kehre ich auf mein Zimmer zurück und versuche, meine Enttäuschung zu unterdrücken. Sandrine Cordier weiß noch nicht, dass sie es mit einer ziemlich hartnäckigen Frau zu tun hat.

* * *

Später am Abend treffe ich mich mit Antoine in der Hotellobby. Er trägt ein weißes Leinenhemd, Markenjeans und sein unverkennbares Eau de Cologne von Vetiver. Der Duft erinnert mich an unser erstes Treffen in New York.
»Wohin gehen wir?«
»Ich habe in einem neuen italienischen Restaurant in Downtown reserviert. Ich hoffe, du magst Pasta.«
»Ich liebe Pasta!«
Wir sitzen weit auseinander auf dem Rücksitz des Taxis, er wirft mir seltsame Blicke zu.
Die idyllische Trattoria befindet sich in einer ruhigen Straße voller Bäume. Man führt uns zu einem Ecktisch, auf dem eine traditionelle, weiß-rot karierte Tischdecke liegt.
»Das ist ein tolles Plätzchen. Wie hast du es gefunden?«
»Ich habe einfach den Hotelportier gefragt. Er sagte, es sei eines der besten Restaurants der Stadt.«
Eines der besten Restaurants der Stadt? Ich frage mich, warum Antoine mich in ein so vornehmes Restaurant führt. Lädt er mich ein, damit ich ihm Tipps für seinen Privatisierungsfall gebe?

Bevor man uns die Speisekarten bringt, bittet Antoine den Kellner an unseren Tisch.

»Wir hätten gerne den besten Champagner des Hauses.«

Ich liege falsch. Er würde keinen Champagner bestellen, wenn er mich überreden wollte, für ihn zu arbeiten. Normalerweise bittet er um Freitagnacht per E-Mail um Hilfe bei der Arbeit, wenn ich versuche, mich vom Schreibtisch loszueisen.

»Haben wir etwas zu feiern?«

»Ja, in der Tat.« Er lächelt. Sein entspannter Tonfall verwundert mich, für seine Verhältnisse wirkt er seltsam gelassen. Das muss an der frischen kalifornischen Luft liegen.

»Wirklich?«

»Ich habe erfahren, dass ich Partner geworden bin.«

Das überrascht mich nicht. Ihm scheint die Partnerschaft mehr auf den Leib geschrieben als mir.

»Glückwunsch! Das ist ja großartig. Ich freue mich für dich!«, sage ich und hebe mein Glas.

»Danke. Es war nicht leicht.« Wir stoßen an.

»Ich weiß. Aber wir waren alle fest davon überzeugt, dass du es schaffen würdest.«

»Man kann erst sicher sein, wenn es schriftlich vorliegt.«

Antoine ist so entspannt, dass auch ich mich öffne. »Das kann man wohl sagen. Mir liegt das nicht, glaube ich.«

»Natürlich tut es das.«

»Ich bin nicht gewillt, die Opfer zu bringen, die du gebracht hast. Du hast praktisch im Büro gelebt. Ich glaube kaum, dass ich auf lange Sicht all diese mörderischen Stunden arbeiten kann.«

»Es erfordert gewisse Opfer, nicht wahr?«

»Ja. Und ich möchte nicht in zehn Jahren aufwachen und feststellen, dass die Arbeit das einzig Wichtige in meinem Leben ist.«

Antoine blickt auf seine Serviette und spielt mit seiner Gabel. Was bin ich nur für ein Trottel.

»O Gott, das war wohl zu heftig, tut mir leid. Ich wollte nur von meinem Leben und von mir sprechen.«
»Nein, nein. Du hast recht, Catherine. Du hast völlig recht.«
Und da geht mir ein Licht auf. Ich habe tatsächlich recht. Ich kann mir nicht vorstellen, jeden wachen Augenblick der nächsten 15 Jahre meines Lebens damit zu verbringen, abrechenbaren Stunden nachzulaufen und Mandanten für Edwards & White zu akquirieren. Vielleicht wäre ein Job bei Dior das Richtige für mich. Ich möchte ihm sagen, dass ich ernsthaft überlege, die Firma zu verlassen, und sehr gerne für einen seiner Mandanten arbeiten würde, aber ich halte meinen Mund und wechsle das Thema.
»Und, gefällt es dir in Paris?«
»Es ist großartig, aber eben nicht wie in New York.« Er sieht einen Augenblick gedankenverloren in sein Glas und fährt dann fort: »Nur damit du es weißt, es war nicht meine Entscheidung, dort hinzugehen.«
»Wessen dann?«
»Harrys.«
Ich hatte bereits das Gefühl gehabt, dass man Antoine abdrängen wollte, aber warum sollte Harry einen unserer Topanwälte bitten, uns zu verlassen, wenn er selbst sowieso gehen würde?
»Bonnie hat ihn dazu gebracht. Ich nehme an, sie fühlte sich von meinem engen Verhältnis zu Scott und meiner Fähigkeit, Mandanten an Land zu ziehen, bedroht.«
»Ich dachte mir schon, dass es nicht deine Entscheidung war. Du schienst nicht sonderlich begeistert von der Idee, nach Paris zu gehen.«
»Nein, das war ich nicht. Leider ist es Scott nicht gelungen, Harry umzustimmen. Ich sagte dir doch, dass das ein Kriegsschauplatz ist.«
»Ich wusste aber nicht, dass es so schlimm steht.«
»Es stand schlimm und steht schlimm. Darum habe ich dir ge-

raten, Bonnie zu deinem Warlord zu machen. Es ist immer noch besser, sie auf deiner Seite zu haben«, sagt er sarkastisch.
»Ich hätte sie am liebsten gar nicht in meiner Nähe, Punkt.«
Er lächelt. »Sie ist eine ausgezeichnete Anwältin.«
»Ich weiß, aber mich schüchtert sie ein. Jedes Mal, wenn sie mich um etwas bittet, zucke ich zusammen.«
»Warum?«
»Ich kann ihr nichts recht machen. Ich glaube kaum, dass mein Ego ihre ständige Kritik noch lange erträgt. Stell dir vor, ich laufe täglich 50-mal durch den Empfang, nur um nicht an ihrem Büro vorbeigehen zu müssen.«
»Im Ernst?«
»Sie macht mir Angst.«
»Sagen das die Leute auch über mich?«, fragt er und sieht mich unverwandt an.
»Na ja, äh, nicht so wirklich.«
»Komm schon, Catherine, ich bin doch nicht blöd. Sag mir, was die Leute hinter meinem Rücken tuscheln.«
Ich zögere einen Augenblick, aber weil er so gut gelaunt ist, hole ich tief Luft und fange an.
»Ich habe gehört, dass du einen Besenstiel verschluckt haben sollst.«
Er lacht lauthals.
»Echt? Das ist ja lustig! Toll! Und was noch?«
»Rikash hat mir erzählt, du hättest ihm bei seinem Skript geholfen. Er hält viel von dir.«
»Ich wollte Bosheiten hören, keine Komplimente. Ich weiß, dass die Leute von mir sagen, ich sei ein verklemmter Workaholic.«
»Du arbeitest ja tatsächlich sehr, sehr viel.«
Er greift nach der Kerze auf unserem Tisch und rollt sie verlegen hin und her.
»Du nicht. Du warst immer auf diesen ultraschicken Partys.«

»Weil Scott mich darum gebeten hat. Und die meisten davon haben sich nicht als chic herausgestellt, glaube mir.«
»Tut mir leid, dass ich so abweisend war, Catherine. Ich wusste ja, dass Mel ein Arschloch ist.«
Ich schweige. Ich hatte nicht an Mel gedacht. Ich erinnere mich an das Konzert mit Jeffrey in der Carnegie Hall und an den Eindruck, den er in jener Nacht bei mir hinterlassen hat. Ich sehe mich verlegen im Lokal um und spüre einen Knoten im Magen.
»Catherine, alles in Ordnung?«, fragt er besorgt.
»Tut mir leid. Ich war einen Augenblick abwesend.«
Er nimmt erneut einen Schluck von seinem Champagner und platzt dann heraus: »Ich muss dir was sagen ... also, ich weiß alles über Jeffrey.«
Ich hätte nicht gedacht, dass er meine Gedanken so genau verfolgen kann, und falle fast vom Stuhl. Er sieht mir in die Augen.
»Wer hat dir davon erzählt?«
»Ein kleines Vögelchen.«
»Rikash?« Ich bringe ihn um.
»Aus Sorge.«
»Sorge?«
»Rikash hat sich Sorgen gemacht, weil er dachte, Jeffrey sei ein Frauenheld. Also rief er mich an und fragte, ob ich ihn kenne. Wir haben eines Nachts spät im Büro ein bisschen gegoogelt, und uns beiden kam er nicht sehr vertrauenswürdig vor.«
»Was? Warum?«
»Er war früher Finanzvorstand bei einem Medienunternehmen, das seine Internetsparte abgespalten hat.«
»Und was ist so schlimm daran?«
»Ihm wurde Insiderhandel vorgeworfen.«
Ich lehne mich beschämt in meinen Stuhl zurück. Meine Gedanken rasen. Bevor ich mit Jeffrey in die Hamptons gefahren

bin, hatte Rikash vorgeschlagen, über Jeffrey ein paar Informationen einzuholen. Ich war so naiv!

»Wie konnte er dann Finanzvorstand einer Aktiengesellschaft werden?«

»Er muss wohl seinen Namen irgendwie reingewaschen haben. Sonst hätte man ihm diese Position niemals gegeben.«

»Und warum hat mir niemand etwas davon gesagt?«

»Ich habe es versucht und dir diese E-Mail über Vertrauen und Kontrolle geschickt, weißt du noch?«

»Und du hast geglaubt, ich würde das verstehen?«

»Ich wollte diskret sein.«

In Gedanken gehe ich zu dem Moment zurück, als ich Antoines E-Mail erhalten und sie als lästig abgetan habe. Wie konnte ich nur so viel von Jeffrey und so wenig von ihm halten? Ich versuche, mein Gesicht zu wahren.

»Nur zu deiner Information, ich habe einen Brief an die Börsenaufsicht verfasst und alle Fakten aufgelistet. Das wird nicht unter den Teppich gekehrt.«

»Das hätte ich auch nicht gedacht. Catherine, du hast genau das Richtige getan.«

»Weiß Scott davon?«

Bei all dem hinterhältigen Verhalten in der Firma habe ich keine Ahnung, wem ich vertrauen soll. Ich winde mich auf meinem Stuhl bei dem Gedanken, Scott könne über meine persönliche Niederlage informiert sein.

»Nein, du kannst mir vertrauen, Catherine. Wirklich.«

Die Anspannung in meinem Nacken schwindet. Antoine ist auf meiner Seite.

»Es war gut, dass ihr Jeffrey nicht über den Weg getraut habt. Er ist ein Arschloch.«

»Tut mir leid.«

»Ich hatte das Gefühl, man würde mich über Asphalt zerren. Es hat mir wirklich weh getan.« Ich zögere und versuche, Haltung zu bewahren, doch es schmerzt immer noch. Schnell wechsle ich das Thema. »Wie dem auch sei, jetzt ist es vorbei, und ich will mich nicht länger mit der Vergangenheit aufhalten. Ich stehe kurz vor einem Neuanfang.«

Ich merke, wie mir der Alkohol zu Kopf steigt und dass ich Dinge sagen könnte, die ich nicht sagen sollte, also ändere ich meine Taktik. Der Champagner macht mich mutig genug, ihn nach seinem Privatleben auszufragen.

»Und, triffst du dich mit irgendwem?«

»Nein.«

Seine Antwort überrascht mich. Er sieht gut aus, hat Köpfchen und jetzt auch Einfluss, die Frauen müssten ihm doch zu Füßen liegen.

»Im Ernst? Das ist ja unglaublich! Du bist doch eine gute Partie! Vermutlich bist du zu sehr mit dieser großen Privatisierung beschäftigt …«

Er sieht mich über den Tisch hinweg an und wirft lässig einen Arm über die Lehne seines Stuhls. Schweigend schlürft er wieder an seinem Champagner.

»Catherine, dieses Mandat oder sonst ein Fall sind mir ziemlich scheißegal.«

Ich sehe ihn verblüfft an.

»Ich habe Wichtigeres im Kopf.« Seine dunklen Augen durchbohren mich.

»Oh.«

»Und die ganze Sache mit der Recherche über Jeffrey …«

»Ja?«

»Das habe ich nur gemacht, weil ich eifersüchtig war. Ich wollte nicht, dass eure Beziehung funktioniert.«

Wir sehen einander an, mein Herz rast. Ich habe mich schon in New York zu Antoine hingezogen gefühlt, hätte aber nie vermutet, dass das auf Gegenseitigkeit beruht. Außerdem war er immer eher ein Stachel im Fleisch als ein potenzieller Liebha-

ber. Doch etwas an ihm ist jetzt anders – er ist viel entspannter.
»Wirklich?« Ich erinnere mich im Geist an ein paar unserer Unterhaltungen und an unseren E-Mail-Austausch.
»Hast du mich deshalb beim Kopierer ignoriert, nachdem ich dir die Flirt-E-Mail geschickt hatte?«
»Ich dachte, du würdest mit mir spielen.«
»Und hast du mir deshalb den Dior-Fall wieder entzogen?«
»Mmhm, ja, vermutlich.« Er schaut auf seinen Teller. »Ich war sauer, weil du ein Wochenende mit Jeffrey in den Hamptons verbracht hast.«
»Was?«
»Ehrlich gesagt hatte ich Angst, dir meine Gefühle zu gestehen, weil ich wusste, dass ich Amerika verlassen würde, und ich wollte nicht verletzt werden.«
Seine Verletzlichkeit schnürt mir den Brustkorb ein und öffnet mir die Augen – was für ein unglaublicher Mann!
»Und jetzt? Du bist immer noch auf einem anderen Kontinent.«
»Ich will meine Chance nicht verpassen, mit jemand so Wunderbarem wie dir zusammen zu sein.«
Er steht auf, beugt sich über mich, mir werden die Knie weich.
»Darf ich dich küssen?«
Ich nicke, ohne nachzudenken. Er nimmt meinen Arm und zieht mich an sich. Dass ich ein wenig beschwipst bin, hilft mir über meine Hemmungen hinweg, ich beuge mich zu ihm, greife mit der rechten Hand in seine schwarzen Locken und erwidere seinen leidenschaftlichen Kuss. Es fühlt sich so wunderbar richtig an.
Der Kellner tut, als ignoriere er uns, bis Antoine ihm ein Zeichen gibt, uns eine weitere Flasche Champagner zu bringen.
»Es gibt noch etwas zu feiern«, sagt er zu ihm.

»Ich glaube kaum, dass ich noch mehr vertrage.«
»Okay, wir nehmen sie mit.«
Er greift nach meiner Hand und küsst zärtlich meine Fingerspitzen. Ein Hochgefühl ergreift mich.
»Du hast keine Ahnung, wie oft ich von diesem Augenblick geträumt habe.«

* * *

Am nächsten Morgen weckt uns das Klingeln des Weckers.
»Wie wäre es mit Frühstück im Bett?«, fragt Antoine.
»Sollten wir nicht wenigstens kurz beim Training der Firma erscheinen?«
»Firma? Welche Firma?«
»Die, die dich gerade zum Partner gemacht hat!«
»Ach so, die!«
Er legt mir den Arm um die Schultern, die Wärme seiner Berührung macht mich schwindelig.
»Sollen wir nicht lieber hierbleiben, Mademoiselle Lambert?«, flüstert er mir ins Ohr und streichelt mein Haar.
Ich sage ihm nicht, dass ich die halbe Nacht wach gelegen und mich gefragt habe, wie es mit uns weitergehen soll. Ich möchte nicht schon wieder mit gebrochenem Herzen dastehen, und ich will mit ihm zusammen sein. Ich habe aber keine Ahnung, ob ich mich dazu überwinden kann, wegen eines Mannes nach Frankreich zurückzukehren. Außerdem überlege ich ja ernsthaft, die Firma zu verlassen, und habe mich bereits bei dem Chefsyndikus von Dior nach einem Job erkundigt.
»Ich glaube, ich habe einen Plan«, flüstere ich, »für unsere Zukunft.«
»Im Ernst? Willst du es mir erzählen?«
»Wenn ich das tue, müsste ich dich danach vermutlich töten.«
»Das hast du bereits mit deinem Lächeln getan.« Er kitzelt

mich. »Ich habe nur noch sechs Monate zu leben, wenn ich dich nicht bald wiedersehen kann.« Er dreht mich zu sich, so dass ich ihn ansehen kann, und wird ernst.

»Ich meine das wirklich so, Catherine. Ich will mit dir zusammen sein, eine Fernbeziehung könnte schwierig werden. Komm nach Paris zurück, und ich verspreche dir, du wirst es nicht bereuen.«

Ein großes Glücksgefühl durchflutet mich. Das ist etwas ganz anderes als das übliche Kontakteknüpfen.

39. Kapitel

»Wie war es in Kalifornien, Liebling? Hast du nette Jungs getroffen?«

Ich starre auf den Fußboden, damit Rikash nicht sieht, dass ich rot werde.

»Okay, wie heißt er?«

»Rikash, mach die Tür zu.«

»Uh, das klingt interessant.«

»Du darfst es niemandem sagen, okay? Keine Hinweise, keine Implikationen, nichts.«

»Okay, okay. Hast du dich an Harry rangemacht?«

»Natürlich nicht, trotz unseres gemütlichen Beisammenseins. Ich habe ihn auf unserem Flug nach Kalifornien vollgekotzt.«

»Das habe ich gehört. Die ganze Firma weiß es. Und weiter?«

»Es ist, äh, etwas mit Antoine passiert.«

»Oh, Schatz.« Er hebt entzückt die Hände. »Endlich bist du zur Vernunft gekommen.«

»Wie meinst du das?«

»Wir wussten alle, dass er dich mag. Ich habe ihn immer wieder dabei erwischt, wie er auf der Firmenwebsite dein Bild angestarrt hat.«

»Lustig. Ich habe immer gedacht, dass er mich nicht ausstehen kann.«

»Genau das Gegenteil ist der Fall, Süße.«

»Er hat mir erzählt, dass ihr beide im Internet nach Informationen über Jeffrey gesucht habt.«
Er kräuselt die Nase. »Tut mir leid, ich wollte nichts ausplaudern, ich war nur besorgt.«
»Ich weiß. Du bist ein guter Freund.«
»Aber er ist in Paris. Fernbeziehungen sind sehr schwierig.«
»Ich glaube, wir kriegen das hin.«
»Könntest du nicht einfach wieder deinen alten Job in Paris annehmen?«
Ich senke meine Stimme. »In Kalifornien ist etwas Erstaunliches passiert, das mich auf eine Idee gebracht hat.«
»Wirklich?«, flüstert er und hebt die Augenbrauen. »Was denn?«
»Dior hat in unserem Hotel ein Meeting für seine Führungskräfte abgehalten, und ich habe mit ihrem Chefsyndikus über einen Job gesprochen.«
»Dior? Oh, mein Gott!« Er tanzt um einen Aktenstapel.
»Pssst, nicht so laut! Ist das nicht unglaublich? Das wäre der beste Job überhaupt!«
»Wann hast du das Vorstellungsgespräch?« Er nimmt mein Gesicht in seine Hände.
»Äh, das ist das Problem.«
»Oh.«
»Sie hat das Hotel verlassen, bevor ich ihr meinen Lebenslauf geben konnte.«
»Oh, Süße, wie ärgerlich. Antoine ist doch der Rechtsanwalt von Dior. Könnte er nicht ein gutes Wort für dich einlegen?«
»Vor unserer Abreise aus Kalifornien haben wir darüber gesprochen und beschlossen, es nicht zu tun. Es ist besser, wenn ich die Sache alleine durchziehe, vor allem, weil er gerade Partner geworden ist. Wenn er sich für mich einsetzt, könnte er Schwierigkeiten bekommen.«
»Viele Anwälte verlassen doch ihre Kanzlei und wechseln zu Mandanten. Normalerweise wird das gern gesehen, es ist ein

sicherer Weg, der Firma Mandanten zu erhalten. Das ist doch nichts Besonderes. Aber ich kann dir helfen, den Job bei Dior zu bekommen. Lass mich mal machen.«

»Nein, nein, Rikash, bitte keine verrückten Streiche. Das ist meine große Chance, die darf ich nicht vermasseln.«

»Liebling, vertrau mir. Habe ich dich je enttäuscht?«

* * *

Am nächsten Morgen kommt Nathan in mein Büro. Er sieht völlig entmutigt aus.

»Hey, was ist denn los?«

Er schließt die Tür und lässt sich auf einen Stuhl vor meinem Schreibtisch fallen.

»Mir geht's beschissen.«

»Warum?«

»Ich habe es nicht geschafft, Partner zu werden. Scott hat es mir vor ein paar Minuten gesagt.«

»Tut mir wirklich leid, Nathan, nächstes Jahr klappt es bestimmt.«

»Darum geht es nicht. Hast du eine Ahnung, wie verdammt hart ich in den letzten sieben Jahren gearbeitet habe? Wie viele verdammte Stunden ich geschrieben habe?«

»Hat er gesagt, warum du nicht Partner wirst?«

»Er hat gesagt, dass ich nicht genug für diesen oder jenen wichtigen oder einflussreichen Partner gearbeitet hätte. Ich müsse zeigen, dass ich meine Erfahrung verkaufen könne, blablabla, was auch immer. Das ist Firmenpolitik, Catherine. Alles Mist.«

»Aber du hast doch mehr Stunden als irgendwer sonst in der Abteilung geschrieben.«

»Ich weiß. Das macht mich ja so krank. Ich will das nicht mehr, Catherine. Ich würde am liebsten von einer Brücke springen.«

»Das kann ich verstehen.« Ich zögere und denke gut über meinen nächsten Satz nach. »Ich habe das ganze Affentheater auch satt. Ich überlege, die Kanzlei zu verlassen.«
Ich kann gar nicht glauben, dass ich das vor Nathan laut ausgesprochen habe, obwohl ich noch keinen anderen Job in Aussicht habe. Aber es bekräftigt mein Gefühl, dass Edwards & White nicht das Richtige für mich ist.
»Das überrascht mich nicht. Das hier ist kein Ort für jemanden wie dich.«
»Bitte lass dich nicht entmutigen, Nathan. Das ist es nicht wert.«
»Leichter gesagt als getan.«
»Vielleicht hilft es dir zu hören, dass ich im *New York Law Journal* einen Artikel gelesen habe, in dem stand, Anwälte gehörten zu den frustriertesten Menschen Amerikas.«
»Wirklich?«
»Ja. Wir neigen zu Depressionen, Alkoholismus, Drogenmissbrauch, Scheidung und Selbstmord. Wir sind ein ziemlich unglücklicher Haufen.«
»Wenigstens sind wir in diesem Punkt besser als die Zahnärzte.«
Ich bin erleichtert, dass er einen Witz macht.
»Was wirst du jetzt tun?«
»Keine Ahnung. Wenn ich ein wenig Rückgrat hätte, würde ich gehen, aber ich habe so viel Zeit in die Kanzlei investiert, ich kann doch nicht einfach alles hinschmeißen. Ich fasse es nicht.« Er legt den Kopf in die Hände und fängt an zu schluchzen. »Was soll ich bloß meiner Frau sagen? Sie wird aus der Haut fahren.«
»Tust du das für dich oder für deine Frau, Nathan? Sie sollte dich unterstützen. Deshalb ist sie doch deine Frau geworden, oder?«
»Ich weiß, aber das ist so peinlich.«

»Nein, ist es nicht. Du könntest auf der Stelle einen neuen Job finden, wenn du wolltest. Du gehörst zu den besten Anwälten New Yorks.«

Ich tue alles, um ihm Mut zu machen. Aber ich weiß, dass Juristen, die nach einer bestimmten Anzahl von Jahren nicht Partner geworden sind, das als Wink mit dem Zaunpfahl sehen müssen. Sie haben in ihrer Kanzlei wenig Aussichten auf Karrieresprünge.

»Warum gehst du nicht mit Harry?«

»Er hat mir keine Stelle angeboten«, antwortet er und sieht noch deprimierter aus.

»Na und? Vielleicht denkt er ja, dass du die Kanzlei gar nicht verlassen willst. Ruf ihn doch an!«

»Ich bin mir nicht sicher. Ich muss erst darüber nachdenken.«

Nachdem Nathan mein Büro verlassen hat, frage ich mich, wieso ich immer allen anderen gute Ratschläge geben kann, aber nicht mir selbst. Ich gehe durch die spartanischen Flure der Firma und sehe mir grübelnd die Porträts der Gründungsmitglieder Edwards und White an. Warum bin ich überhaupt Anwältin geworden? Ich denke an die zermürbenden Prüfungen an der juristischen Fakultät zurück, an die endlosen Stunden über juristischen Unterlagen, die schwierigen Vorbereitungskurse für die Zulassung als Rechtsanwältin in Paris und New York. Wenn Nathan nicht Partner wird, habe ich dann eine Chance? Ist es richtig, die Kanzlei zu verlassen? Ein Referendar aus der Prozessabteilung geht vorbei und bestätigt meine Entscheidung.

»Toll, was Sie da anhaben. Klasse Outfit.«

40. Kapitel

Entfernung kann das Feuer schüren, doch mein Herz fühlt sich so schwer an wie Käsefondue. Obwohl wir erst vor knapp einer Woche Kalifornien verlassen haben, fehlt mir Antoine sehr. Ich will so schnell wie möglich über den Atlantik.

»Du errätst nie, was heute passiert ist.«

»Nein, aber du wirst es mir bestimmt gleich sagen«, antwortet Antoine munter und weist auf die kleine Kamera. Dank moderner Technik kann ich über die Webcam sein warmes Lächeln sehen.

»Bonnie und Nathan verlassen Edwards & White und wechseln zu Harry.«

»Du klingst überrascht.«

»Verdammt, nein!«

»Du redest schon wie die Leute in New York. Es wird Zeit, dass ich dich nach Frankreich zurückhole.«

»Glaube mir, ich arbeite daran!«

»Bist du jetzt nicht froh, dass du Harrys Angebot abgelehnt hast? Du würdest sonst wieder für Bonnie arbeiten!«

»Ha! Das ist der beste Schritt, den ich nicht gemacht habe.«

»Hast du etwas von Sandrine gehört?«

»Nein. Ich habe ihr eine E-Mail mit meinem Lebenslauf geschickt, aber sie hat nicht geantwortet. Rikash arbeitet jetzt an irgendeinem teuflischen Plan, um mir ein Vorstellungsgespräch zu organisieren. Ich mache mir ein wenig Sorgen.«

»Das würde ich nicht! Vermutlich dreht er einen Kurzfilm über dein Leben, den er dann der Rechtsabteilung zuschickt.«
»Das wäre der deprimierendste Film aller Zeiten.«
»Meine Güte, na, vielen Dank!«
»Äh, ich meine, er würde bis kurz vor dem Happy End einzig und allein von Arbeit handeln.«
»Nun, das klingt schon viel besser.«
»Ich gehe morgen mit Lisa und ihrem Freund Charles zum Mittagessen.«
»Ich wäre gerne dabei.«
»Das wäre schön. Sie kann es kaum erwarten, dich kennenzulernen.«
»Wo geht ihr hin?«
»Ins Artisanal Bistro.«
»Das ist eines meiner Lieblingsrestaurants! So eine Gemeinheit! Catherine, du fehlst mir.«
Ich antworte nicht.
»Catherine? Ich kann dich nicht hören.«
»Tut mir leid. Für mich ist es auch sehr schwer.«
Sobald wir die Verbindung getrennt haben, erhalte ich eine SMS.

Zusammen oder fern, ich hab dich immer gern.
A.
XXXX

* * *

Ich treffe Lisa und Charles im Artisanal. Der intensive Geruch nach Käse befördert mich in meine Kindheit zurück. Ich atme tief ein, während wir auf unseren Tisch warten. Charles begrüßt mich mit zwei Küssen auf die Wangen. Er ist groß, hat aschblondes Haar, Sommersprossen auf der Nase und ebenmäßige weiße Zähne. Er trägt khakifarbene Militärhosen zu einer

Lederjacke und könnte locker als Model für einen J.-Crew-Katalog durchgehen. Er zieht höflich den Stuhl für mich zurück, als ich mich an den Tisch setze. »Endlich lerne ich dich kennen, Catherine. Ich habe so viel von dir gehört.«
»Und ich von dir.«
»Da bin ich mir sicher. Lisa hat sich vermutlich über ihren schrecklichen Freund beschwert«, antwortet er scherzhaft und greift dann nach Lisas Hand. Mir fällt der Diamantring an ihrem linken Finger auf.
»*Mon dieu!* Lisa! Sag bloß!«
»Ja«, sie sieht Charles liebevoll an. »Wir haben uns verlobt!«
Er küsst sie zärtlich auf den Mund und stupst mit seiner Nase die ihre an.
»Glückwunsch! Ich freu mich für euch!«
Lisa sieht Charles an und erzählt dann die Einzelheiten.
»Wir würden gerne in Frankreich heiraten.«
»Wirklich?«
»Wir haben uns überlegt, ob wir uns nicht in der Heimat deiner Mutter trauen lassen können, wir möchten in der Nähe des Wassers heiraten.«
Ich muss daran denken, was Madame Simona über eine Hochzeit am Wasser gesagt hat. Sie hatte Lisas Hochzeit gemeint. Und ich bin glücklich für sie – sie hat es verdient.
»Meine Mutter würde sich riesig freuen.«
»Bist du sicher, dass es ihr nichts ausmacht?«, fragt Charles.
»Bestimmt nicht.«
»Vielen Dank, Cat!«
»Ja, danke, Catherine«, fügt Charles hinzu.
»Ich möchte dich als Trauzeugin«, sagt Lisa.
»Ich würde mich freuen.«
»Wir müssen ein Kleid kaufen! Vielleicht in Paris?«
»Absolut! Und für edle französische Unterwäsche gehe ich mit dir zu Fifi Chachnil.«

Charles scheint mein Vorschlag sehr zu gefallen.
»Klingt großartig.«
Als er das sagt, blicke ich auf mein Schnitzel mit Pommes herab. Ich möchte ihr die Freude nicht vermiesen, muss aber daran denken, dass Antoine nicht hier ist, um die erfreuliche Nachricht mit uns zu feiern. Lisa ahnt, was ich gerade denke.
»Antoine fehlt dir, nicht wahr?«
»Ja, sehr sogar.«
Nach unserem Mittagessen gehe ich ins Büro zurück und hoffe, dass Rikash mit seinem Masterplan weitergekommen ist. Seit Harry seinen Abgang angekündigt hat, ist es verdächtig ruhig in der Kanzlei geworden. Ich will so schnell wie möglich nach Paris.

* * *

Ich sitze an meinem Schreibtisch und träume von Paris, als Rikash hereinkommt.
»Schau mal, was gerade für dich geliefert wurde. Die sind umwerfend«, sagt er und legt einen Strauß weiße Callas auf meinen Schreibtisch.
»Danke, Rikash.«
Ich öffne den Umschlag und finde darin ein handgeschriebenes Kärtchen.

In inniger Liebe
Antoine

Ich hätte nie gedacht, dass Antoine so rasch seinen Gefühlen Ausdruck verleihen würde, und das berührt mich zutiefst. Ich habe die sechs längsten und schmerzvollsten Jahre meines Lebens damit verbracht, lächerlich viele Stunden zu arbeiten, mich an jedes Treppchen der Karriereleiter zu klammern, als würde mein Leben davon abhängen, und mein Privatleben ist dabei auf der Strecke geblieben. Ich merke immer deutlicher, was ich in all den Jahren vermisst habe: eine bereichernde Partnerschaft.

Rikash sieht mich erwartungsvoll an.

»Und?«

»Er hat etwas sehr Romantisches geschrieben.«

»Warum machst du dann so ein Gesicht?«

»Ich muss einen Weg finden, um hier rauszukommen.«

»Süße, ich sagte dir bereits, dass du dir keine Sorgen zu machen brauchst.«

»Ich werde immer verzweifelter, ich habe Mühe, mich auf meine Arbeit zu konzentrieren, und bin total antriebslos.«

»Du musst tun, als hättest du den Job bereits. Sprich mir nach: *Ich bin großartig, sie werden mir die Füße küssen.*«

»Was ist denn das für ein Mantra?«

»Ein heiliges aus Indien, ich sage es jeden Morgen vor dem Spiegel, bevor ich aus dem Haus gehe. Und weißt du was? Es funktioniert.«

»Tut mir leid, Rikash, aber ich glaube kaum, dass mein Traumjob bei Dior auf wunderbare Weise einfach so auftaucht, nur weil ich ein dummes Mantra wiederhole.«

»Dumm?« Rikash sieht mich verärgert an. »Bezeichnest du mein kulturelles Erbe etwa als dumm?«

»Natürlich nicht. Es passt einfach nicht zu mir, das ist alles.« Ich hole einen Plastikbecher und die Flasche Rotwein für Notfälle aus meiner Schreibtischschublade. »Ich brauche einen Drink.«

»Trinkst du etwa Billigfusel?«

»Ja, Sir, tue ich. Besondere Zeiten verlangen nach besonderen Maßnahmen.«

Ohne ein weiteres Wort rauscht er aus meinem Büro.

* * *

Am nächsten Tag kämpfe ich mit einem Kater, verursacht durch den billigen Wein, als das Wort DIOR auf dem Display meines Telefons im Büro erscheint.
»Catherine? *Bonjour,* Sandrine Cordier.«
Ich erstarre, als ich ihre Stimme höre.
»Hallo, Sandrine, freut mich, von Ihnen zu hören. Sie erinnern sich noch an unser kurzes Gespräch in San Diego?«
»Ja, natürlich.«
»Vermutlich haben Sie es nicht zu unserer Verabredung geschafft. Sie haben wahrscheinlich sehr viel zu tun.«
»Ja, sehr viel.«
»Möchten Sie einen neuen Termin vereinbaren?«
»Nicht unbedingt.«
Mein Magen schnürt sich zusammen, ich rechne mit dem Schlimmsten und kämpfe gegen Tränen.
»Ich rufe an, weil ich soeben mittels FedEx ein Exemplar Ihres Lebenslaufes auf rosa-orangefarbenem Taft mit Ihren Initialen in Gold erhalten habe. Das ist vielleicht ein Statement.«
Putain! Ich kann nicht glauben, dass Rikash so weit gegangen ist. Meine einzige Chance, einen Traumjob zu bekommen und mit dem Mann, den ich liebe, zusammen zu sein, geht den Bach hinunter. Mir wird klar, dass ich den Rest meines Lebens in mein New Yorker Büro gesperrt und an einen Bürostuhl gekettet bleiben werde, um Stunden zu schreiben, bis ich tot umfalle, während Referendare Ränke schmieden, um meinen Schreibtisch in die Luft zu jagen und meinen Kaffee zu vergiften.
»Oh.«
»Sie sind ziemlich hartnäckig.«
»Äh, ich kann das erklären.«
»Das ist nicht nötig. Ich habe Ihren Lebenslauf ein paar Designern unten gezeigt, sie fanden Ihre Idee toll. Sie waren verblüfft, dass Sie die Farben der neuen Kollektion kennen.«

»Ich freue mich, dass es ihnen gefallen hat.« Ich gebe mich gelassen, habe aber keine Ahnung, was genau sie erhalten hat.

»Könnten Sie nächste Woche zu einem Vorstellungsgespräch mit dem Vorstand kommen?«

Dem folgt ein langes Schweigen. Mein Herz rast.

»Ich hätte da eine Stelle, die Sie interessieren könnte: Monsieur Le Furet, Leiter der Abteilung für Urheberrecht, geht in Pension und verlässt uns. Ich brauche Ersatz für ihn und habe in Ihrem Lebenslauf gelesen, dass Sie Erfahrung auf diesem Gebiet haben. Es sieht so aus, als wären Sie genau die Richtige für diesen Job.«

Ein überwältigendes Glücksgefühl durchströmt mich. Am liebsten würde ich ihr sagen, dass ich sogar unentgeltlich für sie arbeiten würde, doch ich atme tief durch und denke an Rikashs Mantra. Ich darf auf keinen Fall zu begierig wirken. Damit komme ich nicht weiter.

»Nun, ich habe einschlägige Erfahrung, die für diese Stelle interessant sein könnte. Ich würde mich über ein Treffen mit Ihrem Vorstand sehr freuen.«

Als ich aufgelegt habe, werfe ich Rikash eine kleine, rosafarbene Champagnerflasche zu. »Du bist großartig! Fang!«

»Die Minibar in deinem Büro ist ja ziemlich gut ausgestattet. Gibt es etwas zu feiern?«

»Oui, monsieur!«

Er kommt mit der Miniflasche an meinen Schreibtisch. »Es hat also funktioniert?«

»Hat es. Ich weiß nicht, wie ich dir danken soll, du bist der Beste.«

Wie ein Olympiasieger hebt er die Hände, schüttelt die kleine Flasche Champagner und lässt dann den Korken im Büro platzen.

»Falls ich den Job bekomme, möchtest du dann mein Assistent werden? Wir könnten der internationalen Markenfälschung den Kampf ansagen.«

»Nicht falls, sondern wenn. Weißt du noch, Liebling, das Mantra. Herrgott, ich glaube, du brauchst mich in Paris, damit du auf Kurs bleibst!« Er umarmt mich und hebt mich in die Luft. »Das müssen wir gebührend feiern. Wie wär's mit Sushi im Gansevoort Hotel? Die Rechnung geht auf mich.«

Er greift nach seinem Jackett und hüpft beschwingt den Gang entlang. »Ich bin so weit!«

Ich greife in meine Schreibtischschublade.

»Wir treffen uns in fünf Minuten in der Lobby. Ich muss vorher noch einen wichtigen Brief in der Poststelle abgeben.«

Danksagung

Ich möchte mich bei meiner Familie und meinen Freunden für ihre liebevolle Unterstützung bedanken – vor allem bei meinen Eltern, die stets meine größten Fans waren. *J'adore Dior* wäre ohne Isabelle Rayle-Doirons, Marie-Claude Germains und Daniel Bourques ermutigende Worte niemals entstanden.
Un gros merci meiner Lektorin Kate Cassady für ihren unerschütterlichen Enthusiasmus, ihr Engagement und Savoir-faire.

Ich danke auch dem restlichen Team bei HarperCollins, Catherine MacGregor, Jennifer Lambert und Iris Tupholme, die mir dabei geholfen haben, dass mein Traum Wirklichkeit wurde.

Herzlichen Dank an die Wahrsagerin Christine, die mich eines verregneten Nachmittags in New York auf der Straße aufhielt, um mir zu sagen, dass ich meiner Berufung nicht nachkäme.

Dank auch an alle, die mich immer ermutigt, unterstützt und inspiriert haben: Simon Laflèche, Atul Tiwari, Denis Boulianne, Gérard Vannoote, Caroline Lemoine, Line Rivard, Dominique Fontaine, Marie-Josée Fournier, Geneviève Guertin, Julie Drapeau-Crevier, Pascale Bourbeau, Michel De La Chenelière, Caroline Fortin, Yanic Truesdale, Marcy Jezak, Robin Sowers, Joelle Reboh, Olivia Commune, David Jurado, Claude Commune und Isabelle Lamarre.

Ein besonderer Dank geht an Patrice Commune für seine Lebensfreude, Geduld und unglaubliche Unterstützung bei diesem aufregenden Abenteuer.